Mathias R. Schmidt
Wenn wir gehen –
geht die Welt

4/81

MATHIAS R. SCHMIDT

WENN WIR GEHEN - GEHT DIE WELT

INDIANER IN DEN USA
INTERVIEWS UND DOKUMENTE

Kübler Verlag

CIP - Kurztitelaufnahme der Deutschen Bibliothek

Wenn wir gehen, geht die Welt : Indianer in d. USA ; Interviews u. Dokumente / Mathias R. Schmidt. - Lampertheim : Kübler, 1980
ISBN 3-921265-25-8

NE: Schmidt, Mathias R. [Hrsg.]

Impressum:

ISBN 3-921265-25-8
1. Auflage 1980

Umschlaggestaltung: Rainer Negrelli, Mannheim
Herstellung: studio-druck, 7440 NT-Raidwangen
Printed 1980 in the Federal Republic of Germany

Denen, die im Schatten stehen

»Wenn wir gehen, geht die Welt«

Mit diesen Worten umriß der Indianerführer Russell Means bei einem Gespräch im Staatsgefängnis von South Dakota die äußerst prekäre Lage der Indianer in den USA. Der Rote Mann Amerikas sieht sich als ›Hausmeister der Natur‹, die es gegen die zunehmende Vergewaltigung durch den industriellen Fortschritt zu schützen gilt. Die Entdeckung gewaltiger Rohstoffvorkommen auf indianischem Reservationsland erweist sich somit als gefährliche Herausforderung. Im Zeitalter der Rohstoffverknappung und Energiekrise erhält der historische Konflikt zwischen indianischen Lebensinteressen und dem unersättlichen Landhunger der Weißen eine neue dramatische Dimension.

Die Gefahr des endgültigen Untergangs der Eingeborenen Nordamerikas ist durchaus gegeben. Die Indianer der Vereinigten Staaten kämpfen heute um ihr Überleben: gegen die Vereinnahmung durch den ›American Way of Life‹, für die Respektierung ihrer vertraglich festgelegten Existenzrechte und die Wahrung ihrer kulturellen Identität.

Der Autor

Mathias R. Schmidt ist Amerikanist mit besonderem Interesse an der Sozialgeschichte der Vereinigten Staaten. Er schreibt seit längerer Zeit Radiomanuskripte für verschiedene Rundfunkanstalten. Dabei greift Schmidt bevorzugt Probleme gesellschaftlicher Außenseiter und politisch Benachteiligter auf; der Autor verfaßte u. a. eine Reihe entwicklungspolitischer Sendungen, Beiträge über Gastarbeiter sowie zahlreiche Berichte zur internationalen Flüchtlingssituation.

In den vergangenen Jahren widmete sich Mathias R. Schmidt mit wachsendem Interesse dem Thema ›amerikanische Indianer‹. Im Zuge seiner Recherchen unternahm er mehrere ausgedehnte Forschungsreisen durch die USA. Ein Teil seines dabei gesammelten, in diesem Buch veröffentlichten Ton- und Schriftenmaterials floß in mittlerweile sechs Indianersendungen ein. Schmidts NDR-Schulfunkserie ›Die Besiedlung Nordamerikas – von Indianern erlebt‹ fand ein außerordentlich starkes Hörerecho und gilt als eine der erfolgreichsten NDR-Geschichtsproduktionen. Weitere Publikationen und Sendungen des Autors zum Thema sind in Vorbereitung.

INHALTSVERZEICHNIS

INTERVIEWS*

*Die nach den Namen der Interview-Partner angegebenen Tätigkeitsbeschreibungen entsprechen dem Stand Sommer 1979.

DOKUMENTE

Vorbemerkungen des Autors

Der Konflikt ist vorprogrammiert. Als ab Anfang des 17. Jahrhunderts in ständig wachsendem Umfang europäische Einwanderer im indianischen Nordamerika eintreffen, begegnen sich zwei grundsätzlich verschiedene Welten.

Die Indianer sehen sich als Teil der Natur. Der Mensch ist für sie nur eines von unzähligen gleichwertigen Elementen jenes komplexen Systems, das sie als ihre ›Mutter Erde‹ verehren. Die gesamte Natur wird nach indianischem Verständnis von einer unpersönlichen, allgegenwärtigen Lebenskraft (Manitou) durchdrungen, dem ›Großen Geist‹, der allen Dingen, welche die Erde hervorbringt, innewohnt.

Daraus leitet sich das tiefverwurzelte Bedürfnis ab, der Natur Achtung entgegenzubringen und sie vor schädlichen Einflüssen aller Art zu schützen. Eine solche Lebenseinstellung verbietet die Anlage profitorientierter Pflanzungen und das Kahlschlagen der Wälder ebenso wie den großangelegten Abbau von Bodenschätzen oder das Jagen und Fischen als Freizeitgestaltung. Bei allem, was der Mensch tut, so verlangt es die indianische Lebenslehre, hat er stets vorausschauend die ökologischen Konsequenzen seiner Handlungen zu bedenken, um den Naturkreislauf, dessen integraler Bestandteil er ist, nicht zu gefährden.

Der ehrfurchtsvollen Naturverbundenheit des Roten Mannes steht das dynamisch-fortschrittsorientierte Expansionsstreben der europäischen Einwanderer gegenüber. ›Macht euch die Erde untertan!‹ heißt es in ihrer Religion, und die Weißen tun alles, um diese – mißverstandene – Devise in die Tat umzusetzen. Die unermeßliche, unkultivierte Weite der Natur stellt für sie etwas Bedrohliches und zugleich Herausforderndes dar. Diese dem Menschen feindlich gesonnene, unberechenbare Wildnis gilt es zum eigenen Vorteil zu bändigen, sich gefügig zu machen; ist doch der Mensch zum Nutznießer, zum Beherrscher der Natur prädestiniert.

Die weißen Einwanderer brauchen Land für ihre Felder, Pflanzungen und Weiden; Platz für ihre Höfe, Dörfer und Städte; Holz zum Bauen und Heizen; Wildbret als Nahrung; sie benötigen Wasser und später in zunehmendem Maße Mineralien für ihre Industrien. Amerika hält all dies in scheinbarem Überfluß für sie bereit, und so bedienen sie sich dieses Reichtums. Skrupel kennen sie keine. Die Einwanderer betrachten sich als rechtmäßige Herren der Neuen Welt, war doch die gesamte Großregion von europäischen Kapitänen feierlich-formell für die heimatlichen Herrscher in Besitz genommen worden. Darüber hinaus fühlen sich die Weißen den Indianern Amerikas ohnehin kulturell und moralisch in jeder Weise überlegen. Es ist ihre Überzeugung, von Gott dafür erwählt zu sein, diese neue Welt und ihre ›ignoranten‹ Ureinwohner zu zivilisieren. Beim Zusammenprall zweier derart konträrer Lebensauffassungen steht der Verlierer der ersten Runde fest.

So zeigt die Geschichte Nordamerikas im Gebiet der heutigen USA eine Licht- und eine Schattenseite: sie ist beispiellose ›success story‹ des Weißen Mannes und Tragödie des unaufhaltsamen Niedergangs der indianischen Urbevölkerung. Die forcierte Euro-

päisierung Nordamerikas, der Aufstieg agrarorientierter Kolonien zur industriellen und militärischen Supermacht hat einen hohen Preis.
Für viele Beobachter ist es bis zur endgültigen Vernichtung der ›letzten Söhne Manitous‹ nur noch eine Frage der Zeit. Seitdem man festgestellt hat, daß auf den Indianer-Reservationen riesige Rohstoff-Vorkommen lagern, ist das verhältnismäßig wenige, dem Roten Mann noch verbliebene Land zu einem politischen Faktor ersten Ranges geworden. Im Zeitalter der Rohstoffverknappung und Energiekrise erhält damit der historische Konflikt zwischen indianischen Lebensinteressen und dem unersättlichen Landhunger der Weißen eine neue dramatische Dimension.
Die Ureinwohner der Vereinigten Staaten sind sich der Gefahr, in der ihr Volk schwebt, bewußt. Vor dem Hintergrund der wachsenden wirtschaftspolitischen Bedeutung ihrer letzten Landbasis ist seit Anfang der 60er Jahre nach jahrezehntelangem resignierten Schweigen eine Renaissance indianischen Stolzes, Selbstwertgefühls und Kampfgeistes angebrochen. Die Zahl der Eingeborenen, welche mit leidenschaftlichem Engagement für eine Verbesserung ihrer Lebensbedingungen und die Respektierung ihrer vertraglich niedergelegten Existenzrechte durch die US-Regierung eintreten, wächst ständig. Der moderne Überlebenskampf der Indianer ist ein zähes Ringen um Klauseln und Paragraphen; die Siege in diesem letzten ›Indianerkrieg‹ werden nicht auf dem Schlachtfeld errungen, sondern am Schreibtisch. Die entscheidende Phase der Indianer-Geschichte hat begonnen.
Als der Norddeutsche Rundfunk eine Anfang 1978 von mir verfaßte Indianer-Schulfunk-Serie sendete, erhielt die zuständige Redaktion eine große Zahl von Briefen und Anrufen. In fast allen Hörer-Reaktionen wurde ausdrücklich die intensive Einbeziehung zeitgenössischen Quellenmaterials begrüßt. Es gibt offensichtlich unter den deutschen Indianer-Interessenten ein starkes Bedürfnis nach Informationen aus erster Hand. Dem soll dieses Buch Rechnung tragen.
Faktische Informationen müssen nachprüfbar sein. Damit aber liegt es bei den meisten Indianer-Büchern im argen. So fehlt in vielen hierzulande zugänglichen Publikationen bei Zahlenangaben der Quellennachweis. Andere Autoren übernehmen später gutgläubig diese vermeintlich verbürgten Daten. Irgendwann verselbständigen sich solche Angaben und gelten in der ständig wachsenden Gemeinde der Indianer-Freunde schon deshalb als zuverlässig, weil sie – nacheinander – in verschiedenen Veröffentlichungen auftauchen. Die sorglose Verwendung unzureichend abgesicherter Zahlen und nichtbibliographisch belegter Zitate in der bundesdeutschen Indianer-Literatur ist bedenklich und trägt nicht dazu bei, die Indianer-Frage transparenter zu machen. Die schwarz-weiß-zeichnenden romantisierenden Klischees Karl May'scher Prägung sind im Niedergang begriffen, und das ist gut so. Es gilt nun jedoch, durch exakt recherchierte Information zu verhindern, daß alte Stereotypen lediglich durch neue Zerrbilder ersetzt werden.
Dieses Buch konzentriert sich auf die Indianer der Vereinigten Staaten. Die in den Interviews und Dokumenten enthaltenen Fakten, Analysen und Meinungen Betroffener

und Beteiligter sprechen für sich. Auf eigene subjektive Interpretation habe ich weitgehend verzichtet. Bei der Auswahl meiner Gesprächspartner und der Zusammenstellung exemplarischer Dokumente lag mir daran, ein möglichst breites Meinungsspektrum wiederzugeben. Die indianische Gegenwart ist außerordentlich vielschichtig. Wer dieser Komplexität wenigstens annähernd gerecht werden will, sollte sich nicht – wie das häufig geschieht – auf die Darstellung der Ziele und Aktionen der Amerikanischen Indianerbewegung (AIM) beschränken. Die Bedeutung der AIM-Indianer als Impulsgeber ist zwar groß, von nicht zu unterschätzender Wichtigkeit für die soziale Lage und das Überleben der US-Indianer sind jedoch auch die Absichten und Taten der weißen Politiker. Die außerordentliche Tragweite der in der Bundeshauptstadt gefällten Entscheidungen macht es notwendig, sich sehr genau mit den unterschiedlichen Positionen des Washingtoner Polit-Establishments auseinanderzusetzen. Ebenso darf auch die reale Machtposition der gewählten Stammesregierungen nicht übersehen werden.

Die Exaktheit steht und fällt bei einem Buch wie diesem mit der Übersetzungsqualität der englischsprachigen Texte. Soweit nicht anderweitig gekennzeichnet, wurden alle Beiträge von mir selbst mit großer Sorgfalt ins Deutsche übertragen. Dabei war ich zwar um eine gute Lesbarkeit bemüht, habe im Zweifelsfall jedoch die stilistisch weniger befriedigende, aber inhaltlich treffendere Lösung der unpräzisen, aber eleganteren Umschreibung vorgezogen. Ich war bemüht, in meinen Übersetzungen die individuelle Sprachebene eines jeden Sprechers bzw. Urhebers zu treffen, für eventuelle unrichtige oder logisch nicht ganz nachvollziehbare Darstellungen in den abgedruckten Texten bin ich selbstverständlich nicht verantwortlich.

Sämtliche Eingriffe in das Original wurden als solche kenntlich gemacht: Erläuterungen und stilistische Einschübe durch eckige Klammern, aus Gründen der Straffung vorgenommene Auslassungen (Wiederholungen, Füllphrasen etc.) durch Punkte. In runden Klammern findet der interessierte Leser die englischen Originalausdrücke bzw. – dies gilt für die Dokumente – Einschübe, die bereits im Urtext in Klammern standen. Lediglich bei der Festsetzung der Absätze habe ich mir zugunsten des Layout gewisse Freiheiten genommen.

Die Anlage des Buches entspricht dem Untertitel ›Interviews und Dokumente‹. Diesen Vorbemerkungen folgen zunächst elf Interviews. Hierbei handelt es sich um den chronologischen Abdruck einer Serie von Gesprächen mit Indianern und Nicht-Indianern, die ich im Sommer 1979 in den Vereinigten Staaten geführt habe. Zuweilen wäre es aufschlußreich gewesen, nach den Antworten meines jeweiligen Gesprächspartners noch weiter nachzuhaken. Aus Zeitgründen habe ich jedoch zum Teil auf diese Gelegenheit verzichten müssen: bei mehreren Begegnungen war die Interview-Dauer von vornherein genau festgelegt. In solchen Fällen habe ich es dann vorgezogen, mehrere Themen kurz aufzugreifen anstatt Einzelaspekte in extenso zu erörtern. In diesem Zusammenhang gilt natürlich, daß ein ausweichender oder verweigerter Kommentar durchaus auch eine Antwort sein kann.

Im Verlauf der Interviews kristallisierten sich eine Reihe zentraler Probleme heraus, die immer wieder zur Sprache kamen und unterschiedlich eingeschätzt wurden. Zu jedem dieser m. E. besonders relevanten Schwerpunktbereiche habe ich im zweiten Teil des Buches Dokumente zusammengestellt. Der Begriff ›Dokument‹ ist hierbei breit gefaßt und bezieht sich nicht nur auf offiziell-amtliche Papiere, sondern auf schriftliche Zeugnisse im weitesten Sinne. Diese Textauswahl hat exemplarischen Charakter und soll nicht zuletzt die bereits in den Interviews anklingenden Themen vertiefen.
Einem jeden Dokumentenkapitel wurden gezielte Lektüre-Vorschläge zur weiteren Information des Lesers angefügt. Einige dieser Hinweise sind nur mit Kurztitel vermerkt; die vollständigen Literaturangaben enthält die Auswahlbibliographie. Abschließend sei auf den Index verwiesen: Es mag in vielen Fällen interessant sein, zu einem Detailaspekt andere, möglicherweise gegensätzliche Darstellungen nachzulesen. Die entsprechenden Passagen lassen sich mit Hilfe des Schlagwortverzeichnisses leicht ausfindig machen; auf Querverweise innerhalb der Textsammlung konnte daher verzichtet werden.

März 1980 Mathias R. Schmidt

Erläuterung englischer Abkürzungen

BIA	Bureau of Indian Affairs; US-Indianerbehörde
IHS	Indian Health Service; regierungsamtlicher Indianer-Gesundheitsdienst
HEW	Ministry For Health, Education and Welfare; US-Ministerium für Gesundheit, Erziehung und Wohlfahrt (inzw. umorganisiert)
AIM	American Indian Movement; Amerikanische Indianerbewegung
IITC	International Indian Treaty Council; Internationaler Indianischer Vertragsrat
WARN	Women of All Red Nations; zu AIM gehörende indianische Fraueninitiative
NTCA	National Tribal Chairmen's Association; Dachverband der gewählten Stammesführer
AAIA	Association on American Indian Affairs; Bürgerorganisation für Indianerbelange
NGO	Non-governmental Organization; von der UNO anerkannte nicht-regierungsgebundene Organisation
GAO	General Accounting Office; US-Regierungsrechnungshof
D. C.	District of Columbia; Regierungsbezirk der Hauptstadt Washington
S. D.	South Dakota, US-Bundesstaat
FBI	Federal Bureau of Investigation; US-Bundeskriminalpolizei

Interviews

Gespräch mit Richard Bad Moccasin

Acting Service Unit Director, Indian Health Service Hospital, Rapid City, S.D.

R.B.M., Sioux von der Crow Creek Reservation in South Dakota, ist Verwaltungsdirektor eines Hospitals des Indianer-Gesundheitsdienstes in Rapid City. Das auch Sioux-Sanatorium genannte Haus gehört zu den größeren Einrichtungen seiner Art und bietet allen US-Indianern gleichwelcher geographischen Herkunft ambulante und stationäre Behandlung.
Das nachfolgende Interview wurde am 4. 5. 79 in Rapid City geführt.

SCHMIDT: Mister Bad Moccasin, welches sind die auf indianischen Reservationen am häufigsten vorkommenden Krankheiten?
BAD MOCCASIN: Ich denke, die Krankheiten unserer indianischen Patienten entsprechen [zunächst einmal] den Krankheiten der Allgemeinbevölkerung. Da gibt es eine Menge Probleme... nervöse Spannungen, Verletzungen und Alkoholismus; ... Herzkrankheiten und Diabetes. All die Krankheiten, unter denen die allgemeine Bevölkerung leidet, finden wir auch bei den Indianern.
SCHMIDT: Viele Probleme treten unter den Indianern jedoch häufiger auf als bei den Weißen. Ein Beispiel dürfte hier die hohe Säuglingssterblichkeit sein.
BAD MOCCASIN: Die Säuglingssterblichkeitsrate ist auf den indianischen Reservationen höher.
SCHMIDT: Können Sie Zahlen nennen?
BAD MOCCASIN: Ich kenne die genauen Zahlen nicht, aber ich würde sagen, daß sie 30-35 % höher liegt als die durchschnittliche Rate der Säuglingssterblichkeit. Der Grund hierfür ist die Isolation. Junge Mütter, die medizinisch versorgt werden wollen, müssen [auf den Reservationen] weit reisen. In vielen Fällen steht ihnen kein Kinderarzt zur Verfügung, in vielen Fällen gibt es für sie keinen Ernährungsberater, keinen Diätspezialisten, bei dem sie sich Rat holen könnten... Häufig liegt auf den Reservationen das Krankenhaus bis zu 100 Meilen von einer Siedlung entfernt. Das ist einer der Gründe für die hohe Säuglingssterblichkeit. Der zweite Grund ist offenbar die [mangelnde] Gesundheitserziehung. Die jungen [indianischen] Mütter haben keine Gelegenheit, sich mit den Methoden der Vor- und Nachsorge vertraut zu machen; Dinge, zu denen wir hier in Rapid City leicht Zugang finden...
SCHMIDT: Kann man also ganz pauschal sagen, daß es für einen Reservations-Indianer in der Regel schwerer ist, sich ärztlich versorgen zu lassen, als für einen weißen Amerikaner?
BAD MOCCASIN: Ja. Doch liegt das einfach daran, daß uns keine ausreichenden Mittel zur Verfügung stehen, um eine hochwertige medizinische Versorgung zu gewährleisten. Manchmal können wir den indianischen Reservationsbewohnern allein wegen der [geographisch ungünstigen] Lage des Hospitals nicht einmal eine Mindestversorgung anbieten. Das Krankenhaus befindet sich normalerweise in einer Agentur*, und diese liegt häufig 100 bis 150 Meilen von den Außenbezirken entfernt...
SCHMIDT: Die Tatsache, daß es in den Reservationsgebieten nicht genügend Ärzte und Fachärzte gibt, scheint mir in erster Linie also ein finanzielles Problem zu sein.
BAD MOCCASIN: Ja. Das Grundproblem ist der Mangel an Finanzmitteln, um das für solche Dienstleistungen notwendige Personal zu bekommen; fehlende Mittel für die notwendige technische Ausstattung, um den auf den Reservationen benötigten Spezialisten attraktive Arbeitsbedingungen zu schaffen...
SCHMIDT: Sie erwähnten fehlendes medizinisches Personal. Man hat mir berichtet,

*Verwaltungszentrum einer Reservation.

die wenigen auf den Reservationen praktizierenden Ärzte kämen häufig direkt von der Uni und seien denkbar unerfahren.

BAD MOCCASIN: Das ist ein Problem. Wir... beschäftigen häufig Ärzte, die frisch von der Uni kommen, denn diese sind [in vielen Fällen] verpflichtet, der US-Regierung ein Stipendium zurückzuzahlen [abzuarbeiten]. Zu diesem Zweck verpflichten sie sich, in einem ländlichen Gebiet zu arbeiten, und in dieser Gegend... bedeutet das natürlich auf einer Reservation. So stehen uns dann [lediglich] für eine begrenzte Zeit – je nachdem 6 bis 24 Monate – die Dienste eines Spezialisten oder Allgemeinmediziners... zur Verfügung. Auf diese Weise haben wir eine ständige Fluktuation von Ärzten, und das wirkt sich ungünstig auf die Kontinuität der medizinischen Versorgung aus. In nicht-indianischen Gebieten... hingegen praktiziert ein Allgemeinmediziner vielleicht 15 bis 20 Jahre lang und setzt sich unter Umständen in dieser Gemeinde dann auch zur Ruhe. Der ständige Wechsel von Ärzten und Fachpersonal im Hospital ist in der Tat ein beachtliches Problem.

SCHMIDT: Sie sprachen eingangs bereits das Thema Alkoholismus an. Können Sie das bitte etwas vertiefen.

BAD MOCCASIN: Als Verwaltungsmann habe ich in diesem Krankenhaus Einblick in die Daten unserer stationären und ambulanten Patienten. Viele offene Verletzungen, Auto- oder Haushaltsunfälle können direkt oder indirekt auf den Konsum oder Mißbrauch von Alkohol zurückgeführt werden. Das ist in der Tat ein Problem, das wir hier auf den Reservationen beobachten können. Es hängt zum Beispiel mit der hohen Arbeitslosenquote zusammen und mit dem hochgradigen Mangel an Möglichkeiten, in den Gemeinden irgend etwas Sinnvolles zu unternehmen... Nichtssagende Umgebung, hohe Alkoholikerrate...

SCHMIDT: Der Griff zur Flasche als Fluchtmechanismus?

BAD MOCCASIN: Ich würde sagen, das ist ein beachtliches Problem. Jeder, der nicht selbst auf einer Reservation wohnt und in ein solches Gebiet kommt, wird beobachten, daß viele in unserem Volk dem Alkohol verfallen sind. Sie brauchen sich auf der Reservation nur umzuschauen: Sie werden dabei feststellen, daß die Gemeinden wenig entwickelt sind, daß es kaum Gemeinde-Aktivitäten gibt. Ich bin daher fest davon überzeugt, daß der Alkoholismus, der Alkoholmißbrauch zu einem Teil auf die eintönige Umgebung zurückzuführen ist. Und der will man entfliehen.

SCHMIDT: Sie sagen, die Lebensbedingungen auf den Reservationen seien mehr oder weniger trostlos und deshalb flüchte man sich in den Alkohol. Manche Indianer-Kritiker argumentieren umgekehrt: Eben weil es unter ihnen so viele Alkoholiker gebe, könnten die Indianer auch nicht die notwendigen Anstrengungen zur Verbesserung ihrer Lebensqualität unternehmen.

BAD MOCCASIN: Das ist wahr. Nur, die Arbeitslosen-Statistik weist deshalb so viele Arbeitslose aus, weil diese einfach keine Arbeit finden. Man arbeitet entweder für das *Bureau of Indian Affairs,* oder den *Indian Health Service,* oder man ist bei der Stammesregierung angestellt. Diese sind die drei großen Arbeitgeber auf den Reserva-

tionen; doch die Jobs sind zahlenmäßig begrenzt. So muß man sich entweder außerhalb der Reservation eine Stellung suchen, oder auf der Reservation bei minimalem Lohn für einen Rancher oder Farmer arbeiten. Die Reservationen sind nicht so entwickelt, daß jederzeit Stellen zur Verfügung stünden.
SCHMIDT: Die Arbeitslosen leben von Fürsorge-Geldern, nicht wahr?
BAD MOCCASIN: Bedauerlicherweise sind viele Reservations-Indianer Fürsorgeempfänger. Sie erhalten ihre Zahlungen entweder vom BIA oder dem Bundesstaat... Der hohe Prozentsatz der Fürsorgeempfänger ist schlicht und einfach auf den Mangel an Arbeitsplätzen zurückzuführen.
SCHMIDT: Das heißt, viele Reservations-Indianer sind von den Umständen zur Arbeitslosigkeit verurteilt.
BAD MOCCASIN: Ja, das sind sie.
SCHMIDT: Mister Bad Moccasin, Sie erwähnten bereits die hohe Säuglingssterblichkeit und haben auch bereits den Ernährungsaspekt angesprochen. Zwischen Gesundheitssituation und Ernährung besteht ohne Zweifel ein enger Zusammenhang.
BAD MOCCASIN: Ja, so ist es. Auf Grund der hohen Arbeitslosigkeit und [schlechten] ökonomischen Situation gibt es auf den Indianer-Reservationen starke Anzeichen für eine unausgewogene Ernährung werdender Mütter und der Familien ganz allgemein. Als Fürsorgeempfänger können sich diese Leute in vielen Fällen zum Beispiel kein frisches Obst oder frisches Fleisch leisten. Häufig benötigen sie ihre gesamten Unterstützungszahlungen für Miete, Energiekosten und Kleidung. In vielen Fällen stammen ihre Grundnahrungsmittel... aus dem *Commodity Program* [Nahrungsprogramm] des Arbeitsministeriums.*... Die Nahrungsmittel, welche den Indianer-Familien im Rahmen dieses Programms zugeteilt werden, sind in hohem Grad stärkehaltig.
SCHMIDT: Was für Nahrungsmittel sind das zum Beispiel?
BAD MOCCASIN: ...Bohnen, Mehl, Büchsenfleisch, etwas Käse. Aber keinerlei Obst und Gemüse, kein frisches Fleisch. Da gibt es Milchpulver, Eipulver. So eine Kost gewährleistet niemandem eine ausgewogene Ernährung. Und die Leute, die mit einer solchen Ernährung groß werden, bekommen sehr häufig Diabetes... Es sind auf Indianer-Reservationen verschiedene Studien erstellt worden, die darauf hinweisen, daß Indianer-Familien, die sich ausschließlich aus den Dauernahrungsmitteln des *Commodity Program* ernährt haben, bestimmte wichtige Vitamine fehlen. Das betrifft besonders werdende Mütter...
Heute... gibt es immer noch viele Indianer, die diese Nahrungsmittel des *Commodity Program* empfangen, und für viele ist es wohl noch immer eine der Hauptbezugsquellen ihrer Nahrung. Dementsprechend haben wir weiterhin auf solche Kost zurückzuführende Gesundheitsprobleme. Aber es gibt diese Nahrungsmittel eben umsonst.

---

*BIA-Kommissar Seneca nennt als Herkunft der dauerkonservierten Grundnahrungsmittel ein anderes, das Landwirtschafts-Ministerium.

Und sie sind leicht zu bekommen... Wir haben zur Zeit auf den Reservationen ein Programm laufen, in dessen Rahmen jungen Müttern Eier, Milch und Baby-Nahrung zur Verfügung gestellt werden. Das ist eine Verbesserung, aber erst seit kurzem. Nach wie vor wird das *Commodity Program* von den Indianern stark genutzt.
SCHMIDT: Glauben Sie, daß sich dieses Problem durch eine Erhöhung der Fürsorge-Zahlungen lösen ließe? Mit anderen Worten: Glauben Sie, daß zusätzlich verfügbares Geld auch für Obst und Gemüse, Frischfleisch und Milch verwandt würde, oder wäre das zunächst einmal eine Sache der Aufklärung?
BAD MOCCASIN: Ich glaube, worum es hier geht, ist die Verfügbarkeit. Häufig sind die Geschäfte auf den Reservationen weit von der nächsten Stadt... entfernt. Mit anderen Worten: wir müssen hier das Transport-Problem berücksichtigen. Es ist sehr schwierig, frisches Obst auf eine Reservation zu schaffen und dort längere Zeit frischzuhalten. Bis ein Indianer das Obst schließlich kauft,... vergeht einige Zeit. Ein anderer Punkt ist, daß die Fürsorgegelder am Monatsersten ausgezahlt werden, und die Lieferung solcher [Frisch-] Produkte häufig nicht mit dem Zahltag zusammenfällt. Wir haben es hier mit ländlichen, sehr abgelegenen Gemeinden zu tun, in denen es für die Bewohner vielleicht nur ein einziges Lebensmittelgeschäft gibt. Häufig sind die Preise allein auf Grund der Entfernungen, sprich der Transportkosten, derart überhöht, daß die Familien einfach nicht in der Lage sind, auch das zu kaufen, was sie gerne kaufen möchten.
SCHMIDT: Die Mangelernährung hat also z. T. auch infrastrukturelle Ursachen.
BAD MOCCASIN: Ja. Da spielen mehrere Faktoren zusammen: Isolation, die Straßen [-verhältnisse], das Klima.. South Dakota ist klimatisch eine sehr unberechenbare Gegend. Es kann hier lange Zeit sehr kalt sein, was das Überlandreisen stark erschwert. Die Sommer hier sind relativ kurz... Die Nahrungsprobleme, denen die schwangeren Mütter, die jungen Familien und natürlich die Alten ausgesetzt sind, haben verschiedenste Ursachen.
SCHMIDT: Glauben Sie, daß die von Ihnen aufgezeigte Mangelernährung auch andere Minderheiten betrifft?
BAD MOCCASIN: Ich glaube, das betrifft jede Minderheit, jede ethnische Gruppe, die finanzielle Schwierigkeiten hat... Also auch hier wieder ein Mangel an Geldmitteln, sei es auf Grund von Arbeitslosigkeit, sei es, weil die Fürsorgeprogramme nicht ausreichen. Dennoch glaube ich, daß diese Probleme auf den Reservationen wegen der großen Entfernungen häufiger und beachtlicher sind... Eine Minderheitengruppe, die in einem städtischen Gebiet wohnt, hat jederzeit Zugang zu Warenhäusern, die frisches Obst und Gemüse, frisches Fleisch und so weiter führen. Das ist auf den Reservationen anders. Man muß hier hunderte von Meilen fahren, und außerdem sind die Preise überhöht. Sie sind höher, weil es nur ein einziges Geschäft gibt...
SCHMIDT: Also auch eine Ausnutzung der Monopol-Situation?
BAD MOCCASIN: Ja.
SCHMIDT: Können Sie mir einen Anhaltspunkt geben, um wieviel höher die Preise

auf den Reservationen sind?
BAD MOCCASIN: ...Nehmen wir zum Beispiel einen Badezimmer-Spiegel von 9 x 9 inches [23 x 23 cm]. Der würde in einem städtischen Gebiet South Dakotas 62 Cent kosten. In einem Geschäft auf einer Reservation, das so etwas führt, zahlen Sie dafür $ 1,49. Ich wähle diesen Vergleich, weil ich das gerade gestern erlebt habe...
SCHMIDT: Sind auch in anderen vornehmlich von Weißen bewohnten abgelegenen Gebieten der Vereinigten Staaten die Preise so viel höher als in den Städten?
BAD MOCCASIN: Oh ja, unbedingt, eben wegen des Transport-Problems.
SCHMIDT: Das Ganze ist also kein rein indianerspezifisches Phänomen?
BAD MOCCASIN: Nein, es hat mit der Abgeschiedenheit zu tun... Die Preise werden nicht wegen der Indianer erhöht. Andere Bewohner dieser Gemeinden müssen das gleiche zahlen. Aber wenn man von Fürsorgegeldern lebt und es dann mit solchen Kosten zu tun hat...
SCHMIDT: Wie ist die Wohnungssituation auf den Reservationen?
BAD MOCCASIN: ...Die indianische Bevölkerung nimmt sowohl auf den Reservationen als auch in den städtischen Gebieten ständig zu. Mit der Bevölkerungszunahme wächst auch der Wohnungsbedarf... Das verlangt große Aufmerksamkeit von seiten der lokalen Regierungsstellen, wo man sich um Bundesmittel und andere Gelder bemühen muß, um die Zahl der Wohneinheiten zu erhöhen und der wachsenden Bevölkerung zugänglich zu machen. Es besteht für die indianischen Stämme... die Möglichkeit, sich vom *Department of Housing and Urban Development* [Ministerium für Wohnungsbau und Städteplanung] Häuser für ihre Stammesangehörigen zur Verfügung stellen zu lassen. Der Typ Wohnheinheiten, den Sie auf diese Weise bekommen, ist jedoch nicht den jeweiligen Wetterbedingungen und geographischen Gegebenheiten angepaßt. Mit anderen Worten: Sie wissen vielleicht, daß wir hier im Januar, Februar, März Minustemperaturen von unter 30°F [ca. 34°C] haben, und doch bekommen Sie vom Ministerium eine Hauskonstruktion, die gar nicht gegen solch extreme Kälte isoliert ist. Resultat: Sie haben nicht nur ein Haus, das Ihrer Gesundheit abträglich ist, sondern Ihnen auch in wirtschaftlicher Hinsicht nicht gerecht wird. Denn Sie haben hohe Heizkosten. Es ist also eine Frage der Planung... Wir brauchen hier in South Dakota sicher nicht die gleichen Häuser, wie man sie für eine Familie im Südwesten bauen würde... Und doch kriegen wir genau die gleichen Häuser.
SCHMIDT: Kaum zu glauben. Das ist doch so offensichtlich.
BAD MOCCASIN: Das ist offensichtlich, ja. Doch wir haben es hier mit der Bundesregierung zu tun, und die meint, was für die Indianer in Arizona gut ist, sei auch für die Indianer in South Dakota gut. Aber das ist nicht der Fall; die klimatischen Bedingungen sind eindeutig unterschiedlich.
SCHMIDT: Wir haben hier also ein Beispiel für bürokratische Planungspannen.
BAD MOCCASIN: Ja, so ist es. Und die sind weit verbreitet. Sie brauchen nur einmal durch ein Reservationsgebiet zu fahren und sich die Häuser anzusehen. Es wird besser, aber man kann noch immer Pannen dieser Art verzeichnen.

SCHMIDT: Da wir gerade über Bürokratie sprechen, eine Frage an Sie als Privatmann, nicht als Regierungsangestellter. Warum sind so viele amerikanische Eingeborene mit der Arbeit des BIA unzufrieden?
BAD MOCCASIN: ...Da könnte ich vieles anführen... Die Indianer stellen [schon] allein auf Grund des geschichtlichen Verhaltens des BIA in den letzten 150 Jahren... die [guten] Absichten des BIA in Frage. Man ist zurückhaltend und in der Defensive... Das Indianerland in Stammesbesitz wird immer weniger... Das BIA schützt angeblich die Rechte der einzelnen Indianer und der indianischen Familien. Dennoch arbeitet es andererseits mit dem Ingenieur-Korps [der US-Armee] bei der Planung und dem Bau von Staudämmen zusammen. Dadurch ging den Indianern in den Flußtälern viel Land verloren. Wertvolles Land der Spitzenqualität... Es ist also [ein] historisch [bedingtes Problem]...: Anstatt die Indianer zu schützen, hat das BIA ihnen gegenüber eher eine bevormundende Haltung eingenommen.
SCHMIDT: Und häufig gegen die Interessen der Stämme gehandelt?
BAD MOCCASIN: Es hat Fälle in der Geschichte gegeben, wo einige BIA-Programme, in die man viel Geld gesteckt hatte, nicht dem besten Interesse der Indianer dienten.
SCHMIDT: Ich danke Ihnen für diesen Exkurs und möchte jetzt noch eimal auf den Problemkreis Alkohol zurückkommen. Haben Sie als jemand, der auf dem medizinischen Sektor tätig ist, einen Lösungsvorschlag? Auf manchen Reservationen ist der Alkoholverkauf verboten, nicht wahr?
BAD MOCCASIN: Die Verordnungen und Stammesgesetze sind von Stamm zu Stamm verschieden. Es gibt in dieser Gegend Stämme, die den Alkoholverkauf auf ihren Reservationen gestatten. Genauso gibt es hier Stämme..., wie zum Beispiel die Crow Agentur in Montana, die auf ihrer Reservation keinerlei Alkohol zulassen, geschweige denn dessen Verkauf. Wenn man auf einer solchen Reservation... im Besitz von Alkohol angetroffen wird, kann man ins Gefängnis kommen. Da ist man sehr streng.
SCHMIDT: Und hat das Erfolg?
BAD MOCCASIN: Vielleicht auf den Reservationen, doch in den angrenzenden Gemeinden nehmen die Fälle des Alkoholmißbrauchs [durch Indianer] zu. Jeder Stamm denkt anders; es kommt darauf an, wie die Stammesregierung zur Idee der Vorbeugung steht. Es bleibt zu fragen, ob man den Alkoholismus dadurch verhindern kann, daß man den Alkoholverkauf auf den Reservationen verbietet.
SCHMIDT: Was glauben Sie? Kann man die Alkoholikerrate durch Prohibition drücken oder nicht?
BAD MOCCASIN: Ich glaube, man kann nicht. Nur fünfzehn Meilen weiter ist Alkohol ja leicht zu bekommen... Der betreffende Indianer fährt einfach... in eine an die Reservation grenzende nicht-indianische Gemeinde... und gibt dort sein ganzes Geld aus, um sich mit Alkoholika einzudecken. Das ist ein weiterer beachtlicher Aspekt, der häufig übersehen wird. Wenn man also auf der Reservation den Alkoholver-

brauch verbietet, hört damit der Alkoholkonsum noch nicht unbedingt auf...
SCHMIDT: Was also ist zu tun?
BAD MOCCASIN: Die Lösung liegt vermutlich auch hier im Bereich der Erziehung; das ist ein sehr langwieriger Prozeß. Ich meine, wir Indianer müssen in diesem Punkt – wie jede andere Familie auch – eine Art konsequente Familien-Moral entwickeln. Keine totale Abstinenz. Die Familie sollte zum Beispiel für sich und ihre Sprößlinge bestimmte Prinzipien entwickeln. Sie sollte den Kindern... die Erkenntnis vermitteln, daß es noch mehr im Leben gibt, als zum Beispiel die Anerkennung der Kameraden zu erreichen, indem man Alkohol und Drogen konsumiert. Das muß in einer Familie über die Erziehung angegangen werden. Jede Familie muß dahin gelangen, ihre Sprößlinge in einer nach ihrem Empfinden sinnvollen, religiösen, anständigen Atmosphäre aufzuziehen. Es ist zu hoffen, daß diese dann ihren Weg finden. Der Alkohol ist ein schwieriges Thema, einfach weil es da so viele Nebenaspekte gibt. Allein die Frage der Rehabilitation... Es erfordert große Aufmerksamkeit von allen Betroffenen. Für mich also kommt es auf die Erziehung innerhalb der Familie an,... darauf, aufzuzeigen, was der Alkoholismus in den Familien anrichtet, was seine Folgen sind...
...
SCHMIDT: Sie betonen die zentrale Bedeutung des familiären Zusammenhaltes. Die gefestigte, Schutz und Kraft spendende Familienstruktur war traditionell eine Hauptsäule der indianischen Gesellschaft. Das ist dann heute offensichtlich nicht mehr in dem Maße der Fall.
BAD MOCCASIN: ...Das wird heute nicht mehr so praktiziert wie früher. Es herrscht so große Gleichgültigkeit. Die Umgebung... und die hohe Arbeitslosigkeit sind für die Einheit der Familie nicht gerade förderlich. Natürlich übernehmen die Kinder die schlechten Angewohnheiten, die sie um sich herum wahrnehmen. Der Familienzusammenhalt kann überleben, wenn man ihn wieder verwirklichen würde... Die Kommunikation ist nicht mehr wie früher; die Lebensziele, die Motivation fehlen. Hoffentlich wird sich das ändern. Da gibt es so viel zu tun...: Von seiten der Regierung, von seiten der Familie und des einzelnen; auch bezüglich des Verhältnisses zwischen Regierung und Indianern und der Erwartung der Nicht-Indianer. Da kommt vieles zusammen.
SCHMIDT: Man könnte vermuten, daß die von Ihnen angeführten trostlosen Lebensbedingungen, der Alkoholismus, die Gleichgültigkeit und fehlende Motivation eher Apathie zur Folge haben. Dennoch läßt sich heute unter den Indianern der Vereinigten Staaten – besonders den jüngeren – eine weit größere Unruhe verzeichnen als etwa in der ersten Hälfte dieses Jahrhunderts. Wie erklären Sie sich das?
BAD MOCCASIN: Nun, ich glaube, unsere indianischen Jugendlichen unterscheiden sich insofern nicht von anderen Jugendlichen, als auch sie mit vielen Dingen unzufrieden sind; wie jedermann sonst wollen auch sie Veränderungen: Unser System ist auf einem demokratischen Konzept aufgebaut: der einzelne Volksvertreter wird gewählt. Häufig ist das Wahlkriterium allein seine Popularität. Man wird nicht deswegen ge-

wählt oder ernannt, weil man sich bewährt hat, in Außen- oder Innenpolitik versiert ist... Viele indianische Jugendliche sind unzufrieden damit, daß auch die gewählten Repräsentanten unserer eigenen Stammesregierungen auf Grund ihrer Popularität gewählt werden. Und dementsprechend handeln sie auch: sie [die Wahlgewinner] bevorzugen jene Leute, die sie in ihr Amt gewählt haben. Das mag eine Ursache der Unruhen sein.
Die zweite ist die Tatsache, daß die Bundesregierung ständig mit unserem Land liebäugelt... Man will unsere Mineralien erschließen, will ...indianisches Wasser nutzen..., Staudämme bauen und Tagebau betreiben. Das ist eine naheliegende Sorge unserer indianischen Jugendlichen. Man kann sagen, daß sie heute eine bessere Bildung erhalten. Sie erkennen die Absichten der Regierung und der Konzerne, die von der Regierung unterstützt werden bzw. ihrerseits die Regierung stützen.
Die gebildeten indianischen Jugendlichen sind, wie auch andere Jugendliche, in großer Sorge über den Bau von Kernkraftwerken wegen der [nuklearen] Abfälle und der möglichen Umweltbelastung. Die Bevölkerung der Indianer wächst, und wir machen uns Sorgen um die Zukunft unserer Kinder. Wir haben auf unseren Reservationen große Wasservorkommen, haben Rechte an Bodenschätzen. Da mag Uran liegen und Kupfer und so weiter. Unsere indianischen Jugendlichen, die gebildeten jungen Männer und Frauen, sehen all dies und sind frustriert darüber, wie die Regierungsvertreter unsere Angelegenheiten abwickeln. Die Regierungsvertreter... sind nach Popularität gewählt und beachten nicht die vitalen Interessen ihrer Wähler.
Wir haben es heute also mit einem aus Bildung resultierenden wachsenden Bewußtsein der indianischen Jugend zu tun, die das System, unter dem wir leben, kritisch betrachtet, die sich der Problematik der historischen Ereignisse und wie diese das indianische Leben veränderten, bewußt sind. Man verfolgt auch die lokalen Ereignisse aufmerksamer... Also meiner Meinung nach gibt es heute immer mehr indianische Jugendliche, die immer mehr Fragen stellen. Sie werden sich ihrer Menschenrechte bewußt, nicht der Bürgerrechte, der Menschenrechte. Die Menschenrechte sind ja angeblich eine der Prioritäten der gegenwärtigen Regierung. Die Indianer setzen dies in Bezug zu den Menschenrechten der amerikanischen Eingeborenen auf den Reservationen, wo das Rechtssystem bei der Aufrechterhaltung von Ruhe und Ordnung mit zweierlei Maß mißt.
SCHMIDT: Inwiefern?
BAD MOCCASIN: Insofern, als über Indianer in einer unserer Gemeinden South Dakotas Strafen wegen Aufruhrs verhängt werden, die gar nicht mehr im Gesetzbuch stehen. Insofern, als die Gerichte, welche Indianer verurteilen, sich überwiegend aus Weißen zusammensetzen. Insofern, als Indianer in vielen Fällen keinen Rechtsbeistand finden. All dies wird [inzwischen] besser erkannt..., man erhebt eher seine Stimme, man ist verstärkt bereit, für seine Rechte einzustehen. Das alles gründet sich auf Erfahrung, auf die Geschichte, auf Bildung. Man ist wachsam.
SCHMIDT: Für die indianischen Rechte einzutreten, ist ja auch das Anliegen des

American Indian Movement. Glauben Sie persönlich, daß die demonstrativen AIM-Aktionen der vergangen Jahre der Sache des Roten Mannes gedient haben?
BAD MOCCASIN: Ja, das glaube ich. Es hat der Welt vor Augen geführt, daß unser Volk Rechte hat..., die von der Bundesregierung in Verträgen mit unserem Volk festgelegt wurden. Ich glaube, daß derartige Aktionen den Politikern unseres Landes deutlich gemacht haben, daß uns auf jeden Fall ein Lebensraum zusteht, daß uns... Rechte zustehen. Sie können das mit der Bürgerrechtsbewegung der Schwarzen vergleichen... Soweit ich... als Stadt-Indianer das beurteilen kann, hatten diese Aktionen einen positiven Effekt, obwohl sie viele Kontroversen hervorgerufen haben. Für mich hat so etwas einen positiven Effekt: für sein Recht einzutreten. Könnte jemand ein größeres Anliegen haben, als für ein Recht einzutreten, das beispielsweise Bestandteil eines Vertrages ist, für ein Vertragsrecht? Wissen Sie, [für sein Recht einzustehen] das ist ein Menschenrecht...
SCHMIDT: Mister Bad Moccasin, ich danke Ihnen für dieses Gespräch.
BAD MOCCASIN: Ich danke Ihnen.

Gespräch mit Bruce Ellison

Criminal Defense Attorney

B.E., ein weißer Rechtsanwalt aus Rapid City, South Dakota, hat in zahlreichen Fällen amerikanische Indianer – meistens AIM-Mitglieder – als Strafverteidiger vor Gericht vertreten. Er ist ferner Mitbegründer der ›Allianz der Schwarzen Berge‹ (Black Hills Alliance), *einer aus Weißen und Indianern bestehenden Umwelt-Bürgerinitiative. Dieses Gespräch wurde am 5. 5. 1979 in Rapid City, S.D., geführt.*

SCHMIDT: Mister Ellison, unter den amerikanischen Indianern in Ihrem Land ist eine erhebliche Unruhe und Frustration zu verzeichnen. Können Sie einige der Hauptprobleme und Anliegen des Roten Mannes nennen?
ELLISON: Das meines Erachtens größte Problem ist das grundsätzliche Bestreben der Indianer, der Eingeborenen, in diesem Land zu überleben. Wir sprechen vom Überleben, weil wir von Völkermord sprechen; wir sprechen von einem 400jährigen, von den Europäern begangenen Völkermord an den Indianern, im wesentlichen um an deren Naturschätze, das Land zu gelangen. Alles, über das wir sprechen, läßt sich auf die Frage des Überlebens zurückführen, des Überlebens als Volk... Dies schließt die Bewahrung der Kultur und Landbasis ein. Viele Stämme der westlichen Hemisphäre haben keine Landbasis mehr. Viele Stämme existieren gar nicht mehr, ...sind völlig ausgelöscht worden.
SCHMIDT: Die amerikanischen Indianer beklagen sich häufig über die Lebensverhältnisse auf ihren Reservationen. Können Sie das bitte näher ausführen?
ELLISON: Das Problem auf den Reservationen besteht darin, daß die Indianer nicht selber über ihr Leben bestimmen können. Das BIA, ...eine Unterbehörde des US-Innenministeriums, kontrolliert alle Lebensbereiche der Eingeborenen. Im *Indian Reorganization Act* [Indianer-Reorganisationsgesetz] von 1934 sagten Bundesregierung und Kongreß zu den Indianern: ›Seht, ihr seid jetzt US-Bürger. Und nicht nur das, die Regierung[sform], die ihr Tausende und aber Tausende von Generationen hattet, lassen wir nicht mehr zu. Die beste Regierung[sform] der Welt ist nämlich die [der] US-Regierung. Deshalb werden wir euch eine Regierung einrichten, die nach der US-Regierung modelliert ist.‹ – Es ist interessant, daß sich die... US-Verfassung am Vorbild der Irokesen-Konföderation orientierte, ...aber der Kreis ist nicht ganz geschlossen. – So wurden diese [Indianer-]Regierungen also in sehr ähnlicher Weise eingerichtet wie damals, als die Kolonialmächte nach Afrika kamen und westlich ausgebildete Leute an die Macht brachten; eine neue Regierungsform, die den ...Eingeborenen völlig fremd war. Das gleiche gilt auch hier.
Als nächstes zerstörte die US-Regierung die Fähigkeit zur Selbstversorgung... In den späten 20ern und in den 30er Jahren begann die US-Regierung auf den großen Reservationen mit einer Politik der Vernichtung der großen Viehherden; Rinder, Schafe, Büffel und was immer sich das Volk auch für Weidevieh zu seinem Lebensunterhalt

hielt. Das machte man in der ganzen Hemisphäre... Nachdem so den Indianern die Möglichkeit genommen war, sich selbst mit Nahrung und ...Kleidung zu versorgen, vergrößerte sich natürlich deren Abhängigkeit. Deshalb haben wir heute eine Situation, in der die meisten Menschen auf den Reservationen Fürsorgeempfänger sind. Weil sie [eben] nicht mehr die Mittel zur Selbstversorgung haben und nicht etwa, weil sie dazu nicht fähig wären. Das wären sie auf jeden Fall! Sie haben einfach nicht mehr die Mittel, denn jedesmal, wenn sie sich in Richtung Selbstversorgung bewegten, machte die US-Regierung diese Anstrengungen zunichte.
Ein Beispiel ist die Pine Ridge Reservation, auf welcher sich die Indianer eine recht große Rinderherde zugelegt hatten. Die Regierung kam an und sagte: ›Nun, wir müssen jetzt unsere treuhänderische Verantwortung ausüben.‹ – Da die Indianer in den Augen der Regierung unfähig sind, sich um sich selbst zu kümmern, hat die Regierung diese treuhänderische Verantwortung. – Daraufhin... verkaufte die Regierung das Vieh, einfach so, und gab das Geld nicht etwa den einzelnen Indianern, sondern der westlichen Stammesregierung... Denn wäre man in der Lage, auf sich allein gestellt zu überleben, alle Bedürfnisse seines Volkes aus eigener Kraft zu befriedigen, brauchte man ja die US-Regierung nicht.
SCHMIDT: Dann wäre diese Viehverkaufsaktion ein Beispiel bewußter Grausamkeit.
ELLISON: Unbedingt! Wissen Sie, ...das Problem mit den Indianern ist,... daß es sie gibt. Ich meine, das sieht die US-Regierung wirklich als Problem an. Das war übrigens schon immer so... Wir haben hier eine Situation, in der sich die US-Regierung für das interessiert, wofür sich die Europäer immer interessiert haben...: das Land und die Bodenschätze. In dieser unmittelbaren Umgebung haben wir ziemlich große Vorkommen an Uran, Kohle, Öl und Erdgas. Und all das liegt auf Land, das die US-Regierung 1868 [im Fort Laramie Vertrag] als Land der Eingeborenen und nicht als Teil der Vereinigten Staaten festgeschrieben hat...
SCHMIDT: Und nun wollen sie es doch?
ELLISON: ...Sie wollen es sich nehmen... Eine Zeitlang haben sie es sich mit militärischen Mitteln genommen... Etwa sechs Jahre nach Unterzeichnung des 1868er Vertrages – und der war unter Bedingungen zustandegekommen, als die Lakota-Indianer zusammen mit den Cheyenne eine große Einheit der US-Kavallerie abgeschnitten hatten, die Indianer... also in einer Position der Stärke waren... kam Custer mit einer großen Zahl von Bergleuten und begann die Schwarzen Berge aufzureißen. Diese sind für das Volk der Lakota ein heiliges Gebiet, sozusagen ihre Geburtsstätte. Custer suchte dieses gelbe Metall – Gold. Heute holen sie immer noch... Gold aus den Schwarzen Bergen, Gold im Werte von Milliarden Dollar. Doch gibt es hier ebenfalls Uran und Kohle, und deswegen ist eine neue Welle von Bergleuten hierhergekommen. Es gibt also ein echtes Motiv dafür, die Leute von den Reservationen zu verdrängen, ...das Volk der Lakota... zu zerstören. Denn wenn man es von seiner Landbasis entfernen könnte, würde man es den Konzernen erheblich leichter machen zu kommen und zu tun, was sie möchten: die Naturschätze heben.

SCHMIDT: Verlieren die Indianer ihren Anspruch auf staatliche Hilfe, wenn sie ihre Reservation verlassen?
ELLISON: ...Jemand, der als arm eingestuft wird, bekommt natürlich überall Wohlfahrts- und andere Unterstützung. Was die medizinische Versorgung angeht, hat ein Indianer... das Recht, im ganzen Land ein Krankenhaus des öffentlichen Gesundheitsdienstes aufzusuchen... Es gibt da den *Indian Health Service,* der eine vermeintlich hochwertige medizinische Betreuung leistet. Es ist die schlechteste medizinische Versorgung, die ich jemals irgendwo in der Welt gesehen habe...
Ich würde sagen, im vergangenen Winter hatten die meisten Familien auf der Pine Ridge Reservation weniger als einmal die Woche frisches Fleisch und nur ein paarmal im ganzen Winter frisches Gemüse [auf dem Tisch]. Die meisten Nahrungsmittel sind Büchsen– und Dauernahrung, die vor vielleicht zehn, zwanzig Jahren mit Regierungszuschüssen abgepackt wurde... Das ist nicht besonders gut zu essen, und ich frage mich wirklich, wie hoch der Nährwert sein mag.
Es herrscht ein sehr ernstes Nahrungsproblem, und das nicht etwa, weil man keine Nahrungsmittel erzeugen könnte. Es gibt auf der Pine Ridge Reservation Zehntausende von Rindern, nur haben die Indianer davon nichts, denn das BIA hat ihr Land an große auswärtige Rancher verpachtet. Und diese überlassen den Indianern... nicht einmal einen Teil dieser Tiere.
SCHMIDT: Besteht für die Indianer keine Möglichkeit, ihr verpachtetes Land zurückzuerhalten und die frühere Viehzucht wieder aufzunehmen?
ELLISON: Viele Indianer haben noch Land, aber um neue Viehherden aufzuziehen, braucht man Geld. Doch Indianer bekommen kein Geld [keine Kredite], es sei denn, sie sind bereits reiche Rancher, d. h. gehören zu der kleinen Gruppe westlich ausgebildeter Leute, die von Staat und Industrie sozusagen unter die Fittiche genommen wurden.
SCHMIDT: Mit anderen Worten, Projekte wie die Neubegründung einer Viehzucht auf Reservationsland scheitern nicht zuletzt am fehlenden Startkapital.
ELLISON: Richtig. Ohne Startkapital kann man das Land nicht nutzen. Wenn man jedoch das Land nicht nutzt, sagt das BIA: ›Dann müßt ihr es verpachten‹. Will jemand dann verpachten, setzt das BIA den Pachtzins fest. Wenn die Indianer wenigstens den Pachtzins [selber] festsetzen könnten, würde das ihre ökonomische Situation wahrscheinlich verbessern. Doch der Pachtzins wird auf einem Niveau festgesetzt, das darauf ausgerichtet ist, die ökonomische Lage nicht zu verändern: Die Indianer sollen vielmehr [lediglich] auf ein wirtschaftliches Niveau gebracht werden, auf dem ihr Anspruch auf Wohlfahrtszahlungen verfällt.
SCHMIDT: Stichwort Fürsorgeempfänger. Ein sehr hoher Prozentsatz der amerikanischen Indianer soll vollständig von staatlichen Unterstützungszahlungen abhängig sein.
ELLISON: Das bedeutet, sie sind arbeitslos und haben auch nicht die Mittel, sich selbst zu beschäftigen.. Die Regierung entmutigt sie sehr bei allen Anstrengungen in

Richtung Selbstversorgung... Es sind Programme entwickelt worden, um diesem Problem abzuhelfen. Aber alles, was damit erreicht wird, ist, den auswärtigen Firmen Arbeitskräfte zuzuführen. Wenig Jobs und ...sehr niedrige Löhne. Die Arbeitslosenquote auf der Pine Ridge Reservation liegt derzeitig bei etwa 75%.

SCHMIDT: Wie ist die Gesundheitssituation der Indianer?

ELLISON: Die Gesundheitssituation auf den Reservationen ist katastrophal. Ein empörendes Beispiel dafür, wie die US-Regierung ihre Treuhandpflicht ausübt, ist der Fall des Abwassersystems, das das BIA für die Gemeinde Pine Ridge auf der Pine Ridge Reservation konstruiert hat. Anstatt das Abwasser zur weiteren Behandlung in einen septischen Tank oder in ein Bassin zu leiten,... führt das BIA das Abwasser, das ungeklärte Abwasser, in ein Wasser-Reservoir in Oglala westlich des Ortes Pine Ridge. Das ist der einzige nennenswerte Wasservorrat in der ganzen Gegend, aus dem die Orte Oglala, Pine Ridge und einige andere Gebiete versorgt werden. Das Reservoir dient [auch] der Bewässerung... Es gibt auf der Reservation sechzehn landwirtschaftliche Bewässerungsprojekte, die aus Bundesmitteln gefördert werden. Allerdings bringt auch das der Reservation keine Nahrung ein; dadurch bekommen nur die auswärtigen Rancher Getreide für ihr Vieh...

Für solche Zwecke wird das Wasser dieses Reservoirs genutzt. Wenn es heiß ist – und es wird hier im Sommer bis 110°F [gut 40°C] – kommen die Kinder aus den umliegenden Gemeinden zum Schwimmen. Die Kinder, die ich in den letzten zwei Sommern in diesem Wasserreservoir habe baden sehen, bekamen innerhalb von zwei Tagen am ganzen Körper einen Ausschlag.

SCHMIDT: Und das ist ein Trinkwasser-Reservoir?

ELLISON: Das ist Trinkwasser. – Ein Beispiel zur Gesundheitssituation. Ich habe Leute mit schweren Verletzungen in die Krankenhäuser des *Indian Health Service* gebracht. Dort gab man ihnen ein paar Aspirin, steckte sie ins Bett und sagte, es stünde kein Arzt zur Verfügung, vielleicht würde morgen einer kommen. Das ist skandalös, dafür gibt es keine Entschuldigung! Grundsätzlich ist der *Indian Health Service* der Ort, wo frischgebackene Mediziner ihr Training erhalten; die Indianer in den Reservationsgebieten sind die Patienten, an denen geübt wird.

SCHMIDT: Was können Sie zum Problem ›Alkoholismus‹ sagen?

ELLISON: Das Alkoholproblem ist sehr ernst. Der Alkohol auf den Reservationen entspricht dem Heroin in den Ghettos. Beides ist verboten, beides existiert nur, weil es die US-Regierung in diesen Bereichen existieren läßt. Beide Drogen haben eine Kontrollfunktion. Wo es viele Leute gibt, die mit ihrer Situation unzufrieden sind, werden diese solange nichts unternehmen, wie sie [den Umständen] entfliehen können. Wenn kein Alkohol, wenn kein Fluchtmechanismus zur Verfügung stünde, würden die Leute vielleicht ihre Situation verändern. Also dient der Alkohol einem sehr wichtigen Zweck; vermutlich werden die Alkoholvorschriften [auf den Reservationen] deshalb nie durchgesetzt.

Außerdem hat sich herausgestellt, daß die auf der Pine Ridge Reservation ganz offen

agierenden Schwarzhändler die Hauptinformanten des FBI sind, und der ist der Ersatz für das 7. Kavallerie-Regiment in diesem Gebiet.
SCHMIDT: Viele weiße Amerikaner argumentieren, die Lebensbedingungen auf den Reservationen hätten sich in den letzten zwanzig Jahren ganz erheblich verbessert.
ELLISON: Ich weiß nicht, wie sie sich verbessert haben sollen; vielleicht für einige wenige. Und das sind üblicherweise diejenigen, welche vor die Fernsehkameras geholt und auf Versammlungen gebracht werden: ›Seht, welche Fortschritte dieser Indianer gemacht hat, ...er ist auf dem College gewesen‹, und so weiter und so weiter. Die gleiche Sache gibt es auch in den Ghettos. Man sucht sich ein paar Leute aus, gibt ihnen eine besondere Ausbildung, lockt sie in das System und sagt: ›Hey, das beweist doch, daß jeder es schaffen kann, das zeigt doch, daß sich die Dinge bessern!‹ Dabei ist die Nahrungssituation heute schlechter als je zuvor. Nein, es gibt keine Verbesserungen. Die Wohnungssituation. Auf der Pine Ridge Reservation werden neue Häuser gebaut. Interessant. Ich habe vor ein paar Monaten mit einer Indianerin gesprochen; man hatte ihr ein nagelneues zweistöckiges Haus gebaut. Dafür zahlt sie $ 50,- pro Monat, und das ist sicher annehmbar... Wir haben eine Energiekrise, doch die Regierung fördert den Verbrauch von Elektrizität. Also baut man voll-elektrifizierte Häuser. Die meisten Häuser auf der Pine Ridge Reservation entsprechen dem Haus dieser Indianerin. Nun, in der Prärie zu bauen, das bedeutet, man hat eine große offene Fläche und sehr starken Wind. Dies beeinträchtigt im Winter ganz erheblich die Lufttemperatur. Ein zweistöckiges Haus ist in der Prärie sehr schwer warm zu halten, besonders wenn es nur äußerst unzureichend isoliert ist. Ihr voll elektrifiziertes, wenig isoliertes zweistöckiges Haus zu beheizen, kostet die Frau monatlich fast $ 400,-. Also kann sie ihr Haus nicht heizen, weil sie es sich nicht leisten kann...
Nun, vielleicht ist es ein Fortschritt, neues Holz, verputzte Wände und neue Fußböden zu haben. Aber wenn man in seinem Haus nicht wohnen kann, weil es zu kalt ist..., oder wenn man es sich nicht leisten kann, zu kochen, weil das zu teuer ist, dann bin ich nicht sicher, was für ein Fortschritt das sein soll. Der Bauunternehmer, welcher dieses Haus gebaut hat, hat sicher ganz schön dabei profitiert; vielleicht hatte er sogar etwas indianisches Blut in den Adern... Aber denen, die in diesen Häusern leben müssen, hat es nichts gebracht.
Insgesamt würde ich sagen, daß die Situation schlechter wird. Die Indianer haben in vieler Hinsicht [immer] weniger Möglichkeiten, ihr Leben selbst zu gestalten. Anders ist es in solchen Fällen, wo man sich zusammengeschlossen und kleine Gemeinschaften gebildet bzw. dort, wo man selbst die Kontrolle über die Heimatgemeinden übernommen hat. Damit wird jetzt auf Pine Ridge und in anderen Gebieten begonnen, wo die Indianer Schulen und so weiter selber leiten.
Übrigens wurden eingeborene Kinder noch bis vor ein paar Jahren geschlagen, wenn sie in ihrer Muttersprache redeten. Es entspricht der Tradition der Eingeborenen, ihre Haare lang zu tragen, doch auch das wurde verhindert. Die traditionelle Kleidung wurde mißbilligt, ...ihre Religion wird mißbilligt. Die Nahrung, die sie bekommen,

ist aus ökonomischen Gründen unzureichend... Die Lebensmittelpreise sind auf der Reservation 25-50% höher als in den umliegenden Städten oder Gemeinden...
SCHMIDT: Wie kommt das?
ELLISON: Die Geschichte geschwächter, unterdrückter Gebiete. Wenn Sie in die Gettos von New York, Boston, Washington oder Chicago gehen, werden Sie sehen, daß auch dort die Preise 25-50% höher sind. Das gehört zur Ausbeutung...
Die Indianer erhalten keine gute medizinische Versorgung. Ihre Medizinmänner werden entmutigt, weiter zu praktizieren. Außerdem sind viele Kräuter, die man zur Ausübung der [indianischen] Heilkunde gebrauchte, dadurch ausgerottet worden, daß man entweder Vieh einführte, welches... alles bis auf die Wurzel abfraß bzw. die traditionelle Funktion der Landgebiete änderte. In Gebieten – sowohl hier als auch im Südwesten –, in denen es... im Zusammenhang mit dem Bergbau intensive Entwässerung gegeben hat, stehen viele Kräuter... nicht mehr zur Verfügung, weil es sie einfach nicht mehr gibt.
Das sind nur ein paar Beispiele... Das jährliche Durchschnittseinkommen auf Pine Ridge liegt unter $ 1000,-. Ich glaube, die Indianer können wenig Trost darin finden, daß es vor zwei Jahren vielleicht $ 800,- betrug und es heute $ 900,- sind. Das ist möglicherweise eine [graduelle] Verbesserung, aber keine wirkliche.
SCHMIDT: Mister Ellison, Sie arbeiten seit längerer Zeit mit AIM-Mitgliedern zusammen. Bitte skizzieren Sie Charakter und Selbstverständnis des *American Indian Movement.*
ELLISON: Ich bin zwar Strafverteidiger für, aber kein Mitglied von AIM; ich bin kein Eingeborener. Nach meinem Verständnis... ist AIM eine Bewegung, kein Club, keine Organisation – eine Idee. Es gibt da vielleicht Leute, die gewisse Posten bekleiden, aber das sind mehr Stellungen erhöhter Verantwortlichkeit als Macht- oder Autoritätspositionen. AIM ist eine Bewegung und wächst als Bewegung über seine einzelnen Mitglieder hinaus. AIM ist eine Idee; [sie verfolgt] das Ideal der Souveränität, das Ideal des Respekts und der Ehrerbietung für die Verträge, die von den Eingeborenen in gutem Glauben mit den Vereinigten Staaten eingegangen und von letzteren systematisch gebrochen wurden. AIM ist die Idee von der Rückkehr zu den traditionellen Wegen des [indianischen] Volkes. Die Eingeborenen dieser Gegend waren bis vor hundert Jahren eine souveräne Nation... Wir haben es [bei AIM] also mit Leuten zu tun, die schlicht und einfach die Rechte ihrer Vorfahren für sich in Anspruch nehmen.
Die Eingeborenen haben ein Recht auf Souveränität, sie haben das Recht, ihr Leben selbst zu bestimmen, das Land, auf dem sie leben, zu überwachen. Und das ist ein Aspekt, der bislang gründlich übersehen worden ist. Wir fangen erst heute an, einige der Gründe für *Wounded Knee,* einige der Gründe für den FBI-Angriff auf [den Ort] Oglala auf Pine Ridge im Sommer 1975 zu verstehen. Das hängt alles mit der Frage der Unabhängigkeit zusammen, mit den Verträgen. Das läßt sich alles mit dem Versuch in Zusammenhang bringen, wegen der Naturschätze die traditionelle [Land-]Basis der Indianer dieser Gegend zu zerstören.

SCHMIDT: Es wird immer wieder argumentiert, die Indianer könnten viel mehr erreichen, wenn sie sich zu einer starken Aktionseinheit zusammenschlössen. Doch davon sind sie offensichtlich noch weit entfernt.
ELLISON: Nun, ich glaube, ...danach zu fragen, wie einig oder uneins die Indianer sind, setzt voraus, daß alle weißen Menschen der Welt geeint sind. Wissen Sie, irgendwann wird solches Reden bedeutungslos.
Es ist ausgeschlossen zu sagen, wieviele Mitglieder AIM hat..., wieviele Indianer an die Prinzipien von AIM glauben. Wie jedes andere Volk sind die Indianer Individuen, Individuen haben unterschiedliche Vorstellungen... Es gibt auf der ganzen Welt keinen Staat, der von sich sagen könnte, daß er wirklich für alle Bürger spricht. Die US-Regierung, der Präsident,... repräsentiert... 16 oder 18% der wahlberechtigten Bevölkerung. Die Pine Ridge-Regierung, der gegenwärtige Stammesvorsitzende von Pine Ridge [Elijah Whirlwind Horse] ist mit 14% der wahlberechtigten Bevölkerung an die Macht gekommen. Er meint, er repräsentiere das indianische Volk von Pine Ridge, doch zahlenmäßig und in vieler anderer Hinsicht tut er das nicht. Ich würde sagen, daß die Grundsätze des *American Indian Movement* die Gefühle und Überzeugung der Indianer von Pine Ridge besser widerspiegeln als jede andere Person... wie [etwa] Elijah Whirlwind Horse.
SCHMIDT: Glauben Sie, daß die aufsehenerregenden AIM-Aktionen der vergangenen Jahre der indianischen Sache genützt haben?
ELLISON: ...[Nehmen wir z. B.] die sogenannte ›Stürmung des BIA‹. Okay, die Indianer gingen zum BIA-Gebäude, um zu versuchen, mit den BIA-Beamten zu sprechen. Die BIA-Beamten rannten aus dem Gebäude, und die Indianer blieben eben. Nun, das war schwerlich eine Stürmung... Es gab in den Medien über das, was [bei den AIM-Aktionen] geschah, eine Menge Entstellungen. In vielen Fällen ist es ein sehr legitimer, sehr friedlicher Prozeß gewesen. Es lag an der Reaktion der Regierungstellen, daß es manchmal zu Gewaltanwendung und Sachbeschädigung kam. Ich glaube, es ist wichtig in Erinnerung zu behalten..., daß bei allen [derartigen] Zwischenfällen, die mir geläufig sind, ...AIM nicht von vornherein solche Absichten hatte.
Das allgemeine Problem bezüglich dessen, was die Medien berichten, hängt zum Teil mit der Kontrolle zusammen, der wir unterworfen sind. Ich meine, als das FBI im Sommer 1975 in Oglala einfiel, wurde das [ganze] Gebiet abgeriegelt. Ich habe mit verschiedenen Journalisten gesprochen, welche vom FBI mit Waffengewalt davon abgehalten worden waren, dieses Gebiet zu betreten. Das FBI sagte, ›Hey, die einzigen Nachrichten, die ihr bekommt, sind die Nachrichten, die wir euch geben.‹ Wie die Lageberichte in Vietnam, wo die Reporter in manchen Fällen [ebenfalls] keine Erlaubnis bekamen, hinaus ins Feld zu fahren. Man sagte ihnen, sie hätten sich dort und dort zu melden, und hier wurde ihnen von einem Militärkommandeur ein Lagebericht gegeben. Nun, das gleiche passierte sowohl während *Wounded Knee* als auch im Sommer 1975 auf der Pine Ridge Reservation. Das waren Zwischenfälle,... die von den Regie-

rungsorganen provoziert wurden. Wissen Sie, damals in Washington, D.C., der *Trail of Broken Treates,* das war ein sehr legitimer Protest – und der führte unter anderem zur Besetzung des BIA-Gebäudes.

Ja, ich glaube, so etwas hilft. Derartiges hilft der Sache der Eingeborenen sehr. Es hilft in folgendem Sinne: Die Regierung und die großen Konzerne schaffen es, mit vielem glücklich davonzukommen. Das einzige, das einzige, was sie in manchen Fällen aufhalten oder behindern kann, ist der Aufmerksamkeitsgrad, den ein Zwischenfall erreicht. Der Umstand, daß die nationalen Medien zur Stelle waren, rettete in *Wounded Knee* mehreren hundert Indianern das Leben.

SCHMIDT: Sind Sie sich im klaren darüber, daß das ein außerordentlich harter Vorwurf ist?

ELLISON: Nun, es gab einen Plan, der bereits angelaufen war, die 82. Luftlande-Division sowie Flugzeuge von einem nahegelegenen Stützpunkt einzusetzen. In Dokumenten, die bei den Gerichtsverfahren von Russell Means und Dennis Banks enthüllt wurden, war die Rede davon..., Gas einzusetzen sowie möglicherweise vom Flugzeug aus Sprengkörper abzuwerfen und das Gebiet anschließend von ...Kampftruppen durchkämmen zu lassen. Dies hätte zweifellos Menschenleben gekostet, wäre nicht die Presse zugegen gewesen. Von Anbeginn der *[Wounded Knee-]* Besetzung an, hatte das BIA mit Nachdruck für den Einsatz der 82. Luftlande-Division plädiert. Doch die Presse war da, und so ist es nicht dazu gekommen.

Manchmal läuft so etwas aber auch in negativer Weise ab, denn die Presse wird doch ausgenutzt. Es ist wichtig [zu erkennen], daß es bei einer jeden [AIM-]Demonstration – gleichgültig wie die Staatsorgane darauf reagierten – darum gegangen ist, einen bestimmten Aspekt [indianischer Wirklichkeit] darzustellen, zu dramatisieren. Die Leute hier in Rapid City, weniger als hundert Meilen von der Pine Ridge Reservation entfernt, wissen doch gar nicht so richtig, was auf Pine Ridge passiert, denn ihre Informationsquellen sind begrenzt. Wenn es den Indianern gelänge, darzustellen, was... [auf den Reservationen] vorgeht, würde sich das Verhältnis zwischen Roten und Weißen möglicherweise ändern. Aber weil die Medien häufig von den Regierungsstellen manipuliert werden, gibt es hier Probleme. Die Bürger in Rapid City betrachten AIM als Bedrohung. Selbst die Liberalen unter der Bevölkerung ließen sich erzählen und glauben nun, das Hauptziel von AIM sei, nach Rapid City zu kommen, die Stadt niederzubrennen und so viele Weiße wie möglich umzubringen.

Nun, ich habe das [gleiche] bei einem AIM-Prozeß in... Idaho gehört, ich habe das in Fargo, N.D. gehört, als dort AIM-Leute vor Gericht standen, ich habe das in Minnesota gehört. Gerade komme ich aus dem Südwesten zurück, dort unten habe ich die gleiche Sache gehört. AIM werde kommen, alle Stromleitungen in die Luft jagen und so viele Weiße wie möglich umbringen. Warum läuft so etwas ab? Warum wird den Leuten so etwas erzählt? Es ist uns gelungen, einige dieser Geschichten bis zum FBI zurückzuverfolgen; wir bekamen einige ihrer Dokumente in die Hände. Und weil wir ihre Dokumente besitzen und die gleiche Leier auch bei anderen Gelegenheiten hö-

ren, nehmen wir an, daß dies [alles] den gleichen Ursprung hat.
...Ja, ich glaube,... daß diese Ereignisse [die aufsehenerregenden AIM-Aktionen der vergangenen Jahre] geholfen haben. Sie waren nützlich, weil sie der Weltbevölkerung vor Augen geführt haben, was die US-Regierung und die großen Konzerne im einzelnen tun...
Wenn wir die Geschichtsbücher der Vereinigten Staaten betrachten, haben wir ein Musterbeispiel für die Schwierigkeiten der Indianer, der Bevölkerung die Wahrheit zu übermitteln. Als ich die Grundschule und Junior High School durchlief, wurden uns folgende Ereignisse der amerikanischen Geschichte mit Indianer-Beteiligung beigebracht: Das Massaker an Custer [1876], die Pilgerväter und ihr Erntedankfest (Thanksgiving Day) und die Indianer-Kriege, welche natürlich von den Indianern begonnen worden waren, und dazu hatten diese keinerlei Recht. Da lebten all die friedlichen Siedler..., und dann kam es zu diesen [Indianer-]Überfällen auf ihre Camps, und was konnten die Weißen anderes tun als sich zu verteidigen? Ein sehr verzerrtes Geschichtsverständnis! Was wir also in den vergangenen Jahren erlebt haben, sind Anstrengungen der Indianer, die Notlage der eingeborenen Bevölkerung darzustellen, solange es überhaupt noch eine eingeborene Bevölkerung gibt.
SCHMIDT: Viele amerikanische Eingeborene sind mit der Arbeit des Büros für Indianerangelegenheiten, BIA, unzufrieden. Warum?
ELLISON: Das BIA war ursprünglich eine Abteilung des Kriegsministeriums mit der Aufgabe, das Indianerproblem auszuräumen. Heute überwacht es jeden Bereich indianischen Lebens... Die Indianer dürfen tun, was sie wollen, mit dem Geld tun, was sie wollen, dürfen mit den BIA-Programmen tun, was sie wollen – solange das BIA dies genehmigt... Die US-Regierung sagt also: ›Seht, wir respektieren eure Souveränität als Indianer, wir glauben, ihr solltet tun können, was immer ihr für richtig haltet, um euer Leben zu lenken und so weiter und so weiter und so weiter, solange ihr unsere Richtlinien einhaltet.‹ Und hier liegt das Problem mit dem BIA: Es ist eine europäische Institution zur Kontrolle der Indianer. Und gleichgültig wie mildtätig es manchmal auch handeln mag, was, glaube ich, selten genug vorkommt, gleichgültig wie wohlwollend einige BIA-Mitarbeiter sein mögen, das Grundproblem besteht darin, daß sie [diese Behörde] geschaffen wurde, um die Indianer, die eingeborene Bevölkerung zu zerstören.
Unter dem BIA sind ein Drittel aller indianischen Frauen unter dreißig ohne ihre Einwilligung sterilisiert worden. Unter dem BIA sind die Indianer nicht fähig, ihre eigene Nahrung anzubauen bzw. sich eigene Viehherden oder andere Zuchttiere zuzulegen, um Selbstversorger zu sein. Unter dem BIA ist es den Indianern nicht möglich, die von ihnen besuchten [staatlichen] Schulen zu beaufsichtigen; zu überwachen, was ihren Kindern beigebracht wird. Unter dem BIA ist die eingeborene Bevölkerung aufgerieben worden.
SCHMIDT: Sie sprachen von Sterilisationen an indianischen Frauen. Wie lief das im einzelnen ab? Wurden sie nach indischem Vorbild mit Gewalt aufgegriffen und gegen

ihren Willen in Kliniken gebracht, oder sind diese Eingriffe vorgenommen worden, während die betreffenden Indianerinnen gerade aus einem anderen Grund in ärztlicher Behandlung waren?

ELLISON: Ich habe mit sterilisierten Indianerinnen gesprochen, die mir erzählten, sie wären nur zu einer gynäkologischen Untersuchung gekommen. Der Arzt sagte ihnen: ›Nun, wir müssen Sie etwas gründlicher untersuchen‹, und später merkten sie, daß diese Untersuchung ein Sterilisationseingriff gewesen war. Oder man sagte ihnen, sie hätten ein Gebärmutterleiden – und das Endergebnis war eine Sterilisation. Manchmal kommen die Frauen nicht einmal, um sich gynäkologisch untersuchen zu lassen. Aber da sie mit der sogenannten modernen Medizin nicht vertraut sind und in starkem Maße Angst davor haben, müssen sie dem Arzt oder wer immer anwesend ist, vertrauen. Das ist das Problem. Das geschieht mit den Eingeborenen, das geschieht mit den Schwarzen, das geschieht mit den braunen Menschen. Die Eingeborenen nennen es Völkermord.

SCHMIDT: Können Sie ihre Behauptungen belegen?

ELLISON: Dokumente. Zurück zur BIA-Übernahme. Eines der Ergebnisse der BIA-Übernahme war die Konfiszierung vieler BIA-Dokumente, die nicht zur Veröffentlichung bestimmt waren. 1972 aus dem BIA-Gebäude entfernte Dokumente, in denen die Sterilisationsprogramme dargestellt sind, wurden im September 1977 in Genf einer UNO-Kommission vorgelegt.

SCHMIDT: Es fiel schon mehrfach das Stichwort *Wounded Knee.* Würden Sie mir bitte einmal die Hintergründe dieses Ereignisses schildern?

ELLISON: ...Die unmittelbare Ursache war, daß sieben von neun Distrikten der Pine Ridge Reservation die Amtsenthebung des Stammesvorsitzenden Dick Wilson gefordert hatten. Dick Wilson konnte auf Grund einer Manipulation der Stammesregierung einen Weg finden, um bei seiner eigenen Amtsenthebung zugegen zu sein und sogar den Vorsitz des Verfahrens zu führen. Er weigerte sich, den Wunsch der Bevölkerung nach seiner Amtsenthebung zu akzeptieren. Dies fiel mit der Ankunft einer 85köpfigen Sondertruppe des US-Marshall-Service... zusammen. Sie kam in voller Kampfausrüstung, riegelte den Ort Pine Ridge ab, baute Sandsack-Stellungen auf den Dächern.

SCHMIDT: Geschah das vor Eintreffen der AIM-Leute?

ELLISON: Das war Tage vor *Wounded Knee.* Die Indiander der Reservation trafen sich und beschlossen, gegen... [die Anwesenheit der Marshalls] zu protestieren. Während des Protestmarsches wollte man bei *Wounded Knee* eine Rast einlegen... Die Regierung zog daraus alle möglichen Schlüsse... und ließ sie [die Indianer] sofort umstellen. Und so begann die Übernahme von *Wounded Knee.*

Was ich nun hinsichtlich des zeitlichen Rahmens, über den wir hier sprechen, sehr interessant finde, ist folgendes: In den frühen 70er Jahren kamen die großen Energiekonzerne zusammen und stellten die sogenannte *North Central Power Study* [Energiestudie für das North Central-Gebiet] auf... Darin wurde das gesamte Gebiet aufgeteilt. Ungefähr zur gleichen Zeit begannen die *Union Carbide* und die *TVA* -letztere ist eine Gesellschaft des Bundes – in den Schwarzen Bergen Uran-Parzellen aufzukaufen. Zur gleichen Zeit war AIM dabei, Basis-Arbeit zu leisten und unter den Indianern Respekt für das Land und... die Verträge zu propagieren. Alle Energieprojekte, die diskutiert wurden, betrafen Indianerland. Nun... passierte *Wounded Knee.* Und ungefähr zur gleichen Zeit... scheinen die Energiekonzerne alle ihre Pläne gestoppt zu haben, denn danach hörte niemand mehr etwas von Energieprojekten in dieser Gegend. Es gab dann zwei Jahre lang keine Studien und Berichte.

Zwei Jahre nach *Wounded Knee* begann die US-Regierung alle Energievorkommen in dieser Gegend, besonders jene auf Reservationsgebiet kartographisch zu erfassen. Doch auch diesmal wurde alles gestoppt. Das FBI hielt es für notwendig, weil der Widerstand [der Indianer] wuchs... In einer bestimmten Land-Transaktion vom 26. Juni 1975 überließ der Stammesratsvorsitzende Dick Wilson der US-Regierung ein Achtel der Reservation. Dieses Reservations-Achtel... enthält ein beträchtliches Vorkommen hochwertigen Urans. Am Tage dieser Verhandlungen überfiel das FBI Oglala auf der Pine Ridge Reservation. Dies führte zu einem eintägigen Schußwechsel, in dessen Verlauf drei Menschen getötet wurden. Joseph Stuntz, ein AIM-Mitglied, dem ein Scharfschütze zwischen die Augen schoß sowie zwei FBI-Beamte... Die US-Regierung benutzte diese Konfrontation als Vorwand und besetzte – im wahrsten Sinne des Wortes – die Pine Ridge Reservation: Sie schickte Panzer, gepanzerte Mannschaftstransporter, Armee-Kampfhubschrauber...; Düsenflugzeuge flogen Aufklärungseinsätze. FBI-Agenten sprachen von ›Search and Destroy‹-Aktionen... Die Fernsehberichterstattung über diese Operation entsprach der in Indochina. Warum? Das ist die Frage, die mir im Kopf herumgeht. Warum? Warum wurde hier in einem Umfang militärische Macht eingesetzt, wie es in keinem anderen Fall zuvor geschehen war? Ich glaube, die einzige Erklärung liegt in den Energie-Vorkommen. Die hiesigen Energieressourcen sind Milliarden wert...

SCHMIDT: Uran, Kohle, Öl?

ELLISON: Die gesamte Pine Ridge Reservation sitzt auf einem Ölfeld. Erdgas. Zwischen 1876 und 1977 ist aus den Schwarzen Bergen Gold im Werte von Milliarden Dollar geholt worden. Die *Homestake Mining Company,* der die betreffende Mine gehört, schätzt, daß auf den von ihr beanspruchten 6000 acres, bei einem Marktpreis von $ 180,- pro Unze, noch Gold im Wert von $ 64 Mrd. liegt... Die Profite dieser Bergbau-Gesellschaft wurden dafür verwandt, [die Firma] *Anaconda* zu gründen. Sowohl *Anaconda* als auch *Homestake* haben im Südwesten, in Colorado, große Uran-Projekte laufen und beginnen nun ebenfalls mit der Planung für Uran-Bergbau in den Schwarzen Bergen. *Anaconda* und *Homestake*... gehören zum Hearst-Imperium.

...Diese Gesellschaften steigen hier mit großem Eifer und Eile ein. Sie haben diese Sache lange vorbereitet, auf jeden Fall ...seit den späten 60ern und den frühen 70ern. Dann setzen sie alles aus, und währenddessen führt die Regierung eine Politik der Vernichtung bzw. der versuchten Vernichtung der amerikanischen Indianer durch.

Dabei wird die gleiche Taktik angewandt wie gegen die ›Black Panther‹, gegen die ›Brown Berets‹, gegen die ›Black Berets‹ und Leute wie Martin Luther King. Sie stekken jede Menge Indianer ins Gefängnis. Zwischen 1973 und 1976 sind auf der Pine Ridge Reservation mehr als sechzig Indianer durch politische Gewaltakte ums Leben gekommen* – fast alle von ihnen waren AIM-Mitglieder. Manche starben auch nur, weil ihr Bruder bei AIM war oder ihr Vater. Indianer wurden vor ihrer Haustür niedergeschossen oder... auf der Straße in der Nähe ihrer Häuser.

SCHMIDT: Wurden die Täter vor Gericht gestellt?

ELLISON: Nein. Es ist... interessant, daß jedesmal wenn das Opfer AIM-Mitglied war, falls überhaupt, dann nur in geringem Umfang Untersuchungen durchgeführt wurden... Nehmen wir die terroristischen Akte von Dick Wilsons Armee, die sich selber *Goon Squad* [Schläger-Kommando] nannte: Wenn es da eine Strafverfolgung gegeben hat, dann eine so plumpe, daß ihnen diese nicht viel anhaben konnte. So sind die meisten *Goons* noch frei, während viele AIM-Leute im Gefängnis sitzen.

SCHMIDT: Mit anderen Worten: Sie können im Einzelfall nicht nachweisen, wer wen ermordert hat, doch Sie hegen gewisse Vermutungen.

ELLISON: Als auf der Reservation zwei weiße FBI-Beamte getötet wurden, mobilisierte die Regierung im ganzen Land Tausende von FBI-Agenten und setzte viele hundert sogenannter Untersuchungsbeauftragter (investigating agents) ein, angeblich um herauszufinden, wie das mit den zwei [getöteten] Agenten gewesen war. Die Untersuchungsbeauftragten trugen zwar Kampfanzüge und waren mit M 16 – Gewehren ausgerüstet, aber sie waren natürlich nur zur Aufklärung da. Wenn AIM-Mitglieder getötet wurden, geschah nichts. Nun, das mag ein Zufall sein. Doch ich denke, die Folgerung ist absolut gerechtfertigt, daß hier die Bundesregierung die Aktivitäten der *Goons* billigte oder das FBI eine Privatsache laufen hatte. [Aber] wir können nicht sagen, dieser tötete jenen.

[Der Fall] Anna Mae Aquash ist da ein Musterbeispiel. Anna Mae Aquash wurde am 10. September 1975 wegen unerlaubten Waffenbesitzes verhaftet. Als sie von Bundesagenten, insbesondere einem Mann namens David Price verhört wurde, sagte ihr Price, er wisse, daß sie Informationen darüber habe, wer die FBI-Agenten getötet hat. – Übrigens war Ronald Williams, einer der beiden getöteten Agenten, ein sehr enger Freund und der Einsatzpartner von David Price. – David Price sagte Anna Mae, falls sie nicht mit dem FBI zusammenarbeite und sage, was sie... wisse, werde sie am Jahresende nicht mehr am Leben sein. Weniger als sechs Monate später fand man auf der Pine Ridge Reservation den Leichnam von Anna Mae Aquash. Das FBI führte eine Autopsie durch. Es hieß dann: Tod durch Erfrieren. Anna Maes Freunde und Verwandte konnten das nicht glauben, denn Anna Mae war im Freien groß geworden, sie wußte, wie man draußen überlebte. Auch trug sie, als man ihren Leichnam fand, eine

---

*vgl. »Terror. Herrschaft des Terrors auf Pine Ridge. Todesfälle 1973-76«, in: AIM Support Group Hamburg, **Indianer im Widerstand,** Hamburg, 1977, S. 23

dicke Ski-Daunenjacke. Es gab also keinen Grund für einen Erfrierungstod. So wurde eine zweite Autopsie angestrengt, und nach wenigen Minuten fand der Pathologe... eine Kugel in Anna Maes Kopf. Jemand hatte eine 32- oder 38kalibrige Pistole auf ihren Hinterkopf gerichtet und den Abzug durchgedrückt.
Nun, das FBI bestritt, daß bei der ersten Autopsie Beamte der Behörde dabeigewesen waren. Doch die BIA-Polizei sagte: ›Jawohl, es waren FBI-Agenten dabei: David Price und ...Wood, der neue Partner von David Price.‹ Das ist ein perfektes Beispiel. Nun, vielleicht hatte das FBI mit der ganzen Sache überhaupt nichts zu tun. Doch man hat sich schwer angestrengt, das Ganze zu vertuschen. Wir wissen, daß das FBI während *Wounded Knee* und später das *Goon Squad* trainiert und mit automatischen Waffen ausgerüstet hat. Die meisten Feuergefechte, die während *Wounded Knee* ausbrachen, wurden von *Goons* provoziert, die einfach anfingen, auf Kinder zu schießen, die rüber zur Kirche gingen. So sehe ich mich zu der Schlußfolgerung veranlaßt, daß sie offizielle Rückendeckung hatten. Die *Goons* operierten in der Tat so, als besäßen sie volle Immunität.
SCHMIDT: Eine andere *Wounded Knee*- Version lautet folgendermaßen: Die AIM-Leute sollen auf die Reservation gekommen sein und im Zuge ihrer Protest-Aktionen den *Wounded Knee*- Handelsposten besetzt haben. Das FBI habe dann eingreifen müssen, um die gefangengehaltenen Geiseln zu befreien.
ELLISON: ...Als die Regierungskräfte die Gegend abriegelten und auf die eingeschlossenen Indianer zu schießen begannen, hatten diese [noch] so gut wie keine Waffen... – Im Staat South Dakota leben 775.000 Menschen, nur 7% davon sind Indianer. Doch ich würde sagen, es gibt mindestens eine Feuerwaffe pro Person in diesem Staat. Wissen Sie, das ist hier in mancher, nein in vieler Hinsicht, noch der alte [Wilde] Westen. – Es gab da drinnen [in dem abgeriegelten Reservationsgebiet] sehr wenige Waffen. Im Gebäude des Handelspostens [aber] gab es Waffen, gab es Nahrungsmittel und vieles andere. Die Indianer mußten die Belagerung überleben, sie hatten zu diesem Zeitpunkt keine Wahl.
Das FBI hat dann gesagt, die Bewohner des Ortes wären gegen ihren Willen gekidnapt worden..., doch sie [die Betroffenen selber] sagen, ›Moment mal, wir haben von uns aus mitgemacht‹. Jeden Anwohner, der gehen wollte, ließ man gehen. Dabei wurden sie natürlich von der Bundespolizei einem strengen Verhör unterzogen... Leider ist ein so großer Teil der Nachrichten über *Wounded Knee* und viele andere Ereignisse, in die AIM verwickelt war, manipuliert und entstellt worden, denn die Quellen für diese Informationen waren außerordentlich begrenzt. Die Regierung hat getan, was sie konnte, andere [nicht-amtliche] Informationsquellen zu diskreditieren...
SCHMIDT: *Wounded Knee* wird vielfach als das Symbol des Widerstandes der amerikanischen Ureinwohner betrachtet. Warum wird diesem Ereignis eine so zentrale Bedeutung beigemessen? Was hat sich seitdem geändert?
ELLISON: Ich teile die Einschätzung, daß *Wounded Knee* ein Symbol des Widerstandes der amerikanischen Ureinwohner ist. *Wounded Knee* ist heute als... Geschehen in

der ganzen Welt ein Begriff. Dadurch ist man auf den Widerstand der Indianer aufmerksam geworden. Ich meine, vor *Wounded Knee* glaubten nach meiner Einschätzung viele Menschen auf der Welt, es gäbe überhaupt keine Indianer mehr, oder [nur noch] diejenigen, welche in den Filmen auftraten. Was dann bei *Wounded Knee* geschah, unterschied sich beträchtlich von den Standard-Western, die die Welt überschwemmen.

Zum Thema Verbesserungen: *Wounded Knee* war in vieler Hinsicht, obwohl in kleinerem Stil, ein Symbol des Widerstandes, ähnlich dem der Vietnamesen und Laoten in Indochina. Es ist in vieler Hinsicht... der gleiche Widerstand, wie er derzeitig in Afrika bzw. Süd- und Mittelamerika geleistet wird. Ob aus all diesen Kämpfen Verbesserungen resultieren, wird die Zukunft zeigen. Es gibt heute aber Widerstand, wo es früher keinen gegeben hat – und das ist sicherlich ein Gewinn.

SCHMIDT: Einer der international bekanntesten Indianer ist Russell Means. Er wird offensichtlich von vielen Weißen als der militanteste Indianer überhaupt betrachtet. Ist diese Einstufung gerechtfertigt?

ELLISON: Man wirft heutzutage mit vielen Ausdrücken um sich, einer davon ist Militanz. Wenn Militanz Überleben heißt, wenn Militanz Selbstverteidigung heißt, ...wenn Militanz Schutz der Familie heißt, dann vielleicht ist Russell Means ein Militanter. Doch wie kann man Russell Means mit dem Terminus Militanz in Verbindung bringen, wenn man berücksichtigt, was für einer unvorstellbaren Gewalttätigkeit Russells Volk ausgesetzt gewesen ist? Und ich meine einer Gewalttätigkeit nicht nur in Bezug auf erschossene Indianer, sondern der Gewalttätigkeit der Sterilisation, der Gewalttätigkeit des Nahrungsmangels, des Mangels an angemessener Unterkunft und auch der Gewalttätigkeit eben jener groß angelegten Landzerstörung, wie sie für dieses Gebiet vorgesehen ist. Wenn man einem Volk, das eins ist mit der Natur, das Land zerstört, wo soll es denn dann bleiben? Ich wüßte nicht, wie man militanter sein könnte, als man ist, wenn man alles Leben vernichtet. Mir ist klar, daß Russell als Militanter gebrandmarkt ist. Ein jeder, der aufsteht und ›Nein‹ sagt, ist ein Militanter.

SCHMIDT: Warum ist Russell Means im Gefängnis?

ELLISON: Russell Means ist im Gefängnis, weil er ein Führer ist. Genauer gesagt, er ist im Gefängnis, weil er sich zusammen mit einigen anderen Eingeborenen geweigert hat aufzustehen. In der amerikanischen Gerichtsordnung ist es üblich, sich aus Respekt vor dem Richter zu erheben, wenn dieser den Gerichtssaal betritt. Die Indianer erkennen traditionell das amerikanische Rechtssystem nicht an... Der betreffende Richter war nach Meinung der Indianer dieser Respektbezeugung nicht wert – und so weigerten sie sich aufzustehen.

Nun, einige Tage vor diesem Zwischenfall hatten sich die Indianer ebenfalls geweigert aufzustehen, und der Richter hatte ihnen [daraufhin] gesagt, sie würden verhaftet, wenn sie nicht aufstünden. Und so waren die Leute fortgegangen. Das war an einem Freitag. Am darauffolgenden Montag ging die Verhandlung weiter. Wiederum weigerten sich die Indianer aufzustehen. Doch anstatt ihnen zu sagen: ›...Bitte verlassen Sie

den Raum‹ oder ›Wenn Sie sich nicht erheben, werden Sie verhaftet‹, wurde ein Überfallkommando der Polizei hereingeschickt, das die Leute im Gerichtssaal buchstäblich angriff. Der erste, der angegriffen wurde, war Russell Means... Dies wird von einem damals anwesenden Kamera-Team und vielen anderen Leuten bestätigt. Doch der Polizeibeamte, der... Russell geschlagen hat und ein Mann, gegen den wegen verschiedener Verbrechen Anklage erhoben worden war, die dann jedoch im Austausch gegen seine Zeugenaussage fallen gelassen wurde, sagten aus, Russell habe den Polizisten angegeriffen. Und auf Grund dieser Zeugenaussagen wurde Russell des Aufruhrs (riot) für schuldig befunden und zu vier Jahren Gefängnis verurteilt.
SCHMIDT: Und das war der einzige Grund für die Verurteilung?
ELLISON: Das war der einzige Grund.
SCHMIDT: Es lag also keine Anklage von früher vor, etwa im Zusammenhang mit *Wounded Knee?*
ELLISON: Russell ist in zwölf Verfahren Schwerverbrechen angeklagt worden. Dies ist das einzige Mal, daß er verurteilt wurde.
SCHMIDT: Russell Means hat kürzlich versucht, Arbeitsfreigang gewährt zu bekommen. Dabei war eine Arbeitsstelle hier in Rapid City im Gespräch. Die Indianer dieser Gemeinde sollen jedoch Einspruch gegen seine Anwesenheit in der Stadt erhoben haben.
ELLISON: Um das zu erläutern, möchte ich ein bißchen weiter ausholen: Im Herbst 1978 wurde Russell im Rahmen eines Work Release Program [Arbeitsfreigang-Programm] aus Sioux Falls entlassen und arbeitete für Senator Abourezk. Nach Sen. Abourezks Angaben machte er seine Sache sehr gut; [auch] nach Auskunft anderer Leute machte er seine Sache sehr gut. Anfang Dezember [78] gab Russell Means eine Erklärung ab, welche natürlich von allen Medien dieser Gegend verbreitet wurde, in der er die Weißen [und die Indianer] – wie er sich ausdrückte die »Cowboys und die Indianer« – aufforderte, sich zur Verteidigung des Landes zusammenzuschließen, denn wir hätten [doch] alle die Verwüstung des Landes zu fürchten. Unmittelbar darauf wurde Russell von einem Mann, der für die Einrichtung eines sogenannten *Water Conservancy Board* [Wasserschutz-Rates] verantwortlich war, welcher eine Wassernutzungs-Politik für diese Region erarbeiten sollte, eingeladen, als Repräsentant der Eingeborenen dieser Region mitzumachen. Bevor Russell noch eine Chance hatte, ›Ja‹ oder ›Nein‹ zu sagen, wurde sein Arbeitsfreigang rückgängig gemacht und er zurück ins Gefängnis geschickt. Nicht, weil er irgendetwas getan hatte; er wurde einfach so zurückgeschickt. Und so verlor er den Sitz im Wasserschutz-Rat.
Einige Zeit später bekam Russell [im Rahmen eines ähnlichen Programms] die Erlaubnis, ins westliche South Dakota, in seine Heimat zurückzukehren. – Russell ist Lakota, und das westliche South Dakota ist die Heimat der Lakota-Nation, während Sioux Falls [Standort des Staatsgefängnisses] im östlichen South Dakota liegt. – Wieder machte er die gleiche Sache, die wir schon angesprochen haben: Er nahm Gespräche mit roten und mit weißen Menschen über die Bewahrung der Naturschätze auf.

Der Gouverneur von South Dakota und ...das Büro des Generalstaatsanwaltes – letzterer ist im Grunde ein persönlich ausgewählter Nachfolger des Gouverneurs – fanden drei Indianer und einen Weißen,... die etwas dagegen hatten, daß Russell im westlichen South Dakota war und besonders, daß er für das *Indian Services Council* arbeiten sollte. Der betreffende Weiße war mehrere Jahre Direktor des *Indian Services Council* gewesen und dann durch einen Indianer ersetzt worden. Jener Indianer hatte zu oft über die Verträge und die Bewahrung der Naturschätze dieser Gegend gesprochen und ihm war nahegelegt worden, seine Stellung aufzugeben. Das *Indian Services Council* ernannte daraufhin Russell Means zu seinem geschäftsführenden Direktor. Ich glaube, das verärgerte den Weißen und die drei Indianer. Der Gouverneur des Staates und andere Kreise verwiesen nun auf diese Leute und sagten: ›Die Indianer sind gegen Russell Means‹. – Die indianische Bevölkerung im Gebiet von Rapid City wird auf 5000 Menschen geschätzt. – Dann gab das Büro des Generalstaatsanwaltes Presseerklärungen ab, in denen es hieß, der Aufsichtsrat des *Indian Services Council* sei zusammengekommen und habe beschlossen, Russell Means nicht länger in dieser Gegend haben zu wollen, da man Angst vor AIM habe, und AIM werde kommen und sie angreifen und so weiter und so weiter.
SCHMIDT: Man befürchtete also, Russell Means werde Unruhe in die indianische Gemeinde Rapid Citys tragen, nicht wahr?
ELLISON: Nun ja, [man befürchtete,] dies werde eine Kontroverse, ein Problem in der Gemeinde auslösen. Das Treffen [des Aufsichtsrates] hatte [so] gar nicht stattgefunden. Der Aufsichtsrat des *Indian Services Council* stimmte 6:0 dafür, Russell zum geschäftsführenden Direktor zu machen. Und am gleichen Tag, als man ihn zum geschäftsführenden Direktor wählte...; wurde seine Arbeitserlaubnis erneut zurückgezogen und er wieder ins Gefängnis geschickt. Ohne Anhörung, wie [eigentlich] vorgeschrieben, er wurde einfach so davongejagt.
Danach wurden neue Anstrengungen unternommen, Russell zurückzuholen; er sollte [diesmal] für mein Anwaltsbüro arbeiten. In Anbetracht seiner zahlreichen Strafprozeß-Erfahrungen und da ich hauptsächlich mit Strafsachen zu tun habe, hätte ich so einen erfahrenen... Helfer bekommen. Außerdem jemanden, der in dieser Stadt eine Menge Kontakte hat. Der Anstaltsleiter des Gefängnisses [in Sioux Falls], ein Mann namens Herman Solem, war von der Idee, Russell in meiner Kanzlei arbeiten zu lassen, sehr angetan. Er sagte, so werde Russell aus Kontroversen herausgehalten und so weiter, und er dürfe in ein paar Tagen nach Rapid City kommen und die Arbeit aufnehmen.
Nun, ›in ein paar Tagen‹, das wäre mit dem Beginn einer Konferenz der *Black Hills Alliance* zusammengefallen. Die *Black Hills Alliance* ist eine Organisation roter und weißer Bürger, die die Worte von Russell Means, Cowboys und Indianer sollten sich zur Bewahrung der Naturschätze zusammenfinden, sehr ernst nahmen... Ich vermute, der Anstaltsleiter hatte von meinem Engagement in der *Black Hills Alliance* und der bevorstehenden Konferenz gehört... In der Tat wurde Russells Arbeitsfreigang-

Programm [zunächst] bis zum Tag nach Konferenzende ausgesetzt. Unmittelbar darauf bekam ich dann Nachricht, Russell werde nicht [nach Rapid City] ins westliche South Dakota kommen. Er dürfe überhaupt nirgendwohin ins westliche South Dakota, geschweige denn in meine Kanzlei...

Lassen Sie uns ein wenig zurückblenden: Der Mann, welcher nach unseren Recherchen... letztlich für die Verweigerung der Russell seit März zustehenden Bewährung verantwortlich ist, ist der Vorsitzende des Ausschusses für Bewährungen und Begnadigungen (Board of Pardons and Paroles). Sein Name ist Jeremiah Murphy. Wir haben herausgefunden, daß Jeremiah Murphy der Hauptrepräsentant der [Firma] *Union Carbide Corporation* im Staate [South Dakota] ist. Zur gleichen Zeit, als man Russell Means die Rückkehr in seine Heimat verweigerte, hatte die *Union Carbide* vom ...Energieministerium die ...Finanzmittel erhalten, um... auf Pine Ridge den Uran-Bergbau vorzubereiten, ...auf Land, das nach dem Vertrag von 1868 eindeutig der Verantwortung des Volkes der Lakota obliegt und kein Teil der Vereinigten Staaten ist...

Das Ganze ist kein Zufall... Die Regierung hat bereits gezeigt, daß sie Indianer tötet, um... Zugang zu diesen Naturschätzen zu erhalten. Diesmal ist es nur eine andere Methode. In den vergangenen sechs Jahren sind fünf Mordanschläge auf Russell unternommen worden. Er hat sie alle überlebt. Was sie jetzt versuchen, ist, ihn einfach von seinem Volk und anderen fernzuhalten.

SCHMIDT: Welche Mittel stehen der *Black Hills Alliance* zur Verfügung, um den geschilderten großangelegten Abbau der Bodenschätze zu verhindern?

ELLISON: ... Wir versuchen es über die Gerichte und über die Legislative. Doch der eigentliche Schlüssel zur Durchsetzung unserer Ziele besteht unserer Meinung nach darin, die Bevölkerung dieser Gegend aufzuklären. Der Rote und der Weiße Mann wissen noch gar nicht so richtig, was hier bevorsteht... Sie wissen nichts... von der Tragweite und den Auswirkungen, die das Ganze hat. Wir versuchen es also mit verschiedenen Ansätzen...

Als der Vertrag [der die indianischen Besitzrechte klar definiert] bei früheren Gelegenheiten zur Verhandlung anstand, waren die Gerichte nicht willens, ihn... so zu sehen, wie es die Verfassung verlangt: nach Art. 6 der Verfassung der Vereinigten Staaten als *Supreme Law of the Land* [oberstes Gesetz der Vereinigten Staaten]. Stattdessen ist der Regierung die Strafverfolgung gewisser Individuen wichtiger, als diesem vorrangigen Recht Geltung zu verschaffen. Und dabei sind eigentlich alle anderen Bundesgesetze der Verfassung untergeordnet.

SCHMIDT: Grundsätzlich – und das sollte man vielleicht noch einmal betonen – ist die Kontroverse über den möglichen Abbau von Bodenschätzen in den Heiligen Schwarzen Bergen ein Problem, das nicht allein die Lakota angeht.

ELLISON: Es betrifft alle Bewohner dieser Gegend. Die Energiegesellschaften haben für diese Region einen 35-Jahres-Plan aufgestellt. Sie rechnen damit, daß am Ende dieser 35 Jahre hier nicht mehr genug Wasser zur Versorgung ihrer Industrien vorhan-

den ist. Sie wissen ebenfalls absolut nicht, wieviel Wasser es dann noch geben wird, um hier Leben aufrechtzuerhalten. Man hat bereits eingestanden, daß bestimmte Gebiete für eine, wie sie es nennen, Übergangszeit – es gibt Übergangszeiten, die bis zu 20000 Jahre dauern – als Lebensraum unbrauchbar werden. Es ist also ein Problem, das alle Menschen hier betrifft.
So sehr [auch] die weiße Bevölkerung diese Gegend schätzt und liebt – einige von uns sind hier seit mehreren Generationen verwurzelt – müssen wir doch erkennen, daß der Rote Mann hier bereits seit Tausenden von Generationen gelebt hat. Die Schwarzen Berge sind der Geburtsort des Volkes der Lakota, und wir müssen die Geschichte und Bedeutung dieses Gebietes für die Indianer verstehen, denn davon können wir nur lernen. Die Schwarzen Berge sind eine heilige Stätte für das Volk der Lakota. Wenn die hiesigen Nicht-Indianer erst einmal den geistigen Wert, die Heiligkeit der Berge erkannt hätten, würden sie die [drohende] Zerstörung nicht mehr zulassen... Es ist wichtig, die Geschichte dessen, was in dieser Gegend geschehen ist, zu begreifen. Die weiße Bevölkerung muß erkennen, wie weit die US-Regierung wegen der Bodenschätze zu gehen bereit war, wo immer ihnen die Indianer im Wege standen. Eines Tages könnten die weißen Einwohner dieser Gegend die neuen Indianer sein!
SCHMIDT: Mister Ellison, ich danke Ihnen sehr für dieses Gespräch.

Wounded Knee 1973

Wounded Knee bedeutete den ersten namhaften modernen Protest der eingeborenen Völker gegen westeuropäisches Geschichtsverständnis: Die Oglala Lakota wiesen die Definitionen des amerikanischen Rechtssystems als unannehmbar zurück, nach denen der Status der Indianischen Nationen verschleiert wird und diese lediglich als unwesentliches innenpolitisches Problem erscheinen.
In ihrer Unabhängigkeitserklärung wandten sich die Oglala Lakota an die Welt und sprachen über Freiheit für alle eingeborenen Völker von der Tyrannei westeuropäischen Denkens, westeuropäischer Wertvorstellungen und Einschätzungen menschlicher Erfahrungen.
... Die Gemeinschaft der Nationen muß zu einer Gemeinschaft werden, in der selbst die kleinste Nation Rechte hat, die nicht verletzt werden dürfen.
Indem eine kleine Indianische Nation versucht hat, sich der Fesseln des Kolonialismus zu entledigen und eine freie Nation zu werden..., wurde die Reise nach Wounded Knee zum Beispiel für die Bemühungen des freiheitsliebenden amerikanischen Indianers, die Familie der Nationen zu vervollständigen.

Vine Deloria, Jr.

WOUNDED KNEE 1973

Wounded Knee marked the first sustained modern protest by aboriginal Peoples against the Western European interpretation of History, for the Oglala Lakota refused to accept the definitions which the American legal system had used to cover up the status of Indian Nations and make them appear to be merely a minor domestic problem of the United States.

In their Declaration of Independence, the Oglala Lakota spoke to the world about freedom for all aboriginal Peoples from the tyranny of Western European thought, values and interpretations of man's experiences.

. . . . The Community of Nations has to become a community in which even the smallest nation has rights which cannot be violated.

To see a tiny Indian Nation attempt to cast off the bonds of colonialism and become a free nation. . . . made the journey to Wounded Knee an example of the freedom loving American Indian's efforts to complete the family of nations.

May our Sacred Mother Earth
Endure her many sufferings,
Russell Means

– Vine Deloria, Jr.

BELAGERER. „Warum? Warum wurde hier in einem Umfang militärische Macht eingesetzt, wie es in keinem anderen Fall zuvor geschehen war?“

BELAGERTE. „Wir haben der realen Situation ins Auge gesehen: gegen uns... wird Krieg geführt.“

INDIANER IM WIDERSTAND. „Wir sind in Situationen verwickelt gewesen, in denen wir zur Verteidigung Waffen benutzen mußten. Aber das macht uns nicht gewalttätig.“

Gespräch mit Russell Means

International Indian Treaty Council

R.M., Oglala-Sioux von der Pine Ridge Reservation in South Dakota, ist einer der international bekanntesten indianischen Aktivisten. Nicht zuletzt auf Grund seiner exponierten Sprecherrolle während der Wounded Knee-*Ereignisse '73 gilt er für viele Weiße als der militante Rote schlechthin. M. hat jahrelang in der Amerikanischen Indianerbewegung, AIM, mitgearbeitet, darf aber auf gerichtliche Anweisung heute nicht mehr für AIM sprechen. Seitdem ist er im Internationalen Indianer-Vertragsrat, New York, engagiert. Das nachfolgende Gespräch ist unter großen Schwierigkeiten zustande gekommen; es fand am 8. 5. 79 im Staatsgefängnis von South Dakota in Sioux Falls, S.D., statt.*

SCHMIDT: Mister Means, können Sie mir bitte zunächst ein paar Informationen über Ihren persönlichen Hintergrund geben.
MEANS: ...Ich bin ein Oglala-Lakota aus dem Pine Ridge-Konzentrationslager, das der Weiße Mann ›Reservation‹ nennt. Ich bin 39 Jahre alt und sitze hier im Staatsgefängnis von South Dakota auf Grund eines nicht [mehr] existierenden Gesetzes. Aber vor der Aufhebung dieses Gesetzes durch die bundesstaatliche Legislative wurde ich des ›Widerstands gegen die Staatsgewalt‹ (riot to obstruct justice) angeklagt. Kurz: Ich bin ein politischer Gefangener, einer von vielen tausenden, die in den USA unter dem Mantel des Gesetzes – des Strafrechts – eingekerkert sind.
Sehen Sie, in den sozialistischen Ländern geben sie es [wenigstens] zu, wenn sie jemanden wegen... politischer Aktivitäten gegen den Staat anklagen. In diesem Staat verstecken sie sich hinter der Fassade des Strafrechts. Wissen Sie, mein Bruder ist ebenfalls hinter den Mauern dieses Gefängnisses.*
SCHMIDT: Ted Means?
MEANS: ...Ted. Auf Grund der gleichen Anklage, auf Grund des gleichen nicht-existierenden Gesetzes. Und zufällig sind wir beide die freimütigsten Indianerführer im Staat South Dakota.
SCHMIDT: Stichwort unverblümter Protest. Unter den amerikanischen Eingeborenen herrscht offensichtlich große Unruhe und Frustration. Bitte erklären Sie warum.
MEANS: Das ist das Ergebnis perfekter Kolonialisierung. Die Vereinigten Staaten haben die indianischen Völker so überzeugend und gründlich aufgesplittert, besiegt und unterdrückt, daß dies Verwirrung und Chaos zur Folge haben mußte. Wir wußten schließlich nicht mehr, wie wir einen humanen Lebensstil als ein eigenes, selbstständiges Volk aufrechterhalten sollten. Wir sind ein sehr abhängiges Volk, sind seit mindestens hundert Jahren abhängig gemacht worden.
SCHMIDT: Von der [amerikanischen] Bundesregierung?
MEANS: Ja, in allen Bereichen unseres Lebens. Und nach drei oder vier Generationen ...hat dies eben, stark vereinfacht dargestellt, zu einer totalen Verunsicherung geführt. Leider kann man in diesem Land jene Leute, die aufgeklärt genug und gesellschaftspolitisch gebildet sind und ein Lebensziel haben, das ›Befreiung‹ heißt, an einer Hand abzählen.
SCHMIDT: Sie meinen unter den amerikanischen Eingeborenen (Native Americans)?
MEANS: Amerikanische Indianer, ja. Der Ausdruck ›amerikanischer Eingeborener‹ gefällt mir nicht... Die englische Sprache ist eine so primitive Sprache, daß man über die [Bedeutung mancher] Ausdrücke streiten kann. Wenn es heißt ›amerikanischer Eingeborener‹, ist dann jemand gemeint, der in diesem Land geboren ist oder ein ›amerikanischer Indianer‹ (American Indian)? Letztere ist... die eindeutige Bezeichnung...
Das Wort ›Indianer‹ stammt...

*Russell Means und sein Bruder Ted wurden einige Monate nach diesem Gespräch entlassen.

SCHMIDT: ...von Kolumbus, der glaubte in Indien zu sein.
MEANS: Nein,... von dem italienischen Wort ›Indio‹. Als Kolumbus hierher kam und wir ihn entdeckten, ...beschrieb er in seinen Tagebüchern unser kindliches Benehmen und unseren Edelmut... Und er wählte für uns den Namen ›Indio‹; er erkannte unsere Spiritualität. Nun, das italienische ›Dio‹ heißt ›Gott‹... ›In‹ heißt ›Kinder‹. Fügen Sie ein ›s‹ dazu und bilden Sie den Plural: ›Indios‹ heißt ›Kinder Gottes‹... Ich bin sehr stolz darauf.

Außerdem habe ich von meinen ...Brüdern... in Bolivien gelernt. Sie sind sehr stolz darauf, Indianer genannt zu werden, denn ihre Vorfahren waren gestorben, weil sie Indianer waren. Ihre Väter starben, ihr Volk stirbt. Sie sind gestorben, eingesperrt und mißhandelt worden,... weil sie Indios sind. Deshalb habe ich keine Einwände dagegen, ›Indianer‹ genannt zu werden. Noch lieber möchte ich ›amerikanischer Indianer‹ genannt werden, denn Amerika nimmt die ganze westliche Hemisphäre ein. Das ist unsere Insel.

SCHMIDT: Viele amerikanische Indianer beklagen sich in bitteren Worten über die Lebensbedingungen auf den Reservationen. Die weißen Amerikaner hingegen betonen meistens, es habe sich dort in den letzten Jahren vieles zum Positiven gewandelt. Wie ist Ihre Einschätzung?

MEANS: Ja, was erwarten Sie denn auch von einem Kolonialisten? Der wird niemals Ausbeutung und Völkermord eingestehen. Das war in der Geschichte so und wird auch in Zukunft so bleiben. Solange es Kolonialismus gibt, wird es Völkermord und Ausbeutung geben. Das ist ein elementarer soziologischer Fakt.

SCHMIDT: Können Sie das bitte präzisieren?

MEANS: Beginnen wir mit unserer Ernährung, einer kalkulierten Völkermord-Taktik der USA. Der US-Hungerreport, der gerade im April ['79] herausgekommen ist, zeigt, daß heute viel, viel mehr Indianer... Hunger leiden als jede andere Gruppe der amerikanischen Bevölkerung.

SCHMIDT: Sprechen Sie von Hunger oder Mangelernährung?

MEANS: Mangelernährung... Mangelernährung gibt es in den restlichen USA so gut wie nicht mehr, nicht einmal in den Gettos und Barrios. Wir werden auf den Reservationen von der Regierung mit Überschuß-Nahrung versorgt, die ausschließlich Stärke enthält. Dies begünstigt die Diabetes und verschlimmert die TB. Wir haben jedes Jahr TB-Todesfälle zu verzeichnen,... während diese Krankheit ansonsten in den USA praktisch nicht mehr vorkommt. Sie [die Stärkenahrung] führt [ferner] zu Fettleibigkeit, Herzkrankheiten [usw.]. Wir leiden unter allen erdenklichen Krankheiten..., weil uns von den Vereinigten Staaten diese Nahrung aufgezwungen wird. Das ist das erste Problem, die Ernährung.

Problem Nummer zwei: Der Alkoholismus in den Konzentrationslagern. Oder vielleicht sollte ich höflich sein und den kolonialistischen Ausdruck ›Reservation‹ benutzen. Alkohol ist verboten. Aber meinen Sie, die Bundesregierung ...würde irgendetwas dagegen unternehmen? ...Nein. Sie ermutigt sogar. Die meisten Schwarzhändler sind Regierungsangestellte. Der Alkohol, den sie auf den Reservationen verkaufen, kommt zu der Mangelernährung noch hinzu [und verstärkt deren Folgen]. Leberschäden, Diabetes, etc. Und natürlich, jedes beraubte und unterdrückte Volk, das unter seiner Armut leidet, sucht einen Ausweg. Konsequenterweise muß hier der Alkohol herhalten ...als Fluchtdroge. Er ist ja leicht beschaffbar. Das gehört alles zu ihrer Taktik ›Aufspalten und Besiegen‹ (divide and conquer).

SCHMIDT: Wie ist es mit den Wohnverhältnissen?

MEANS: Oh ja, die Schnellbau-Häuser. Gettos mit Häusern... unter allem Niveau, in die einzuziehen sich sonst jedermann in diesem Land weigern würde. Aus Pappe und Preßplatten. Man hat festgestellt, daß ein solches Haus innerhalb von sechzig Sekunden total in Flammen aufgehen kann.

Ja, die Situation hat sich verbessert,... für die Kolonialisten... 1969 waren wir die am schnellsten wachsende ethnische Gruppe in den USA... Drei Jahre später, nachdem die Sterilisation unserer Frauen... planmäßig verstärkt wurde, waren wir die am langsamsten wachsende Bevölkerungsgruppe. Außerdem – was die Nicht-Indianer in diesem Land nicht wissen, denn die Regierung hat es stets zu verschleiern versucht – müssen wir ...unter 2000 mehr Gesetzen leben als jeder Nicht-Indianer dieses Landes. Ausländer... haben hier mehr Rechte... als wir! Wir leben in unseren Konzentrationslagern als Volk ohne Land.

SCHMIDT: Sie sprechen über Rechte und Land. Das bringt uns zum ›Büro für Indianerangelegenheiten‹, dem BIA. Warum sind die amerikanischen Indianer derart unzufrieden mit dieser Behörde?

MEANS: ›Büro für Indianerangelegenheiten‹. Ein netter, sauberer Ausdruck! Wieder so ein Trick der englischen Sprache. Es müßte eigentlich ›Büro für indianische Kolonialangelegenheiten‹ heißen. Die einzige koloniale Behörde der US-Regierung. Das Amt sorgt dafür, daß die 2000 zusätzlichen Gesetze auch eingehalten werden. Es ist eine Behörde der Multis, damit diese den Roten Mann in diesem Land ausbeuten und manipulieren können. Das wär's, kurz und knapp. Ich will über diese Gestapo nicht reden!

SCHMIDT: Es ist Ihnen per Gerichtsurteil verboten worden, noch weiter **für** die Amerikanische Indianerbewegung, AIM, zu sprechen. Dennoch werden Sie sicher als Privatperson **über** AIM reden dürfen. Was will *das American Indian Movement?*

MEANS: Ich bin ins Gefängnis gewandert, weil ich für AIM gesprochen habe... Sehen Sie, auch das wird hier verschwiegen: In den westlichen Gesellschaften – in Westeuropa und den Vereinigten Staaten – wird ein großer Rummel um die russischen Dissidenten gemacht; daß sie eingesperrt werden, nur weil sie ihre Meinung sagen... Ich bin [auch] im Gefängnis! Ich bin [ebenfalls] eingesperrt worden, weil ich meine Meinung gesagt habe! Weil ich an einem Treffen mit anderen AIM-Mitgliedern sowie Staats- und Bundesbeamten teilgenommen habe. Wegen eines verdammten Treffens! ....Das ist aktenkundig. Aber die Vereinten Nationen oder ...die Presse empören sich nicht über diese Tatsache, daß die Indianer in diesem Land, nur weil sie ihre Meinung sagen, behandelt werden wie die Juden oder die Dissidenten in den sozialistischen Staaten.

SCHMIDT: Könnten wir bitte auf meine Frage zurückkommen. Was sind die Ziele der Amerikanischen Indianerbewegung?

MEANS: Seit *Wounded Knee* 1973 hat AIM sehr unter den Repressionen der Regierung und ihrer Polizei gelitten. Ursprünglich waren wir eine einzige gefestigte Bewegung mit einer nationalen Zentrale. Aber nach all den Verhaftungen und Attentaten auf die Führer ist es eine zersplitterte Organisation geworden. Heute gibt es viele verschiedene Fraktionen. Einige, nein, die meisten arbeiten mit der Bundesregierung, den Bundesstaaten und lokalen Behörden zusammen. Sie konzentrieren sich auf bloße Überlebenstechniken. Doch mit dieser Haltung leisten sie nur der endgültigen Vernichtung meines Volkes Vorschub. Es gibt aber auch einige vereinzelte AIM-Gruppen, die noch das gleiche Ziel haben wie seinerzeit 1968 bei der Gründung... Die vollständige Befreiung und Anerkennung des Roten Volkes in der Familie der Nationen und in der internationalen Gemeinschaft. Wissen Sie, ich bin es wirklich leid, das immer wieder zu betonen; aber wir sind die einzige Farbe der Menschheit, die nicht in der internationalen Gemeinschaft vertreten ist. Die schwarzen, die gelben, die weißen, die braunen Menschen, irgendwie sind sie alle in der internationalen Gemeinschaft, vor allem der UNO, repräsentiert. Und nur der Rote Mann der westlichen Hemisphäre ist dort nicht vertreten... Jeder Mensch mit Gewissen, gleichwelcher Religion, sollte darüber empört sein!

SCHMIDT: Wenn Sie vom Roten Mann der westlichen Hemisphäre sprechen, schließen Sie auch die Indios Mittel- und Südamerikas mit ein, nicht wahr?

MEANS: Auf jeden Fall. Wir sind alle Brüder. Im September 1977 haben wir in Genf bewiesen, daß wir mit ...einer Stimme und mit einem Geist sprechen.

SCHMIDT: Sie waren an einer Reihe spektakulärer und man kann sagen kontroverser AIM-Aktionen beteiligt. Von diesen hat *Wounded Knee* 1973 wohl die größte internationale Beachtung gefunden. Worum ging es Ihnen und Ihren Freunden?

MEANS: Erinnern Sie mich daran, bevor Sie gehen, daß ich Ihnen gebe, was Vine Deloria über *Wounded Knee* und worum es da ging gesagt hat.*

Wounded Knee war die Erklärung der Amerikanischen Indianerbewegung, des Volkes der Lakota und überhaupt aller Indianer der USA und Kanadas, daß wir ein eigenständiges Volk sind, eigene Wertmaßstäbe besitzen, die absolut nichts mit denen der westlichen Zivilisation zu tun haben. Es war die Forderung nach Selbstbestimmung in unserem eigenen Land und nach Teilnahme in der Familie der Nationen. Wir sprachen von Grundfreiheiten, die Menschen in anderen Teilen der Welt auch genießen.

SCHMIDT: Für viele Leute, Rote und Weiße, ist *Wounded Knee* ein Symbol. Warum? Hat es danach irgenwelche Verbesserungen gegeben?

MEANS: Unmittelbar danach wurden... den Neo-Kolonialisten, den sogenannten

---

* sS. 45

Stammesregierungen (tribal governments), alle möglichen aufgestockten Regierungsmittel zugeleitet. Ich nenne sie Vichy-Indianer. Die Vichy-Indianer bekamen nun höhere Gehälter und verbesserte Chancen... Kurz: Die US-Regierung sah zu, daß sie die neo-kolonialistischen Vichy-Indianer kaufte, um alle weiteren Gedanken an echte Souveränität und Befreiung im Keim zu ersticken... Doch das Ergebnis, auf das ich besonders stolz bin,... ist die Wiedergeburt von Stolz und Würde... unter unseren jungen Leuten. Das ist eines der Ergebnisse von *Wounded Knee*. Diesen Stolz, den wir unserem Volk wiedergegeben haben, wird man noch Generationen nach uns spüren.
SCHMIDT: Ging eine solch positive Wirkung Ihrer Meinung nach auch von den anderen Aktionen aus, wie der Besetzung des BIA-Gebäudes in Washington oder dem *Trail of Broken Treaties?* Glauben Sie rückblickend, daß dies Ihrer Sache gedient hat?
MEANS: Aber unbedingt!
SCHMIDT: Man hat Sie oft einen ›militanten Radikalen‹ genannt. Wie stehen Sie zu dieser Beurteilung?
MEANS: Es ist mir egal, wie man mich auf englisch nennt. Man hat mir jeden nur erdenklichen Namen gegeben. Unsere Alten, und darauf bin ich... stolz, haben mich ›Patriot‹ genannt. Diesem Namen gebe ich den Vorzug.
SCHMIDT: Gehe ich recht in der Annahme, daß nicht unbedingt alle amerikanischen Indianer mit Ihrer persönlichen Meinung übereinstimmen?
MEANS: Ja glauben Sie denn, daß ein kolonialisiertes, ein äußerst geschickt kolonialisiertes Volk überhaupt in irgendeinem Punkt übereinstimmt?... Natürlich, ich erzeuge Kontroversen. Aber nur unter Leuten, die etwas zu befürchten, zu verlieren haben, deren Wertsystem mit dem der westlichen Zivilisation übereinstimmt... Pardon, ich degradiere ja die amerikanischen Indianer, wenn ich von westlicher ›Zivilisation‹ spreche.
SCHMIDT: Ich nehme an, Sie wissen, daß Sie und Ihre Brüder in der Amerikanischen Indianerbewegung unter den deutschen Indianerfreunden sehr populär sind. Wie erklären Sie sich das?
MEANS: Meine Erfahrung mit der westlichen Zivilisation, und ich bin mehrfach in Europa gewesen...
SCHMIDT: ...auch in Deutschland, nicht wahr?
MEANS: ...Ja, in beiden Deutschlands... Meine Erfahrung ist, daß man es dort offensichtlich leichter findet, sich mit anderer Leute Hinterhof-Problemen zu beschäftigen als mit den eigenen. In Europa sind zum Beispiel die Zigeuner ein sehr unterdrücktes Volk, auf das man herabschaut. Und doch haben die Zigeuner ihre eigene Kultur, ihre eigene Existenzberechtigung. Aber statt sich um die Integration der Menschen mit dunklerer Hautfarbe zu kümmern, versucht Europa fremde Hinterhöfe zu säubern. Das gleiche konnte man in den USA mit der Sympathiewelle für die Vietnamesen erleben... Man tut mehr... für Völker in anderen Teilen der Welt, für Menschen, die man nicht sehen, fühlen, hören und berühren kann.
Andererseits bewundere ich die Europäer wesentlich mehr als den weißen Amerika-

ner. Als ich in Europa war, habe ich mich das einzige Mal in meinem Leben unter Weißen wohlgefühlt.
SCHMIDT: Für welche Länder gilt das?
MEANS: In der Schweiz, in beiden deutschen Staaten, in Spanien, England – nein, nicht so sehr in England – und in einigen osteuropäischen Ländern.
SCHMIDT: Fanden Sie die Menschen dort verständnisvoller, flexibler, oder warum fühlten Sie sich dort wohler als in den USA?
MEANS: ...Die Leute dort waren respektvoller. Und das ist ein Schlüssel zum Leben, den dieses Land [die Vereinigten Staaten] nicht besitzt. In Europa war man respektvoller, und für mich ist das die Essenz der menschlichen Entwicklung: Respekt für die Vorstellungen deines Nächsten (your brother's vision)... Auch sind die wahren geistigen Werte und die Philosophie... der Indianer zu den Europäern durchgedrungen. Die Europäer haben viel mehr [kulturhistorische] Erfahrung... als der weiße Amerikaner; das weiße Amerika ist ja erst 200 Jahre alt. Sie [die Europäer]... hören uns zu und erkennen unsere Werte. Der weiße Amerikaner in diesem Land hingegen hat keine Augen und hat keine Ohren.
SCHMIDT: Man kann ein international zunehmendes Umweltbewußtsein verzeichnen. Ein Aspekt ist die Ablehnung der Kernenergie durch große Teile der Bevölkerung sowohl in den USA als auch in Westeuropa. Die indianische Philosophie lehrt, die Natur zu ehren und zu schützen, anstatt sie rücksichtslos auszubeuten und zu gefährden. Das könnte eine Alternative zu unserem westlichen Wachstumsdenken sein. Es sieht ganz so aus, als ob Ihr jahrtausendealtes Wertsystem wieder aktuell wird.
MEANS: Das ist nur deshalb wieder aktuell geworden, weil inzwischen jedermanns Leben... in Gefahr ist. Sehen Sie, unglücklicherweise richtet die westliche Zivilisation ihre Gedanken nur auf heute, nicht auf morgen. Ich will Ihnen ein Beispiel aus der Ökonomie geben, der ureigenen Sprache der westlichen Zivilisation. Ein Beispiel elementarer Volkswirschaftslehre. Denn von spirituellen Dingen, wie der Liebe für unsere Mutter, die Mutter Erde und alle ihre Verwandten, will ich gar nicht erst reden... Wenn sich die westliche Zivilisation Gedanken über die Zukunft und die Ungeborenen machen würde, dann müßte sie auch alle nichterneuerbaren Naturschätze (unrenewable resources) als Kapital betrachten, nicht als Einkommen. Aber stattdessen werden alle nichterneuerbaren Naturschätze – fossile Brennstoffe [Kohle, Öl, Gas] und so weiter – als Einkommen betrachtet und nicht als Kapital.
SCHMIDT: Und verschwendet.
MEANS: Genau! Einkommen wird immer verschwendet; es muß doch so schnell wie möglich ausgegeben werden, sobald man es in die Hände bekommt. Aber niemand würde seine Kapitalbasis zerstören, denn Kapital schafft Einkommen. Und wenn man erst einmal sein Kapital verloren hat, gibt es auch kein Einkommen mehr. Und nun, wo ihnen dieser Zusammenhang langsam bewußt wird, werden die Menschen der westlichen Zivilisation schmerzliche Einschränkungen in ihrem Lebensstil hinnehmen müssen. Denn das berührt sie: ihre Gesundheit, ihre Sicherheit, ihr Lebensstil. Schon

sehr bald werden die herrschenden Mächte erkennen müssen, daß die Kapitalbasis der Mutter Erde rapide schrumpft – und dann haben sie kein Einkommen mehr!
SCHMIDT: Stichwort Bodenschätze. Ich habe von Plänen gehört, nach denen in den Schwarzen Bergen South Dakotas in großem Stil mit Uran-Förderung und Kohle-Tagebau begonnen werden soll. Dadurch werde im Laufe der Jahre der Grundwasserspiegel in dieser Region so stark absinken, daß mit ernsten Problemen in der zukünftigen Wasserversorgung zu rechnen sei.
MEANS: Das ist ein multinationales Projekt in Richtung schnelles Einkommen. Es hängt mit der gesamten Energiepolitik zusammen. Deshalb ist es ein sehr... schwieriges und umfassendes Problem, von dem wir hier reden. Es betrifft nicht nur die Schwarzen Berge, sondern die ganze Welt.
Doch lassen Sie uns ruhig bei den Schwarzen Bergen bleiben, den heiligen Paha Sapa, wie wir sie in unserer Sprache nennen. Die Tagebau-Projekte und die Auswirkungen auf den Grundwasserspiegel unseres Landes sollen 1984 in vollem Umfang beginnen. Wir haben ...einen internationalen Vertrag mit den USA über dieses Land aus dem Jahres 1868. Doch wie Sie wissen sollten, wie jedermann wissen sollte, haben die USA keinen der über 400 gültigen internationalen Verträge mit dem indianischen Volk dieses Landes eingehalten.
Und so werden sie unser Territorium in South Dakota sowie Teile der Staaten Wyoming, Montana, North Dakota und Nebraska in das verwandeln, was in einer Studie unter Präsident Ford ›zu opferndes Gebiet‹ (sacrifice area) genannt wurde. Zu opferndes Gebiet soll heißen, man will die Schwarzen Berge zerwühlen und abtragen, das Wasser so verseuchen, daß man es nicht mehr nutzen kann oder ganz verbrauchen. Sie werden das Land buchstäblich in eine radioaktive Wüste verwandeln und hier auch ihren radioaktiven Abfall vergraben. Danach werden sie das Land an die Indianer zurückgeben. Das ist ...unsere große Sorge und die einiger Weißer, die seit *Wounded Knee* mit uns kämpfen. Leute wie [der Rechtsanwalt] Bruce Ellison,... die...gegenüber Mutter Erde und ihren Verwandten ein neues Bewußtsein erlangt haben.
SCHMIDT: Sie sprechen von der *Black Hills Alliance?*
MEANS: Sehr richtig... Mit ihnen zusammen versuchen wir, auf nationaler Ebene Unterstützung zu finden, um die [Bergbau-] Projekte zu stoppen. Wir sind auf dem besten Wege, diese Angelegenheiten groß publik zu machen. Hoffentlich können wir dieser Ausbeutung der Mutter Erde [in den Schwarzen Bergen] gleich am Anfang Einhalt gebieten. Wenn wir damit erfolgreich sind, bedeutet das, daß die Vereinigten Staaten vielleicht noch eine Chance haben.
SCHMIDT: Sind Sie zuversichtlich?
MEANS: Ich bin immer pessimistisch, solange es sich um die weißen Amerikaner handelt, aber optimistisch, was mein eigenes Volk betrifft.
SCHMIDT: Was für eine Zukunft sehen Sie für Ihr Volk in diesem Land?
MEANS: Lassen Sie mich das in eine Prophezeiung unserer Vorfahren fassen: **Wenn**

wir gehen, geht die Welt. Nun, dafür müssen Sie unser Zeitkonzept verstehen. Nein, das können Sie ja gar nicht verstehen. Es ist dem der westlichen Welt total entgegengesetzt...

Wir haben Zeit niemals kategorisiert, haben uns stets an den natürlichen ewigen Kreislauf gehalten. An die Sonne, den Mond, die Jahreszeiten. Nun können Sie sagen, mit einer solchen Philosophie kann man sich dann ja zurücklehnen und die Dinge abwarten. Doch das geht nicht! Dafür ist der Zweibeiner nicht auf die Welt gebracht worden. Der Zweibeiner ist als Hausmeister der Natur geschaffen worden. Wenn du Mutter Erde Respekt erweist, wird sie auch dich respektieren. Deshalb müssen wir für unsere Mutter kämpfen. Und ob dies nun zu meinen Lebzeiten eintrifft oder ein Leben später oder auch zwanzig Leben später – es steht fest, wir werden gewinnen. Und wenn wir nicht gewinnen, wird niemand gewinnen.

SCHMIDT: Was haben Sie persönlich für Zukunftspläne?

MEANS: Am Leben zu bleiben.

SCHMIDT: Sie haben Ihre Strafe fast verbüßt, nicht wahr?

MEANS: Nein, erst am 12. August 1981. Doch ich habe unter gewissen Bedingungen die Chance, im Juli 1980 auf Bewährung entlassen zu werden. Und ich werde meine Arbeit weitermachen, zu Hause und in der internationalen Gemeinschaft. Die einzige Rettung für die Roten Völker der westlichen Hemisphäre – und damit die Errettung der Menschheit – ist unsere Anerkennung durch die internationale Gemeinschaft. Und wenn wir dort keine ausreichende Unterstützung finden, werden unsere Ungeborenen auch keine Zukunft haben.

SCHMIDT: Doch eine solche Anerkennung dürfte nach geltendem Reglement schwierig zu erreichen sein. Meines Wissens repräsentieren die Vereinten Nationen nur souveräne Staaten. Es gibt zwar indianische Völker, aber keine indianischen Staaten.

MEANS: Ich bin da absolut nicht pessimistisch. Sehen Sie, südlich den USA leben über 80 Mio. Vollblut-Indianer. In den Vereinigten Staaten und in Kanada schätze ich [jeweils] eine Million. Die kolonialistischen Regierungen Kanadas und der USA werden, soweit es ihre Länder betrifft, diese Zahlen abstreiten. Aber die 80 Mio. Indianer südlich der US-Grenze sind internationaler Fakt. In Ländern wie Guatemala, Nicaragua, Panama, Bolivien, Ecuador und Peru... ist der größte Teil der Bevölkerung indianisch... Übrigens, wie kommt es, daß man in der internationalen Gemeinschaft nie auch nur einen Ton über Majority Rule der Indianer... [Mittel- und Südamerikas] hört?

SCHMIDT: Eine interessante Frage.

Vor ein paar Minuten haben sie gesagt, Sie möchten am Leben bleiben. Haben Sie Angst um Ihre Sicherheit, wenn Sie eines Tages aus diesem Gefängnis entlassen werden?

MEANS: Ich habe mehr Angst um mein Leben, solange ich in diesem Gefängnis bin als außerhalb. Es hat hier schon einen Anschlag auf mein Leben gegeben.

SCHMIDT: Durch wen?
MEANS: Ich bin im letzten September ['78] mit einem Messer angefallen worden.*
SCHMIDT: Von wem?
MEANS: Von einem weißen Mitgefangenen.
SCHMIDT: Was war das für ein Mann?
MEANS: Es war ein Bundes-Gefangener... von außerhalb des Staates South Dakota. Man fragt sich, warum der überhaupt hier in diesem Staatsgefängnis und nicht in einem Bundesgefängnis war, verstehen Sie. Und dabei hatte er bereits zwei Schwarze und einen Indianer angefallen, bevor er... auf mich mit dem Messer losging.
SCHMIDT: Und wo hat er sie verletzt?
MEANS: Am Herzen.
SCHMIDT: Am Herzen?
MEANS: Ich glaube, meine Religion wacht über mich. In den letzten Jahren haben sie fünfmal versucht, mich umzubringen.
SCHMIDT: Stichwort Mordversuche. Ich war in ihrer Heimat, auf der Pine Ridge Reservation. Man erzählte mir, daß dort in den vergangenen Jahren mehrere Dutzend Indianer unter merkwürdigen Umständen ums Leben gekommen sind. Die Täter seien entweder nicht gefaßt oder – wenn doch – nicht verurteilt worden. Stimmt das?
MEANS: Ja, das ist sehr richtig.
SCHMIDT: Wie erklären Sie sich das?
MEANS: Das ist Systematik. Eine Systematik gegen das *American Indian Movement.* Eine Terrorherrschaft, um Familien und einzelne davor abzuschrecken, bei AIM mitzuarbeiten oder AIM zu unterstützen. Denn wenn man dies tut, hat das den Tod zur Folge oder Gefängnis. Und ich muß zugeben, diese Taktik ist ziemlich erfolgreich gewesen – aber noch nicht ganz.
SCHMIDT: Mister Means, ich danke Ihnen für das Gespräch!
MEANS: Ich möchte abschließend noch etwas hinzufügen:
...Ich weiß, die westliche Zivilisation hat es schwer zu verstehen, daß die Erde unsere Mutter ist und alle Lebewesen Verwandte sind. Alle Lebewesen!... Das ist ein heiliger Kreislauf des Lebens. Naturforscher werden dies bestätigen... Ich weiß, daß in der westlichen Zivilisation menschliches Leben als heilig gilt. Gut, wenn menschliches Leben heilig ist, ist alles Leben heilig. Denn es hängt doch alles zusammen. Das ist wie bei der Domino-Theorie: Wenn man auch nur einen einzigen kleinen Teil wegnimmt oder verändert, betrifft das alle Teile des gesamten heiligen Naturkreislaufes.
Ich gebe Ihnen ein Beispiel, wie man diesen Zusammenhang jetzt nach dem Harrisburg-Unfall wieder feststellen konnte: Ein Teil des [Fluß-] Wassers, das an dem Three Mile Island Reaktor vorbeifließt wurde natürlich [nuklear] verseucht... Das Wasser fließt ins Meer. Natürlich. Dort werden die Mikroorganismen in Mitleidenschaft gezogen, welche den kleinen Fischen als Nahrung dienen, die dann ihrerseits von größe-

---

*vgl. **Akwesasne-Notes, Autumn 78, p. 25**

ren Fischen gefressen werden. Jetzt kommen die Flugenten und fressen die größeren Fische. Dann fliegen die Enten auf ihrer Wanderung noch in den Norden und in den Süden und nehmen alles mit. So sehen Sie..., wie dieser Harrisburg-Unfall das komplette ökologische System der westlichen Hemisphäre in Mitleidenschaft gezogen hat. Und deshalb versuchen wir, dem Weißen Mann der westlichen Zivilisation klarzumachen, daß nicht nur das menschliche Leben, sondern alles Leben heilig ist. Von den feinsten Gräsern bis zum höchsten Baum; vom kleinsten Insekt bis zum Adler. Und wenn die westliche Zivilisation dies endlich begreifen könnte, dann – vielleicht – würden die Multis an Macht einbüßen und die Regierungen bereitwilliger für die Ungeborenen Sorge tragen.

Das ist alles, was ich zu sagen habe.

Gespräch mit Clyde Bellecourt

Director, Federation of Native Controlled Survival Schools

C.B., Ojibwa von der White Earth Reservation in Minnesota, ist einer der dienstältesten indianischen Aktivisten. 1968 rief er die Amerikanische Indianerbewegung, AIM, ins Leben und war an den meisten AIM-Aktionen, einschließlich Wounded Knee '73, *beteiligt. Später gründete B. die indianischen Überlebensschulen, deren Dachverband er vorsteht. Das Interview fand am 10.5.79 in der Heart of Earth Survival School in Minneapolis, Minn. statt.*

Foto: Lothar Schiffler

SCHMIDT: Mister Bellecourt, Sie sind der Initiator der Survival School Bewegung. Würden Sie bitte erläutern, was eine Überlebensschule ist?
BELLECOURT: Die Überlebensschulen sind von AIM entwickelte und unterstützte alternative Bildungseinrichtungen... Wir haben sechzehn derartige Projekte laufen, sowohl in Stadtgebieten als auch auf Reservationen. Es handelt sich um Schulen, die von den [jeweiligen] Eingeborenen-Gemeinden, [d. h.] den Eltern beaufsichtigt werden. Es geht uns hier um die indianische Identität; wir vermitteln eine zweisprachige, bi-kulturelle Ausbildung. Uns war aufgefallen, daß [indianische] Jugendliche [welche staatliche Schulen besuchen] bereits in der dritten und vierten Klasse mit dem Gedanken spielen, vorzeitig von der Schule abzugehen. Wir haben lokale Untersuchungen... gemacht, um die Gründe hierfür herauszufinden. Eine der Ursachen... besteht darin, daß das uns aufgezwungene weiße europäische Bildungssystem die traditionelle indianische Kultur und das Wertsystem unseres Volkes... nicht anerkennt. Deshalb gerät ein junger Indianer in einen enormen Konflikt, wenn er von der Reservation in eine öffentliche Schule kommt. Zuallererst wird ihm erzählt, ein Mann mit hochhackigen Schuhen, Seidenstrümpfen, Rüschenhemd, blonder Perücke und Holzzähnen namens Washington sei der Vater unseres Landes. Diese Art Lügen lehren sie im öffentlichen Schulsystem. Wir haben weiter festgestellt, daß sie nichts über die [kulturgeschichtlichen] Beiträge der Eingeborenen berichten. Sie lehren nichts über die Verträge und die... treuhänderische Verantwortung, der diese Regierung zur Erfüllung der Verträge unterliegt. Das einzige, was das öffentliche Schulsystem vermittelt, ist ein stereotypes Klischee des eingeborenen Volkes. Natürlich geraten die indianischen Schüler mit einem solchen Lehrplan in Konflikt und beginnen, dem Lehrer Fragen zu stellen... Der kann natürlich die Fragen... nicht beantworten. So sieht es dann aus, als sei der Schüler Urheber des Problems, nicht der Lehrer... Das weiße Amerika ist in Bezug auf... indianische Kultur und Geschichte... wissenschaftlich total unterentwickelt.
In unseren Schulen versuchen wir, ...die Wahrheit zu unterrichten. Wir lehren unsere Kinder, was [um sie herum] geschieht... Wir bringen ihnen bei, wie sie mit ihrem Leben und ihren Alltagsproblemen fertig werden können; mit den Strafvollzugsbehörden, den Jugendgerichten, den Wohlfahrtsämtern, den Slum-Vermietern und so weiter. Sie erhalten an dieser Schule also eine Ausbildung, die sie im öffentlichen Schulsystem nie bekommen können...
Man sagt uns, unsere Kinder seien dumm..., schlechte Lerner,... sie seien geistig zurückgeblieben. In unserer Schule betonen wir die indianische Identität; wir bringen Gebete und Tabakopfer in den Stundenplan ein... [Wir unterrichten] Sport... [und] Werken..., Fächer, welche man ihnen in den öffentlichen Schulen vorenthalten hatte, weil sie in Mathematik oder im Lesen hinterherhinkten. In unserer Schule betonen wir zuerst das [Gebiet], auf dem die Schüler gut sind. Wenn sie gute Sportler sind, lassen wir sie erst einmal gute Sportler sein... Wenn Sie gute Sänger sind, lassen wir sie erst einmal singen... und loben sie für ihre Leistungen. Das ist etwas, was in den öf-

fentlichen Schulen überhaupt nicht gemacht wird; dort werden sie immer entmutigt. Dann wollen die Schüler [von sich aus] an größere Sachen herangehen,... Mathe lernen, Lesen und Schreiben lernen. Unsere Erfolgsquote liegt irgendwo zwischen einer halben und anderthalb Noten höher als in den meisten öffentlichen Schulen. Wir führen hier also ein erprobtes, glaubwürdiges Programm durch. Es bekam von der US-Regierung den Status eines nationalen Experimentes eingeräumt... Wir haben eine Alternative entwickelt, ein Modell, welches in jeder indianischen Gemeinde Nordamerikas eingeführt werden sollte.
SCHMIDT: Die Überlebensschulen sind also offiziell von der Regierung anerkannt und ihre Schüler brauchen die normalen öffentlichen Schulen nicht zu besuchen?
BELLECOURT: Sie brauchen keine öffentlichen Schulen besuchen. Wenn sie dort Schwierigkeiten haben, können sie sich bei uns anmelden. Unsere Anerkennung läuft im Rahmen des *Indian Education Act* [Gesetz zur indianischen Bildung/Erziehung]. Es handelt sich um Gelder, für die wir uns in AIM-Programmen seit zehn Jahren eingesetzt haben. Wir profitieren heute von dieser finanziellen Unterstützung, doch ist sie [im Grunde] nichts weiter als eine Erfüllung uralter Verträge, die wir mit der US-Regierung geschlossen haben. In jedem von uns mit der Regierung geschlossenen Vertrag mußte sich diese verpflichten, sich nicht in unsere Religion und Erziehung einzumischen. Wir alle wissen, was sie den Indianern angetan haben: über ihr Bildungssystem haben sie anhaltenden Völkermord an unserem Volk verübt. Dies riefen wir ihnen nicht nur ins Gedächtnis zurück, sondern entwickelten jetzt dieses Programm, um zu beweisen, daß wir in der Lage sind, uns selbst um unsere Familien, um unsere Nation zu kümmern.
SCHMIDT: Wann ist die erste Überlebensschule eingerichtet worden, und wie ist die Idee dazu entstanden?
BELLECOURT: Als AIM im Juli 1968 gegründet wurde, haben wir [als erstes] die Lebensumstände, unter denen die Indianer leben, sehr genau untersucht. Dabei haben wir herausgefunden, daß die Schulabbrecher-Rate unter indianischen Oberschülern zwischen 65 und 100% liegt. Auf nationaler Ebene liegt unser Notendurchschnitt bei 5,5. Wir glauben, daß nichts getan worden ist, um die Lage unserer eingeborenen Jugendlichen zu verbessern, und wenig oder gar nichts getan wurde, um unsere Kultur zu bewahren...
Viele unserer [indianischen] Jugendlichen haben Schwierigkeiten in den öffentlichen Schulen und landen auf Grund dessen in Heimen und Jugendstrafanstalten (juvenile correctional institutions). Unsere Bewegung wußte, daß dies als unser Problem Nummer eins angegangen werde mußte, daß wir unser eigenes Bildungssystem, eigene Bildungsprogramme zu entwicklen hatten. Wir erkannten, daß die Bildung der Schlüssel zur Lösung aller unserer Probleme ist...
...Die Jugendgerichte und Wohlfahrtsbehörden finden ständig Mittel und Wege, unsere Kinder zu isolieren. Jedes vierte indianische Kind hier im Staat Minnesota hat Pflegeeltern. Wir stellen weniger als ein halbes Prozent der Bevölkerung in Minnesota,

und doch sind zehn Prozent aller Insassen der Jugendstrafanstalten und Heime dieses Staates Indianer. Wir haben Informationen gesammelt, um zu beweisen, daß 20% der gesamten [Straf-]Zeit [in diesen Institutionen] von uns abgesessen wird, obwohl unsere Leute wegen der leichteren Vergehen eingewiesen werden. Sehr wenige Indianer sitzen wegen Mordes, Vergewaltigung oder schwerer Raubüberfälle. Es ist immer ein kleineres Vergehen. Sie sitzen zum Beispiel ein, weil sie sich um ihre Familie kümmern und Nahrung beschaffen wollten.

Unsere Schule soll alldem ein Ende bereiten. Sie soll unserem Volk die Möglichkeit der Bildung und damit eines späteren Berufes eröffnen. Durch Bildung wollen wir verhindern, daß sich unsere jungen Leute im Strafsystem verfangen und für den Rest ihres Lebens unter behördlichem Gewahrsam oder staatlicher Aufsicht [Vormundschaft] stehen. Da hat unsere Schule bereits sehr erfolgreiche Arbeit geleistet. Man kann sagen, daß 60% der Schüler, die wir hier haben, [ohne uns] in einer solchen Situation wären: unter staatlicher Aufsicht ständen, in einem Heim oder Gefängnis säßen oder Pflegeeltern bekommen hätten. Das hätte ihre Familien zerspalten.

SCHMIDT: Wie viele Schüler haben sie insgesamt an ihren Schulen?

BELLEVOURT: ...Wir sind in Minneapolis voll ausgelastet. Wir haben 157 Schüler in der *Heart of Earth Survival School* und momentan [weitere] 100 auf der Warteliste. Wir verfügen nicht über die Räumlichkeiten, das Geld und das Personal, um uns um all die Kinder kümmern zu können, derer wir uns hier in Minneapolis [eigentlich] annehmen sollten. In St. Paul haben wir weitere 140 bis 150 Schüler... Insgesamt... müssen es in den sechzehn Schulen etwa 3000 indianische Schüler sein.

SCHMIDT: Sind alle Ihre Lehrer Indianer?

BELLECOURT: Nein. Wir... versuchen indianisches Personal einzustellen, weil wir glauben, daß Indianer am besten mit unseren Problemen fertig werden. Aber es ist sehr schwer, solche Leute zu finden. Wir haben hier fast 30 Mitarbeiter, und wir brauchen spezielle Lehrer für das Fach Lesen..., für besondere Mathe-Probleme [und so weiter]... Viele der Lehrer, die sich hier um eine Stelle beworben haben, sind Nicht-Indianer. Wir haben hier an dieser Schule einen Chicano* als Rektor ...und beschäftigen noch verschiedene andere Nicht-Indianer...

Wenn eine Person... die offizielle Lehrberechtigung hat,... bedeutet das [für uns noch] nichts. Wichtiger als ein akademischer Grad ist für uns, ob jemand diese Gemeinschaft verstehen und mit ihr zusammenarbeiten kann.

SCHMIDT: Sie fragen also Ihre Bewerber nicht nach Zeugnissen und Prüfungen, sondern beurteilen sie ausschließlich nach ihrer Persönlichkeit?

BELLECOURT: Wir fragen [schon] nach formalen Qualifikationen. Wir haben natürlich Lehrer mit den entsprechenden Abschlüssen an dieser Schule. Wir versuchen die besten Lehrer zu bekommen, die wir kriegen können. Aber wir haben die Erfah-

---

*Sammelbezeichnung für US-Bürger oder Gastarbeiter aus einem spanischsprachigen Land Lateinamerikas, in erster Linie bezogen auf Mexikaner. Es wird in den USA bald mehr Chicanos geben als Schwarze.

rung gemacht, daß viele Indianer, welche das ganze Bildungssystem durchlaufen haben – ihr ganzes Leben zur Schule gegangen sind, studiert haben..., einen Doktor machen wollten... – uns danach nichts mehr nützen. Sie sind zu Weißen geworden, zu Nicht-Indianern, gewöhnlich beim BIA... oder einer anderen Bundesbehörde angestellt. Dort sind sie für die Gemeinden verloren und nützen uns in keiner Weise. Dies behauptet [übrigens] nicht nur das *American Indian Movement,* sondern viele unserer Traditionalisten denken genauso. Wenn jemand erst einmal das... weiße Erziehungssystem durchlaufen und den Kontakt zu seiner Familie und Gemeinde... abgebrochen hat, verlangt er dann nach dem College auch 20 - 30.000 Dollar für eine Position, welche die meisten Leute aus der [betreffenden] Gemeinde für die Hälfte ausüben könnten. Deswegen gehen wir im allgemeinen nach der Persönlichkeit und nach dem Wissen [der Kandidaten] über die indianische Gemeinschaft. Die Fähigkeit, bei unserem Volk Anerkennung zu gewinnen, ist wichtiger als ihre [formalen] Qualifikationen.

Heute haben wir eine Situation, in der viele unserer Schüler, die an der *Heart of Earth*-Schule ihre Abschlußprüfung machen, uns als... Lehrassistenten helfen... Wir haben [auch] Schüler der zehnten, elften und zwölften Klasse, die bereits in den unteren Klassen unterrichten und anderen Lehrern helfen. Einige von ihnen werden sogar über verschiedene von der Bundesregierung finanzierte... Programme dafür bezahlt. Was wir also zu tun versuchen, ist, unsere eigenen Lehrer und Verwaltungsleute zur Leitung dieser Schulen auszubilden, und wir sehen heute, wie das langsam Früchte zu tragen beginnt. Viele unserer Absolventen, die an ein College gegangen sind und sich vorgenommen haben, einen akademischen Grad zu erwerben,... wollen hierher zurückkommen und nach ihren eigenen Fähigkeiten und Vorstellungen unterrichten.

SCHMIDT: Bekommen Sie keine Schwierigkeiten mit der Regierung, ihrem Geldgeber, wenn Sie jemanden einstellen wollen, dessen Persönlichkeit Ihnen zwar zusagt, der aber nicht die üblichen formalen Qualifikationen aufweisen kann?

BELLECOURT: Bis jetzt wurde noch kein Einspruch erhoben. Wir [d. h. unsere Schulabschlüsse] sind noch nicht endgültig (as a credited school) anerkannt worden, aber wir bemühen uns darum. Wir haben ferner ein Programm für indianische Bildungsfachkräfte (Native American educational leadership program) entwickelt. Wir stellen frisch von der Universität kommende Lehrer ein mit der Auflage, das... genannte Programm zu durchlaufen. Hier erhalten sie eine Sonderausbildung für den Unterricht an indianischen Problemkindern: ...[also] wie man junge indianische Schüler berät, wie man mit Jugendgerichten und Wohlfahrtsbehörden umgeht [und so weiter]. Dieses Programm läuft erst seit drei Jahren, aber wir glauben, daß es sich schließlich auf die [indianischen] Gemeinden auswirken wird. Es hat uns bereits sehr, sehr viel geholfen.

SCHMIDT: Können Sie einmal einen typischen Tag an Ihrer Schule schildern.

BELLECOURT: ...Die Schüler kommen gegen acht. Wenn alle versammelt sind, holen wir als erstes Trommel und Tabak herbei, zünden ein Feuer an, opfern Tabak und beten. Wenn wir irgendwelche Disziplin-Probleme haben oder sonst irgendetwas anliegt, was die ganze Schülerschaft betrifft, besprechen wir das gleich bei dieser Gelegenheit. Die Schüler singen und wir glauben, daß sie sich nach so einer Art Tagesbeginn viel wohler fühlen. Ich kenne das öffentliche Schulsystem. Die Schüler kommen dort entweder zu spät, oder [bleiben ganz weg und] spielen Hockey, oder – wenn sie kommen – haben sie keine Lust und sind launisch und verdrießlich. Wenn wir an dieser Schule einmal nicht pünktlich... die Türen aufschließen, handeln wir uns von den Schülern Vorwürfe ein. Und diese Schüler sind aus den öffentlichen Schulen davongelaufen! Aber bei uns warten sie, daß wir ihnen die Türen aufmachen! Wir beginnen den Tag also in guter Stimmung. Wir möchten, daß sich [hier] alle als Einheit, als Gemeinschaft verstehen und zusammenhalten, um die Probleme, die an dieser Schule anliegen, zu bewältigen.

Danach gehen sie in ihre... Klasse... In manchen Fächern haben zwei, drei Klassen gemeinsam Unterricht. Es können also zwei, drei Klassen zur gleichen Zeit Mathe haben, während sich extra Lehrer um die Schwächeren kümmern... Jede Klasse hat folgende zwei Pflichtfächer: [Indianische] Kultur sowie Kunst. Außerdem haben wir ein umfassendes Sport- und Freizeitprogramm. Die Schüler unternehmen viele Exkursionen. Jeden Tag verlassen irgendwelche Klassen die Schule, denn wir glauben nicht, daß man in einem Gebäude sehr viel lernen kann. Schüler müssen [hautnah] miterleben, was in der Gemeinde anliegt: Gemeindeversammlungen, Gesundheitswesen, Fürsorge. Im Frühling und Herbst fahren sie hinaus zu den Seen und machen ihren eigenen Zucker aus Ahornsaft... Im Winter gehen sie jagen und fischen. Sie lernen das Fallenstellen und das Jagen mit dem Speer, lernen wieder, welches Wasser man in den Wäldern trinken und welche Beeren man essen kann. Das sind all jene Überlebenstechniken, die wir eines Tages brauchen werden, wenn es keine Elektrizität mehr gibt...

Viele der Kinder, die wir hier haben, sind in Minneapolis geboren, einige von ihnen sind Vollblut-Indianer. Manche können kein Englisch, wenn sie in diese Schule kommen. Deshalb erachten wir unsere Indianersprache als wichtig, und wir unterrichten diese auch. Englisch behandeln wir als Fremdsprache, die [nun einmal] gebraucht wird, denn wir haben jeden Tag mit Verträgen zu tun; wir müssen Miete und Autoraten zahlen, wir müssen... zur Bank gehen... Wir wissen, daß unsere jungen Leute für die Bewältigung ihrer Alltagsprobleme auch solche Fertigkeiten brauchen. Was aber noch wichtiger ist, wir müssen sie auf den Tag vorbereiten, an dem der Strom ausfällt. Damit sie in den Norden ziehen können; wissen, wie man einen Garten anlegt; wie man jagt, fischt und Fallen stellt – überlebt. Deshalb nennen wir unsere Schulen Überlebensschulen. Überleben lehren bedeutet also nicht, nur zu verhindern, daß unsere Kinder ins Gefängnis, in Heime oder zu Pflegeeltern kommen, sondern wir denken auch an die Zukunft.

Hier in Minneapolis sind die Bäume tot... Neunzig Prozent aller Bäume in Minneapolis-St. Paul sind holländische Ulmen. In den nächsten Jahren werden achtzig Prozent von ihnen entfernt werden müssen, denn die Bäume sind alle krank. In unseren Prophezeiungen heißt es: ›Wenn die Bäume von der Krone abwärts anfangen zu sterben, ist es Zeit wieder hoch in den Norden zu ziehen‹. Unsere Prophezeiungen sagen weiter: ›Wenn das Wasser so stinkt, daß man es nicht mehr zum Duschen und Trinken verwenden kann, ist es für uns Zeit heimzukehren‹.

Die Medizinmänner, unsere geistigen Führer, lehren uns, das Wasser werde [eines Tages] eine Krankheit auslösen, die Millionen Menschen in Mitleidenschaft zieht. Deshalb sind wir an dieser Schule um das Wasser besorgt, sehr besorgt und haben Wasser-Studien angestellt. Da, wo auf meiner Reservation, der White Earth Ojibwa-Reservation, der Mississippi entspringt, kann man bis auf den Grund sehen. Wenn der Mississippi Minneapolis erreicht, das sind nur 380 km weiter, muß das Wasser bereits 22mal gereinigt werden, bevor man es trinken kann. Dies haben unsere Kinder herausgefunden. Sie sind zur Wasserbehörde gegangen und haben festgestellt, warum das Wasser stinkt und was man tut, um es zu reinigen. Das hat manchen die Augen geöffnet, und viele hier an dieser Schule weigern sich [inzwischen], dieses Wasser zu trinken. Sie gehen und erneuern ihre Pumpen und Brunnen, oder sie kaufen Wasser im Geschäft.

Vor drei Jahren war einer unserer Medizinmänner an dieser Schule und hat uns prophezeit, daß Wasser eines Tages der wichtigste Bodenschatz sein wird, den wir Eingeborenen [hier im Norden] besitzen. Er sagte, eines nicht fernen Tages wird Wasser teurer sein als alles Öl, Gas und Uran zusammen. Nur sechs Monate, nachdem er gegangen war, hat das Wasser hier in Minneapolis derart gestunken,... daß man es nicht einmal zum Duschen verwenden konnte...

SCHMIDT: Sprechen Sie vom Leitungswasser?

BELLECOURT: ...[Ja, vom] Trinkwasser hier in Minneapolis... Hier sind wir also in Minnesota, dem sogenannten Staat der zehntausend Seen, der eigentlich 18.000 Seen hat. Sie werben damit überall in der Welt: das Land der himmelblauen Wasser, aus denen all das Bier gemacht wird... [Doch] die Seen und die Flüsse hier in Minnesota sind tot! Es hat verschiedene Presseberichte darüber gegeben: die Schadstoffe... der Atomkraftwerke, die man oben an der kanadischen Grenze baut, gelangen in die Luft und dann mit dem Regen in alle Seen des nördlichen Minnesota,... in das berühmte, vom Kongreß eingerichtete Bounty Water-Kanu [Urwald-]Gebiet. Hier sind wir also im Land der zehntausend himmelblauen Seen, und das Wasser stinkt derart, daß man es nicht trinken kann.

Wir lehren unsere Kinder in dieser Schule, daß wir uns in einer entscheidenden, kritischen Phase der Geschichte unserer Beziehung zu den Nicht-Indianern befinden. Wir leben in einer sehr destruktiven Zeit. In unserer Schule versuchen wir, für die Reservationen Formen und Programme zu entwickeln, um diesen Umstand wettzumachen. Es ist immer schon die Politik der Bundesregierung und der mit ihr zusammenarbeitenden Kirchen gewesen, uns umzusiedeln, uns dazu zu bringen, unser Land zu verlassen, für uns gewisse Möglichkeiten in den städtischen Gettos zu schaffen. Wir wurden zu Maurern ausgebildet oder Friseuren; Geld für eine höhere Schulbildung war nie da. Die Taktik der Regierung bestand also immer darin, uns in Berufen auszubilden, die wir nicht zu Hause [auf der Reservation] ausüben können, damit wir nach Minneapolis, San Francisco und Denver ziehen müssen, [also in Stadtgebiete], wo heute 60% unseres Volkes leben... Dabei ist unser Land reich, überreich an natürlichen Ressourcen. Dadurch daß 60% der Indianer in Stadtgebieten wohnen, fehlen sie zu Hause und können die Landbasis nicht mehr verteidigen. Das beschleunigt nur den Einzug der multinationalen Konzerne... Was diese Überlebensschule versucht, ist, unsere Kinder darüber aufzuklären, was mit ihnen seit ihrer Umsiedlung weg von den Reservationen geschehen ist. In dieser Schule hoffen wir, all die notwendige Einsicht und Philosophie zu vermitteln, ihnen geistiges Erwachen zu ermöglichen, damit sie beginnen, an die [noch] ungeborenen Generationen zu denken, an den Tag, an dem sie heiraten und Kinder haben werden. Wir sagen ihnen, ›Ihr könnt nicht länger in Minneapolis leben. Seht zu, daß ihr die Städte verlaßt und in die Heimat zurückkehrt‹.

SCHMIDT: Und wo ist diese Heimat?

BELLECOURT: Das sind die Reservationen, im Fall von Minneapolis die Red Lake-, die Leech Lake-, die Mille Lac- und die Nett Lake Reservation sowie die White Earth Ojibwa Reservation.

SCHMIDT: Könnte Ihr Volk von diesem Land leben?

BELLECOURT: Auf jeden Fall... Naturreichtümer sind... ausreichend vorhanden... Damit die Leute in die Heimat zurückkehren, brauchen wir lediglich Wohnungsbau-Programme, [Aus-]Bildungsmöglichkeiten und Krankenhäuser... Wenn ich heute auf meiner Reservation einen Unfall hätte oder krank würde, müßte man mich 40 bis 60 Meilen weit fahren, damit mir geholfen werden könnte. Das schreckt viele Leute ab... Viele Leute sind aus medizinischen Gründen hierher nach Minneapolis gekommen. Sie mußten sich vielleicht [an der Universitätsklinik] einer Behandlung unterziehen und erkannten dann, nicht länger im Norden leben zu können, weil sie in der Nähe eines Krankenhauses sein müssen. Die Regierung hat also viele Methoden angewandt, um uns dazu zu zwingen, in städtischen Großräumen zu wohnen. Ich selbst habe den größten Teil meines Lebens in den Haftanstalten Minnesotas verbracht, um genau zu sein... vierzehneinhalb Jahre... Als ich schließlich 1964 aus dem Stillwater-Staatsgefängnis hier im Staat Minnesota entlassen wurde, gaben sie mir eine an [die Zwillingsstädte] Minneapolis-St. Paul gebundene Bewährung. Der Sheriff oder sonst jemand... hatte dem Bewährungsausschuß mitgeteilt, man lege keinen Wert darauf, mich bei meiner Familie zu haben.

SCHMIDT: Ähnlich wie im Falle Russell Means.

BELLECOURT: Ja. Sie setzen also immer wieder ihr Rechtssystem ein, um uns von unserem Volk zu trennen. Das gilt heute besonders für die Führer des *Movement.* Sie haben sich außerordentlich darum bemüht, uns zum Schweigen zu bringen, indem sie uns ins Gefängnis warfen...

SCHMIDT: Ich habe gehört, es sei bis vor kurzem üblich gewesen, Indianerkinder in weit entfernte Internate zu schicken, wo ihnen unter anderem verboten war, ihre indianische Muttersprache zu sprechen.
BELLECOURT: Das ist noch heute übliche Praxis. Es gibt in Amerika mehr als 200 BIA-Internate. Sie arbeiten in der gleichen Weise wie der Bundesstrafvollzug. Wenn jemand hier in Minnesota auf Grund einer Bundesanklage verknackt wird, schicken sie ihn nicht [etwa] nach Sandstone, 60 Meilen von zu Hause, wo ihn seine Familie gegebenenfalls täglich besuchen könnte. Stattdessen schicken sie ihn runter nach... Kansas oder... Kalifornien. Sehen Sie, was hier versucht wird, ist, die indianische Großfamilie... aufzubrechen. Unsere Verwandten... und jedermann in unserem Stamm sollte(n) eigentlich eine große Familie bilden... Doch sie nehmen indianische Kinder hoch oben in Alaska und schicken sie weit fort hier zu uns nach... Minnesota. Sie nehmen Ojibwa-Indianer-Kinder, die eigentlich auf eines der drei, vier Internate in dieser Gegend gehen sollten und schicken sie... runter bis Kansas oder... Oklahoma. Das ist 1300 bis 1400 Meilen von hier entfernt.
SCHMIDT: Mit anderen Worten, Kind und Familie sehen sich dann nur noch einmal pro Jahr?
BELLECOURT: Manchmal noch nicht einmal das... Als meine Mutter und mein Vater groß wurden, konzentrierte man sich auf die Führer, auf die traditionellen Häuptlinge und Leute mit Führungsqualitäten. Ihre Kinder nahm man sich zuerst vor und... schickte sie auf Missionsschulen und Internate. Dort mußten sie mindestens acht Jahre bleiben.... Einige dieser Kinder... haben ihre Eltern acht einsame Jahre lang nicht gesehen.
SCHMIDT: Sind das also Ausnahmefälle der Vergangenheit oder ist das tatsächlich heutige Praxis?
BELLECOURT: Das ist die übliche Praxis... des BIA zur Zerstörung der indianischen Großfamilie. Das langfristige Ziel bei der Gründung des Survival School-Systems war [denn auch], der Regierung und den Kirchen entgegenzutreten und ihnen zu beweisen, daß wir in der Lage sind,... die Ausbildung unseres Volkes selbst zu übernehmen.
SCHMIDT: Sind meine Informationen korrekt, nach denen es den Indianer-Kindern in diesen Internaten verboten ist, ihre indianische Muttersprache zu sprechen und man ihnen unter anderem die zu ihrer Kultur gehörenden langen Haare abschneidet?
BELLECOURT: ...Vor drei, vier Jahren hat man in... [einer Schule in] Oklahoma eine Untersuchung durchgeführt. Dabei wurde festgestellt, daß man Indianer-Kinder für das Sprechen ihrer Muttersprache oder die Teilnahme an irgendwelchen kulturellen Veranstaltungen bestraft hatte. Sie waren in den Keller gesteckt und dort an ihren Fingern an Rohren aufgehängt worden. Man fand Kinder, die nicht nur ausgerenkte Finger, gebrochene Arme und Handgelenke aufwiesen, sondern denen sogar Finger fehlten. Das ist nur vier Jahre her.
...[Auch] meine Mutter wurde gezwungen, ein BIA-Internat zu besuchen. Sie be-

herrschte fließend Englisch..., Französisch und... ihre Ojibwa-Sprache. Sie versuchten, ihr nicht nur die Ojibwa-Sprache auszutreiben, sondern auch das Französische und wollten sie dazu bringen, nur noch Englisch zu sprechen. Als sie vor einem Jahr starb, beherrschte sie die Ojibwa-Sprache und das Französische noch immer fließend. Sie haben keinen Erfolg gehabt.
Mir ist das ganze Leben lang aufgefallen, daß meine Mutter hinkte. Wenn sich das Wetter änderte, hatte sie Probleme mit den Beinen... Später mußte sie häufig ins Krankenhaus, um an den Beinen behandelt zu werden. Erst zwei Jahre vor ihrem Tod erzählte sie mir endlich, warum... das so war: ...Wenn man sie [in dem Internat] dabei erwischt hatte, wie sie ihre Indianer-Sprache sprach, bestrafte man sie unter anderem damit, daß man ihr Säckchen mit Murmeln vor die Knie band und sie dann zwang, mit einer Zahnbürste den Fußboden zu schrubben... Man hat sie für ihr ganzes Leben verkrüppelt, nur weil sie ihre Indianer-Sprache gesprochen hatte! ...Ich erinnere mich, als sie mir das vor zwei Jahren erzählte..., wurde ich unglaublich wütend und wollte raus und irgendetwas wirklich Gewalttätiges tun. Doch dann begann ich nachzudenken. Mensch, das haben die Hunderttausenden von Indianern angetan und tun es heute noch immer! Und dann erkannte ich, daß die einzige Möglichkeit für mich zu verhindern, daß so etwas [auch] mit meinen eigenen Kindern, meinen... jungen Brüdern und Schwestern geschieht, darin besteht, eine ...Bildungsalternative zu entwickeln.
Als ich diese Bewegung gründete, bekam ich hier am Ort enorme Scherereien mit der Polizei. In den ...zehn Jahren seit der AIM-Gründung bin ich insgesamt 57mal verhaftet und 28mal wegen [angeblicher] Schwerverbrechen angeklagt worden. Wäre ich auf Grund dieser vom FBI und anderen Behörden gemachten falschen Anschuldigungen tatsächlich vor Gericht gestellt und verurteilt worden, hätte ich über 1400 Jahre Gefängnis und dreimal ›lebenslänglich‹ bekommen...
Meine Mutter hatte wahnsinnige Angst um mich und erlitt drei, vier Herzanfälle wegen meines Engagements in der Bewegung und der von mir gewählten Führerrolle. Vor zwei Jahren begriff sie dann, worauf es mir ankam, verstand sie, was es mit diesen Schulen auf sich hat. Sie muß sehr stolz auf mich gewesen sein, um mir erzählen zu können, was sie als kleines Mädchen erlebt hatte. Ich meine, es war lange Zeit ihr Geheimnis gewesen...
Meine Mutter weigerte sich, uns [Kindern] ...die Ojibwa-Sprache beizubringen. So ist es meiner Generation ergangen: Wir wuchsen als Kinder von Eltern heran, die diese militaristischen BIA-Internate... durchlaufen hatten und für... ihre Kultur und Sprache bestraft worden waren... Meine Eltern wollten uns nicht unsere Muttersprache beibringen. Sie glaubten, daß man mich genauso bestrafen würde wie meine Mutter, wenn ich fließend Chippewa [=Ojibwa] sprechen könnte und dann auf eine Missionsschule,... auf eine öffentliche Schule oder in ein Internat käme. Sie versuchten also eigentlich, mich zu beschützen. Insofern war das Programm der Regierung zur Zerstörung der Großfamilie der [indianischen] Kultur und Sprache sehr erfolgreich. Der

Geist des indianischen Volkes war wahrlich… einem Angriff ausgesetzt und ist es über das öffentliche Schulsystem noch heute.
SCHMIDT: Wenn die Regierung tatsächlich in solcher Weise gegen ihr Volk vorgeht, ist es dann nicht erstaunlich, daß Washington gleichzeitig ihre Überlebensschule finanziert?
BELLECOURT: Sehen Sie, die Regierung wurde dazu gezwungen… Sie tut nichts, solange sie nicht von AIM und Demonstrationen und Konfrontationen dazu gezwungen wird. Wir haben verlangt, daß die Regierung die Verträge einhält, die sie mit uns geschlossen hat. Wir haben in den vergangenen zehn Jahren… [verschiedene] Studien zur Situation unseres Volkes herausgebracht und die Bundesregierung damit kolossal beschämt. Vor zehn Jahren glaubten die Leute, wir wären verrückt und meinten, keine militante Indianerbewegung könne länger bestehen als sechs Monate und werde [unweigerlich] auseinanderbrechen. Aber wir sind noch da! Und dabei hat die Regierung Millionen und aber Millionen zusätzlicher Gelder eingesetzt, um uns zum Schweigen zu bringen. Doch die [eigentlichen] Probleme,… die sozialen Bedingungen [unseres Volkes] haben sie noch nicht einmal erfaßt.
Ich weiß nicht, wieviele Rednecks* mir in diesem rassistischen Land schon begegnet sind, [Leute], welche die Schwarzen ablehnen, aber im gleichen Atemzug sagen, ›Wir unterstützen euch Indianer‹. Sie ziehen da eine Trennungslinie… Sie versuchen mir zu erklären, sie hätten nur bis zu einem bestimmten Grad Rassenvorurteile, und doch sind sie durch und durch Rassisten… Sehen Sie, wir haben [dennoch] davon profitiert, haben durch den Kampf der Schwarzen außerordentlich viel Sympathie dazugewonnen. Wir verstehen nicht, warum die Schwarzen die Städte anzünden und die Hölle losmachen, wo das Land doch den Indianern gehört und diese es sind, die sich eigentlich zu beschweren haben, nicht die Schwarzen. Als wir damit anfingen, uns zu beklagen, fanden wir auch ein Echo.
Wir haben die Kirchen herausgefordert, nicht nur auf nationaler, sondern auch auf internationaler Ebene. Wir haben eine an die Kirche adressierte 7-Punkte-Forderung aufgestellt und waren damit erfolgreich… Wir haben das ganze Missionskonzept umgestülpt, indem wir verlangten, daß das Geld direkt an indianische Selbstbestimmungs-Projekte gehe anstatt an Missionsschulen oder… Missions- und Adoptionsprogramme. Im Zusammenhang mit unseren Konfrontationen [mit Staat und Kirche] haben wir sehr viel politische Arbeit geleistet, um deutlich zu machen, daß wir als indianisches Volk auf der untersten Sprosse der Armutsleiter stehen. Kein Versprechen, kein Vertrag mit uns, dem indianischen Volk, ist eingehalten, jede Verpflichtung uns gegenüber ist verletzt worden. Das indianische Volk kämpft noch immer um sein Überleben – und wir werden überleben…
SCHMIDT: Das klingt sehr optimistisch.

*Verächtliche Bezeichnung für die als erzkonservativ-poltrig eingeschätzte weiße ländliche Unterschicht der US-Südstaaten.

BELLECOURT: Wir sind sehr, sehr optimistisch, denn wir haben die Kräfte der Natur auf unserer Seite... Mutter Erde und die sie beschützende Natur – wir haben diese Kräfte auf unserer Seite und wissen es.
SCHMIDT: Viele weiße Amerikaner betrachten Ihre Arbeit mit Skepsis. Sie fürchten, in den Überlebensschulen werde Haß gesät und Gewalttäigkeit von morgen vorbereitet. Sind diese Sorgen berechtigt?
BELLECOURT: Nein, denn wir lehren keinen Haß..., keine Gewalttätigkeit. Das ist so ein stereotypes Bild vom *American Indian Movement*, das die meisten Medienleute haben.
SCHMIDT: Moment, das war nicht meine persönliche Meinung...
BELLECOURT: ...die meisten Medienleute kommen mit dieser Frage...Egal wie konservativ oder liberal sie sein mögen, sie denken, wir seien irgendein militanter Verein von Leuten, die mit Waffen herumlaufen... und bloß Ärger machen. *Das American Indian Movement* in Minneapolis verwaltet ein Wohnungsprogramm mit einem Budget von $ 4,5 Mio, das über ein Bundesgesetz finanzierte sogenannte ›Programm 236‹. Wir sind die einzigen hier in Amerika,... die heute ein ›Programm 236‹ erfolgreich durchführen. Alle anderen [Projekte dieser Art] mußten vorzeitig abgebrochen oder von der Bundesregierung bzw. dem [Bundes-]Staat oder der Kommune übernommen werden. Wir haben im Rahmen dieses Programmes 212 [Wohnungs-] Einheiten, von der Fünf-Zimmer-Wohnung bis zum ...Apartement. Wir haben einen eigenen indianischen Gesundheitsrat,... leiten eigene [Kinder-]Tagesstätten. Wir haben hier in Minneapolis ein eigenes Rechtshilfezentrum mit sieben Anwälten und sechs Sozialarbeitern. Wir [die Amerikanische Indianerbewegung] haben nach *Wounded Knee* den *Indian Treaty Council* mit Sitz New York gegründet... Wir sind in Genf gewesen,... haben Zeugnis [vor der UNO] abgelegt und den Status einer nicht-regierungsgebundenen Organisation (NGO) eingeräumt bekommen... Ich habe im Dezember 1973... in Montreux, Schweiz, eine Rede vor dem Weltkirchenrat gehalten; als erster Indianer und erster amerikanischer Nicht-Christ in der 57jährigen Geschichte des Rates... Wir... haben Gelder vom Weltkirchenrat, vom nationalen Kirchenrat und von der katholischen Bischofskonferenz erhalten. Wenn wir also tatsächlich eine militante Organisation wären, die den Sturz der Regierung betreibt, würden der Weltkirchenrat, der nationale Kirchenrat und die Katholiken... sicher nichts mit uns zu tun haben wollen.
Die einzigen militanten Handlungen, in die wir verwickelt waren, fanden statt, als wir von Ordnungskräften und Armee eingekreist waren... Auf dem *Trail of Broken Treaties,* bei der BIA-Besetzung in Washington, während der 73 Tage von *Wounded Knee* waren wir entschlossen, für unsere Ideale unser Leben zu geben. Das machte den Unterschied, darum hatten wir Erfolg. Deshalb sind dort [in *Wounded Knee*] nur zwei unserer Brüder ermordert worden; die Regierung hatte [eigentlich] vor, alle *Wounded Knee*-Teilnehmer zu töten.
Die Regierung hat versucht, uns durch die rechten Kräfte dieses Landes in Mißkredit

zu bringen. Der *Interstate Congress on Equal Rights and Responsibilities* bemühte sich in Washington, D.C., uns die Fischerei- und Jagdrechte aberkennen zu lassen. Man versuchte uns als kriegerisch-militante Guerilla-Organisation darzustellen, die von Rotchina, Jugoslawien, Castros Kuba und allen kommunistischen Ländern der Welt bezahlt wird, um [hier] die Regierung zu stürzen. Welche Regierung? Wir haben mit dieser Regierung nichts zu schaffen. Wir glauben nicht an die Verfassung der USA. Wir betrachten uns nicht als Bürger [dieses Staates], obwohl man uns [1924 per Gesetz] dazu gemacht hat. Niemand hat mich jemals gefragt, ob ich Bürger der USA werden wolle. Niemand hat mich je gebeten, meine Hand auf die Bibel zu legen und der US-Flagge hoch und heilig die Treue zu schwören. Keiner in meinem Volk wurde um so etwas gebeten. Wir legen keinen Wert darauf, Beziehungen zu Watergate..., den Carters und Nixons und all diesen Betrügern und Verbrechern zu haben, die dieses Land beherrschen. Wir wollen nichts mit ihnen zu tun haben. Absolut nichts! Wir möchten uns nur um unser eigenes Volk kümmern; um unsere eigenen Stämme, unsere Bildung, das Gesundheitswesen und um unsere eigenen wirtschaftlichen Verhältnisse. Wir wissen, daß wir dies ohne die Unterstützung der Bundesregierung bewerkstelligen können. Also, wir wollen keine Regierung stürzen, wir wollen nur erreichen, daß die Regierung uns und unseren Lebensstil anerkennt.
SCHMIDT: Mister Bellecourt, was ist in den nächsten Jahren Ihr wichtigstes Ziel?
BELLECOURT: ...Nun, ich glaube, ein jedes Ziel, für das ich arbeite, ist so wichtig wie das andere. Wir versuchen in unserer Bewegung keine Prämissen zu setzen, denn... alle Probleme, denen wir gegenüberstehen, sind gleich dringlich. Eines unserer gegenwärtig wichtigsten Ziele ist jedoch, die Kernkraftgegner dieses Landes in den Kampf um die [Einhaltung der Indianer-]Verträge einzureihen. Wir wollen, daß sie [die Kernkraft-Gegner] nicht länger einfach darauf warten, daß man in diesem Staat [von selbst] aufhört, Kernkraftwerke zu bauen. Wir wollen diesen Leuten durch eine massive Aufklärungskampagne klarmachen, daß 80% des noch verbliebenen Urans auf Indianerland liegen. Wenn sie die nukleare Entwicklung anhalten wollen, sollten sie unsere Verträge bekräftigen,... damit wir dann [unsererseits auf den Reservationen] den Uran-Bergbau verhindern können... Ich glaube nicht, daß sie [alleine] jemals die nukleare Entwicklung stoppen können. Doch ich denke, daß wir die Kernkraftgegner... dazu bringen können, die Indianerverträge und unsere spezifischen Probleme... bei der Verteidigung unserer Naturschätze zu verstehen. Mit einer solchen nationalen Unterstützung können wir dann vielleicht die Regierung [zur Einhaltung der Verträge] zwingen. Das also ist eines der wichtigsten Ziele, für das wir arbeiten.
Wir Indianer sind immer über die nukleare Entwicklung und den Uran-Bergbau besorgt gewesen, denn wir haben gesehen, was für enorme Auswirkungen dies auf unsere Städte im Südwesten hatte. Dort sind viele durch den Uran-Bergbau vergiftet worden. Als in den 40er Jahren die Eisenhowers, Trumans und so weiter in den Ebenen Utahs Atomtests machten, waren viele unserer dort ansässigen Brüder Babies oder Kinder. Heute sind sie 30, 35, 40 Jahre alt und sterben an Leukämie... Deswegen war das [der

Kampf gegen die nukleare Entwicklung] immer eines unserer wichtigsten Ziele.
Das langfristige Ziel der Überlebensschulen ist natürlich, das Internatssystem zu ersetzen, die Gesundheits-, Wohlfahrts- und anderen Behörden zu konfrontieren und sie dazu zu bewegen, ihre Herrschaft abzugeben und uns Indianern die Kontrolle der indianischen Bildung [vollständig] zu überlassen. Es sind Gesetze verabschiedet worden, die darauf abzielen. Doch die einzige Seite, welche wirklich von der Indianer-Gesetzgebung profitiert, ist das öffentliche Schulsystem, denn das Geld geht noch immer an die öffentlichen Schulen... Wir [hier in Minneapolis-St. Paul] sind die beiden einzigen Projekte [des Landes], welche direkt aus Bundesmitteln bezuschußt werden. Das Geld geht nicht [erst] an die [örtliche] Universität von Minnesota, wo man gleich 15-20% für Verwaltungskosten einbehalten würde... Wir verlangten, daß es [das Geld] uns direkt zugeleitet wird, denn wir haben herausgefunden, daß von jedem den Indianern vom Kongreß bewilligten Dollar 92 Cent für administrative Kosten des BIA-Systems abgehen...

SCHMIDT: 92% für Verwaltungskosten? Können Sie das belegen?

BELLECOURT: Das brauche ich nicht zu beweisen. Fragen Sie bei Senator Abourezk nach oder bei Ted Kennedy oder Cecil Andrews oder im Innenministerium, oder fragen Sie den BIA-Kommissar.

SCHMIDT: Sie meinen, die alle würden das bestätigen?

BELLECOURT: ...Das ist in Indianerkreisen allgemein bekannt...

SCHMIDT: Mister Bellecourt, haben Sie herzlichen Dank für dieses Gespräch.

BELLECOURT: Ich danke Ihnen.

ÜBERLEBENSSCHULEN.

„Wir erkannten, daß die Bildung der Schlüssel zur Lösung aller unserer Probleme ist."

Fotos: Dick Bancroft

Gespräch mit John Trudell

Former national chairman, American Indian Movement

J. T., Santee-Sioux, langjähriger nationaler Vorsitzender der Amerikanischen Indianerbewegung, AIM, gehört auch nach Aufgabe seines offiziellen Führungsamtes zu den engagiertesten AIM-Aktiven. Seine heutige Rolle läßt sich als die eines Impulsgebers, Propagandisten und Polit-Theoretikers beschreiben. Trudell hat nach eigenen Angaben keinen festen Wohnsitz und reist ständig in Sachen AIM durchs Land. Das hier wiedergegebene Gespräch fand während einer Aktionswoche anläßlich des zehnjährigen Bestehens der Amerikanischen Indianerbewegung am 10. 5. 79 in Minneapolis-St. Paul statt.

SCHMIDT: Mister Trudell, Sie sind der ehemalige AIM-Vorsitzende; wer hat heute diese Position inne?

TRUDELL: Zur Zeit niemand. Wir beschäftigen uns gerade mit der Struktur von AIM, untersuchen unseren Führungsaufbau und wie wir mehr Leute zur Teilnahme, zur Mitsprache motivieren können... Als ich nationaler AIM-Vorsitzender war, habe ich diese Position abgeschafft. Wir arbeiten heute enger mit den Alten zusammen und suchen nach neuen, effektiveren [Arbeits-] Methoden... Das amerikanische Führungskonzept läßt nicht jeden zu Worte kommen, hört nicht jede Stimme. Daher meinen wir, daß das von den Amerikanern bei uns eingeführte Führungskonzept das Volk nicht repräsentiert. Wir versuchen, zu unseren eigenen traditionellen Wegen zurückzukehren, wo unser Volk von Vertretern aus dem Volk repräsentiert wird. Vielleicht ist das eine philosophische Frage; wir glauben, daß ein Unterschied zwischen ›Volksvertreter‹ und ›politischem Führer‹ besteht.

SCHMIDT: Sie wollen AIM also eine neue Struktur geben. Wie soll diese neue Organisationsform aussehen?

TRUDELL: Sehen Sie, wir verwenden den Begriff ›neue Struktur‹... Was wir aber im Grunde tun, ist, zu alten Idealen zurückzukehren, zu den Vorstellungen, nach denen unser Volk früher gelebt hat. Meine persönliche Ansicht ist, daß alle Angehörigen einer Nation unabhängig von Alter und Geschlecht ein Recht darauf haben, mitzureden. Ihr Wort muß respektiert..., jede Meinung muß abgewogen werden, bevor man eine Entscheidung fällt. Und was nun die Alten angeht, sie haben all die Erfahrung, und wir brauchen mehr Unterstützung von seiten unserer Alten. Sie sind über das Stadium persönlicher Boshaftigkeit und der Schwäche für Frauen und Alkohol hinaus; Dinge, welche die jungen Leute erst noch erleben und zu bewältigen lernen müssen. Unsere Alten haben ihr Leben in einer rassistischen... Klassengesellschaft gelebt – und sie haben überlebt. Bei den Alten finden wir... unseren ursprünglichen Geist noch mehr intakt. Wir Jüngeren müssen heute mit all dem Durcheinander fertig werden, das die Amerikaner uns aufgebürdet haben. Meine persönliche Meinung ist, daß die Aktivitäten und Vorgehensweisen von AIM in die richtige Richtung gelaufen sind.

Wir brauchen aber zur Bestimmung unserer Positionen mehr Resonanz/Mitarbeit [aus den eigenen Reihen]... als das in der Vergangenheit der Fall gewesen ist.
Was AIMs ›neue Struktur‹ angeht, ... diese Formulierung gefällt mir nicht. Sehen Sie, die amerikanische Bundesregierung hat... einen militärischen und ökonomischen Angriff gegen das *American Indian Movement* begonnen, und in den vergangenen sechs Jahren war das ein harter Angriff. Ich würde deshalb sagen, im Grunde bestimmen wir [lediglich] unsere Positionen neu, um den Kampf fortzusetzen. Wir konnten nicht genauso weitermachen wie vor fünf Jahren, weil uns die Bundesregierung (the Feds) angegriffen hat. Es war [also] eine Sache der Umgruppierung...
Wir haben der realen Situation ins Auge gesehen: gegen uns, die Eingeborenen, die Indianer der westlichen Hemisphäre, wird Krieg geführt – seit fünfhundert Jahren. Bei der Neubestimmung unserer Position müssen wir diese Dinge berücksichtigen. Man kann uns nicht weismachen, daß... Assimilation etwas anderes ist als Völkermord... Beides erfüllt für die Amerikaner den gleichen Zweck, dient den gleichen Absichten und den gleichen Zielen.
SCHMIDT: Können Sie bitte kurz beschreiben, wie es zur Formierung der Amerikanischen Indianerbewegung kam?
TRUDELL: AIM wurde 1968 in Minneapolis gegründet. Ich war an der Gründung nicht beteiligt, da ich mich zu der Zeit an der Westküste aufhielt... AIM wurde aufgebaut, um sich der Probleme in der Stadt Minneapolis in Minnesota anzunehmen... Der Hauptgrund für die AIM-Gründung lag in der Brutalität der Polizei gegenüber Indianern am Wochenende im Stadtgebiet.
SCHMIDT: Können Sie das bitte näher erläutern?
TRUDELL: Sie [die Polizei] nahm Indianer fest und schlug sie zusammen... zwischen dem Ort der Verhaftung und der Polizeiwache oder bei der Verhaftung. Es gab an den Wochenenden eine enorm hohe, weit überproportionale Rate wegen Trunkenheit verhafteter Indianer... Ich meine, natürlich kann man Leute wegen Alkoholmißbrauchs aufgreifen, ... die Polizei hat damit ständig zu tun... Aber sie haben sich ausgesucht, wen sie aufgegriffen haben. Machen wir uns doch nichts vor. Jemand, der zur American Legion geht – einem dieser amerikanischen Veteranen-Vereine –, an einer Party teilnimmt, sich betrinkt und dann heimfährt... nun, die Polizei konzentriert sich nicht auf derartige Gebiete; die Polizei geht nicht in die Empfangshalle des Hilton-Hotels... und schnappt sich Leute, die da rauskommen. Doch die Polizei ist in den Straßen, wo wir leben. Da traten sie konzentriert auf, um unsere Leute zu schnappen... Irgendwie ist das eine Art der Entführung, der politischen Verfolgung, des Rassismus...
SCHMIDT: In Minneapolis leben verhältnismäßig viele Indianer, nicht wahr?
TRUDELL: Ich kenne nicht die genaue Zahl, aber Minneapolis gehört zu den Städten mit einem größeren indianischen Bevölkerungsanteil. Minneapolis ist insofern einmalig hinsichtlich seiner... Stadt-Indianer, als die meisten Indianer... aus dieser Gegend kommen. Nehmen Sie Los Angeles oder San Francisco; dort werden die In-

dianer aus 1500 bis 2000 Meilen Entfernung herangeholt. Hier hingegen stammen die meisten aus stadtnahen Reservationsgebieten, und deswegen gibt es hier ein größeres Gefühl der Zusammengehörigkeit als in einigen anderen urbanen Regionen.
SCHMIDT: Soweit ich weiß, ist AIM keine Vereinigung im westlichen Sinne – mit Mitgliedsausweis und so weiter.
TRUDELL: Ja, das ist korrekt. Sehen Sie, ... manche Leute brauchen vielleicht ein Gefühl der Identität, deswegen... tragen sie Mitgliedsausweise bei sich. Wir besitzen ein Gefühl der Identität, wir wissen bereits, wer wir sind, wir kennen unsere Ziele. Es hat einmal eine Zeit im *American Indian Movement* gegeben, als die einzelnen Regionalgruppen (chapters) Mitgliedsausweise ausgaben. Doch in Anbetracht des Angriffs, den die Bundesregierung gegen uns geführt hat, glauben wir, daß es wohl nicht besonders klug ist, gewisse Ausweise... und Dokumente bei sich zu führen. Wenn nämlich die Bundesregierung oder die mit ihr zusammenarbeitenden örtlichen Polizeibehörden erst einmal herausgefunden hatten, daß du zu AIM gehörst, haben sie dir manchmal ganz schön zugesetzt. Du bekamst eine härtere Strafe,... wurdest häufiger vor Gericht gestellt...
SCHMIDT: Können Sie bitte AIMs wichtigste Anliegen umreißen?
TRUDELL: Dazu bekommen sie von den verschiedenen Leuten unterschiedliche Antworten, okay? Nach meiner Einschätzung ist AIMs hauptsächliches Anliegen die Befreiung.
SCHMIDT: Wer soll von wem oder was befreit werden?
TRUDELL:... unsere Leute vom Wertsystem des amerikanischen Körperschafts-Staates (corporate State)... Wir sind keine revolutionäre Organisation... Wir haben uns mit... den verschiedenen Revolutionskonzepten beschäftigt... Wir fällen jetzt im Zuge der [gegenwärtigen] Neu-Orientierung die bewußte Entscheidung, daß die Befreiung [vom amerikanischen Wertsystem] der einzig mögliche Weg zur Erlangung der Freiheit ist. Eine Revolution schafft das nicht für uns... Betrachten wir die westlichen Revolutionskonzepte, wie sie praktiziert worden sind: Bei allen Revolutionen der westlichen Zivilisation... kämpften Leute innerhalb des Wertsystems um die Herrschaft. Okay? Sie verließen nicht das Wertsystem, sie kämpften innerhalb des Wertsystems um die Kontrolle. Wir [hingegen] glauben, daß das Wertsystem [selbst] der Feind ist. Es schuf die Regierungen des amerikanischen Körperschaftsstaates, es schuf das Feudalsystem, die Bauern und Leibeigenen. Es schuf Sklaven, Konsum, materielle Habgier... Wir meinen, wenn wir nach Befreiung und nach Freiheit für unsere Leute streben, dann reicht es nicht aus, nur von der amerikanischen Regierung wegzukommen. Okay? Wenn wir eine Revolution machen und lediglich die amerikanische Regierung durch eine andere Regierungsform innerhalb dieses Wertsystems ersetzen würden, brächte uns das selbst zu Fall. Deshalb sagen wir, wir müssen uns... von diesen Dingen befreien.
Ein Beispiel: Der Stolz, eine Wertvorstellung, von der wir uns lösen müssen, denn unsere Unterdrücker sind stolz... Wenn wir den Weg der Revolution gingen und auf die-

sem Weg blieben, würden wir auch stolz werden und stolz bleiben und unsere [eigentlichen] Ziele vergessen. Denn... Stolz und Demut stehen in direktem Widerspruch zueinander; sie können nicht in ein und demselben Körper wohnen. Eines von beiden – und meistens ist es der Stolz – dominiert, wenn die Menschen nicht geistig gut auf... die vom Stolz ausgehenden Gefahren vorbereitet sind. Also, wenn unser... Befreiungskampf auf Stolz basieren würde, brächte uns das noch vor dem Start zu Fall... Solcherlei Diskussionen finden [z. Z.] intern statt. Philosphische Diskussionen.

SCHMIDT: Wie soll der Befreiungskampf im einzelnen aussehen? Wie stehen Sie zur Frage der Gewaltanwendung?

TRUDELL: Gewalt? Nennen wir es ›Waffe‹, denn ›Waffe‹ ist ein Synonym für Gewalt... Wir glauben, daß das Volk Macht hat. Okay? Und wenn sich das Volk dieser Macht bewußt wird, braucht es keine Waffen, um seine Freiheit zu erlangen. Es kann sein, daß es Waffen benutzen muß..., aber es braucht sie nicht [zwingend]. Alle Revolutionäre brauchen Waffen, sie müssen Waffen haben; wie immer sie auch fühlen oder argumentieren mögen, ihre Revolution ist auf dem Prinzip der Waffe aufgebaut... Wir glauben, daß es wichtig ist, hier genau zu differenzieren:... wenn es im Zuge meines Befreiungskampfes für mich notwendig wird, zur Selbstverteidigung zu einer Waffe zu greifen, werde ich das tun. Okay? Aber ich würde meinen Freiheitskampf nicht auf der Vorstellung aufbauen, die Waffe sei der einzig mögliche Weg, der mich zur Freiheit führt. Denn mein Geist [Bewußtsein] wird mir zur Freiheit verhelfen...

SCHMIDT: Waffen also allenthalben zur Verteidigung, nicht aber zum Angriff?

TRUDELL: ...Ja... ich glaube, jedermann sollte sich verteidigen... und [dabei] die zur Verfügung stehenden Mittel nutzen. Wie das *American Indian Movement:* Wir sind in Situationen verwickelt gewesen, in denen wir zur Verteidigung Waffen benutzen mußten. Aber das machte uns nicht gewalttätig. Gewalt ist eine Philosophie... eine Lebensweise... Gewalttätig – um genau zu sein – ist die amerikanische Regierung. Sie sind doch diejenigen, welche die Waffen produzieren, sie sind diejenigen, welche die Bomben bauen,... die Einsatzkommandos aufstellen. Sie haben ihre repressiven Methoden in andere Teile der Welt exportiert und... [andere]... importiert. Betrachten wir das Wesen der westlichen Zivilisation: Die westliche Zivilisation rühmt sich, die möglicherweise... beste Zivilisation zu sein, welche je geschaffen wurde. Aber der eine gemeinsame Nenner der westlichen Zivilisation ist, daß alles durch Gewalt geschah. Also, was auch immer wir [Indianer] tun..., ich wüßte nicht, wie wir ein gewalttätiges Volk sein könnten. Das sind wir nie gewesen. Okay? Nur weil wir an einem Punkt des Befreiungskampfes eine Waffe... in die Hand nehmen müssen, macht uns das nicht gewalttätig. Es heißt nicht, daß wir uns entschlossen haben..., daß eine gewalttätige Vorgehensweise notwendig wird. Es bedeutet lediglich, daß wir die Realität erkannt haben, daß wir uns in einer gewalttätigen Gesellschaft verteidigen müssen. Wir dürfen nicht selbstmörderisch sein. Selbstmörderisch wird es [aber], wenn wir die Waffe [zwingend] brauchen, um durch sie ans Ziel zu kommen. Wir brauchen unseren Geist und unseren Mut, die Waffe hat nur ergänzende Funktion...

SCHMIDT: Können Sie mir sagen, wieviele Aktive das *American Indian Movement* derzeitig hat?
TRUDELL: Nein, eine Zahl kann ich nicht nennen.
SCHMIDT: Auch keine ungefähre?
TRUDELL: Nein.
SCHMIDT: Hat AIM viele Sympathisanten unter den weißen Amerikanern?
TRUDELL: Ich glaube, als wir die Bewegung vor... zehn Jahren gründeten, hatten wir mehr Sympathisanten als heute.
SCHMIDT: Wie erklären Sie sich das?
TRUDELL:... wir haben die Sympathisanten gegen Unterstützer eingetauscht. Der Sympathisant saß zu Hause und war mitfühlend. Mitgefühl macht mich nicht stark; Mitgefühl bewirkt, daß du dir am Ende selbst leid tust... Wir haben viele Sympathisanten, Leute, die mit AIM..., den Indianern, fühlen, doch ich würde sagen, im jetzigen Abschnitt des Kampfes haben wir mehr Förderer als Sympathisanten. Wenn ich mir die weiße Gesellschaft heute betrachte, und wenn wir uns die Anti-Kernkraft-Demonstrationen ansehen..., glaube ich, daß es heute mehr Weiße gibt, die bereit sind, das, was wir sagen, realistisch zu sehen. Sie erkennen nämlich, daß jetzt ihr nacktes Überleben gefährdet ist...
SCHMIDT: Das führt uns zur Umweltproblematik. Sie erwähnten die Anti-Kernkraft-Bewegung. Es sieht so aus, als würden ihre traditionellen Ideale, die Natur zu ehren, anstatt sie auszubeuten, heute wieder hochaktuell.
TRUDELL: Sehen Sie, das ist der einzige Weg zu leben, deshalb muß man darauf zurückkommen... Betrachten wir die Wertvorstellungen, um die es uns geht: Wir nützen den Menschen, indem wir die Erde schützen... Es gibt keine andere Möglichkeit..., denn wir brauchen die Erde zum Leben. Ohne sie können wir nicht leben; kein Volk [kann das], egal, was es für eine Mentalität hat. Ohne die Überlebenshilfe der Erde [der Natur] wird es nicht überleben!... Das ist etwas, was unser Volk... dem Weißen Mann immer [schon] gesagt hat: Wir müssen sie [die Erde/Natur] schützen. Das ist etwas, was wir immer schon gewußt haben..., bevor hier je ein Weißer Mann war, und wir glauben es nach wie vor. Es hat uns vier-, fast fünfhundert Jahre gekostet, bis wir einige Weiße soweit hatten, daß ihnen dies bewußt wurde.
Betrachten wir das Wesen der amerikanischen Regierungsform... Sie ist lediglich eine Abwandlung... historischer europäischer Regierungsformen. Der Übergang von Feudalismus zu Kapitalismus war nur eine technische Umwandlung..., keine ideologische. Denn die Werte sind die alten geblieben... All diese großen traditionellen europäischen Regierungen sind zusammengebrochen. Sie basierten auf Gewalt, und sie sind von innen heraus zerfallen, als die Bürger derart entmenschlichte Clowns geworden waren, daß sie die Realität des Lebens vergaßen. Statt die Realität des Lebens anzuerkennen, akzeptierten sie lediglich ihre [eigene] Existenz. Daraufhin fing ihre Gesellschaft an zu wanken, der Untergang ihrer Zivilisation begann. Amerika ist auf dem gleichen Weg. Die... technologischen Fortschritte, welche diese sogenannte Gesell-

schaft gemacht hat, beschleunigen... den Niedergang... Dieses System mag noch hundert oder fünfzig Jahre... durchhalten. Es hat die Medikamente, die Technologie, es kontrolliert die Medien..., all diese Dinge. Aber es kann nicht den Wunsch der Menschen nach Freiheit überdauern. Das ist in der Vergangenheit nicht gelungen und wird auch heute nicht gelingen.

SCHMIDT: Es gibt unter den amerikanischen Indianern viele Meinungsverschiedenheiten, und AIM repräsentiert nur eine Seite, nicht wahr?

TRUDELL: Nun, lassen Sie uns wiederum die Realität des Lebens betrachten: Wer ist schon geeint? Wir hören das fortwährend: ›Wenn ihr Indianer euch erst mal zusammenschließen könntet, werden wir, die Regierung, nette Sachen für euch tun‹. Das ist eine Lüge! Die tun keine netten Sachen, ob wir uns nun... zusammenschließen oder jeder andere Wege geht. Okay? Wenn wir die natürliche Art zu leben betrachten, ist gegen Unterschiede gar nichts einzuwenden. Die Menschen haben ein Recht darauf, verschieden zu sein, haben ein Recht auf ihre individuelle Geisteshaltung... [und auch] ein Recht auf ihre kollektiven Bedürfnisse. Verschiedenartigkeit ist gut..., sie ist ein Bestandteil der Schöpfung... Ich meine, die Pflanzenwelt unterscheidet sich von der Tierwelt. Für mich ist das eine gute Sache. Denn sie gewährleistet mehr Teilnahme, Ideen und Kreativität aus dem Volk. Wenn wir die gegenwärtige Aufspaltung unter unserem Volk betrachten, so besteht diese... nicht von Natur aus. Der Körperschaftsstaat und das BIA haben die Kontrolle über unsere Ökonomie und Landbasis übernommen und spielen uns nun gegeneinander aus... Das ist eine historische Angelegenheit, die sie [die europäischen Regierungen] immer schon praktiziert haben, schon bevor sie hierherkamen. Das ist also das Problem, mit dem wir es zu tun haben. Es ist nicht die Frage, ob ich ein Santee-Sioux bin und jemand anderes vielleicht ein Comanche... Ein solcher Unterschied tut niemandem weh. Auch die Tatsache, daß dieser Comanche nicht darin mit mir übereinstimmt, wie wir leben sollten, tut niemandem weh. Denn worin wir alle übereinstimmen ist: [die Bedeutung] unsere[r] Landbasis. Da sehen Sie es: Wir sind einig. Doch die Regierung, der Körperschaftsstaat, weigert sich, diese Einheit anzuerkennen. Stattdessen reden sie lieber über die anderen manipulierten Differenzen, die sie uns durch die Kontrolle der Ökonomie und Landbasis unseres Volkes aufgenötigt haben...

Sehen Sie, die Amerikaner... haben auch ihre Differenzen, sie können nicht zusammenfinden... Das ist ein ernsteres Problem als die Meinungsverschiedenheiten, die wir haben mögen... oder die Schwarzen. Denn... diese Regierung besteht im Namen des weißen Amerika, begeht ihr repressives, inhumanes Verhalten im Namen der Weißen. Sie sind diejenigen, welche ihre Unterschiede, ihre Aufspaltung überwinden müssen, um diese Regierung zu ändern, um Kontrolle über ihr Leben zu erlangen... Die Demokraten, die Republikaner, die Rechten – [die] *John Birch [Society]* – die Linken, dies sind die lebensgefährlichsten bestehenden Unterschiede, nicht die Meinungsverschiedenheiten zwischen mir und meinem Volk.

SCHMIDT: Apropos unterschiedliche Standpunkte. Ich habe von Fällen gehört, in

denen AIM-Aktive Stämmen zu Hilfe kommen wollten – etwa bei Auseinandersetzungen um Fischereirechte –, diese Hilfe von dem betroffenen Stamm aber abgelehnt wurde.
TRUDELL: Das deutet nicht unbedingt auf eine ideologische Meinungsverschiedenheit hin..., das ist vielmehr die Realität, der sich manche Stammesregierungen gegenübersehen. Die Bundesregierung wird sie angreifen, wenn sie ein zu enges Bündnis mit uns [AIM] eingehen. So einfach ist das. Wenn da eine Stammesregierung... sagt, ›wir ziehen AIM hinzu, wir werden mit AIM zusammenarbeiten‹, dann wird diese Stammesregierung nicht lange Stammesregierung bleiben. Wer immer die Entscheidungsträger sind, die AIM hinzuzogen..., man wird diese Leute aus ihren Positionen entfernen. Sehen Sie, das ist die Wirklichkeit, mit der wir es... zu tun haben.
Wir sollten [den Begriff] ›Einheit‹ weiter fassen: Ob es ein Kampf um Fischereirechte ist, [oder]... eine Stammesregierung sagt, ›Wir wollen keinen Tagebau auf unserem Land‹, was auch immer die Stammesregierungen für Positionen beziehen, es sind Positionen, die wir schon vor zehn Jahren vertreten haben. Hierin liegt unsere Einigkeit. Vielleicht können wir zur Zeit nicht im gleichen Raum zusammensitzen, weil die bestehenden Manipulationen es nicht ratsam erscheinen lassen, als Freunde zu gelten. Solche Umstände kommen vor. Doch... was das Prinzipielle angeht, herrscht Einmütigkeit. Wie ich bereits vorhin gesagt habe, unser Bindeglied ist das Land... Wenn eine Stammesregierung sagt, ›Wir verlangen die rechtliche Zuständigkeit für die Nicht-Indianer auf unserem Land,... rechtliche Zuständigkeit für jedermann und alles auf unserem Land‹, nun, dann ist das eine Position, die wir schon lange innehaben... Das ist Einigkeit. Doch die Bundesregierung redet stets von den anderen illusionären Dingen, in denen wir nicht übereinstimmen. Doch Meinungsverschiedenheiten wird es immer geben, weil es individuell unterschiedliche Ansichten gibt. Also, ich meine nicht, daß wir so uneins sind wie die amerikanische Regierung uns,... das amerikanische Volk oder... die Welt glauben machen möchte.
SCHMIDT: Sie haben in den vergangenen Jahren eine Reihe aufsehenerregender Aktionen durchgeführt. Welche davon halten Sie für die bedeutendste?
TRUDELL: Das wichtigste Anliegen, für das sich AIM je engagiert hat, ist unsere Identität als spirituelle Bewegung. Da gab es nicht viel Presse..., keine Konfrontation. Das war unser Guthaben... Es ist uns bis heute gelungen, alle Attacken, welche die Bundesregierung gegen uns geführt hat,... als Bewegung ziemlich intakt zu überstehen. Das hat noch keine andere Bewegung in den USA erreicht; egal, was für eine, am Ende wurden sie immer hereingelegt..., hat man sie irgendwie zu fassen gekriegt.
Mal so, mal so: durch Verhaftungen, Morde oder durch Bundesprogramme. Okay? Sie haben das gleiche mit uns probiert, das Verhaften, das Morden, die Bundesprogramme. Doch... die AIM-Mitglieder, die Leute, mit denen wir zusammenarbeiten, wollen immer noch dasselbe [wie eh und je]. Unsere Ziele haben sich nicht geändert.
SCHMIDT: Und jetzt feiern Sie Ihr zehnjähriges Bestehen.
TRUDELL: Das ist korrekt. Wie ich bereits vorhin gesagt habe, kann man Konfron-

tationen einsetzen, doch wenn diese eine Notwendigkeit werden,... trickst man sich selbst aus. Deshalb würde ich sagen, war unsere allerwichtigste Entscheidung... die, uns nicht von unserem spirituellen Hintergrund zu lösen. Das gibt uns die Kraft, unsere menschlichen Schwächen und Verirrungen durchzustehen.
SCHMIDT: Lassen Sie mich noch einmal auf die AIM-Aktionen zurückkommen, jene vielbeachteten Ereignisse, die man zum Teil auch in Europa mitverfolgen konnte, wie *Wounded Knee.* Welche erscheint Ihnen rückblickend als besonders wichtig?
TRUDELL:... die BIA-Besetzung in Washington, D.C. 1972..., denn das war der erste Schritt zur *Wounded Knee*-Besetzung. Man kann die BIA-Okkupation und *Wounded Knee* nicht voneinander trennen. Beides passierte innerhalb einer kurzen Zeitspanne, und die Bundes-Aktivitäten auf der [Pine Ridge] Reservation, welche zur *Wounded Knee*-Besetzung führten, waren... eine direkte Folge der BIA-Besetzung vom November '72. Sie [die Regierungsorgane] wollten gleichziehen; sie wählten den Platz für die Schlacht, und das war nun einmal South Dakota. Diese Aktivitäten haben uns weltweite Aufmerksamkeit verschafft.
SCHMIDT: Aber auch Kritik.
TRUDELL: Auch Kritik. Doch sehen wir auch das ganz realistisch: Man wird uns kritisieren, was immer wir auch tun. Wenn immer man sich gegen seinen Feind erhebt, löst man natürlich harte, harte Kritik aus. Okay? Also..., wenn Sie den Ausdruck ›spektakuläre Aktionen‹ benutzen wollen, dann würde ich sagen, die BIA-Okkupation und *Wounded Knee...*
SCHMIDT: Können wir noch einen Moment bei der BIA-Besetzung bleiben. AIM soll während dieser Aktion Bundeseigentum zerstört und dabei Sachschaden in Millionenhöhe angerichtet haben.
TRUDELL: Erstens: Ich weiß nichts davon, daß Sachen im Wert von Millionen Dollar zerstört wurden... Das wird behauptet... Zweitens: Es handelte sich nicht unbedingt um **Bundes**eigentum... Drittens: Wenn unsere Aktion in [Washington] D. C. kriminell war, warum hat man uns dann nicht strafrechtlich verfolgt?... Dreiunddreißig von uns wurden [zwar] angeklagt, aber sie haben uns nicht vor Gericht gestellt. Okay? Stattdessen begannen sie ihre Kriegsverbrechen auf der Pine Ridge Indianer-Reservation. Als die ganze Sache mit *Wounded Knee* zu Ende war – die Besetzung, die Konfrontation mit der Bundesregierung und so weiter –, dann, sehen Sie, hat man Leute vor Gericht gestellt.
Wenn wir über kriminelle Aktivitäten sprechen: Solange ein Richard Nixon oder ein David Rockefeller oder die Mellons*... frei herumlaufen und... vom Gesetz dieser Gesellschaft geschützt werden, hat die herrschende Klasse absolut kein Recht, die Opfer als Kriminelle zu bezeichnen... Solange wir keine Kriminellen sind und wissen, daß wir es nicht sind, sind wir [auch] nicht verpflichtet,... ihre Beschuldigungen anzuhören... und uns davon beeinflussen zu lassen... Und wenn wir [die Begriffe] ›Verbre-

*Ähnlich den Rockefellers eine einflußreiche alteingesessene Bankiers- u. Industriellenfamilie.

cher‹ und ›Opfer‹ in einen größeren Zusammenhang rücken, ist es einfach nicht möglich, gleichzeitig Schuldiger und Opfer zu sein. Ich würde sagen, wenn man sich die sozialen, politischen und ökonomischen Ereignisse ansieht, welche unser Leben bestimmen, muß es für jedermann offenbar werden, daß wir die Opfer sind.
SCHMIDT: Lassen Sie mich bitte näher auf *Wounded Knee* eingehen. Worin bestanden damals ihre Ziele?
TRUDELL: Wir wollten, daß das *Senate Foreign Relations Committee* [Auswärtiger Ausschuß des US-Kongresses] unsere Verträge neu bewertet. Dann gab es [noch] lokale, Pine Ridge betreffende Probleme, wie die Entfernung des [Stammesrats-] Vorsitzenden und die Beendigung der Korrpution dort.
SCHMIDT: Sie meinen Dick Wilson?
TRUDELL: Ja,... aber... was mir am deutlichsten im Gedächtnis blieb, ist die Tatsache, daß wir verlangten, der Auswärtige Ausschuß solle sich der Verträge annehmen.
Die Verträge sind Gesetze..., und wir wollten, daß die Gesetze gewürdigt werden... Wir wollten, daß die kriminellen Aktivitäten aufhören... Wir hatten gehofft, durch *Wounded Knee* ein paar Leute dazu zu bringen, sich die Gesetze anzusehen... Doch in Deutschland und... überall in der Welt ging man in die Falle, hörte man darauf, was die amerikanische Propagandamaschine ausspuckte. Viele Leute [im Ausland] haben ihre romantischen Vorstellungen von Indianern. Deshalb hat sich niemand jemals mit den Verträgen beschäftigt, mit unserem hauptsächlichen Anliegen... Die Regierung hielt die Medien säuberlich von Pine Ridge und *Wounded Knee* fern und ließ verkünden, es ginge Indianer gegen Indianer. Blablabla, ihre üblichen Lügen. Der Rest der Welt griff das auf, und die Sache mit dem Auswärtigen Ausschuß zehn Tage später wurde in den Nachrichten nicht einmal erwähnt. Dick Wilson wurde berühmt, und viele andere Leute wurden berühmt, doch das, worum es uns [eigentlich] gegangen war,... verstand die amerikanische Regierung geschickt zu umgehen... Die englische Sprache hat viele Möglichkeiten, etwas auszudrücken. Man kann das Wort ›Vertrag‹ [ruhig] abschaffen; es wäre mehr als ausreichend durch das Wort ›Gesetz‹ zu ersetzen. Für *Wounded Knee* besteht der 1868er Vertrag von Fort Laramie,... das 1868er **Gesetz** zwischen der Sioux Nation und der US-Regierung. Es ist ein Gesetz! Im amerikanischen Rechtssystem gibt es fünf anerkannte Rechtsgebiete:
Gewohnheitsrecht (Common Law), Strafrecht (Criminal Law), Verfassungsrecht (Constitutional Law), Kongreß-Recht (Statute Law) und Vertragsrecht (Treaty Law)...
SCHMIDT: Gesetze sind in der Praxis häufig nicht sehr viel wert.
TRUDELL: Genau... Wenn die Leute, die in Deutschland und überall in der Welt [AIM-] Unterstützungsgruppen (support groups) bilden, uns, allen eingeborenen Völkern der westlichen Hemisphäre, wirklich helfen wollen, müßten sie auf die Gesetze aufmerksam werden. Denn die US-Regierung... verletzt die Verträge. Sie tut genau das, was die Welt den Sowjets bezüglich der Judenfrage vorwirft; sie tut genau das,

was die Welt Idi Amin vorwirft und genau das, was jedermann Somoza vorwirft... Die Verträge sind ein legales Dokument, das die amerikanische Regierung mit uns als [indianischen] Nationen unterzeichnet hat. Die Tatsache, daß einige dieser Verträge hundert oder zweihundert Jahre alt sind, ist irrelevant. Wesentlich ist, daß sie von zwei Nationen unterzeichnet wurden, aber eine Seite sich entschloß, sie abzuändern. Das ist ein illegaler Akt.

SCHMIDT: Kommen wir noch einmal auf Pine Ridge und den bereits genannten Fort Laramie Vertrag zurück. Worum ging es in diesem Vertrag, und was hat die US-Regierung daraus gemacht?

TRUDELL:... Die US-Regierung erkannte [damit] unsere Regierung an... Mit dieser Anerkennung gestand man uns das Recht zu, ein bestimmtes Landgebiet zu nutzen... Nun, sie mögen [auch in den Vertrag] aufgenommen haben, daß wir eine Ausbildung bekommen, Gesundheitsdienstleistungen und viele solche Dinge... Wir haben da unsere eigene Interpretation, und die Amerikaner haben die ihre. Sie haben uns belogen und später ihre Interpretationen aufgenötigt..., um den Vertrag zu brechen.

In den meisten Verträgen... gibt es einen Abschnitt, in dem unser Volk den Wunsch nach Bildung bekundet, nach gewissen... Fertigkeiten... Also... kamen die Amerikaner mit [ihrer] Bildung. Was unser Volk eigentlich mit Bildung gemeint hatte, war, an dem Wissen [des Weißen Mannes] Anteil zu haben. Wir wollen keine Clowns werden. Wir wollen... Tatsachen eurer Gesellschaft mit der Wirklichkeit unserer Gesellschaft verbinden, damit wir in und mit eurer Nachbarschaft leben können. Wir möchten nicht zu dem gemacht werden, was ihr seid, damit hatte es nichts zu tun. Sehen Sie..., es ist eine Frage der Interpretation. Aber sie haben uns belogen, haben uns alles erzählt, was wir hören wollten... Eine Sache, die [ebenfalls] mit den Verträgen begann: Es ist ihnen immer gelungen, ihre Missionare, ihre Kirchen ins Spiel zu bringen.

Wenn wir die Realität des Lebens betrachten, glauben wir, daß die Bildung heute ein Feind der westlichen Völker ist. Es ist ein Programmieren, kein Teilen des Wissens; so werden Clowns produziert... Und wir denken das gleiche... über die Religion. Wir... lehnen das westliche Religionskonzept ab,... wollen es nicht aufgenötigt bekommen. Es ist wie mit den Bürgerrechten (Civil Rights): Wir werden als Menschen geboren. Durch den Akt der Geburt stehen uns Menschenrechte zu. Unsere Unterdrücker verweigern uns unsere Menschenrechte und erlassen Bürgerrechte... Das gleiche geschah mit der Religion... Der natürliche Geist, die spirituelle Identität des Volkes wurden angegriffen und durch eine Religion ersetzt, damit man das Volk aus... Profitgründen besser kontrollieren konnte. Das gleiche mit den Gesundheitsdienstleistungen. Wir empfangen keine wirklichen Gesundheitsdienstleistungen... Als die Verträge unterzeichnet wurden, sagte unser Volk, es wolle bessere Gesundheitsleistungen. So wurden ein paar Krankenhäuser gebaut. Aber schauen Sie sich die Sterberate unseres Volkes an... Sie haben uns belogen, sie haben die Gesundheitsdienste nicht verbessert. Sie haben [nur] den Eindruck erweckt, indem sie ein paar Gebäude bauten, ein paar Ärzte und Schwestern schickten. Aber die Todesrate ist immer noch extrem hoch...

SCHMIDT: Höher als bei anderen amerikanischen Minderheiten?
TRUDELL: Sicher. Wir haben immer noch die kürzeste Lebenserwartung... 45 bis 46 Jahre...
SCHMIDT: Wir haben bereits über *Wounded Knee* gesprochen. Diese Aktion ist für viele ein Symbol. Warum? Was wurde mit *Wounded Knee* erreicht? Hat sich die Lage der Indianer ihrer Meinung nach seitdem verbessert?
TRUDELL: Die eindrucksvollsten Veränderungen... haben in uns selbst stattgefunden, indem wir unseren Feinden entgegentraten und ihr Verhalten sahen. Alles andere sind nur scheinbare Veränderungen, um uns und die Welt hinters Licht zu führen.
SCHMIDT: Es gab also keine handfesten, ökonomischen Verbesserungen?
TRUDELL: Nein, ich glaube nicht... Heute müssen wir mit dem sogenannten ›Rückschlag‹ (backlash) fertig werden.
SCHMIDT: Apropos backlash. Sie wissen sicher, daß sich viele weiße Amerikaner vor AIM fürchten. Die Anhänger Ihrer Bewegung werden dabei als militante Radikale oder Kriminelle hingestellt. Was sagen Sie zu einer solchen Einschätzung?
TRUDELL: Der Durchschnittsamerikaner hat keine wirkliche Angst vor AIM. Er hat Angst vor sich selbst, hat Angst zu denken, Angst zuzugeben, daß er ausgenutzt, benutzt wird. Er hat Angst, sich einzugestehen, daß er in einem System lebt, das sich nicht um ihn kümmert, hat Angst einzusehen, daß er nicht zu denken weiß. Er hat Angst, der Realität ins Auge zu sehen. So macht man das *American Indian Movement* zum Prügelknaben. Früher waren das die Schwarzen, davor die Kommunisten... Aber es sind nicht wirklich wir, vor denen sie [die Durchschnittsamerikaner] Angst haben. Sie selbst mögen das glauben... In Wahrheit aber wollen sie sich [nur] nicht... mit der Korruption in der hohen Politik beschäftigen, wollen sich nicht um Inflation und Rezession kümmern..., denn um damit fertig zu werden, müßten sie sich ihre Regierung vornehmen... Deshalb ist es leichter, wenn man eine ganze Rasse zu Clowns macht... Sie [die Amerikaner] werden ihre Meinungen und Einstellungen noch ändern, werden sich der Wirklichkeit stellen, wir wir das getan haben, doch das wird noch ein Weilchen dauern.
SCHMIDT: Wem geben Sie die Schuld daran, daß man AIM zum Prügelknaben gemacht hat? Der Regierung, den Medien?
TRUDELL: All dem zusammen, dem amerikanischen Wertsystem. Denn das sind doch alles Werkzeuge der herrschenden Klasse. Sie diktiert die Wertvorstellungen.
SCHMIDT: Es fiel bereits das Stichwort ›Minderheit‹; sie erwähnten die Schwarzen. In den USA gibt es viele Minderheiten. Eine zahlenmäßig zunehmend bedeutende wären noch die Chicanos. Arbeitet AIM mit diesen Minoritäten zusammen?
TRUDELL: Wir arbeiten zusammen, wann immer wir können... Wir kooperieren mit allen Menschen, die respektvoll mit uns zusammenarbeiten wollen. Niemand wird wegen seiner Rassenzugehörigkeit ausgeschlossen. Das Kriterium ist ›Respektiere uns! Wenn du uns nicht respektieren kannst, laß uns in Ruhe... und mach keinen Ärger.‹ Es ist doch Platz genug für uns alle... Wir haben keine rassistischen, sexuellen,

altersbezogenen oder... religiösen Auswahlkriterien.
SCHMIDT: Das wollte ich auch nicht unterstellen.
TRUDELL: Nein, ich weiß. Ich habe weit ausgeholt, um zu sagen, daß wir natürlich mit ihnen [den anderen Minderheiten] zusammenarbeiten.
SCHMIDT: Worauf ich eigentlich hinauswollte, ist folgendes: Wenn sich alle amerikanischen Minderheiten zusammentäten – zu einer Art Wählerblock zum Beispiel – wäre das ohne Zweifel eine politische Kraft ersten Ranges.
TRUDELL: Aber das wird nicht funktionieren. Wählen! Das Wirkungsvollste, was die Amerikaner heute tun könnten, ist, die Stimmabgabe zu verweigern. Warum so tun, als nähme man an der Sache teil, wenn man dabei doch kein Mitspracherecht hat... Ich bezweifle, daß es zu meinen Lebzeiten einen Mehrheits-Präsidenten gegeben hat; ich bin dreiunddreißig... Die Mehrzahl der Bürger, welche [tatsächlich] gewählt haben, mag sich für einen [bestimmten] Mann als Präsident entschieden haben, aber der größte Teil des Volkes wählt nicht.
SCHMIDT: Worüber die Politiker sehr besorgt zu sein scheinen.
TRUDELL: Ich glaube nicht, daß sie das wirklich sind.
SCHMIDT: Immerhin wurden Ausschüsse gebildet, die das Problem des Nicht-Wählens untersuchen sollen und dergleichen mehr.
TRUDELL: Aber sehen Sie doch..., sie [die Politiker] freuen sich, daß die Mehrheit des Volkes nicht wählt, denn das hilft ihnen, zu bleiben, wo sie sind. Okay? Aber... ich bin überzeugt davon, [selbst] wenn sich ab morgen eine Bevölkerungsmehrheit an den Wahlen beteiligen würde, brächte das keine Veränderung. Denn alles läuft über Computer... Ich fange an, sehr ernsthaft zu glauben, daß der Mann,... der den Computer für die endgültige Stimmauszählung programmiert, derjenige ist, welcher die ganze Verantwortung trägt. Er ist derjenige, welcher entscheidet, wer die verdammte Wahl gewinnt und wer nicht. Das ist Realität. Hey, die manipulieren und lügen bei allen anderen Dingen, und hier [bei den Wahlen] sollen sie uns die Wahrheit sagen? Sehen Sie, das ist eine der Verworrenheiten, mit denen es das amerikanische Volk zu tun hat. Die Politiker betrügen es in jeder Weise... Und doch sind die Amerikaner dumm genug zu glauben, daß es bei Wahlen ehrlich zugeht. Absolut nicht! Sie sehen doch, wie man in Chile eine gewählte Regierung respektiert hat...
SCHMIDT: Glauben Sie rückblickend, daß die AIM-Aktionen der indianischen Sache gedient haben?
TRUDELL: Ich glaube, es ist immer von Nutzen, wenn ein Volk für seine Rechte eintritt. Immer! Die Aktionen, die Art des Aufbegehrens, mögen in einigen Fällen spektakulärer sein als in anderen. Aber ich meine, immer wenn ein Volk seine Stimme gegen den Unterdrücker und Feind erhebt, kann das nur helfen. Dem Volk helfen, im weitesten Sinne. Das System mag [daraufhin] repressiver, seine... Unterdrückung auf Grund unseres Protestes sichtbarer werden. Doch ist das [auch] der einzige Unterschied... Es wird nicht [tatsächlich] schlimmer. Man kann uns nicht mehr antun, als man ohnehin schon getan hat... Man kann der Attacke gegen uns keine neuen Ele-

mente hinzufügen. Was macht es für einen Unterschied, ob unser Volk durch Alkohol und Armut zugrunde geht... oder von Kavallerie-Soldaten erschossen wird? Für mich besteht da kein Unterschied, absolut keiner. Die eine Art ist höchstens augenfälliger als die andere. Sterilisation oder Pocken-[infizierte] Decken, für mich besteht da kein Unterschied.

SCHMIDT: Was für eine Zukunft sehen Sie für die Indianer als Volk? Sind Sie optimistisch oder pessimistisch?

TRUDELL: Ich bin optimistisch; denn das läßt uns Raum für Kreativität. Wie ich schon gesagt habe, man kann uns nicht mehr antun, als man ohnehin schon getan hat.

SCHMIDT: Mit anderen Worten: Die Indianer können nur gewinnen?

TRUDELL: Wir können nur gewinnen, das ist richtig. Und sehen Sie, wenn wir dies verstehen, läßt uns das Raum für Kreativität, weil wir [dann] nicht länger an die von unserem Unterdrücker diktierten Regeln und Gesetze gebunden sind. Wir können schöpferisch sein und anfangen, eigene Vorstellungen zur Befreiung unseres Volkes zu entwickeln... Wir werden die Freiheit nicht über die Gerichte erlangen..., genausowenig wie mit Waffengewalt, über den Kongreß oder die Exekutive...

SCHMIDT: Wie würden Sie die gegenwärtige Lage der Indianer in den USA skizzieren?

TRUDELL: Die Situation hat sich seit Kolumbus... nicht geändert. Wir haben einen Feind, der uns nehmen will, was wir besitzen. Das ist seit eh und je die gleiche Situation. Der Unterschied zwischen gestern und heute besteht lediglich darin, daß wir inzwischen fünfhundert Jahre Erfahrung im Umgang mit unserem Feind haben.

SCHMIDT: Es gibt Reservations-Indianer und Stadt-Indianer. Ich vermute, daß sich die Probleme der Stadt-Indianer in vieler Hinsicht von denen der Reservations-Indianer unterscheiden.

TRUDELL: In den Symptomen[, ja]..., die Probleme [aber] sind die gleichen. Wenn man als Minderheit in einer rassistischen Gesellschaft lebt, ist das Problem überall das gleiche, egal, wo man wohnt. Wenn man in einer kapitalistischen Gesellschaftsordnung lebt, welche auf der Trennung der Klassen basiert und man arm ist,... wenn man in einer Gesellschaft lebt, die religiöse Verfolgung praktiziert und auf sexuellem Gebiet chauvinistisch ist, in einer Gesellschaft lebt, die nicht erzieht, sondern programmiert, dann wiegt das Problem gleich schwer, wo immer man hingeht... Das Problem ist der ›American Way of Life‹. Der ändert sich nicht zwischen der Reservation und der Stadt. Er mag sich nur in mancher Hinsicht unterschiedlich intensiv auswirken.

SCHMIDT: Zum Beispiel?

TRUDELL: In der Wohnungssituation. Sehen Sie, auf den Reservationen sind die Wohnungen schlecht und unzureichend. Wenn man in die Stadt zieht,... muß man überhaupt erst mal eine Wohnung finden...

SCHMIDT: Wo leben mehr Indianer, auf den Reservationen oder in den Städten?

TRUDELL: Das weiß ich nicht, um ehrlich zu sein. Laut Statistik soll sich beides et-

wa die Waage halten. Okay? Aber..., wer weiß... Derselbe Mann, welcher durch einen Computer-Knopfdruck über das Wahlergebnis entscheidet, stellt vermutlich auch die Statistiken auf und erzählt mir, ›Die Hälfte von euch lebt in den Städten, und deshalb seid ihr eigentlich keine Indianer mehr‹. All diese ungereimten Dinge, die sie herausbringen. Bevölkerungsmäßig weiß ich wenigstens, daß es Indianer im ganzen Land gibt, wie das schon immer der Fall gewesen ist. Das war so, bevor der Weiße Mann hierher kam und ist noch heute so. Wir unterliegen dem natürlichen Gesetz des Überlebens: Wenn das Land... das Volk nicht mehr ernährt, muß das Volk weiterziehen. So entstand der Stadt-Indianer. Also glauben Sie nicht, der Stadt-Indianer sei eine Schöpfung unserer Unterdrücker. Wenn vor sechshundert Jahren unsere Leute in einer Siedlung eine Meinungsverschiedenheit hatten oder nicht mehr in einer so großen Gesellschaft leben konnten, gingen einige von ihnen ihre eigenen Wege. Mehr ist es heute auch nicht. Wir haben heute nur einen Unterdrücker, welcher das Ganze anders hinstellt... und meint, wir müßten untereinander aufgespalten sein.
SCHMIDT: Es ist Ihnen sicher bekannt, daß die Arbeit der amerikanischen Indianerbewegung in Deutschland eine Menge Unterstützung findet. Wie erklären Sie sich das?
TRUDELL:... Die Europäer haben eine romantische Beziehung zu den Indianern. Ich glaube, das geht bis ins Unbewußte... Vielleicht können sich die Deutschen vorstellen, was es heißt, unterdrückt zu sein, auch wenn sie es nicht gut genug verstehen, um es artikulieren zu können... Denn was uns widerfährt, widerfährt ihnen seit zweitausend Jahren und länger. Es gab eine Zeit in der amerikanischen Geschichte, als man mit dem romantischen amerikanischen Mythos ein sehr rassistisches Indianer-Klischee exportierte. Indianer wurden romantische Figuren. Dies hat... viel damit zu tun, daß uns andere Nationen unterstützen. Das Unterlegenheits-Syndrom (underdog syndrom) sozusagen... Diese rassistischen Filme mit Cowboys, Indianern und John Wayne – die Amerikaner sind darauf abgefahren und nährten damit ihren Stolz und ihre Macht-Illusionen... Die Europäer haben... vielleicht nicht so darauf reagiert; sie solidarisierten sich mit dem Schwächeren, und das waren wir.
Wir sollten noch weiter zurückgehen... und uns ansehen, wie die Indianer lebten,... als die ersten Europäer hierher kamen. Den Europäern gefiel unsere Lebensweise. Es war die herrschende Klasse, welche die rassistischen Gesetze erließ, die besagten, daß man nicht so leben könne wie die Indianer, daß man Kapitalist zu sein habe. Betrachten wir den Kommunismus. Der Kommunismus ist, was ein europäischer Intellektueller aus unserer Lebensweise machte. Es hat... dreihundert Jahre europäisch-indianischen Kontaktes bedurft, bis man den Kommunismus schuf. Der Unterschied zwischen ihrer Art des Kommunismus und unserer hiesigen Lebensweise besteht darin, daß unser Kommunismus auf den Rechten respektvollen Lebens basiert, während Marx und Engels... eine weiße Version brachten und von den Rechten der Arbeiter sprachen. Dann übernahmen sie Elemente unseres Konzeptes, miteinander zu teilen und derlei Dinge und bauten sie in die Arbeiterrechte ein. Ich glaube, unser interna-

tionaler Einfluß ist, historisch gesehen, wesentlich größer als die Leute zugeben werden oder überhaupt erkennen. Denn wir besaßen etwas, das sich wirklich grundlegend von allem unterschied, womit die Europäer je zu tun hatten... Ich glaube, das kommt alles zusammen.

SCHMIDT: Und weil die Indianer eine so völlig andere Lebensweise hatten, mußten sie bei dem Zusammenstoß mit dem Weißen Mann eine Niederlage erleiden, nicht wahr? Wir haben es hier doch mit dem Zusammenprall zweier diametral entgegengesetzter Wertsysteme zu tun, und ihres war zunächst einmal das schwächere. Oder sehen Sie das anders?

TRUDELL: Ich würde sagen, das unsere war das humanere. Okay? Das respektvollere.

SCHMIDT: Und in diesem hohen ethischen Wert lag seine äußere Schwäche.

TRUDELL: Ja, es [unser Wert- bzw. Gesellschaftssystem] hat Rückschläge erlitten, [aber] ich glaube nicht, daß es eine Niederlage erlitten hat.

SCHMIDT: Ich habe ja eingeschränkt: vorübergehend.

TRUDELL:... Ich glaube nicht einmal, daß es eine vorübergehende Niederlage erlitten hat. Meiner Meinung nach ist es ein evolutionärer Prozeß... Ich gebe zu, daß unsere Lebensart vielleicht nicht perfekt ist, denn sonst hätten wir diese [negativen] Erfahrungen nicht machen müssen... Das bedeutet aber nicht,... daß wir verloren haben. Es gibt viele Orte in den USA, wo Indianer mit intakten... Wertvorstellungen leben. Ich weiß, daß wir nicht verloren haben, denn wir haben in *Wounded Knee* aufbegehrt und... in Altcatraz und bei der BIA-Besetzung... Wir haben uns [manchmal] zu fünft oder sechst gegen unsere Feinde erhoben... Ich weiß, wir haben nicht verloren... Wir befinden uns heute in einer Situation, in der wir verlieren können, aber noch nicht verloren haben.

Betrachten wir unsere nationale Geschichte... Dies hier ist die einzige Landbasis unseres Volkes... Seit fünfhundert Jahren sind wir Indianer, und unsere Geschichte als Indianer ist eine der Niederlage, der Unterdrückung und des Völkermordes. Unsere Geschichte als Indianer. Aber die Geschichte des eingeborenen Volkes ist viel komplexer... Ja, vielleicht haben die Indianer an einigen Fronten verloren..., aber vielleicht werden wir als eingeborenes Volk davon profitieren.* Wir mußten das halt durchstehen... Heute sehen wir die Wirklichkeit. Ich weiß, daß unser Volk schon zu Zeiten der Riesen-Säugetiere gelebt hat... Ich weiß nicht, wie lange diese die Erde bevölkerten, aber ich bin sicher, daß unser Volk länger mit ihnen zusammengelebt hat als vierhundert Jahre. Und ich bin ebenfalls sicher, daß unser Volk nach seinem ersten Kontakt mit ihnen erst einmal einen Weg finden mußte, neben diesen Riesentieren zu überleben... Sie hatten keine Technologie, aber sie haben es geschafft... Die Europäer sind die letzte räuberische Spezies,... welche die Erde... uns in den Weg

*Man beachte die Differenzierung in ›eingeborenes Volk‹ im Sinne einer traditions- u. naturverbundenen, sozial intakten frühen Vergangenheit und ›Indianer‹ im Sinner einer geknechtet-entrechteten jüngeren Vergangenheit und Gegenwart.

stellt. Wir müssen lernen, mit dieser Spezies umzugehen. Und ich glaube, wir werden eine Lösung finden.
SCHMIDT: Wenn man mit AIM-Aktiven spricht, fällt immer wieder das Wort ›Völkermord‹. Das ist ein äußerst harter Vorwurf. Ist er gerechtfertigt?
TRUDELL: Es ist die Wahrheit... Die amerikanische Regierung begeht an uns Völkermord. Völkermord ist das Töten,... das Auslöschen... eines Volkes.
SCHMIDT: Das wäre dann ein sehr subtiler Völkermord. Denn abgesehen von den verschiedenen zweifelhaften Todesfällen auf den Reservationen, gibt es zumindest kein offensichtliches Morden.
TRUDELL: Da haben wir es! Der Weiße Mann hat viele Möglichkeiten, etwas auszudrücken; entweder es wird Völkermord begangen oder nicht... Man kann da nicht abstufen, dies sei subtil und jenes himmelschreiend. Entweder eine Handlung ist völkermörderisch oder sie ist es nicht.
SCHMIDT: Und Sie glauben ersteres.
TRUDELL: Ich weiß es! Ich wünschte, ich könnte wieder zum Stadium des Nur-Glaubens zurückkehren... Doch wenn Menschen sterben, ist das Realität. Wenn du in einem kolonialistischen System lebst und Fremde... dein Land, deine Kinder, deine Nahrung und alles was du hast, kontrollieren und dies auf eine rassistische, illegale Art und Weise, dann muß das Völkermord genannt werden... Sterilisation, und Menschen, die keine Christen waren, das Christentum aufzudrängen, was ist das? Völkermord. Schlicht und einfach Völkermord.
Doch wir hoffen, daß der Weiße Mann verstehen möge, daß der gleiche Völkermord auch an ihm begangen wird. Es gibt physischen... und geistigen Völkermord. Wir glauben,... daß an den Weißen geistiger Völkermord begangen worden ist, und... daß sie heute in einem Stadium leben, in dem [auch] physischer Völkermord an ihnen begangen wird.* Sie erkennen es nicht, weigern sich, es zu sehen; doch es ist so. Wir glauben, daß der Völkermord am Weißen Mann [schon] länger praktiziert wird als an uns. An uns war er intensiver... aus rassistischen Gründen. Doch an den Weißen ist er länger verübt worden. Deswegen haben... die Weißen der ganzen Welt nicht die Kraft, mit ihren Regierungen fertig zu werden. Sei es eine russische Regierung..., eine englische, amerikanische oder westdeutsche Regierung, es ist die Wirklichkeit des Lebens, daß die Menschen ihren Regierungen machtlos gegenüberstehen. Und wie hätte es... so weit kommen können, würde nicht irgendwer Völkermord-Programme gegen sie durchführen? Wäre der Völkermord kein Faktor ihres Lebens, wären sie nicht [derart] machtlos.
SCHMIDT: Mister Trudell, ich danke Ihnen für das Interview.
TRUDELL: Ich danke Ihnen für Ihre Zeit.

---

*Hier wird z. B. auf die zunehmend gesundheitsschädlichen Umweltgefahren – wie Abgase, Lärm, chem. Schadstoffe in der Nahrung, Kernkraftrisiko – angespielt.
Völkermord-Definition s. S. 168

Gespräch mit Larry Pressler

United States Senator (S.D.)

L. P. studierte u. a. an der Kennedy School of Government sowie Rechtswissenschaften an der angesehenen Havard University. 1974 wurde er in das Repräsentantenhaus gewählt und zwei Jahre später mit 81% aller Wählerstimmen seines Bezirks in diesem Amt bestätigt. Im Nov. 1978 wechselte Pressler nach einem beeindruckenden Wahlsieg (68% aller Stimmen) als Nachfolger des ausgeschiedenen James Abourek in den US-Senat.

SCHMIDT: Senator Pressler, Sie wissen, daß in den Schwarzen Bergen South Dakotas große Öl-, Kohle- und Uranvorkommen lagern. Nach meinen Informationen sind Regierung und Industrie sehr an einer Förderung dieser Naturschätze interessiert. In diesem Zusammenhang werden z. B. die Gesellschaften *Tennessee Valley Authority* und *Union Carbide* genannt. Die Indianer South Dakotas, nach dem Fort Laramie Vertrag von 1868 die rechtmäßigen Eigentümer des betroffenen Landes, sind gegen diese Bergbau-Pläne. Die Frage, ob in den Schwarzen Bergen Uran und andere Bodenschätze abgebaut werden sollen oder nicht, droht zu einer größeren Kontroverse zwischen Indianern und weißer Industrie zu werden. Auf welcher der beiden Seiten wird man Sie dann finden, Herr Senator?
PRESSLER: Als ich noch im Repräsentantenhaus saß, habe ich die Eröffnung eines Prozesses unterstützt, um von den Gerichten bestimmen zu lassen, was da [in den Schwarzen Bergen] wem gehört. In unserem Rechtssystem kann so etwas nicht vom Kongress bestimmt, sondern muß von den Gerichten entschieden werden... Also, ich habe mich sehr dafür eingesetzt, daß sich die Gerichte dieser Sache annehmen. Solange dieses Gerichtsverfahren andauert, kann ein Kongreßmitglied keine Stellung beziehen.
SCHMIDT: Ihnen ist sicher die aus Indianern und weißen Bürgern Ihres Staates bestehende *Black Hills Alliance* bekannt. Die ihr angehörenden Umweltschützer sprechen von einem großangelegten Erschließungsplan für die Schwarzen Berge. Im Rahmen dieses Plans sei der Bau von Kernkraftwerken sowie Kohlevergasungsanlagen vorgesehen. Von diesen Großprojekten, so die Allianz, werde eine enorme Umweltbelastung ausgehen. Es sei zu befürchten, daß das westliche South Dakota innerhalb von 35 Jahren zur Wüste verkümmere. Werden Sie dies dem Energiegeschäft zuliebe zulassen?
PRESSLER: Nun, sicherlich nicht... Ich kann die Richtigkeit der Voraussage dieser [Umweltschutz-]Gruppe nicht beurteilen... Es handelt sich da ohne Zweifel um Leute, die sich mehr mit diesen Dingen beschäftigt haben als ich. Ich muß erst lesen, wie ihre Voraussagen im einzelnen aussehen.
SCHMIDT: Ich habe kürzlich die Pine Ridge Reservation in Ihrem Heimatstaat South Dakota besucht. Die Indianer, mit denen ich dort sprach, beschwerten sich bitter über ihre Lebensbedingungen und besonders über die ›katastrophale Gesundheitslage‹. Was gedenken Sie als einer der beiden Senatoren South Dakotas dagegen zu unternehmen?
PRESSLER: Nun, ich habe mich in Zusammenarbeit mit den Stammesführern der Sioux sehr bemüht,... die Zustände zu verbessern. Und ich glaube, wir haben in der Tat einige Fortschritte gemacht. Ich habe darüber hinaus sowohl im Repräsentantenhaus als auch im Senat den kombinierten Versuch unternommen, einige dieser Probleme, besonders auf dem Gebiet der Bildung anzugehen. Ich habe im Senat eine... Gesetzesvorlage unterstützt, welche die Industrieansiedlung auf unseren Indianer-Reservationen ermöglicht. Auf genau die gleiche Weise sind auch in Puerto Rico Ar-

beitsplätze geschaffen worden*. Wir müssen tatsächlich etwas tun, und das ist sowohl im Repräsentantenhaus als auch im Senat eine meiner höchsten Prioritäten gewesen.
SCHMIDT: Was haben Sie für eine Einstellung zum *American Indian Movement?*
PRESSLER: Nun, ich habe nicht immer mit den AIM-Taktiken übereingestimmt. Ich muß sagen, Gewalt kann ich nicht entschuldigen. Auf der einen Seite herrscht [natürlich] manchmal große Frustration, wenn Menschen ein Problem haben und es nicht gelöst wird. Doch ich konnte mich nicht besonders mit den von AIM angewandten Methoden befreunden. Ich habe direkt mit den Stammesregierungen... zusammen an Gesetzen gearbeitet. Ich habe zu drei verschiedenen Anlässen das [Senate] *Education Committee* nach South Dakota geholt, um einige der indianischen Bildungsprobleme zu untersuchen. Ich bin auch immer ein Verfechter der beruflichen Bildung [für Indianer] gewesen. Wir sind also dabei, etwas zu tun. Doch es gibt Dinge, die AIM getan hat, welche wir nicht unbedingt unterstützen und entschuldigen können.
SCHMIDT: Stichwort Taktik und Methoden. Glauben Sie, daß die spektakulären AIM-Aktionen der vergangenen Jahre der indianischen Sache dienlich waren?
PRESSLER: Nun, das ist schwer zu sagen. Wissen Sie, das weiß man nie. Es gibt viele, die meinen das militantere Auftreten habe der indianischen Sache geschadet. Ich weiß es nicht. Das Endergebnis von so etwas ist schwer zu bestimmen. Einige Leute meinen, so bekäme man mehr Publicity und Aufmerksamkeit. Auf der anderen Seite sagt man, es werde Generationen dauern, bis die Animosität auf Grund bestimmter [von AIM begangener] Gesetzesverletzungen wiedergutgemacht sei. Es gibt auf den Reservationen viele, auch viele indianische Führer, die nicht mit AIMs Methoden übereinstimmen. Die Frage ist also schwer zu beantworten, das wird sich erst im Laufe der Geschichte zeigen.
SCHMIDT: Sie wissen vielleicht, daß der z. Zt. in Sioux Falls einsitzende Russell Means bereits mehrfach ohne Erfolg versucht hat, Arbeitsfreigang (work release) zu bekommen. Der Vorsitzende des dafür zuständigen *Board of Pardons and Paroles,* Mr. Jeremiah Murphy, soll auch der Chef-Repräsentant der *Union Carbide* in Ihrem Staat sein, jener Gesellschaft also, die Russell Means und viele seiner Sioux-Brüder als einen ihrer Hauptwidersacher betrachten. Ist Mr. Murphy da nicht in einem Interessenkonflikt?
PRESSLER: Das weiß ich nicht. Das ist eine Angelegenheit des Staates. Damit habe ich nichts zu tun.
SCHMIDT: Russell Means und die anderen inhaftierten AIM-Mitglieder betrachten sich als politische Gefangene. Sie werfen den Vereinigten Staaten vor, diese würden politische Dissidenten nicht besser behandeln als die Sowjetunion die ihren. Wie sehen Sie das?
PRESSLER: Nun, ich glaube, es gibt Bereiche, die verbesserungsfähig sind... Ich bin

*Vgl. Gesetzesvorlage, ›S. 1016‹. Gedacht ist an kleinere, arbeitsintensive Fertigungsbetriebe.

in der letzten Zeit nicht in der Sowjetunion gewesen, doch insgesamt würde ich dahin tendieren, in diesem Punkt anderer Meinung zu sein.
SCHMIDT: In den letzten Jahren sollen auf der Pine Ridge Reservation angeblich mehrere Dutzend Indianer getötet worden sein. Die Täter seien jedoch nicht oder nur sehr mild verurteilt bzw. in zahlreichen Fällen gar nicht erst verfolgt worden. Als andererseits auf dieser Reservation zwei FBI-Agenten erschossen worden waren, habe die Regierung sofort mehrere hundert Beamte zur Aufklärung entsandt. Ist das ein Beispiel amerikanischer Gerechtigkeit?
PRESSLER: Nun, wenn das alles stimmt, sicherlich nicht. Ich kann zu diesem ungeheuerlichen Umstand nichts sagen. Ich meine, ich glaube nicht unbedingt, daß es wahr ist, daß da mehrere Menschen getötet und ihre Mörder nicht verfolgt worden sind. Ich müßte erst die Akten ansehen und das näher untersuchen, bevor ich so eine Behauptung akzeptieren kann.
SCHMIDT: Ich glaube, 7% der Bürger Ihres Staates South Dakota sind Indianer...
PRESSLER: Ich glaube, mehr... so an die 11%, ich bin nicht ganz sicher.
SCHMIDT: Davon ausgehend, daß der indianische Bevölkerungsanteil an der Gesamtbevölkerung der Vereinigten Staaten etwa ein halbes Prozent beträgt, leben in South Dakota also relativ viele Indianer. Dementsprechend sollten Sie besser als viele Ihrer Washingtoner Kollegen imstande sein, kurz und knapp aufzuzeigen, worauf die Frustration der amerikanischen Indianer zurückzuführen ist.
PRESSLER: Nun, auf das Einkommensniveau, die verschiedenen Probleme, denen sie sich gegenübersehen. Und ich habe der Indianer-Situation eine hohe Priorität eingeräumt und eine Menge Zeit auf meinen Reservationen verbracht und eng mit den indianischen Gemeinden zusammengearbeitet. Ich habe große Unterstützung von ihnen erfahren und eine gute Zusammenarbeit erlebt. Es gibt da ein Problem, das soll nicht geleugnet werden, und wir werden bestimmt weiter daran arbeiten. Es ist wahr, daß es in unserem Land sehr große Unterschiede zwischen den einzelnen Indianer-Reservationen und Stämmen sowie... im Einkommensniveau gibt. Das ist ein Problem unseres Landes, an dem wir weiterhin arbeiten müssen. Ich werde das auf jeden Fall tun.
SCHMIDT: Senator Pressler, ich danke Ihnen für das Gespräch.

Gespräch mit James A. Joseph

Under Secretary, Department of the Interior

J.A.J. wurde im März '77 von Präsident Carter zum stellvertretenden Innenminister ernannt und anschließend vom Senat einstimmig bestätigt. Nach seinem Studium war J. in Alabama in der Bürgerrechtsbewegung der frühen 60er Jahre engagiert. Bis zu seinem Regierungseintritt bekleidete er Führungspositionen in der Investitionsgüterindustrie. J. hat auf verschiedenen UNO-Konferenzen die amerikanischen Delegationen geleitet; er ist einer der wenigen Schwarzen, die in den USA ein hohes Regierungsamt innehaben. Das Interview fand am 4.6.79 im US-Innenminsterium in Washington, D.C. statt.

SCHMIDT: Secretary Joseph, unter den amerikanischen Indianern in Ihrem Land herrschen Unruhe und Frustration. Viele Indianer betrachten sich als unterdrücktes, »geschickt kolonialisiertes« Volk. Was sagen Sie zu dieser Einschätzung?
JOSEPH: Die Einschätzung der Administration ist, daß dieses Land sich nicht in dem Maße um die Indianer und besonders jene auf den Reservationen gekümmert hat, wie es nach den Verträgen und Gesetzen notwendig gewesen wäre. Die Carter-Administration hat sich sehr darum bemüht, diesen Tatbestand zu korrigieren. Viele der heute existierenden Ungerechtigkeiten und... Probleme sind ein Resultat historischer Ungerechtigkeiten. Unsere Vorgehensweise besteht darin, mit den indianischen Führern im Sinn der [indianischen] Selbstbestimmung zusammenzuarbeiten und nach Lösungen für dieses Problem zu suchen.
SCHMIDT: Wie steht Ihre Regierung zu der Amerikanischen Indianerbewegung, AIM?
JOSEPH: Wir meinen, daß die Indianer jedes Recht dazu haben, Gruppen und Gemeinschaften unterschiedlicher Art zu bilden. Wir unterstützen derartige Bestrebungen. Die von Ihnen genannte Organisation ist vermutlich militanter in ihrem Streben nach Rechten und Gerechtigkeit für die Indianer als die meisten anderen Gruppen. Doch solange man die Gesetze der Vereinigten Staaten befolgt und sich im Rahmen der amerikanischen Gesellschaft bewegt, haben wir nichts Grundsätzliches gegen eine bestimmte Gruppe einzuwenden.
SCHMIDT: Glauben Sie, daß die spektakulären AIM-Aktionen der letzten Jahre der Sache der amerikanischen Indianer dienlich waren?
JOSEPH: Ich glaube, die geeignetste Adresse zur Beantwortung dieser Frage wären die AIM-Mitglieder. Die Frage ist, ob die Art und Weise ihres Protestes hinsichtlich der von ihnen angestrebten Ziele wirkungsvoll gewesen ist oder nicht... Da, wo es in der Macht der US-Regierung liegt, auf diese Ziele einzugehen, können wir zusammenarbeiten. Da, wo diese Zielvorstellungen über das Machbare hinausgehen, gibt es einen Konflikt.
SCHMIDT: Secretary Joseph, viele AIM-Führer sind im Gefängnis. Sie betrachten sich als politische Gefangene und behaupten, sie seien deshalb inhaftiert worden, weil sie sich gegen die Versuche der Großindustrie gewandt haben, ihr Land »zu stehlen und auszubeuten«. Die AIM-Führer meinen, die US-Regierung behandele hiesige Dissidenten um nichts besser als die Sowjetunion die ihren.
JOSEPH: Das amerikanische Volk hat größte Achtung vor dem Prinzip der Meinungsfreiheit. Das Innenministerium hier in Washington, dem die Verantwortung für... die öffentlichen Wahrzeichen hier im Distrikt sowie für die Nationalparks obliegt, hat es fast jede Woche mit Gruppen von Bürgern zu tun, die nach Washington kommen, um auf irgendeinen Mißstand aufmerksam zu machen. Es war mir ein Anliegen, gewährleistet zu sehen, daß die Art und Weise, in der sich die Parkverwaltung und andere Stellen gegenüber diesen Bürgern verhalten, die grundsätzliche Aufgeschlossenheit des amerikanischen Volkes [für die Meinung anderer] widerspiegelt. Ich

konnte mit Zufriedenheit feststellen, daß uns dies gelungen ist.
Was nun die Frage betrifft, wie dieses Land mit seinen Dissidenten umgeht, so bedeutet natürlich schon die... bloße Existenz von Dissidenten, daß es eine Auseinandersetzung gibt. Diese Auseinandersetzung ist das Ergebnis von Meinungsverschiedenheiten. Als jemand, der vor seinem Eintritt in die Regierung selbst eine lange Zeit an verschiedenen Protestaktionen gegen die amerikanische Politik beteiligt war, darf ich sagen, daß das Verhalten der [US-]Regierung sicher wesentlich humaner und verständnisvoller gewesen ist, als ich das in anderen Ländern der Welt gesehen habe.
SCHMIDT: Was sagen Sie zu der Einschätzung der AIM-Leute, sie seien politische Gefangene, ein Ausdruck, den ja auch [der inzwischen zurückgetretene] UN-Botschafter Young, wenn auch nicht ausdrücklich auf die Indianer bezogen, gebraucht hat?
JOSEPH: Es kommt darauf an, wie man ›politischer Gefangener‹ definiert. Wenn man den Begriff so deutet, wie er allgemein in anderen Teilen der Welt angewandt wird, gibt es dieses Phänomen in den USA nicht. Wir haben [hier] keine Leute, die auf Grund von politischen Meinungsverschiedenheiten... im Gefängnis sitzen. Bei uns kommen Leute ins Gefängnis, weil sie gegen ein Gesetz verstoßen haben. Der Gesetzesbruch kann [natürlich auch] ein Weg sein, einen politischen Willen oder Wunsch auszudrücken... [Aber] niemand wird verfolgt oder ins Gefängnis geworfen, [nur] weil er andere politische Ansichten hat...
SCHMIDT: Viele amerikanische Indianer beklagen sich darüber, der Rote Mann sei die einzige Rasse der Menschheit, die noch nicht in den Vereinten Nationen vertreten ist. Welche Position bezieht die amerikanische Regierung?
JOSEPH: Die amerikanische Gesellschaft ist pluralistisch. Wir haben innerhalb unserer Grenzen eine [ganze] Anzahl verschiedener rassischer und religiöser Gruppen; die amerikanische Gesellschaft besteht aus allen möglichen Gemeinschaften. Die amerikanische Regierung repräsentiert alle Bürger, gleichgültig zu welcher Gruppe sie auch gehören. Wir [das amerikanische Volk] werden in allen auswärtigen Angelegenheiten, sei es in der UNO oder in anderen internationalen Organisationen, von der amerikanischen Regierung vertreten. Es ist wahr, daß die Beziehung zu den indianischen Stämmen ein Sonderverhältnis ist. Es basiert auf Verträgen, ...Kongreßgesetzen und einer besonderen Art der Treuhänderschaft. Aber diese Sonderstellung geht nicht so weit, daß sie eine eigene Vertretung [der Indianer] in den internationalen Organisationen zuläßt. Keine Besonderheit gleichwelcher ethnischen Gruppe läßt ein [solches] individuelles oder isoliertes Auftreten zu.
SCHMIDT: Sie wenden sich also mit Nachdruck gegen das Verlangen der Amerikanischen Indianerbewegung, in den internationalen Gremien eine eigene Stimme zu erhalten?
JOSEPH: Ich bin unbedingt der Meinung – und fördere dies auch – daß jeder US-Vertreter bei internationalen Beratungen/Verhandlungen jeglicher Art die Wünsche, Ziele und Gefühle aller Amerikaner, der Indianer eingeschlossen, bedenkt. Ich bin jedoch dagegen, daß die Indianer in internationalen Gremien als eigene Einheit auftreten.

SCHMIDT: Einer der von mir interviewten prominenten AIM-Führer würde jetzt möglicherweise folgendes anführen: Es ist doch interessant, daß die ganze Welt – und seit Andrew Young gerade auch die US-Regierung – lautstark für die Rechte der Schwarzen im südlichen Afrika eintritt, aber niemand von den Rechten, Problemen und Souveränitätsansprüchen der etwa 80 Millionen Indianer des amerikanischen Kontinents redet.

JOSEPH: Wenn man das Argument akzeptieren würde, daß die Indianer zur Lösung ihrer Schwierigkeiten einer [eigenen] Vertretung im internationalen politischen Diskussionsforum bedürften, müßte das gleiche natürlich auch für die chinesischen, die mexikanischen sowie die schwarzen Amerikaner und alle anderen [ethnischen] Gruppen gelten. Was wir in den Vereinigten Staaten zu tun versucht haben, ist, eine Gesellschaft aus Männern und Frauen aufzubauen, welche [einerseits] zuläßt, daß man sich mit einzelnen Gruppen identifiziert, aber [andererseits] gleichzeitig – über diese individuelle Identifikation hinauswachsend – Teil einer nationalen Gemeinschaft wird. Das ist ein Aspekt der amerikanischen Gesellschaft, den im Ausland viele nur schwer verstehen... Als Repräsentanten des amerikanischen Volkes repräsentieren unsere [Volks-]Vertreter die amerikanischen Indianer, die chinesischen und mexikanischen Amerikaner sowie auch die Anglo-Amerikaner. Und deshalb streben wir keine Einzelrepräsentation für jede Gruppe der amerikanischen Gesellschaft an.

SCHMIDT: Es ist Ihnen ohne Zweifel bekannt, daß die Indianer eine grundsätzlich andere Einstellung zur Natur haben als die meisten Weißen. Sie verstehen sich als ›Hausmeister‹ der Natur und betrachten es als Ihre Pflicht, für das Wohlergehen ihrer Mutter Erde einzutreten. Seit dem Harrisburg-Zwischenfall bemüht sich AIM verstärkt um eine Allianz mit den Kernkraftgegnern in Ihrem Land. In Anbetracht dessen, daß die Zahl der Kernkraftgegner in den nächsten Jahren zunehmen dürfte und darüber hinaus ein Großteil der amerikanischen Uran-Reserven auf Indianerland liegt, könnte eine gemeinsame Aktion von weißen Kernkraftgegnern und indianischen Uran-Eigentümern Ihrer Regierung noch einiges Kopfzerbrechen bereiten. Mit sich zuspitzender Energiekrise könnte diese Allianz ein gewichtiger politischer Faktor werden. Teilen Sie diese Einschätzung?

JOSEPH: Ihre Frage hat zwei Teile, und lassen Sie mich diese separat beantworten. Im ersten geht es um die Umwelt-Ethik der amerikanischen Indianer. Lassen Sie mich sagen, daß ich als für die Verwaltung der Naturschätze verantwortliches Regierungsmitglied der von den amerikanischen Indianern praktizierten Umwelt-Ethik große Wertschätzung entgegenbringe. Ich kann nur wünschen, daß dieses traditionelle indianische Konzept der Verehrung von Land und Leben und der Bewahrung der Umwelt von einem größeren Teil unserer Gesellschaft... übernommen werde. Ich meine, das wäre phantastisch!...

Was nun die Frage einer möglichen Koalition zwischen Indianern... und anderen um die Umwelt besorgten Amerikanern angeht, glaube ich, daß dies – falls es dazu kommen sollte – ein gesundes Phänomen wäre... Seine politischen Auswirkungen bleiben

abzuwarten; das philosophisch-ethische Konzept muß erst noch in... politische Entscheidungen umgesetzt werden. Wie ich bereits gesagt habe, es wäre erfreulich, wenn sich diese Einschätzung auf die Gesellschaft und ebenso auf die politischen Entscheidungsabläufe auswirken würde.
SCHMIDT: Lassen Sie mich bitte noch einmal auf die Uran-Frage zurückkommen. Die Energie-Versorgung der westlichen Welt wird immer schwieriger. Viele Politiker setzen daher auf die Nutzung der Kernenergie. Der größte Teil des US-amerikanischen Urans liegt auf Indianerland. Es kann nicht ohne Einwilligung der Indianer abgebaut werden, doch diese Einwilligung wird man vermutlich nicht geben. Was also werden Sie in dieser Lage tun?
JOSEPH: Ich hoffe unbedingt, daß sie [die Indianer] zur ökonomischen Kraft werden. Es war und ist das Bestreben des Innenministeriums... und dieser Administration, dahingehend mit den indianischen Stämmen zusammenzuarbeiten, daß diese in die Lage versetzt werden, ihre Bodenschätze auf eine Weise zu erschließen, die allen Mitgliedern der auf den Reservationen lebenden Stämme ökonomische Vorteile verschafft. Es ist wahr, daß die indianischen... Reservationen auf Gebieten liegen, die nicht nur Uran-Vorkommen aufweisen, sondern in einigen Fällen... auch Kohle, Öl, Gas... und Holz... Eines unserer Anliegen besteht darin, so mit den Indianern zusammenzuarbeiten, daß diese bei Verhandlungen mit kleinen oder großen Firmen über den Abbau dieser Ressourcen über jene Expertise verfügen, welche auch die Firmenseite besitzt. Wir haben über das BIA und das Innenministerium ganz allgemein große Anstrengungen unternommen, um sicherzustellen, daß die Indianer in solchen Verhandlungen nicht übervorteilt werden, und daß sie Ihre Naturschätze unter Wahrung der ihnen eigenen Umwelt-Ethik sowie auch ihrer eigenen ökonomischen Interessen erschließen...
Es mag Fälle geben, in denen Indianer ein Recht auf gewisse Wasser-Quantitäten haben und Weiße ebenso. Sofern bei der Erschließung dieser Naturschätze also Wasser eine Rolle spielt, ... müssen die Entscheidungen so getroffen werden, daß man die Auswirkungen auf beide Verbrauchergruppen – Indianer und Nicht-Indianer – berücksichtigt.
SCHMIDT: Es gibt in South Dakota eine Gruppe weißer und indianischer Umweltschützer, die sich ›Allianz der Schwarzen Berge‹ nennt. Deren Mitglieder behaupten, es existierten Pläne für einen großangelegten Kohle- und Uran-Abbau im westlichen South Dakota. Dieses Programm werde irreparable Umweltschäden verursachen und das ganze Gebiet auf Dauer als menschlichen Lebensraum unbrauchbar machen. Die *Black Hills Alliance* geht sogar so weit zu behaupten, es existiere ein offizieller Regierungsplan, in dem die genannte Region bereits als »zu opferndes Gebiet« (sacrifice area) abgeschrieben wird. Was können Sie zu diesen Vorwürfen sagen?
JOSEPH: Die Gruppe, an die Sie denken, ist mir nicht bekannt, und ich kenne auch keinen solchen Plan. Wir waren an der Entwicklung eines Bundes-Kohleprogramms beteiligt, in dem man verschiedene Kohle-Gebiete dieses Landes untersucht hat. Wir

sind dabei, ein Management-Programm für Bundesland zu entwickeln und werden [auch] mit den Indianern in Gespräche darüber eintreten, wie die auf Indianerland liegende Kohle erschlossen werden kann. In Fällen, wo die Erschließung der Kohle voraussichtlich negative Folgen auf den Wasserhaushalt haben wird, werden wir uns sicherlich überlegen, ob wir die Erschließung dieser Kohle empfehlen, und ob wir Bundesland zur Kohleerschließung verpachten können oder nicht.

SCHMIDT: Secretary Joseph ich danke Ihnen für das Gespräch.

Gespräch mit Wm. Lynn Engles

Director, Office of Information, Bureau of Indian Affairs

W. L. E., Indianer von der Fort Peck Reservation in Montana, ist Leiter der Abteilung für Öffentlichkeitsarbeit des BIA in Washington, D. C... Nachfolgend Auszüge aus einem Interview vom 4. 6. 79.

SCHMIDT: Director Engles, die amerikanischen Indianer berufen sich ständig auf ihre Vertragsrechte, deren Bedeutung für die betreffenden Stämme offensichtlich gar nicht hoch genug eingeschätzt werden kann. Es gab in jüngster Zeit Bestrebungen, den vertragsrechtlichen Sonderstatus der Indianer aufzuheben. Ich denke dabei z. B. an die Initiative des ›Zwischenstaatlichen Kongresses für gleiche Rechte und Verantwortlichkeit‹. Bitte geben Sie einen kurzen Überblick zum Aspekt Bewahrung der Vertragsrechte.

ENGLES: Der *Interstate Congress on Equal Rights and Responsibilities* ist ein loser Zusammenschluß von Leuten vorwiegend aus den westlichen und z. T. auch aus den östlichen Bundesstaaten, die gegen das Einspruch erheben, was sie als Sonderrechte und Priviliegien der Indianer betrachten. Was sie in ihren Publikationen und öffentlichen Verlautbarungen sagen, ist, daß sie alle Bürger der Vereinigten Staaten gleich behandelt wissen wollen. Sie wenden sich gegen die ihrer Meinung nach zusätzlichen Programme und Dienstleistungen für Indianer.

Der Gedanke klingt auf dem Papier ganz gut, und mit einer Organisation, die sagt, sie wolle lediglich gleiche Rechte für alle Bürger, kann man nur schwer diskutieren. Was diese Organisation jedoch außer acht läßt, ist das zwischen US-Regierung und indianischen Stämmen bestehende Sonderverhältnis. Es existiert seit der Gründung der Vereinigten Staaten 1776 und der wenig später erfolgten Ratifizierung der amerikanischen Verfassung... In der Verfassung der Vereinigten Staaten werden die Indianer ausdrücklich erwähnt; [sie sind damit] die einzige in der Verfassung erwähnte Bevölkerungsgruppe. Es heißt in der Verfassung, der Kongreß sei verantwortlich für jeglichen [offiziellen] Umgang mit den indianischen Stämmen. Daraufhin ist der Kongreß Verträge mit den indianischen Stämmen eingegangen, und natürlich geht die US-Regierung nur Verträge mit solchen Regierungen ein, die sie als ihresgleichen anerkennt. So erwuchs im Laufe der Jahre ein politisches Verhältnis zwischen den indianischen Stämmen als Regierung einerseits und der US-Regierung andererseits. Und wenn ich von einem politischen Verhältnis spreche, meine ich keine parteipolitische Beziehung wie zwischen Republikanern und Demokraten, sondern ein Verhältnis von Regierung zu Regierung. Das besteht bis heute.

In den meisten dieser Verträge erklärten sich die indianischen Stämme bereit, Landrechte abzutreten. Als Gegenleistung verpflichtete sich die US-Regierung, den Indianern [gewisse] Landgebiete – die Indianer-Reservationen – zu reservieren, dieses Land treuhänderisch für sie zu verwalten und zu beschützen sowie den indianischen Stämmen… lebenswichtige Güter und Dienstleistungen zur Verfügung zu stellen. Diese Verträge sind bis heute rechtskräftig. Sie wurden zwar z. T. von den Vereinigten Staaten modifiziert… und abgewandelt, aber bislang ist noch kein Vertrag… für null und nichtig erklärt worden.

Der *Interstate Congress* sagt also,… die US-Regierung möge die zwischen ihr und den indianischen Stämmen bestehende Vertragsverantwortung aufgeben. Das BIA stellt zum Beispiel Angehörigen vom Bund anerkannter Stämme Dienstleistungen bereit, weil die US-Regierung die rechtliche Verpflichtung eingegangen ist, solche Dienstleistungen zur Verfügung zu stellen. Es [das BIA] stellt diese Dienstleistungen… nicht deshalb bereit, weil die Indianer eine Minderheitengruppe oder weil sie arm oder… rot sind oder sich ethnisch von der Bevölkerungsmehrheit der Vereinigten Staaten unterscheiden; es stellt sie zur Verfügung, weil das BIA rechtlich dazu verpflichtet ist… Nun, der *Interstate Congress* meint, man solle diese rechtliche Verpflichtung aufheben und die Indianer behandeln, »genau wie sonst jedermann in den Vereinigten Staaten«… In der letzten Sitzungsperiode des [US-Kongresses] wurde von einem Abgeordneten aus [dem Staat] Washington namens Jack Cunningham eine Gesetzesvorlage erstellt*. Mr. Cunningham ist inzwischen kein Abgeordneter mehr, er wurde in der letzten Wahl geschlagen… Die von ihm erstellte Gesetzesvorlage sah vor, alle indianischen Verträge aufzuheben… Seine Gesetzesvorlage erhielt im Kongreß keinerlei Unterstützung, und… es fand sich nicht ein einziger Abgeordneter, der den Vorschlag des Abgeordneten Cunningham mitgetragen hätte (to co-sponsor). Die Gesetzesvorlage ist nie über das Ausschußstadium hinausgekommen…

Sie sehen also, die Dinge, die der *Interstate Congress*… im Auge hat, finden keine nennenswerte Unterstützung. Ich glaube persönlich, solche Aktivitäten stehen für das, was man gemeinhin ›Rückschlag‹ nennt; eine Reaktion darauf, daß die indianischen Stämme ihre legitimen Rechte geltend machen, eine Reaktion von Nicht-Indianern, die auf oder in der Nähe von Indianer-Reservationen leben. Ich glaube, die Nicht-Indianer fühlen sich… irgendwie bedroht, ökonomisch bedroht. Wenn wir uns durch all die vielen Lagen von Rhetorik, Worten und hochtrabenden Phrasen durcharbeiten, stoßen wir auf dieses Gefühl… der Nicht-Indianer, ihre wirtschaftlichen Interessen wären dadurch gefährdet, daß die indianischen Stämme ihr Recht auf Selbstverwaltung geltend machen. Aber [nur] weil die indianischen Stämme einige dieser Rechte [lange Zeit] nicht geltend gemacht haben, sind ihnen diese Rechte deswegen nicht verloren gegangen!

SCHMIDT: Director Engles, viele Indianer, mit denen ich auf meinen Reisen zusammengekommen bin, behaupten, der Durchschnitts-Amerikaner wisse so gut wie nichts über den Roten Mann, seine Geschichte und Kultur. Können Sie dieser Einschätzung zustimmen?

ENGLES: Ja, diese Behauptung trifft zu. Es ist bedauerlich, daß die Mehrheit der US-

---

*Text der Cunningham-Vorlage s. **progrom,** Indianer in Europa, S. 153

Bürger, die große Mehrheit... wenig oder gar nichts über die Indianer, ihre Regierungsform, ihre Stämme und Stammeskultur, über ihre Stammesgeschichte weiß. Ich meine, es ist eine Schande für das öffentliche Schulsystem der Vereinigten Staaten, die indianische Geschichte und die besondere Beziehung zwischen Bund und Stämmen, über die wir gerade gesprochen haben, nicht zu unterrichten, die Verträge und wie sie zustandegekommen sind... nicht anzusprechen. Mit etwas mehr Aufklärung würde es diesen ›Rückschlag‹ in den Vereinigten Staaten heute vielleicht nicht geben.
Ich bin auf der Fort Peck Reservation in Montana geboren und aufgewachsen..., bin selbst ein Indianer und habe in Pablo, Montana, öffentliche Schulen besucht. Die meisten Schüler dieser Schulen waren Indianer. Doch es wurde auf diesen Schulen kein Versuch unternommen, uns die indianische Geschichte und Kultur zu vermitteln... So ist es im ganzen Land. Ich kenne keine öffentliche Schule, auf der umfassende Kurse über indianische Geschichte angeboten würden, nicht einmal im Rahmen der amerikanischen Geschichte. Das unterrichten sie nicht. Wir hören etwas über den Bürgerkrieg [1861–65], den Unabhängigkeitskrieg [1775-83],... den Krieg [gegen die Briten] von 1812,... die Besiedlung des Westens,... den Erwerb Louisianas [von den Franzosen, 1803], den Kauf Alaskas [von den Russen, 1867],... den kalifornischen Goldrausch [1849]. Aber nie wird dabei jemals hinterfragt, was die indianischen Stämme zu dieser Zeit getan haben, wie sie ihr Land verloren, warum sie es aufgegeben haben. Ich glaube, es ist tragisch, es ist wirklich tragisch, daß das amerikanische Volk den vielschichtigsten und einzigartigen Abschnitten unserer Geschichte als Nation so unwissend gegenübersteht... Ganze Kulturen sind den Nicht-Indianern auf Grund scheinbar mangelnden Interesses verloren gegangen.
SCHMIDT: Director Engles, ich danke Ihnen für Ihre Ausführungen.

Gespräch mit Martin E. Seneca jr.

Acting Deputy Commissioner of Indian Affairs

M. E. S., Seneca-Indianer aus dem Staat New York, Jurist, war eine Zeitlang Chef der BIA-Abteilung für Treuhand-Verantwortlichkeit (Office of Trust Responsibilities) *und damit für alle Transaktionen und Projekte verantwortlich, die Land und Bodenschätze der vom BIA beaufsichtigten Stämme berührten. Im Okt. '78 wurde er zum kommissarischen Leiter des seinerzeit führungslosen Büros für Indianerangelegenheiten ernannt*. Vor seiner BIA-Tätigkeit arbeitete Seneca u. a. im US-Energieministerium. Das nachfolgende Gespräch wurde am 4. 6. 79 im Büro für Indianerangelegenheiten in Washington, D. C. aufgezeichnet.*

*Im Okt. '79 erhielt das BIA mit William Hallett, Ojibwa aus Minnesota, endgültig wieder einen neuen Chef.

SCHMIDT: Commissioner Seneca, im Zuge meiner Recherchen in den USA habe ich mit zahlreichen Indianern gesprochen. Keiner von ihnen ist mit der Arbeit des *Bureau of Indian Affairs* BIA, zufrieden. Darüber hinaus fiel mir auf, daß Ihre Behörde selbst von vielen Weißen kritisiert wird. Kurz: Ihr Haus scheint denkbar unpopulär zu sein. Wie erklären Sie sich das?
SENECA: Um die Einstellung der Öffentlichkeit und besonders der amerikanischen Indianer gegenüber dem BIA verstehen zu können, muß man die Aufgabe dieser Behörde kennen und im historischen Zusammenhang sehen. Dieses Amt wurde Mitte des 19. Jahrhunderts gegründet,... ich glaube 1824, und war zunächst eine Abteilung des Kriegsministeriums. Es gab damals in den USA... sechs Indianeragenten. Diese Posten als Indianeragent wurden [politischen Freunden] als Gefälligkeitsjobs (political patronage jobs) vergeben. Man ging davon aus, daß sich ein Indianeragent finanziell sehr gut steht, da er [durch seine Agentur] die Möglichkeit hatte, noch einiges zu seinem Gehalt hinzuzuverdienen. So begann es früher also mit Indianeragenten..., für die Korruption in den Agenturen eine ganz alltägliche Sache war... Setzen Sie das nun in Bezug zu den Aufgaben des BIA: Es war von jeher unsere Verpflichtung, die [Indianer-]Vertragsrechte aufrechtzuerhalten. Wir sind nur eine kleine Behörde der US-Regierung; unser Budget beträgt etwas über eine Mrd. Dollar, und im Haushaltsjahr 1980 rechnen wir mit 1,3 Mrd. Dollar, um die BIA-Indianer-Programme durchführen zu können. Vergleichen Sie das mit dem Gesamtbudget des Bundes von 531 Mrd. Dollar...
Als [dann] der Kongreß den Beschluß faßte – und ich denke, der Kongreß hat dieses Recht – [durch den Erlaß verschiedener Gesetze] die Spielregeln [im Verkehr mit den Indianern] zu ändern, wurde dem BIA die Verantwortung aufgebürdet, diese politische Kursänderung in die Tat umzusetzen. Darüber hinaus haben wir eine Verpflichtung als Treuhänder. Bei der Einrichtung eines Treuhandverhältnisses geht man davon aus, daß dessen Nutznießer unfähig sind, sich um ihre eigenen Belange zu kümmern. Wir fungieren kraft Gesetzes als Vermögensverwalter der amerikanischen Indianer. Nun, es ist eine Frage, ob die amerikanischen Indianer in der Praxis grundsätzlich unfähig sind, sich um ihre Angelegenheiten selbst zu kümmern. Auf Ihren Reisen haben Sie viele amerikanische Indianer getroffen, die außerordentlich kompetent und gebildet sind – und doch sind sie kraft Gesetzes inkompetent.
Wir befinden uns also in der sehr schwierigen Situation, eine Treuhänderschaft ausüben und Urteile darüber fällen zu müssen, was die amerikanischen Indianer mit ihrem Eigentum machen können – und dies eben beruhend auf der Annahme, daß sie inkompetent sind, sich selber um ihre Belange zu kümmern. Nun, wenn Sie einen Vermögensverwalter hätten, der so mit ihrem Eigentum verfährt und Entscheidungen gefällt werden, mit denen Sie nicht unbedingt übereinstimmen, dann würden auch Sie dem Verwalter – also dieser Behörde – den Vorwurf machen, daß wir... unfähig seien und schlechte Entscheidungen getroffen hätten. Ich denke, daß diese BIA genannte Organisation, die älteste Behörde der Bundesregierung, ihre Aufgabe seit etwa 1934

mit großer Professionalität und Sachkenntnis ausgeführt hat. Natürlich hat es von Zeit zu Zeit Pannen gegeben. Grundsätzlich aber ist meine Meinung, daß wir einen der schwierigsten Jobs im [ganzen] Bundessystem haben. Doch wir haben diese Verantwortung sehr professionell und sachkundig getragen. Trotzdem bedenkt man uns mit Kritik, aber das läßt sich wohl auch gar nicht vermeiden.
SCHMIDT: Die meisten Indianer, mit denen ich gesprochen habe, sehen sich in einem Zustand totaler Abhängigkeit von der US-Regierung und damit vom BIA. Zitat: »Wir Indianer haben die Freiheit, alles zu tun – vorausgesetzt das BIA erlaubt es.«
SENECA: Das ist übertrieben. Es gibt nur einen Fall, in dem ein Indianer nicht frei handeln kann: dann nämlich, wenn seine Absichten jene Naturschätze tangieren, für die wir treuhänderische Verantwortung tragen... Das BIA kann niemanden in seiner Bewegungsfreiheit einengen. Sie [die Indianer] können die Reservationen betreten und verlassen, können innerhalb der Vereinigten Staaten reisen, wohin sie wollen. Falls sie das Land zu verlassen wünschen, müssen sie sich [lediglich] beim Außenministerium Pässe besorgen...
Was nun die Belastung der Treuhand-Aktiva angeht, hat das BIA eine... Einwilligungsautorität. Wenn ein Stamm oder ein einzelner Indianer, dessen Eigentum treuhänderisch verwaltet wird, dieses Eigentum durch Verkauf oder Verpachtung belasten will, kann er das nicht ohne die Einwilligung der US-Regierung, das heißt des BIA, tun. Der Grund hierfür besteht darin, die [indianischen] Naturschätze... zusammenzuhalten. Wir müssen [in diesem Zusammenhang] folgendes rekapitulieren: Als der Krongreß das *Allotment Act* [Aufteilungsgesetz] von 1887 erließ, betrug der indianische Landbesitz circa 150 Mio. acres. Zwischen 1887 und 1934, als dieses Gesetz durch das... *Indian Reorganization Act* aufgehoben wurde, war der indianische Landbesitz von circa 150 Mio. auf etwa 50 Mio. acres zusammengeschrumpft.
SCHMDIT: Dadurch, daß viele Indianer die ihnen zugeteilten Landparzellen verkauft hatten, nicht wahr?
SENECA: Sowohl durch den Verkauf einzelner Parzellen als auch dadurch, daß die US-Regierung das Land für die Besiedlung durch Weiße freigab. Der ganze Sinn des *Allotment Act* hatte darin bestanden, das Volumen des indianischen Landbesitzes einzuschränken. Das Ziel war gewesen, Farmer mit individuellem Landbesitz aus ihnen [den Indianern] zu machen, um sie der herrschenden Gesellschaftsordnung anzugleichen. Vor der Verabschiedung dieses Gesetzes hatten sie große Landgebiete besessen, auf denen sie weiterhin in traditioneller Art und Weise gelebt hatten... Mit der Verabschiedung des *Allotment Act*... stand dann jedem Haushalt nur noch ein begrenztes Landgebiet zu und die [nach der Aufteilung] verbliebenen [Reservations-]Ländereien wurden zur Besiedlung durch Weiße freigegeben. Deshalb haben wir heute eine Situation, in der auf vielen Reservationen... mehr Land Nicht-Indianern gehört als den Indianern selbst...
SCHMIDT: Viele Indianer und Kenner der Materie argumentieren, die meisten Reservationen könnten durchaus unterstützungsunabhängige Selbstversorger sein. Die

Ackerbau- und Viehzucht-Pläne der Indianer würden jedoch vom BIA systematisch behindert, nicht zuletzt, indem Ihre Behörde den Stämmen das notwendige [Start-]Kapital verweigere. Diese Situation werde noch dadurch verschärft, daß das BIA die landwirtschaftlich ergiebigsten Gebiete auf den Reservationen an Nicht-Indianer – weiße Farmer, Viehzüchter oder Konzerne – verpachte. Sie haben diesen Aspekt ja bereits gestreift.

SENECA: Das BIA kann von sich aus kein Indianerland verpachten. Mit anderen Worten: Unsere Rolle als Treuhänder dieses Landes beschränkt sich darauf, [eine Transaktion] zu genehmigen oder zu verweigern... Wenn Indianerland an einen nicht-indianischen Vertragspartner verpachtet werden soll, muß zunächst einmal zwischen dem nicht-indianischen Vertragspartner und dem indianischen Landbesitzer eine Einigung erfolgen. Dann kommen wir als dritte Partei hinzu, um... die Verpachtung zu genehmigen oder abzulehnen. Also, das BIA verpachtet kein Land von sich aus...

SCHMIDT: Lassen Sie mich das rekapitulieren, denn dies ist ein außerordentlich wichtiger Aspekt: Eine Gesellschaft oder ein Privatmann interessiert sich aus irgendeinem Grund für ein bestimmtes Landgebiet auf einer Reservation. Man wendet sich an den Besitzer und das kann, von Fall zu Fall verschieden, entweder ein Stamm sein oder ein einzelner Indianer. Der nicht-indianische Interessent und der indianische Eigner arbeiten einen Vertrag aus. Dieses Papier wird dem BIA vorgelegt, das die Vertragsbedingungen überprüft und nun, sozusagen als Kontrollinstanz, die Transaktion entweder genehmigt oder verweigert.

SENECA: So ist es richtig...

SCHMIDT: Lassen Sie uns bitte noch einen Augenblick bei dem Thema bleiben. Was geschieht, wenn sich eine große Gesellschaft wie zum Beispiel die *Union Carbide* im Fall South Dakotas dafür interessiert, auf Indianerland nach Uran zu schürfen, die betreffenden indianischen Landeigner sich aber weigern, einen Pachtvertrag mit der Gesellschaft einzugehen. Gäbe es da irgendeine Möglichkeit, die Indianer über das BIA zu einem solchen Vertrag zu zwingen?

SENECA:... Mir sind keine rechtlichen Mittel bekannt, mit denen man einen Stamm zwingen könnte, einen Vertrag einzugehen, den er nicht eingehen will.

SCHMIDT: Warum haben dann die Sioux in South Dakota eine derartige Angst vor möglichen Bergbauprojekten in ihren Schwarzen Bergen?

SENECA: Sie müssen die Reihenfolge der Ereignisse berücksichtigen, wenn Sie von Bergbauprojekten sprechen... Es mag irgendwann in der Vergangenheit zu einer genehmigten Verpachtung gekommen sein; Bergbaugesellschaft und Stamm mögen irgendwann in der Vergangenheit eine vom BIA genehmigte Vereinbarung getroffen haben, in der es um Schürfrechte geht. Zwischen dem Entschluß, Mineralien abzubauen und dem eigentlichen Beginn der Förderung liegen mehrere Jahre... [Denn] bevor die Mineralien aus dem Boden geholt werden können, muß [den Behörden von der Bergbaugesellschaft] erst ein Abbau-Plan vorgelegt werden... Wenn dieser Plan genehmigt

ist, kann die Bergbaugesellschaft... beginnen... Doch in der Zwischenzeit können die Akteure gewechselt haben, und die Indianer sehen die Sache nun vielleicht mit anderen Augen und sagen ›Nein, wir möchten nicht, daß ihr bei uns Bergbau betreibt‹. Doch fünf Jahre zuvor hat die Stammesregierung einen Pachtvertrag abgeschlossen, in dem der Bergbau vorgesehen ist.
SCHMIDT: Vielleicht ohne sich bei Vertragsabschluß über die möglichen ökologischen Auswirkungen des Bergbauprojektes im klaren gewesen zu sein.
SENECA: Das ist möglich... Stammesregierungen wechseln, genauso wie die Bundesregierung wechselt oder die deutsche Regierung. Die neuen Leute in den Führungspositionen mögen andere Ansichten haben...
SCHMIDT: Das leuchtet ein... Ich möchte noch einmal auf South Dakota zu sprechen kommen. Mir wurde berichtet, der damalige Stammesratsvorsitzende Dick Wilson habe am 26. Juni 1975 ein Achtel der Pine Ridge Reservation an die US-Regierung abgetreten. Hierbei soll es sich um ein Gebiet mit substantiellen Uran-Vorkommen handeln. Kann ein einmal gewählter Stammesratsvorsitzender eine so bedeutende Land-Transaktion ohne die Einwilligung seines Volkes vornehmen?
SENECA: Das kommt auf die verfassungsmäßigen Rechte dieses Stammesratsvorsitzenden oder der betreffenden Stammesregierung an. Ich habe nicht die Einzelheiten der Sioux-Verfassung von Pine Ridge... im Kopf... Wenn er [der Stammesratsvorsitzende] danach das Recht [zu einer solchen Transaktion] hat, dann hat er auch die Macht. Wenn Derartiges [in der Sioux-Verfassung] nicht vorgesehen ist, hat er [mit der Landabtretung] die Verfassung verletzt und was immer er tat, ist null und nichtig.
SCHMIDT: Dann wäre es also denkbar, daß ein Unternehmen, welches sich für ein bestimmtes profitträchtiges Reservationsgebiet interessiert, den Stammesratsvorsitzenden überredet bzw. besticht, und dieser dann im Rahmen seiner verfassungsmäßigen Rechte das betreffende Gebiet veräußert?
SENECA: So etwas ist theoretisch in jedem politischen System der Welt denkbar. Es ist theoretisch genauso möglich, daß die deutsche Regierung so etwas tut.
SCHMIDT: Das möchte ich auch gar nicht ausschließen. – Eine der Hauptanschuldigungen gegen das BIA besteht in dem Vorwurf, daß dieses Amt statt die indianische Familie zu fördern und das kulturelle Erbe der Indianer zu schützen, traditionell eher versucht hat, die indianische Familienstruktur zu unterminieren. Es wird Ihrem Haus vorgeworfen, daß Sie in zahllosen Fällen den Indianern die Kinder genommen hätten. Nach meinen Informationen sind 25 bis 35% aller Indianerkinder dieses Landes von ihren Eltern getrennt. Sie wurden entweder zur Adoption freigegeben, bekamen Pflegeeltern oder sind in Internaten untergebracht. Es ist Ihnen sicher bekannt, daß die amerikanischen Indianer über diesen Sachverhalt empört sind und von ›Kinder-Diebstahl‹ (child snatching) sprechen.
SENECA: Zunächst einmal: Das BIA ist in keinen ›Kinder-Diebstahl‹ verwickelt. Das ist eine himmelschreiende Unwahrheit! Die einzigen von uns betriebenen Institutionen, für die Kinder ihre Familien verlassen müssen, sind die Internate. Die Ursache

für die Existenz dieser Internate besteht entweder in der Isolation [auf den Reservationen] oder anderen Gründen, die uns zu der Ansicht bringen, daß dem Kind mehr damit gedient ist, in ein Internat zu kommen, als in seiner Heimatgegend zu bleiben. Nun zu dem Vorwurf, das BIA würde die [indianische] Familie unterminieren. Unsere einzige Aktivität auf dem Familiensektor besteht im wesentlichen darin, daß wir den Stämmen Gelder für eine Art Sozialservice zur Verfügung stellen... Unter bestimmten Umständen mag es im besten Interesse des Kindes sein, wenn es in einem Internat oder einer staatlichen Institution untergebracht wird. Nun, was ich meine, sind denkbare Situationen, wo die Indianerkinder zu Hause mißhandelt werden bzw. die Familie unfähig ist, sich um ihr Kind zu kümmern.
SCHMIDT: Kommt das so häufig vor? Ich habe Informationen, nach denen im Bundesstaat Maine neunzehnmal so viele Indianerkinder in Pflegefamilien leben als weiße Kinder. Nachdem, was Sie gerade gesagt haben, müßte man diese Zahl aus Maine dahingehend interpretieren, daß unverhältnismäßig viele Indianerfamilien außerstande sind, sich um ihre Kinder zu kümmern.
SENECA: Ich glaube, da gibt es verschiedene Dinge zu berücksichtigen, und damit will ich diese Zahl nicht verteidigen, sondern lediglich einige Fakten vor uns ausbreiten: Erstens, auf den meisten Reservationen grassiert der Alkoholismus. Das ist ein enormes Problem! Zweitens, unmittelbar nach dem Alkoholismus folgt [in der Statistik] der Drogenmißbrauch. Drittens, auf den Reservationen haben wir... eine höhere Selbstmordrate als in vergleichbaren Gemeinden. Dies alles sind Anzeichen sozialer Störungen (social disfunctions)... Wenn es derartig alarmierend problematische Umstände gibt, lassen sich gewisse Folgen vorhersagen. Eine ist das Problem mit den Kindern. Nun, es ist nicht die Absicht dieser Behörde... oder der Bundesregierung, die indianischen Familien zu zerreißen. Wir haben jedoch eine gewisse Verantwortlichkeit hinsichtlich elementarer menschlicher Fürsorge: Wir können Situationen..., in denen das Leben eines Kindes oder seine Gesundheit in Gefahr bzw. seine Erziehung nicht gewährleistet ist, nicht andauern lassen. Um solche Dinge müssen wir uns kümmern, doch der Vorwurf des Kinder-Diebstahls ist meiner Meinung nach absolut lächerlich!
SCHMIDT: Sie sprachen von »sozialen Störungen« und erwähnten Alkoholismus, Drogenmißbrauch und die hohe Selbstmordrate. Warum gibt es auf den Reservationen so viel mehr »soziale Störungen« als anderswo in Ihrem Land?
SENECA: Ich glaube nicht, daß ich darauf eine Antwort habe. Ich weiß nicht warum; ich kann nur spekulieren... Diese Umstände scheinen Fluchtmechanismen zu sein, und Selbstmord ist eben die endgültige Flucht vor etwas Unschönem... Die Leute sind vermutlich mit sich selbst und ihrer Umgebung nicht sehr zufrieden. Ihr Unvermögen,... mit den bestehenden Problemen fertigzuwerden,... drängt sie da hinein. Ich glaube, es ist notwendig, daß sich die Stammesregierungen mit diesen Problemen beschäftigen und... sie auf effektive Art und Weise angehen. Das BIA kann schlecht auf jede Reservation kommen und einfach die Aufgaben der Stammesregierungen übernehmen. Der Sinn hinter dem System der Stammesregierung besteht darin, daß diese

als, wie wir es nennen, »quasi-souveräne Regierung« fungiert. Wir sind sehr bestrebt, die Eigenständigkeit des Stammes zu respektieren...
Ich betrachte dies [die sozialen Störungen] also als ein lokales Problem, das auf lokaler Ebene über die Stammesregierungen angegangen werden muß. Wir sind bereit, ihnen bei der Verwirklichung ihrer Pläne in jeder angemessenen Weise behilflich zu sein. Uns stehen keine unbegrenzten Mittel zur Verfügung. Doch zur Lösung vieler der [genannten] Probleme bedarf es auch keiner Dollars; die Probleme der Gemeinden anzugehen, verlangt Einsichten und Initiative.
SCHMIDT: Da wir bereits über die Zustände auf den Reservationen sprechen: Man sagte mir, die meisten Reservations-Indianer seien Fürsorgeempfänger und auf Nahrungsmittelhilfe der Regierung angewiesen. Die bereitgestellten Nahrungsmittel seien überwiegend Stärkeprodukte, und diese einseitige Ernährung begünstige die ohnehin schon »katastrophale« Gesundheitslage auf den Reservationen. Es kann für die Vereinigten Staaten kein logistisches Problem sein, eine Minderheit mit ausgewogener Nahrung zu versorgen. Daher ist es zumindest nachvollziehbar, wenn die AIM-Führer im Zusammenhang mit der Ernährungslage von einer gezielten Regierungstaktik sprechen.
SENECA: Wir haben mit dem Landwirtschaftsministerium eine Vereinbarung getroffen, in deren Rahmen besagtes Ministerium den Reservationen sogenannte Überschuß-Waren (surplus commodities) zur Verfügung stellt. Viele Arbeitslose und Fürsorge- bzw. Unterstützungsempfänger [in diesem Land] bekommen solche Überschuß-Waren... Diese Waren gibt es zusätzlich zu den Wohlfahrtszahlungen. Der Gedanke einer Art Verschwörung zur Vernichtung der Indianer über stärkehaltige Nahrung ist für mich völlig abwegig!... Einer indianischen Familie, die... Fürsorgegelder empfängt und zusätzlich noch solche Überschußwaren erhält, geht es meiner Meinung nach besser als Nicht-Indianern in einer ähnlichen Situation.
SCHMIDT:... Verstehe ich Sie richtig, daß die besagten Überschuß-Waren vielleicht qualitativ nicht die beste Nahrung sein mögen, die Indianer darüber hinaus aber Geld zur Verfügung haben, um dieses Manko auszugleichen?
SENECA:... Sie verfügen im Rahmen ihrer Wohlfahrtszahlungen über Geldmittel, die ihnen erlauben, zusätzliche Nahrung zu kaufen. Sie leben nicht ausschließlich und allein von den Überschuß-Waren des Landwirtschaftsministeriums... Überhaupt, was diese Waren angeht: als ich als Kind auf meiner Reservation aufwuchs, haben wir diese Waren [auch] verwandt. Es handelt sich um Milchpulver, Mehl, Büchsenfleisch und Cornflakes-artige Produkte. Das läßt sich verwenden, einiges davon ist sehr, sehr gut. Deswegen habe ich keine Einwände dagegen, daß das Landwirtschaftsministerium mit diesem... Programm fortfährt. Ich glaube, das ist für arme Leute eine wichtige und nützliche Sache. Doch ich betone, daß dies nicht die einzige Hilfe ist, welche eine indianische Familie oder Reservation empfängt.
SCHMIDT:... Die Familien haben also Geld zum Kauf zusätzlicher Nahrungsmittel. Nach meinen Informationen sind jedoch frisches Gemüse und frisches Fleisch – als

wichtige Ergänzung zu konservierter Nahrung – auf den Reservationen so gut wie nicht zu bekommen.

SENECA: Sind Sie auch nur auf einer einzigen Reservation gewesen, wo man nicht einen Gemüsegarten anlegen könnte...? Sehen Sie, was wir hier klarstellen müssen, ist doch folgendes: Sie sind ein ausländischer Korrespondent und besuchen eine Reservation. Das erste, an dem man da interessiert ist – und besonders einige Leute der radikalen Fraktion, mit denen sie gesprochen haben – ist, zu demonstrieren, unter was für unmöglichen Umständen die Leute auf ihren Reservationen existieren müssen.

Was tun diese Leute aber, um sich selbst zu helfen? Sind sie denn völlig von der Unterstützung durch die Regierung abhängig? Es gibt nichts, was diese Leute davon abhalten sollte, sich zusätzlich einen Gemüsegarten anzulegen. Man kann sich entweder zurücklehnen und abwarten, daß jemand Frischgemüse herbeibringt, oder man kann ein... Selbsthilfeprogramm initiieren. Und ersteres macht mich zornig, sich zurückzulehnen und damit im Grunde anzudeuten, ›Die Welt schuldet mir den Lebensunterhalt‹. Wo bleibt da die persönliche Initiative? Das [nämlich] ist das entscheidende Element für das Überleben eines jeden Menschen!

SCHMIDT: Der wohl schwerste gegen Ihre Regierung erhobene Vorwurf ist die Behauptung, indianische Frauen würden zwangsweise sterilisiert. Laut AIM soll ein Drittel aller indianischen Frauen gebärfähigen Alters in den letzten Jahren sterilisiert worden sein. Die Patientinnen seien dabei entweder nicht über die Endgültigkeit eines solchen Eingriffs unterrichtet worden oder glaubten, einwilligen zu müssen, zum Beispiel, um ihre Ansprüche auf Sozialleistungen nicht zu verlieren. Die Regierung ihrerseits scheint ebenfalls gewisse ›Unregelmäßigkeiten‹ bei den Sterilisationspraktiken festgestellt zu haben, denn vor einiger Zeit hat das zuständige Ministerium [HEW] neue Sterilisationsrichtlinien erlassen.

SENECA: Der Gedanke einer planmäßigen Sterilisation von Indianern ist ein Vorwurf an die Adresse der Regierung, welcher in diesem Jahrzehnt [immer wieder] erhoben worden ist. Das BIA ist nicht für die gesundheitliche Betreuung [der Indianer] zuständig. Dafür gibt es den *Indian Health Service,* eine Abteilung des Ministeriums für Gesundheit, Bildung und Wohlfahrt (HEW)*. Es handelt sich hier um eine Bundesverantwortlichkeit, und ich kann dazu keine Stellungnahme abgeben, denn unsere Behörde hat mit der Gesundheitssituation nichts zu tun.

SCHMIDT: Man sagte mir, die amerikanischen Indianer hätten im Vergleich zu Nicht-Indianern mit rund zweitausend zusätzlichen Gesetzen zu leben. Ist das zutreffend?

SENECA: Die Zahl weiß ich nicht. Aber es gibt... Gesetze, die speziell die Indianer betreffen; das Verhältnis der Bundesregierung zu den indianischen Stämmen ist gesetzlich festgelegt. Ja, es gibt wohl eine große Zahl derartiger Gesetze... Hinzu

*Inzwischen wurde der Bereich ›Bildung‹ aus diesem Mammut-Ministerium ausgekoppelt und ein eigenes Bildungsministerium geschaffen.

kommt, daß ein amerikanischer Indianer, wenn er die Reservation verläßt, ebenfalls all den Gesetzen unterliegt, die für ... Nicht-Indianer des betreffenden Staates gelten. Daher leben die meisten... indianischen Stämme mit einer ganz erheblichen Zahl von Gesetzen, die es zu beachten gilt und welche Auswirkungen auf ihr Leben haben.

SCHMIDT: Es scheint hierzulande die weitverbreitete Meinung zu sein, daß Ihre Behörde nicht effektiv genug arbeite; ein erheblicher Teil Ihres Budgets soll auf Verwaltungskosten entfallen.

SENECA: Es ist ein üblicher Vorwurf gegen diese Behörde, daß unser Geld nicht direkt an die indianischen Stämme gehe. Ein Faktor, der in diesem Zusammenhang wenig Beachtung zu finden scheint, ist der Umstand, daß wir zur Durchführung unserer Aufgabe etwa 18000 Menschen beschäftigen. Ein Teil des Geldes, das dem BIA bewilligt wird, muß dafür verwandt werden, diese Leute zu bezahlen. 80% von ihnen sind Indianer; auf vielen Reservationen sind wir der größte Arbeitgeber. Die Behauptung, daß ein großer Teil unseres Budgets nicht direkt an die indianischen Stämme gehe, um [dann] von diesen ausgegeben zu werden, trifft [also] zu... Der Grund, warum wir so viele Leute beschäftigen, besteht darin, daß wir [auch] so die Stämme unterstützen. Ich glaube also, daß sich dieser Vorwurf bei genauer Analyse nicht halten läßt.

SCHMIDT: Commissioner Seneca, ich danke Ihnen für das Gespräch.

Gespräch mit Dr. Wilcomb E. Washburn

Director, Office of American and Folklife Studies, Smithonian Institution;
President, American Studies Association

W. E. W., Historiker, gilt als einer der besten Kenner der nordamerikanischen Indianergeschichte und hat mehrere Bücher sowie Fachaufsätze zu diesem Thema verfaßt (s. Bibliographie). Er ist Fachleiter einer sehr angesehenen Washingtoner Kultur-Institution und Präsident des akademischen Fachverbandes der US-Amerikanisten. Das auszugsweise wiedergegebene Interview fand am 5. 6. 79 in Washington, D. C. statt.

SCHMIDT: Professor Washburn, repräsentiert AIM eine Mehrheit der amerikanischen Indianer?
WASHBURN: AIM repräsentiert sie nicht! Und ich glaube, das kann man daraus ersehen, daß es dem *American Indian Movement* nie gelungen ist, sich wählen zu lassen, wenn es gegen die etablierten Stammesführungen angetreten ist. Nehmen wir das Beispiel Russell Means gegen Dick Wilson, 1972 glaub' ich, auf Pine Ridge. Russell Means glaubte fest, Dick Wilson verdrängen zu können, den man beschuldigte, ein brutaler Faschist zu sein und all die armen Indianer zusammenzuschlagen. Tatsächlich aber ist er [Wilson] wiedergewählt worden, die erste solche Wiederwahl in der Geschichte dieser Reservation, und Russell Means verlor.
Nun, ich glaube dadurch, daß die Medien den wilden Anschuldigungen der AIM-Leute soviel Aufmerksamkeit schenken, verliert man die Tatsache aus den Augen, daß eigentlich doch der Wahlprozeß bestimmt, wer nun ein Volk repräsentiert. Gut, die Indianer wählen nicht mehr wie sie das vor ein paar Jahrhunderten getan haben. Aber gibt es in der gegenwärtigen Situation einen besseren Weg, um festzustellen, was Leute denken, als sie [in einer Wahl] einzeln – Männer und Frauen – zu fragen, wer ihre Führer sein sollen? Und in diesem Test ist AIM gescheitert; AIM hat keine demokratische Wahl gewinnen können.
Die AIM-Indianer haben alle Wahlgewinner beschuldigt, unrepräsentativ und diktatorisch zu sein. Doch das ließ sich nicht beweisen…; es ist nur eine Beschuldigung. Diese Anschuldigung wird dann von allen Medien gesendet. So glauben die Leute schließlich, daß die gewählten Stammesregierungen nur Puppen des BIA sind, Faschisten oder brutale… Diktatoren, die den Indianern ihren Willen aufzwingen. Doch letztere haben die Möglichkeit, sie davonzujagen. Das ist doch das Wesen des demokratischen Systems: Wenn sie einen traditionellen Führer wählen wollen, können sie einen traditionellen Führer wählen. Wenn sie einen progressiven Führer wählen wollen, können sie einen progressiven Führer wählen. Wenn Sie ein besseres Verfahren entwickeln können, lassen Sie mich das bitte wissen!
SCHMIDT: Wenn man sich mit Sprechern der Amerikanischen Indianerbewegung unterhält, bringen diese eine Reihe schwerer Anschuldigungen gegen die US-Regierung vor: Ein Drittel aller indianischen Frauen gebärfähigen Alters sei zwangsweise sterilisiert worden, auf Grund überwiegend stärkehaltiger Nahrung sei die Gesundheitslage auf den Reservationen »katastrophal«, die indianische Großfamilie werde systematisch zerstört, indem man Kinder und Eltern trenne. Was können Sie zu diesen Vorwürfen sagen?
WASHBURN: Mit solchen Anschuldigungen wird primär der Zweck verfolgt, die Aufmerksamkeit der Medien zu wecken; sie sind im großen und ganzen völlig unberechtigt. Nehmen wir das Beispiel Sterilisation: Die Sterilisationsrate ist bei indianischen Frauen… niedriger als unter der weißen Bevölkerung. Russell Means weiß das… Aber er findet es verlockender, wilde Behauptungen aufzustellen und horrende Zahlen zu nennen…, um [die Öffentlichkeit] zu narren und zu verwirren und die Auf-

merksamkeit der Medien zu erringen. Und die Medien fressen es.
Was die Frage der Mangelernährung angeht und was sonst noch so angeführt wird,... bin ich sicher, daß sich hier und da einzelne Beispiele für Schwächen finden lassen. Aber im großen und ganzen, wenn man den Trend in der indianischen Erziehung, der indianischen Gesundheitslage... und der Geburtenrate betrachtet, stellt man fest, daß die indianische Bevölkerung schneller gewachsen ist als der Rest des Landes, viel schneller... Somit wird natürlich der Völkermord-Vorwurf lächerlich. Die indianische Gesundheitslage hat sich verbessert, die ökonomische Situation hat sich verbessert, wenngleich sie eine sehr niedrige Ausgangsbasis hatte. Aber all diese Dinge sind doch Anzeichen für Verbesserung und Wechsel und nicht etwa für eine Politik der Sterilisation, des Völkermordes und der Unterdrückung, was ja hinter den Anschuldigungen der AIM-Radikalen steht.
SCHMIDT: In den vergangenen Jahren hat AIM eine Reihe spektakulärer Aktionen unternommen: Alcatraz, die BIA-Besetzung, den *Trail of Broken Treaties,* den *Longest Walk,* um nur einige zu nennen. Glauben Sie, daß diese Aktionen der indianischen Sache gedient haben?
WASHBURN: Nein..., besonders nicht die letztgenannten. [Die Besetzung der ehem. Gefängnisinsel] Alcatraz bot noch gewisse Möglichkeiten, wenn sie... nach einem logischen Plan durchgeführt worden wäre. Doch die späteren Aktionen wie die Verwüstung des BIA[-Gebäudes] oder der *Longest Walk* hatten meines Erachtens ein destruktives Ergebnis... Es ist [heute] ein ›weißer Rückschlag‹ (backlash) zu verzeichnen, und der ist ein Ergebnis der sehr häufig widersprüchlichen Aktionen der AIM-Führer. Was für einen Sinn hatte zum Beispiel die Verwüstung des BIA und die Zerstörung indianischer Gemälde...? Das war kein konstruktiver Dialog. Die Regierung war in jeder Hinsicht bereit, sich an einem konstruktiven Dialog zu beteiligen und tat das auch... Das Ganze war fast eine Komödie der Irrungen; da liefen viele ungeplante Aktivitäten...
Im Wesentlichen geschah folgendes: Die amerikanische Öffentlichkeit wußte hinterher nicht, ob die Indianer recht oder unrecht hatten, sondern hatte [lediglich] erlebt, daß diese in Handlungen verwickelt waren, die nach... Gewalt und Irrationalität rochen... Eines der Ergebnisse der Verwüstung des BIA war, daß es heute kein zu verwüstendes Büro für Indianerangelegenheiten mehr gibt. Die BIA-Büros sind nun über dem großen Bürokomplex des Washingtoner Innenministeriums verteilt. Der Sonderstatus der Indianer, wie er durch die Existenz eines separaten... [BIA-]Gebäudes symbolisiert wurde, ist nun erodiert. Als Antwort auf die allgemeine Lageeinschätzung durch das amerikanische Volk könnte der Kongreß... Gesetze verabschieden, welche den Sonderstatus der amerikanischen Indianer [noch] weiter zerbröckeln ließen. Und das ist doch, was ich Ihnen deutlich machen möchte: Der ›Rückschlag‹ könnte ernste Konsequenzen haben und die Autonomie und Souveränität der indianischen Nationen unterminieren. Doch es sind nicht die... gewählten Führer der indianischen Nationen, welche diesen... irrationalen, widersprüchlichen Angriff gegen das

System, in dem sie leben, führen... Es sind die Radikalen, denen es nicht gelingt, in demokratischen Verfahren gewählt zu werden; es sind die Radikalen, die glauben, durch Gewalt und den Einsatz von Medienmanipulation das System stürzen zu können. Wie ich in meinem New York Times-Artikel über den *Longest Walk** aufzuzeigen versuche, besteht die ganze Absicht der [Amerikanischen Indianer-]Bewegung darin, die gewählten Stammesregierungen zu untergraben. Zu sagen: ›IHR gewählten Stammesführer tut nichts, während WIR nach Washington marschieren, den Weißen Mann konfrontieren, es ihm ins Gesicht schreien und auf der ›Mall‹ [gegenüber dem Weißen Haus] ein Tipi errichten.‹ Wenn Sie genau hinhören, bemerken Sie das wahre Motiv – die gewählten Stammesführer zu denunzieren. Das amerikanische Volk hingegen dachte, hier ginge es darum, die rechten Kongreßabgeordneten, welche indianische Rechte unterminieren, anzugreifen. Doch der eigentliche Kampf richtete sich gegen die gewählten Stammesführer; die Radikalen versuchen, die Stammesführer zu stürzen...

SCHMIDT: Die genannten AIM-Aktionen haben also Ihrer Ansicht nach mehr Schaden angerichtet als Nutzen gebracht. AIM-Vertreter würden Ihnen sicher vehement widersprechen und u. a. folgendes Argument entgegenhalten: ›Die spektakulären Aktionen der Vergangenheit haben uns schon allein insofern genutzt, als sie bewirkten, daß sich 1973 in *Wounded Knee* zahlreiche Medienleute einfanden. Wären die nicht dagewesen, hätte der Weiße Mann die 82. Luftlande-Division eingesetzt und viele von uns getötet.‹

WASHBURN: Oh, das ist kompletter Unsinn! Das ist ja so bizarr! Bedenken Sie doch, die einzigen Leute, die getötet wurden, waren FBI-Agenten und andere [Beamte]. Da lief keiner herum und versuchte Indianer umzubringen. Das ist so ein von AIM beschworenes Bild, das auf den europäischen Markt ausgerichtet ist, wo man vielleicht noch Vorstellungen aus dem 19. Jahrhundert von Prärie-Kämpfen zwischen Indianern und Weißen hegt. Absolute Phantasie! Nein, meiner Meinung nach war das *[Wounded Knee]* destruktiv, denn die amerikanische Öffentlichkeit war [vorher] immer von den Indianern fasziniert gewesen. Genauso wie die Franzosen und die Deutschen...

Es hat [in den Vereinigten Staaten] nie einen Mangel an Mitgefühl [mit den Indianern] gegeben... Wenn eine kleine Bevölkerungsminderheit eine solche überproportionale... Aufmerksamkeit der Medien erringen kann, zeigt das doch bereits, daß das amerikanische Volk sich für das Indianerproblem interessiert. Die Frage ist, wie sie [die Öffentlichkeit] dann auf die aufgezeigten spezifischen Probleme im Verhältnis zwischen Weißen und Indianern reagiert. Nun, in den vergangenen Jahrzehnten ist es den Indianern gelungen, durch rechtliche Akte – Kongreßgesetze, Regierungsbeschlüsse usw. – ihren Status und Stand permanent zu verbessern. Diese Errungenschaft wird nun durch die radikalen Angriffe auf die gewählten Stammesführer und das System, in

---

*Washburn, W.: ›An Indian Media Play‹, *New York Times,* July 20, 1978

welchem solche Errungenschaften möglich wurden, gefährdet…
Das *Indian Reorganization Act* zum Beispiel war ein Kongreßgesetz, mit dem die verlorengegangenen Organisationsformen der Stämme neu konstituiert und etabliert wurden. Und auf Grund dieser Beziehung zur US-Regierung sagen heute die Radikalen: ›Aha, sie [die gewählten Stammesregierungen] müssen ja Puppen der US-Regierung sein. Wir wollen eine unabhängige Identität als Nation unter Nationen… Wir gehen nach Genf und werden [dort vor der UNO] den Anspruch unserer verschiedenen Gruppen auf Unabhängigkeit geltend machen.‹
SCHMIDT: Professor Washburn, Sie sagen, die amerikanische Öffentlichkeit sei immer von den Indianern fasziniert gewesen. Andererseits wird häufig beklagt, der Wissensstand in Sachen Indianer sei gleich null. Man wisse hierzulande im allgemeinen kaum etwas über die sozio-kulturelle Bedeutung, die den Indianern in der Geschichte der Vereinigten Staaten zukommt und schon lange nichts über die Vergangenheit der indianischen Völker vor dem Eintreffen der Weißen. Faszination auf der einen, Unwissenheit auf der anderen Seite scheinen sich demnach nicht gegenseitig auszuschließen.
WASHBURN: Nein, ich denke nicht… Die amerikanische Öffentlichkeit weiß über all ihre ethnischen Gruppen so gut wie nichts, genausowenig wie über andere Länder dieser Welt. Das ist unschwer zu belegen… Was ich meine ist, man hat ganz allgemein einen… positiven Gesamteindruck von den Indianern. Sie [die US-Bürger] wissen keine Einzelheiten, kennen keine Unterschiede sagen wir zwischen den Haida und den Creek… Aber sie haben einen positiven Gesamteindruck vom Charakter des amerikanischen Indianers. Und dies ist ein Guthaben, das nicht übersehen und schon lange nicht von den indianischen Radikalen unbedacht aufs Spiel gesetzt werden sollte.
… Der Indianer hat in den Vereinigten Staaten zum Beispiel immer, immer wieder bei Wort- und Ausdrucksschöpfungen Pate gestanden – als Verkörperung von Tugendhaftigkeit, Freiheit, Mut und so weiter. Das hat der Neger beispielsweise nie vermocht. Andere Minderheiten haben nie bei Wort- und Ausdrucksprägungen Pate gestanden,… wenn es darum ging, positive Werte zu verdeutlichen. Doch der amerikanische Indianer – wie ich Ihnen bereits zu erklären versuchte – ist zu einem Teil des Amerikanischen schlechthin geworden. Dabei geht es mir nicht darum, ob der Amerikaner Näheres über… die Navajo… oder die Hopi weiß. Ich spreche von dem positiven Gefühl des Wohlwollens für eine bestimmte Gruppe. Und dieses Wohlwollen hat der Indianer, und er ist in Gefahr, es zu verlieren. Zu verlieren durch die unautorisierten Aktivitäten nicht-repräsentativer, ungewählter Sprecher, die sich als Führer ausgeben,… aber… durch keinerlei Verfahren, das sich als logisch, rational und demokratisch bezeichnen ließe, dazu legetimiert sind.
SCHMIDT: Was sagen Sie zu der Forderung verschiedener Indianer nach Sitz und Stimme des Roten Mannes in den Vereinten Nationen?
WASHBURN: Sehen Sie, die Minderheiten eines jeden Landes auf der Welt würden

gerne… ihre vergangene, verlorene Unabhängigkeit zurückerlangen… Ich glaube, es ist für die Feinde der Vereinigten Staaten [propagandistisch] nützlich, wenn sie im internationalen Forum… mit dem Finger auf das [Unabhängigkeits-]Streben der US-Indianer zeigen können. Aber sehr weit wird es damit nicht kommen, denn jede Nation hat ihre eigenen Minderheitenprobleme, ihre eigenen Gruppen, die die Unabhängigkeit suchen. Nun, Unabhängigkeit ist etwas, das man [selbst] begründet, sie kann einem nicht verliehen werden. Ich sage immer: ›Schön, wenn ihr eure Unabhängigkeit begründen könnt und wenn ihr keine… finanzielle Unterstützung der US-Regierung mehr benötigt, wenn ihr eure Unabhängigkeit mit [eigenen] Streitkräften verteidigen könnt, schön…‹

Als Historiker erkenne ich, daß die Welt aus Nationen besteht, die sich in Form und Charakter wandeln; einige entstehen, andere sterben, einige steigen auf… Der Ausdruck eines souveränen Staates ist die Macht. Wenn sie [die Indianer] ihre Unabhängigkeit unter realen Bedingungen so aufbauen, daß sie nicht auf die finanzielle Unterstützung der einen Seite und die Militärhilfe einer anderen Seite angewiesen sind…, schön, dann sollen sie ihre Unabhängigkeit erklären und bei den Vereinten Nationen einen Antrag auf Mitgliedschaft als unabhängige Partei stellen.

Dabei haben sie doch bereits ein größeres Maß an Autonomie und Souveränität als jede andere Minorität eines jeden anderen Landes. Und ich fordere Sie auf, nennen Sie mir eine Minderheit irgendeines anderen Landes, welche mehr Elemente der Souveränität aufweist als die Gemeinden, Nationen und Stämme der amerikanischen Indianer. Sie besitzen eine Souveränität, die durch verschiedene Kongreßgesetze, diverse Entscheidungen des Obersten Gerichtshofes sowie zahlreiche Direktiven der Präsidenten abgesteckt ist. Diese Unabhängigkeit übertrifft in ihrem Ausmaß die Unabhängigkeit, Autonomie und Souveränität zum Beispiel der Indianer Kanadas, der Eingeborenen Australiens und der Nagas in Indien… Nennen Sie mir eine andere Minderheit, die ein größeres Maß an Souveränität besitzt als die Nationen der amerikanischen Indianer – zum Beispiel die Navajo – und dann können wir diese Diskussion auf einer vernünftigen Basis fortsetzen! Aber nur größere Souveränität zu fordern…

Nun, ein Navajo will vielleicht mehr Souveränität als er hat, eine eigene Außenpolitik betreiben und vielleicht eine eigene Marine schaffen… Aber wo das Geld dafür herkommen soll… und der Ozean, um diese Schiffe schwimmen zu lassen, dürfte noch ein Problem sein. Schön, wir wollen alle mehr Freiheit als wir besitzen… Doch alle Länder dieser Welt sind [ohnehin] nur bedingt unabhängig. Die Vereinigten Staaten und die Sowjetunion sind nicht völlig frei in dem Sinne, daß sie tun könnten, was ihnen behagt, ohne sich um die Konsequenzen zu kümmern. Und die weniger mächtigen Staaten haben in dieser Hinsicht noch weniger Freiheit… Und dann… gibt es Nationen… wie die Navajo, die eine enorme Autonomie und enorme Macht besitzen, um ihre eigenen Belange zu lenken. Dabei haben sie keine eigene Armee, betreiben keine eigene Außenpolitik, obwohl die Radikalen – welche für sie sprechen, aber nicht von ihnen gewählt sind – solches fordern. Ja, so ist die Welt.

SCHMIDT: Mit einem Wort: Die Forderungen und Beschwerden der AIM-Sprecher sind im großen und ganzen unberechtigt?
WASHBURN: Das ist wie mit dem umstürzenden Baum im Wald: Wenn niemand direkt dabeisteht und das Ganze beobachtet, hört man auch kein Geräusch. Die AIM-Leute drücken gerne aus, was sie als Beschwerden des indianischen Volkes empfinden. Sie verdrehen und verfälschen diese Beschwerden. Natürlich gibt es Klagen und Probleme... Das sind Dinge, denen die gewählten Stammesregierungen... auf den Grund zu gehen versuchen. Wir alle haben Probleme, wir alle haben Klagen. Vieles könnte besser sein als es ist. Die Frage ist, wie man diese Probleme... zum Ausdruck bringt, wie man sie akkurat und in einer solchen Weise vorträgt, daß man eine wirkungsvolle Reaktion erreicht. Ich meine, die AIM-Leute scheitern hier in jeder Hinsicht. Sie sind so fasziniert von dem Akt des Protestierens und von dem Reiz, ständig im Rampenlicht der Medien zu stehen, daß es ihnen eigentlich gar nicht darum geht, die auf den Reservationen bestehenden Probleme zu lösen. Da gibt es viele, viele Probleme, aber die AIM-Leute tun vielleicht von allen am wenigsten, um daran etwas zu ändern.
SCHMIDT: Professor Washburn, ich danke Ihnen für dieses Gespräch.

Gespräch mit William Byler

Executive Director, Association on American Indian Affairs

W. B., Geschäftsführer einer pro-indianischen Bürgerorganisation, setzt sich seit Jahren für die Belange der amerikanischen Indianer ein und ist ohne Zweifel einer deren tatkräftigsten weißen Förderer. Bylers Arbeitsschwerpunkt liegt im Bereich der Unterstützung und Bewahrung der indianischen Familie. Die von ihm geleitete Organisation war u. a. entscheidend an der Erstellung des neuen Indianerkinder-Wohlfahrtsgesetzes (Indian Child Welfare Act, *1978) beteiligt. Nachfolgend Auszüge aus einem mehrstündigen Gespräch im New Yorker Büro der AAIA am 8. 6. 79*

SCHMIDT: Mister Byler, würden Sie bitte kurz Ihre Vereinigung vorstellen?
BYLER: Die AAIA ist eine nicht-kommerzielle Bürgervereinigung. Sie wurde vor etwa 54 Jahren gegründet, um in Zusammenarbeit mit den amerikanischen Indianerstämmen die Einhaltung der indianischen Rechte – Vertrags- und Bürgerrechte – zu gewährleisten. Die AAIA hat einen Aufsichtsrat, der überwiegend aus Indianern der verschiedensten Stämme dieses Landes besteht. Die Arbeit unserer Vereinigung wird durch Geldspenden einzelner Bürger unterstützt.
SCHMIDT: Also durch einen Fördererkreis weißer und roter Amerikaner, vermutlich aber mehr weißer US-Bürger?
BYLER: Ja, das ist richtig..., schließlich gibt es ja auch mehr weiße Amerikaner.
SCHMIDT: Nach dem, was man in den Medien hört und liest, herrschen unter den amerikanischen Indianern ganz erhebliche Frustration und Unruhe. Entspricht dieser Eindruck den Tatsachen, oder zeichnen die Medien hier ein übertrieben verzerrtes Bild?
BYLER: Nun, ich glaube, es stimmt, daß eine große Unruhe herrscht, doch das ist nichts Neues, diese Unruhe gibt es seit 400 Jahren. Die Medien konzentrieren sich auf den Ausdruck dieser Unruhe. Ich meine, wenn es irgendwo zu Gewaltanwendungen kommt, scheint das eine Sprache zu sein, die die Zeitungen verstehen, und dann machen sie eine große Sache daraus. Den stillen, allgegenwärtigen Ausdruck dieser Unruhe scheinen die Medien jedoch nicht... zu berücksichtigen: Jeden Tag entschließen sich [indianische] Individuen immer wieder aufs neue, sich an den Dingen um sie herum nicht zu beteiligen, in vielen Bereichen nicht an der amerikanischen Kultur teilzuhaben... Diese Individuen widerstehen dem Versuch, sie als Indianer in eine Kultur einzubeziehen, welche ihren Bedürfnissen und Traditionen zuwiderläuft.
SCHMIDT: Mit anderen Worten, diese Indianer erteilen dem ›American Way of Life‹ eine Absage?
BYLER: Die Indianer, die ich kenne, möchten am ›American Way of Life‹ teilhaben, solange damit eine ordentliche Wohnung, eine angemessene Ausbildung für ihre Kinder und ein Arbeitsplatz gemeint ist. Aber sie möchten nicht, daß ihre Kinder ein Konkurrenzdenken entwickeln wie die weißen Kinder; sie möchten nicht ihr [eigenes]

Wertsystem ändern. Ich gebe Ihnen ein Beispiel dieser [kulturellen] Verweigerung: Eine mir bekannte 85jährige Indianerin wurde kürzlich von einem Fernsehreparateur betrogen. Ich schlug ihr vor, sie solle sehen, daß sie ihr Geld zurückbekomme. Aber sie sagte »Nein, wenn ich das täte, wäre ich ja wie er. Ich werde mein Leben nicht von einer Denkweise wie der seinen bestimmen lassen – ich werde ihn nicht anzeigen.« Das also ist es, was ich mit Widerstand meine.

SCHMIDT: Unter allen Gruppen, welche sich mit den Problemen der amerikanischen Indianer befassen, tritt AIM am lautstärksten auf. Aus diesem Grund halten viele Leute AIM für *die* Vertretung der amerikanischen Indianer schlechthin. In welchem Umfang repräsentiert AIM die amerikanischen Indianer tatsächlich?

BYLER: Ich glaube, *den* Sprecher – sei es eine Gruppe oder ein Individuum – gibt es nicht. Wenn man die Stimme der indianischen Stämme hören will, wende man sich am besten an deren Stammesvertretungen (tribal governments). Es gibt mehr als 200 indianische Stämme und jeder hat seine eigene Meinung. Ohne Zweifel repräsentiert AIM einen wichtigen Teil der Indianer im ganzen Land und aus verschiedensten Stämmen. Deshalb kann man aber nicht sagen, daß AIM *die* indianische Stimme ist, und ich glaube auch nicht, daß AIM selbst dies behaupten würde.

SCHMIDT: Wenn man sich mit AIM-Führern unterhält, bekommt man eine ganze Reihe sehr ernster Anschuldigungen gegen die US-Regierung zu hören. Ich würde diese Vorwürfe gern einmal der Reihe nach mit Ihnen durchgehen. Beginnen wir mit dem Aspekt ›Sterilisation‹, ein schwerwiegender Vorwurf, der jedoch vom IHS mit Entschiedenheit zurückgewiesen wird.

BYLER: Meiner Meinung nach wurde diese Sterilisations-Sache von den Zeitungen verzerrt dargestellt. Es gibt ohne Zweifel Sterilisationen, die unter Druck zustandekommen. Doch sind dies sehr seltene Fälle... Einige amerikanische Gruppen behaupten, 60% aller indianischen Frauen im gebärfähigen Alter seien sterilisiert worden. Das ist nicht wahr! Wenn es wahr wäre, ließe sich dem in diesem Land innerhalb weniger Tage oder Wochen Einhalt gebieten. Was mich bei solchen Vorwürfen beunruhigt, ist die implizierte Annahme, daß die Indianer sich so etwas gefallen lassen würden. Nun, sie würden sich so etwas **nicht** gefallen lassen, und sie hätten die Macht, dem Einhalt zu gebieten. Also, so etwas gibt es nicht, und zu behaupten, daß es dies gibt, ist eine Verunsicherung der Indianer.

SCHMIDT: Worin bestünden denn die von Ihnen angesprochenen Machtmittel der Indianer, so etwas gegebenenfalls zu verhindern?

BYLER: Da gäbe es zuerst einmal die Gerichte, den US-Kongreß und die Möglichkeit umfassenden zivilen Ungehorsams (civil disobedience) – und ich meine umfassend, alle Stämme. Aber besuchen Sie einmal indianische Stämme und nehmen Sie an den Sitzungen ihrer Gesundheitsausschüsse teil, oder besuchen Sie Indianer [zu Hause]..., das [Thema Sterilisation] steht nirgendwo auf der Tagesordnung. Eines der Probleme, die durch solche unverantwortlichen Behauptungen aufgeworfen werden, ist, daß es für jene Frauen, welche tatsächlich eine Sterilisation wünschen, schwerer

geworden ist, den Eingriff durchführen zu lassen.
SCHMIDT: Gibt es nicht auch inzwischen neue Sterilisationsvorschriften des Ministeriums für Gesundheit, Erziehung und Wohlfahrt (HEW)?
BYLER: Eben dadurch sind ja die Mißverständnisse entstanden. Es ist Vorschrift, daß [vor dem Eingriff] eine ›aufgeklärte Einwilligung‹ (informed consent) gegeben werden muß.
SCHMIDT: Einschließlich einer 72stündigen Bedenkzeit.
BYLER: Richtig. Es wurde also behauptet,... die indianischen Frauen hätten gar nicht sterilisiert werden wollen. Doch der größte Teil dieser Frauen hat eine Sterilisation sehr wohl gewünscht, nur hat die Regierung nicht die richtigen Formulare verwandt... Aber aus dieser Tatsache den Schluß zu ziehen, all diese Frauen seien deshalb gegen ihren Willen sterilisiert worden, ist einfach Unsinn.
SCHMIDT: Wie ist die Ernährungs- und Gesundheitslage auf den Reservationen? Auch zu diesem Aspekt habe ich sehr widersprüchliche Informationen!
BYLER: Beginnen wir mit dem Gesundheitswesen. Die US-Regierung stellt den indianischen Stämmen umfassende Gesundheits-Dienstleistungen bereit, die sie anderen Gemeinden nicht zur Verfügung stellt. Ich habe gehört, der amerikanische *Indian Health Service* sei das beste ländliche Gesundheitswesen der Welt, und ich glaube, das kann durchaus stimmen. Nichtsdestotrotz ist die Gesundheitssituation auf den Reservationen fürchterlich. Wir haben [zum Beispiel] eine hohe Rate von Mittelohrentzündungen, die am häufigsten festgestellte Krankheit in indianischen Gemeinden. In vielen Fällen führt sie zu Taubheit und dies in einem so frühen Stadium, daß dadurch die schulische Lernfähigkeit der Kinder beeinträchtigt wird. Verschiedene Untersuchungen an indianischen Schulen haben gezeigt, daß 40–50% aller indianischen Kinder schwerwiegende Hörschäden an einem Ohr oder an beiden Ohren haben. Doch ist dies nicht das einzige Gesundheitsproblem; in den Gemeinden der amerikanischen Indianer gibt es sehr umfassende Gesundheitsprobleme.
Der *Indian Health Service*... ist keinesfalls ohne Tadel, aber er unternimmt heroische Anstrengungen, diese Zustände zu beheben. Der IHS wird jedoch durch Finanzmangel behindert; er kann nur in dem Umfang Dienstleistungen anbieten, wie er dafür vom Kongreß Geld genehmigt bekommt. In den vergangenen 15 Jahren hat der Kongreß in wachsendem Umfang Geld bewilligt. So sind zum Beispiel die Mittel für die Einrichtung einer sicheren und hygienischen Wasserversorgung und Abwasser-Entsorgung [Kanalisation] von $ 4 Mio. im Jahre 1961 auf, glaube ich, $ 50 oder 60 Mio. im letzten Jahr [1978] gestiegen. Dennoch, trotz dieser Steigerung ist das einfach nicht genug. [Doch] die momentane Stimmung im Kongreß und in der Bevölkerung geht dahin, die [Staats-]Ausgaben niedrig zu halten. Deshalb werden... Zustände wie der Mangel an einwandfreiem Wasser, schlechte Wohnverhältnisse, [unzureichende] Kanalisation unter den indianischen Stämmen auch weiterhin Krankheiten verursachen, Krankheiten, die absolut unnötig sind....
Was nun die Ernährungslage angeht, glaube ich, das Problem besteht weniger darin,

daß in den Gemeinden ein Nahrungsmangel herrscht, sondern in der Frage, ob die [zur Verfügung stehenden] Nahrungsmittel wirklich gegessen, ob sie verteilt werden, ob sie wohlschmeckend sind. Sie mögen [noch gerade] minimalen wissenschaftlich-medizinischen Anforderungen entsprechen, aber nicht schmackhaft, weniger einladend, ja abstoßend verpackt... sein, alles Dinge, die einen Einfluß darauf haben, ob Nahrungsmittel überhaupt gegessen werden.

SCHMIDT: Was steht hinter dem Vorwurf des Kinder-Diebstahls (child snatching)?

BYLER: Unsere Vereinigung hat sich 15 Jahre lang gerade mit diesem Problem beschäftigt; wir sind vor zahlreichen Gerichten im ganzen Land aufgetreten und haben mit dem Kongreß zusammengearbeitet. 25–35% aller indianischen Kinder in den USA sind von ihren Eltern getrennt und in rein nicht-indianische Pflege- bzw. Adoptivfamilien oder in staatliche Heime/Internate (boarding institutions) eingewiesen worden.

SCHMIDT: Und warum das?

BYLER: Dafür gibt es viele Gründe, aber zwei Hauptursachen:

Erstens: Als in den 50er Jahren in den USA die Geburtenkontrolle immer einfacher wurde und [gleichzeitig] die Zahl der Abtreibungen zunahm, wurden immer weniger... weiße Kinder zur Adoption freigegeben.

Deshalb wandten sich nun solche weißen Ehepaare, die ein Kind adoptieren wollten, den Indianerkindern zu, und das gleiche geschah mit den staatlichen und privaten Stellen, welche Kinder vermitteln. Es gab also damit einen Markt für Indianerkinder, und die beteiligten Agenturen bemühten sich, diesen weißen Markt mit Indianerkindern zu beliefern. Nachdem die Agenturen einmal erkannt hatten, daß indianische Kinder ein Ersatz für weiße Kinder sind, stieg die Zahl der Fälle, in denen indianische Kinder von ihren Familien getrennt wurden, innerhalb von zwei Jahren um das 20fache an.

SCHMIDT: Wie lief denn so etwas im einzelnen ab? Sind Mitarbeiter der Vermittlungsagenturen auf die Reservationen gekommen, um dort nach geeigneten ›Kandidaten‹ Ausschau zu halten?

BYLER: Ja... Es gibt darüber unzählige Horror-Geschichten, aber was ich Ihnen erzähle, habe ich selbst miterlebt: Nehmen wir an, eine Agentur bekam eine Anfrage von einem weißen Ehepaar. Schon vorher hatte man einige indianische Familien ausfindig gemacht, bei denen sich ein Vorwand finden lassen würde, das Kind mitzunehmen. In dem Moment, wo nun die Anfrage [nach einem Adoptiv-/Pflegekind] einging, fuhren sie [die Agentur-Mitarbeiter] auf die Reservation und sagten [zu den Eltern]: ›In eurem Haus... gibt es keine ordentliche Toilette. Eine solche Umgebung ist schlecht für euer Kind, und deswegen nehmen wir es mit, denn ihr gefährdet seine Gesundheit.‹

SCHMIDT: Aber brauchten die Vermittler dafür keine behördliche Genehmigung, oder waren diese Adoptions-Agenturen staatliche Stellen?

BYLER: Zum Teil arbeiteten die Agenturen mit Regierungsbehörden zusammen,

zum Teil waren es auch staatliche Stellen. Die indianischen Eltern wußten in solchen Fällen nicht, was sie für Rechte hatten. Häufig wurden sie nicht [einmal] informiert, wenn eine Gerichtsverhandlung anberaumt wurde, um ihnen das Sorgerecht abzuerkennen – und so sahen sie ihre Kinder niemals wieder.
Ich gebe Ihnen noch ein anderes Beispiel: Eine Indianerin aus Texas hatte [bereits] fünf Fehl- oder Totgeburten gehabt. Endlich gebar sie ein lebendiges Kind. Dennoch konnte sie das Kind nicht aus dem Krankenhaus mit nach Hause nehmen, denn der Staat warf ihr drei Dinge vor: Erstens: Ihr Ehemann sei häufig für längere Zeit abwesend. Nun, der Mann hatte einen Job in den Ölfeldern und mußte abwesend sein, um den Lebensunterhalt zu verdienen. Zweitens: Die Frau habe keine Pläne für ihr Kind gemacht; sie habe noch keine Baby-Ausstattung gekauft. Nun, das Kind war einen Monat zu früh gekommen, und eine Frühgeburt konnte sie schlecht eingeplant haben. Drittens: Man warf ihr vor, sie habe [in der Schwangerschaft] zuviel ferngesehen. Aber was tun Frauen in den letzten Monaten der Schwangerschaft? Sie sehen normalerweise zuviel fern. Es hat uns sechs Monate vor texanischen Gerichten gekostet, bis das Kind an seine Eltern zurückgegeben wurde. Zum Schluß sagte der Richter: »Von uns aus können sie das Kind grillen.« (»We don't care if they barbecue that child«)
SCHMIDT: Sie sagen also, es habe eine Nachfrage nach Kindern bestanden, und die Agenturen hätten sich einfach so viele Kinder geholt, wie sie brauchten.
BYLER: Dafür war ihnen jeder Vorwand recht. Diese Vorwände ließen sich [zwar] in den allerwenigsten Fällen vor Gericht aufrechterhalten, aber es gab [eben] keine Kinderärzte oder Rechtsanwälte, welche die Rechte der Kinder verteidigt hätten, und die Eltern hatten nicht die blasseste Ahnung, was sie [überhaupt] für Rechte haben.
[Zweite Hauptursache des ›child-snatching‹:] Zu diesem Markt für Indianerkinder gesellte sich nun noch die Einstellung [der weißen Vermittler], die indianischen Eltern seien ohnehin unfähig, ihre Kinder aufzuziehen. Dahinter stand oft ein christliches Motiv: ›Laßt uns diese indianischen Kinder vor ihren wilden und heidnischen Eltern erretten‹. Dabei wurde allerdings nicht beachtet, daß die meisten Reservations-Indianer Katholiken, Episkopalisten oder Lutheraner sind. So also verbanden sich missionarischer Glaubenseifer und Marktinteresse.
Heute sehen wir, welchen Schaden derlei Aktionen unter den indianischen Familien und den weggenommenen Kindern angerichtet haben. Diese Programme begannen in den frühen 60er Jahren, [und] viele Kinder haben [inzwischen] das Teenager-Alter erreicht. Einigen von ihnen geht es gut; viele aber landen in den Selbstmord-Stationen der Krankenhäuser. Sie sind davongelaufen… [oder] von ihren weißen Pflege- bzw. Adoptiveltern hinausgeworfen worden. So enden sie in Jugendheimen/-gefängnissen (juvenile attention homes), denn einen anderen Platz für sie gibt es nicht. Wir hatten kürzlich den Fall eines 14jährigen, den wir aus einem Heim in New Jersey retten konnten. Er war von seinen Pflegeeltern hinausgeworfen worden und kam [daraufhin] in eine neue Pflegefamilie, wo er mißbraucht/mißhandelt (abused) wurde. Er lief davon, und dann steckte ihn der Staat in ein Jugendgefängnis. Dort wurde er sexuell be-

lästigt, und so rannte er davon, um sich zu schützen. Als man ihn erwischte, bekam er eine längere Strafe; als er wiederum davonlief, bekam er eine noch längere Strafe. Glücklicherweise gelang es uns, Kontakt mit seinem Stamm aufzunehmen, und so konnten wir eingreifen und ihn aus dem Jugendgefängnis herausholen. Nun ist er zurück bei seinem Stamm. Die Stammesangehörigen sind für ihn Fremde, denn er war [gleich] nach der Geburt ›vermittelt‹ worden. Doch sie [die Stammesangehörigen] sind fürsorgliche Menschen, und so hat er jetzt wenigstens eine reelle Chance, seinen Weg zu finden.
SCHMIDT: Es hat also eine ganze Reihe höchst zweifelhafter Fälle gegeben.
BYLER: Zweifelhaft war die Vorgehensweise in den meisten Fällen. 99% aller indianischen Kinder zweier Untersuchungen waren aus ›sozialen Gründen‹ entfernt worden. Nur in einem von hundert Fällen hieß es, daß Kind sei physisch mißbraucht/mißhandelt worden. Das bedeutet, in 99% dieser Fälle hatte ein Sozialarbeiter darüber befunden, ob die Eltern in der Lage waren, ihr Kind aufzuziehen. Und dabei hatten die Sozialarbeiter häufig keine Vorstellung von der Kultur und den Erziehungsgewohnheiten dieser Stämme. Wo sie doch eine Ahnung [vom sozio-kulturellen Hintergrund] hatten, lehnten sie [diese Kultur] ab und dachten, es sei auf jeden Fall besser für das Kind, wenn man es mitnehme.
SCHMIDT: Hinter diesen Kinder-Diebstahl-Affären steht also ein kommerziell bzw. subjektiv-weltanschaulich motiviertes Fehlverhalten der betreffenden Sozialarbeiter und weniger eine gezielte Regierungstaktik zur Zerstörung der indianischen Familie.
BYLER: Ich glaube, das ist korrekt... Noch einmal zur Frage, ob es ein gezieltes Regierungsprogramm zur Zerstörung der Stämme gegeben hat. Da mag durchaus etwas dran sein. Der schnellste Weg, einen Stamm zu zerstören, besteht darin, ihm die Kinder zu nehmen. Zweifelsohne läßt sich ein permanentes Bestreben verzeichnen, [den Indianern] die Kinder wegzunehmen. Es kann den Leuten nicht entgangen sein, daß dies am Ende den Stamm zerstören würde; einfach dadurch, daß es an Kindern fehlt, welche die Stammestradition fortführen.
Die Sache hatte aber noch einen anderen destruktiven Effekt. Indem man die Kinder mitnahm, raubte man den Eltern... eine ihrer wichtigsten Arbeitsmotivationen. Häufig sagte der Sozialarbeiter dem indianischen Ehepaar: ›Ihr beide trinkt. Das ist nicht gut für euer Kind, und daher nehmen wir das Kind mit.‹ Deswegen hörten die Eltern aber nicht auf zu trinken – im Gegenteil. Nun hatten sie vielleicht noch ein Kind...
SCHMIDT:... welches man ihnen jetzt auch noch nahm.
BYLER:... welches man ihnen jetzt auch noch nahm.
Lassen Sie mich noch einmal auf die Sache mit den Sterilisationen zurückkommen. Ich habe bereits gesagt, es gab und gibt Fälle, in denen indianische Frauen gegen ihren Willen sterilisiert werden. Hier ein uns bekannter Fall: Eine Indianerin bekam gesagt, man würde ihre Kinder nehmen, falls sie nicht einwillige, sich sterilisieren zu lassen. Sie stimmte also zu..., und als der Eingriff abgeschlossen war, nahm ihr die Staatsregierung trotzdem ihre Kinder.

SCHMIDT: Glauben Sie, daß der jeweils verantwortliche Sozialarbeiter, der über die Zukunft einzelner Indianerkinder entschied, einen Regierungsauftrag hatte?
BYLER: Einen Regierungsauftrag? Nein.
SCHMIDT: Herrschte aber vielleicht eine Art stillschweigendes Einvernehmen?
BYLER: Nein, ich glaube nicht einmal das... Es steht fest, daß in den 60er und 70er Jahren, auf dem Höhepunkt des ›child-snatching‹, dies bestimmt keine Regierungspolitik – keine *offizielle* Regierungspolitik – war. Es mag aber eine Strategie oder Methode einzelner Akteure in diesem Drama gewesen sein.
SCHMIDT: Ist jetzt nicht ein neues Kinder-Wohlfahrtsgesetz verabschiedet worden?
BYLER: Ja, das *Indian Child Welfare Act* von 1978; wir waren erheblich an seiner Ausarbeitung beteiligt. Das Gesetz stärkt die rechtlichen Möglichkeiten der Familien, sich und ihre Kinder vor unerwünschter Einmischung der Behörden in ihr Leben zu schützen. Wir glauben, daß diese Schutzmechanismen die Anzahl der Kinder-Diebstähle um etwa 90% verringern werden.
SCHMIDT: Das klingt sehr optimistisch.
BYLER: Ja, wir sind optimistisch.
SCHMIDT: Ein letzter von AIM geäußerter Vorwurf: Alle AIM-Führer, die ich getroffen habe, beklagten großangelegte Aktionen interessierter Wirtschaftskreise, die darauf abzielen, Reservationsland unter Kontrolle zu bekommen, um so indianische Bodenschätze ausbeuten zu können.
BYLER: Nun, ich würde das nicht... [auf diese Kreise] beschränken. Rancher... und Kolonisten haben es seit Jahrhunderten versucht. Das ist nichts Neues und wird auch nicht so schnell aufhören. Eine andere Variante der Landnahme besteht darin, den Indianern das Wasser zu stehlen, welches durch ihr Land fließt. Man berührt das Land gar nicht, leitet aber das Wasser um. Das Farmland im Südwesten der USA wird so zum Beispiel landwirtschaftlich absolut unbrauchbar.
SCHMIDT: Können Sie bitte ein Beispiel nennen?
BYLER: Ja, den Staat Arizona. Die Pima-Indianer in Arizona betreiben seit mindestens 2000 Jahren Ackerbau. Im späten 19. Jahrhundert kamen weiße Siedler in diese Gegend, leiteten das Flußwasser auf ihre eigenen Farmen, und die indianischen Felder trockneten aus. Da fielen [dann] Indianer im wahrsten Sinne des Wortes tot vom Pferd, verhungert – und das in Gebieten, die vorher überfurchtbar gewesen waren. Heute versuchen die indianischen Stämme in Zentral-Arizona ihre Wasserrechte zurückzubekommen. [Aber] das Wasser wird [anderweitig] verbraucht: von den großen Städten Arizonas oder von weißen Farmern. Wir glauben [dennoch], daß sie [die Pima] eine gute Chance haben, ihr Wasser zurückzubekommen.
SCHMIDT: Herr Byler, glauben Sie persönlich, daß spektakuläre Aktionen, wie die von AIM, der indianischen Sache dienlich sind?
BYLER. Ich weiß nicht, ob ich das beurteilen kann. Vielleicht ist eine solche Art aufzutreten manchmal die einzige Sprache, welche die Weißen verstehen. Das ist bedauerlich. Ich glaube aber, daß es wichtiger ist, nicht danach zu fragen, inwieweit [solche

Aktionen] den indianischen Stämmen im Kongreß und anderswo weiterhelfen, sondern was dadurch über den Stand der Indianerfrage ausgesagt wird. Reflektiert wird ein Gefühl des Zornes über das, was den Indianern überall in den USA angetan wird. Und ich glaube, hier sollten wir zuhören. Wenn wir diese Stimmung der Wut nicht erkennen, dann ist es nicht AIMs Schuld, sondern unsere eigene.
SCHMIDT: Ich habe unter anderem mit dem Historiker Wilcomb Washburn gesprochen, der Ihnen sicher bekannt ist.
BYLER: Ja.
SCHMIDT: Professor Washburn meint, durch die spektakulären AIM-Aktionen hätte die indianische Sache eher einen Rückschlag erlitten. Die Reaktionen des weißen Amerika seien überwiegend negativ gewesen.
BYLER: Dieser Einschätzung kann ich auf gar keinen Fall zustimmen! Es wird behauptet, es gäbe heutzutage eine gegen die indianischen Stämme gerichtete Stimmung (backlash). Doch das ist eine unhistorische Betrachtungsweise. Sie müssen berücksichtigen, daß in den 50er Jahren die Grundhaltung im Kongreß und in den reservationsnahen nicht-indianischen Gemeinden sehr [Indianer-]feindlich war. Heute haben wir – trotz oder vielleicht gerade wegen solcher Ereignisse wie *Wounded Knee* – im Kongreß und ganz allgemein in den USA eine wesentlich gesündere Einstellung als noch vor fünfzig Jahren und ganz bestimmt als vor hundert oder zweihundert Jahren. Ich glaube, es gibt heute viele, viele Beispiele dafür, wie Indianer ihre Meinung kundtun, ihren Zorn, aber auch ihre Bereitschaft, mit dem Weißen Mann zusammenzuarbeiten; wie sie versuchen, nicht nur die Lebensbedingungen auf ihren Reservationen zu verbessern, sondern die Lebensbedingungen der [amerikanischen] Gesellschaft insgesamt. Wissen Sie, [man kann nicht] zu jemandem, der wütend ist, sagen: ›also wenn du wütend wirst, wird das die Leute gegen dich einnehmen‹...
Unser Arbeitsstil ist anders. Wir gehen vor den Kongreß, sammeln Stimmen, bringen die Gesetzesvorlagen durch und versuchen, die [bedeutenden] Probleme wie das *Child Welfare Act* anzugehen. Als die Leute [erst einmal] wußten, was damit [dem *Child Welfare Act]* gemeint war, konnten wir den Kongreß sofort dazu bewegen, die Vorlage anzunehmen.
SCHMIDT: Damit kommen wir noch einmal auf ihre Vereinigung zurück. Wenn ich Sie recht verstehe, versuchen Sie so konstruktiv wie möglich, also nicht nur propagandistisch, zu arbeiten.
BYLER: Unsere Strategie – wenn Sie das so nennen wollen – besteht darin, mit den indianischen Stammesregierungen zusammenzuarbeiten; sie benennen ihre Bedürfnisse und wir versuchen dann, öffentliche Unterstützung zur Befriedigung dieser Bedürfnisse zu finden. Wir setzen uns sehr dafür ein, daß die indianischen Völker ihr Land zurückerhalten. Beispiel Alaska: Wir haben uns in Alaska zusammen mit Indianern und Eskimos darum bemüht, deren Landrechte zu klären. Dies führte dazu, daß der in indianischen Händen befindliche Landbesitz durch ein Gesetz praktisch verdoppelt wurde; der Kongreß erkannte ihnen 40 Millionen acres Land zu.

SCHMIDT: In anderen Fällen sind derartige Prozesse allerdings nicht ganz so gut ausgegangen. Wie war es zum Beispiel im Bundesstaat Maine, wo es meines Wissens um ein Drittel der Staatsfläche ging?
BYLER: Die Verfahren in Maine sind noch nicht endgültig entschieden. Dann gab es noch den Fall der Narragansets in Massachusetts. Doch hier verlegte man sich am Ende auf die Frage, inwieweit jene Leute, die sich als Narraganset-Indianer ausgaben, überhaupt noch ein indianischer Stamm waren. Zwei Gerichte befanden, daß die Leute, die von sich behaupteten, Narragansets zu sein, zwar Narraganset-Vorfahren haben mögen, daß der Stamm als politische Körperschaft jedoch nicht mehr existiere. Eine Verpflichtung der Vereinigten Staaten bestünde [nur] gegenüber Körperschaften, aber nicht gegenüber solchen Individuen, die früher einmal eine Körperschaft gebildet haben.
Ich betone die Bedeutung der Landbasis nicht nur wegen ihres ökonomischen Wertes, sondern wegen ihrer enormen kulturellen Bedeutung für die [indianischen] Völker... Das [Land] ist in den meisten mir bekannten indianischen Gemeinden der Ursprung ihrer Kultur, ihrer Identität, Bestandteil ihrer Familie. Ohne Land fällt es vielen Indianern sehr schwer, sich [überhaupt] noch als Indianer zu fühlen. In Fällen, in denen Stämmen... wichtige Landgebiete mit religiösen Stätten genommen worden waren, setzten wir uns für die Rückgabe dieser [heiligen] Stätten an die Stämme ein.
SCHMIDT: Hatten Sie damit Erfolg?
BYLER: Ja. So haben wir es 1975, glaube ich, geschafft, dem Havasupai-Stamm in Arizona bei der Rückerlangung von 185000 acres behiflich zu sein, Land, das dem Stamm um die Jahrhundertwende genommen und in einen Nationalpark – den Grand Canyon National Park – umgewandelt/eingegliedert worden war. Die Indianer hatte man in die Talsohle der Schlucht gedrängt, [doch] nun hat der Kongreß beschlossen, dem Stamm das Land zurückzugeben. Dies ist das erste Mal, daß in den Vereinigten Staaten Indianerland wieder aus einem Nationalpark herausgenommen wurde. Zur Zeit arbeiten wir zusammen mit dem Miccosukee-Stamm in Florida dafür, das Eigentumsrecht für circa 150000 acres Land zurückzuerhalten.
SCHMIDT: Es geht Ihnen also nicht zuletzt auch um die Vertragsrechte?
BYLER:... nun, was diesen Komplex angeht: Viele Verträge sind gebrochen worden, und viele bestehen noch. Mancher der heute existierenden Verträge ersetzte alte, gebrochene Verträge. Aber anzunehmen, daß die indianischen Gemeinden blühen werden, wenn [nur] ihre Verträge eingehalten würden, ist ein großer Irrtum. Erstens, viele indianische Stämme haben keine [eigenen] Verträge, sondern lediglich gesetzlichen Schutz. Zweitens, viele Verträge sind völlig unzureichend. Wenn man also lediglich für die Einhaltung dieser Verträge sorgen wollte, müßten viele indianische Stämme verhungern. Es ist demnach wichtig einzusehen, daß die Verträge [zwar] ein Bestandteil unserer Gesetze sind und mit großer Sorgfalt eingehalten werden müssen, daß sie aber auf gar keinen Fall ausreichen, die Bedürfnisse der Indianer zu befriedigen und ihre Menschenrechte zu gewährleisten. Als diese Verträge [von den Indianern] unter-

zeichnet wurden, geschah das unter Waffengewalt. Man kann daher keine menschlichen Abmachungen erwarten. Der Kongreß ist [Jahrzehnte] nach Abschluß der Verträge eingeschritten, um die Rechte der Indianer in diesem Land zu stärken und zu erweitern... Wenn Sie auf die Kongreßarbeit des letzten Jahres [1978] zurückblicken, werden Sie feststellen, daß 32 bis 37 sehr gute Indianergesetze einschließlich des *Indian Child Welfare Act* erlassen wurden.
Grundsätzlich möchte ich folgendes dazu sagen, wie man indianische Rechte in diesem Land schützen und erweitern kann: Ich glaube, hier ist der Kongreß die beste Regierungsinstanz. Die Stämme haben es in den vergangenen zwei Jahrzehnten geschafft, die lange Geschichte willkürlicher und tyrannischer [US-Regierungs-]Herrschaft ganz erheblich zu reformieren. Dies weder, indem sie um administrative Reformen baten, noch über die Gerichte, sondern damit, daß sie sich an den Kongreß wandten. Der Kongreß erließ [daraufhin] Gesetze, welche die Rechte [der Indianer] stärkten beziehungsweise der Regierung... vorschrieben, die bestehenden Rechte der Stämme zu respektieren. Es ist wichtig zu wissen, daß die Indianer die einzigen [Angehörigen einer Minderheit] sind, über welche der Kongreß uneingeschränkte Macht (plenary power) hat. Das wurde in die Verfassung eingebaut und ist für die Indianer ein sehr wichtiger Schutz.
Es ist meine Überzeugung, daß die Mehrheit der amerikanischen Öffentlichkeit auf seiten der Indianer steht. Wenn die Stämme die öffentliche Meinung mobilisieren, wird der Kongreß [auch] handeln und Gesetze erlassen, welche den Bedürfnissen der Indianer gerecht werden und ihre Rechte wahren.
SCHMIDT: Mister Byler, ich danke Ihnen für dieses Gespräch!

Dokumente

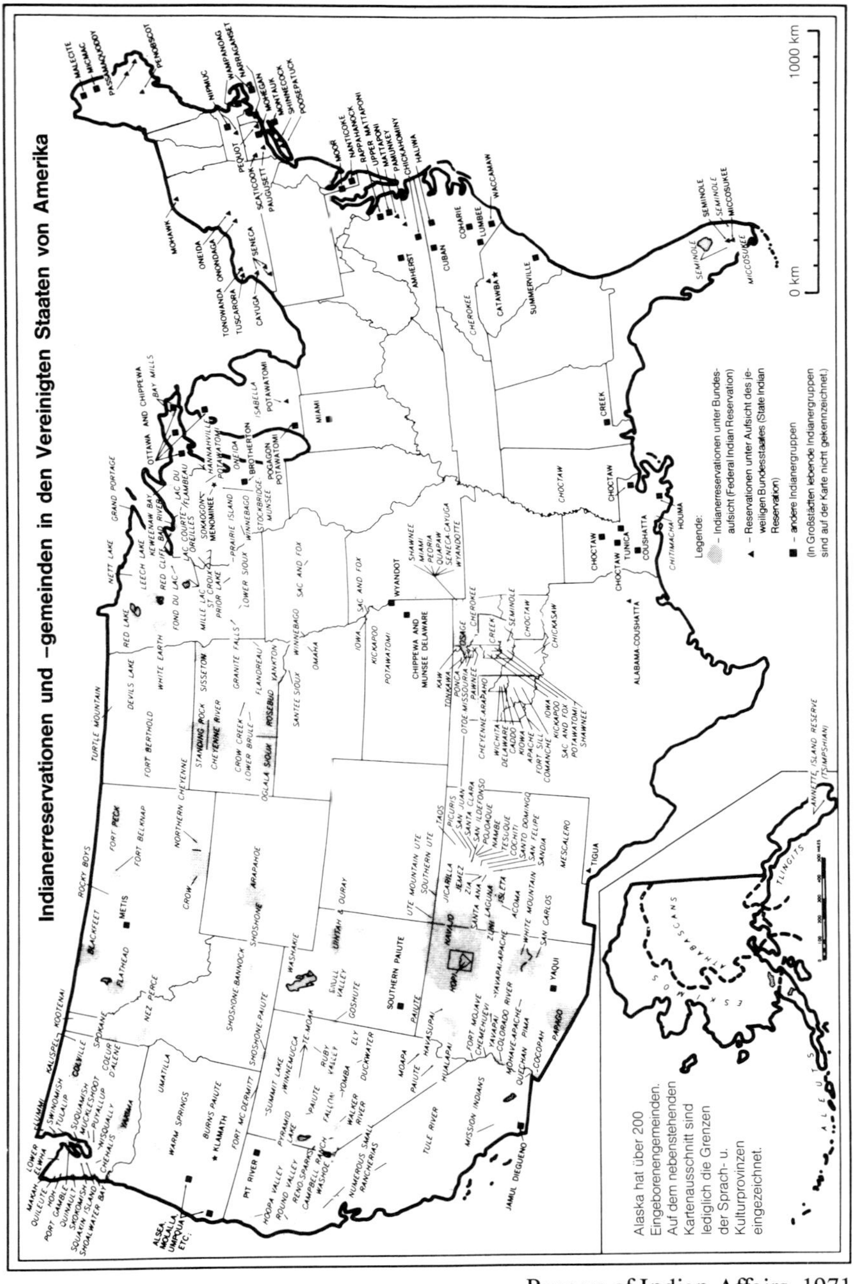

Bureau of Indian Affairs, 1971

Basisfakten

Die für diesen Überblick zusammengestellten Fakten stammen sämtlich aus Veröffentlichungen des US-Innenministeriums. Die in den Interviews und Dokumenten von indianischer Seite gemachten Angaben weichen zum Teil erheblich von diesen Daten ab. Alle nachfolgend aufgeführten statistischen Zahlen sind mithin als amtliche Mindestwerte *zu betrachten.*

Wer ist ein Indianer?

»Es gibt keine allgemeine gesetzliche oder gerichtliche Definition von ›Indianer‹, die geeignet wäre, eine Person als Indianer zu identifizieren. Eine Person, die im Zensus der Vereinigten Staaten als Indianer ausgewiesen ist, hat sich im allgemeinen selbst als Indianer erklärt. Dem Rassen-Begriff des *Bureau of the Census* [Behörde für Volkszählung] liegt keinerlei wissenschaftliche Definition oder biologische Erblehre zugrunde, sondern lediglich der Hinweis auf die Rasse, mit der sich eine bestimmte Person identifiziert. Bei Personen, deren Eltern verschiedenen Rassen angehören, und die daher in Bezug auf ihre Rassenzugehörigkeit im Zweifel sind, wird die Rasse des Vaters der Person angegeben.

Um als Indianer ausgewiesen zu werden, der dazu berechtigt ist, Dienstleistungen des *Bureau of Indian Affairs* in Anspruch zu nehmen, muß eine Person auf oder nahe einer Reservation, oder auf oder nahe treuhänderisch verwaltetem Land... unter der Zuständigkeit des *Bureau of Indian Affairs* leben, Mitglied eines von der Bundesregierung anerkannten Stammes, Verbandes oder einer Gruppe von Indianern und in bestimmten Fällen zu einem Viertel indianischer Abkunft sein...«

Quelle: BIA, **The American Indians. Answers to 101 Questions,** p. 2

1. **Bevölkerungszahl und Altersaufbau**

Bei der Volkszählung von 1970 lebten in den USA 827 108 Indianer. Diese Zahl schließt 34 378 Eingeborene Alaskas (Eskimos und Aleuten) ein. (Es wird häufig in ›Indians‹ und ›Alaskan Natives‹ differenziert.)

Quelle: BIA, **Facts on American Indians and Alaskas Natives,** p. 1. s. a. BIA, **The American Indian. Answers to 101 Questions.** p. 2

Von dieser Gesamtzahl betrachtet die US-Indianerbehörde, BIA, 648 700 Indianer als auf oder nahe den Reservationen lebende ›resident Indians‹. Diese Ziffer ist nicht exakt, denn sie erfaßt z. T. noch solche Eingeborene, die inzwischen in Städten leben. Sie ist dennoch relevant: nur ›resident Indians‹ haben einen Anspruch auf die Zahlungen und Dienstleistungen des BIA.

Quelle: BIA, **Local Estimates of Resident Indian Population by State and Reservation,** April 1977, p. 1

Altersaufbau der Reservationsindianer (resident Indian)
254 100 unter 16 Jahren
356 700 16–65 Jahre
37 900 65 J. und älter
Quelle: ebda.

2. **Indianische Bevölkerung nach Bundesstaaten**

Staat	1970	1960
Alabama	2 514	1 276
Alaska	51 528	42 522
Arizona	95 812	83 387
Arkansas	2 041	580
California	91 018	39 014
Colorado	8 836	4 288
Connecticut	2 222	923
Delaware	656	597
District of Columbia	956	587
Florida	6 719	2 504
Georgia	2 455	749
Hawaii	1 126	472
Idaho	6 687	5 231
Illinois	11 413	4 704
Indiana	3 887	948
Iowa	2 992	1 708
Kansas	8 672	5 069
Kentucky	1 599	391
Louisiana	5 366	3 587
Maine	2 195	1 879
Maryland	4 258	1 538
Massachusetts	4 475	2 118
Michigan	16 854	9 701
Minnesota	23 128	15 496
Mississippi	4 113	3 119
Missouri	5 405	1 723
Montana	27 130	21 181
Nebraska	6 624	5 545
Nevada	7 933	6 681
New Hampshire	361	135
New Jersey	4 706	1 699
New Mexico	72 788	56 255

Staat	1970	1960
New York	28330	16491
North Carolina	43487	38129
North Dakota	14369	11736
Ohio	6654	1910
Oklahoma	97731	64689
Oregon	13510	8026
Pennsylvania	5533	2122
Rhode Island	1390	932
South Carolina	2241	1098
South Dakota	32365	25794
Tennessee	2376	638
Texas	18132	5750
Utah	11273	6961
Vermont	229	57
Virginia	4904	2155
Washington	33386	21076
West Virginia	808	181
Wisconsin	18924	14297
Wyoming	4980	4020
UNITED STATES	827091	551669

Quelle: Tyler, L.: **A History of Indian Policy,** pp. 238–239
(Nach Daten des US-Zensus von 1970)

3. **Bundesstaaten mit über 50000 indianischen Einwohnern**

Staat	indian. Einwohner	Gesamt- bevölkerung	ind. Bev.- Anteil
Oklahoma	97731	2559253	3,8%
Arizona	95812	1772483	5,4%
California	91018	19953134	0,5%
New Mexico	72788	1016000	7,2%
Alaska	51528	302173	17,0%

Quelle: Taylor, **The States and Their Indian Citizens,** p. 76

4. **Bundesstaaten mit einem indian. Bevölkerungsanteil von mehr als 1%**

Staat	eingeborener Bevölkerungsanteil
Alaska	17,05%
New Mexico	7,16%
Arizona	5,40%
South Dakota	4,86%
Montana	3,91%
Oklahoma	3,82%
North Dakota	2,33%
Nevada	1,62%
Wyoming	1,50%
Utah	1,06%

Quelle: Taylor, **The States and Their Indian Citizens,** p. 77

5. **Indianische Stämme**

Nach regierungsamtlichen Angaben gibt es 266 indianische Stämme sowie 216 Gemeinden der Eingeborenen Alaskas. Der Terminus ›Stamm‹ (tribe) wird im amtlichen Sprachgebrauch häufig auch für solche administrativen Einheiten verwandt, die nach streng ethnologischen Kriterien keine Stämme sind. Die Indianer der vom Bund anerkannten Stämme sprechen etwa 250 verschiedene Sprachen.
Quelle: BIA, **The American Indians. Answers to 101 Questions,** pp. 2–3 u. p. 5

6. **Indianisches Land**

Die Gesamtfläche des vom BIA verwalteten Reservationslandes betrug 1978 51 789 251,7 acres. Dieses Land ist teils in Stammesbesitz (tribal land), teils in indianischem Privatbesitz (alloted land).
Es gibt in den USA 267 indianische Reservationen (ohne Alaska). In 138 Fällen ist das gesamte Reservationsgebiet in Stammesbesitz, auf sieben Reservationen ausschließlich in Privatbesitz und in 122 Fällen teils in Stammes-, teils in indianischem Privatbesitz.
In Alaska gibt es 7 für die Eingeborenen von der US-Bundesregierung treuhänderisch verwaltete und 98 bundeseigene Eingeborenen-Gebiete.
Quelle: BIA, **Facts on American Indians and Alaskan Natives,** p. 1

7. **Die flächenmäßig größten Reservationen**

Name der Reservation	Fläche in Mio. Acres
Navajo (Utah, Arizona, New Mexico)	13,80
Papago (Arizona)	2,70
Hopi (Arizona)	2,40
Wind River (Wyoming)	1,88
San Carlos (Arizona)	1,80
Fort Apache (Arizona)	1,60
Pine Ridge (South Dakota)	1,60
Crow (Montana)	1,50
Cheyenne River (South Dakota)	1,40
Yakima (Washington)	1,10

Quelle: BIA, **The American Indians. Answers to 101 Questions,** p. 15

8. **Reservationen mit mehr als 10000 indian. Einwohner** (ohne Alaska)

Navajo Reservation (Utah, Arizona, New Mexico)	154748
Okmulgee Agency (Creek; Oklahoma)	26562
Tahlequah Agency (Cherokee; Oklahoma)	23500
Talihina Agency (Choctaw; Oklahoma)	17313
Pine Ridge Agency (Sioux; South Dakota)	12260
Rosebud Agency (Sioux; South Dakota)	12186
Papago (Arizona)	10542

Quelle: BIA, **Local Estimates of Resident Indian Population by State and Reservation,** April 1977 (Schätzwerte!)

9. **Stadtindianer**

Von den 1970 gezählten 827108 Indianern lebten 307867 (= 37%) in Städten; das entspricht einem Anteil von 0,22% an der gesamten städtischen Bevölkerung der USA. (Die Raten anderer städt. Minderheiten zum Vergleich: Schwarze – 12,03; Japaner – 0,36; Chinesen – 0,29.)

Städte mit einem indian. Bevölkerungsanteil von mehr als 5000

Stadt	Bundesstaat	indian. Einwohnerzahl
Los Angeles/Long Beach	California	24509
Tulsa	Oklahoma	15519
Oklahoma City	Oklahoma	13033
New York	New York	12160
San Francisco/Oakland	California	12011
Phoenix	Arizona	11159
Minneapolis/St. Paul	Minnesota	9852
Seattle/Everett	Washington	9496
Chicago	Illinois	8996
Tucson	Arizona	8837
San Diego	California	5880
Albuquerque	New Mexico	5839
Detroit	Michigan	5683
Dallas	Texas	5022

Quelle: Taylor, Th.: **The States and Their Indian Citizens,** pp. 182–183

10. **Medizinische Daten**

10.1. **Geburtenrate**

Jahr	Indianer	Eingeb. Alaskas	US-Durchschnitt
1955	36,1	49,3	24,6
1965	36,8	43,1	19,4
1975	30,4	32,2	14,8

Die gemeinsame Geburtenrate der Indianer und der Eingeborenen Alaskas war 1975 2,1 mal höher als der entsprechende US-Durchschnitt.

Quelle: U. S. Department of Health, Education and Welfare, **Indian Health Trends and Services,** 1978 Edition, p. 46

10.2. **Fruchtbarkeitsrate** (Geburten je 1000 Frauen zw. 15 u. 44 J.)

Jahr	Indianer	Eingeb. Alaskas	US-Durchschnitt
1960	225,5	242,6	118,0
1965	197,4	228,7	96,0
1970	152,3	157,9	87,9
1975	142,7	156,8	66,7

Die gemeinsame Fruchtbarkeitsrate der Indianer und der Eingeborenen Alaskas war 1975 2,2 mal höher als der entsprechende US-Durchschnitt.

Die indianische F. fiel zwischen 1960 und 1975 um 36,7%, die der eingeborenen Alaskas um 35,4%.

Quelle: a. a. O., p. 47

10.3. **Säuglingssterblichkeit** (je 1000 Geburten)

Jahr	Indianer	Eingeb. Alaskas	US-Durchschnitt
1955	61,2	74,8	26,4
1960	47,6	76,3	26,0
1970	23,4	26,7	20,0
1975	18,1	19,3	16,1

Die indian. Säuglingssterblichkeit fiel zwischen 1955 u. 1975 um 71%.

Die gemeinsame S. der Indianer und der Eingeborenen Alaskas war 1975 1,1 mal höher als der entsprechende US-Durchschnitt.

Quelle: a. a. O., p. 55

10.4. **Häufige Todesursachen der Indianer**

Todesursache	1973–75 (je 100000 Ind.)	Abnahme/Zuwachs zw. 1955 u. 1973–75
1. Unfälle	156,4	+ 0,5%
2. Herzleiden	127,7	– 4,6%
3. bösartige Geschwüre (Krebs)	63,7	+ 7,8%
4. Leber-Schrumpfung (Alkohol!)	45,1	+ 217,6%
5. Grippe u. Lungenentzündung	35,1	– 60,9%
6. Diabetes	18,6	+ 33,8%
7. Mord/Totschlag	24,6	+ 54,7%
8. Selbstmord	20,1	+ 131,0%
9. Tuberkulose	7,1	– 87,1%

Quelle: a. a. O., p. 64

10.5. **Tuberkulose-Todesrate** (je 100000 Einwohner)

Jahr	Indianer	Eingeb. Alaskas	US-Durchschnitt
1955	47,3	157,5	9,1
1965	19,3	16,0	4,1
1975	7,9	3,5	1,6

Die gemeinsame Tuberkulose-Todesrate der Indianer und der Eingeborenen Alaskas war 1975 4,8 mal höher als der entsprechende US-Durchschnitt.
Quelle: a. a. O., p. 76

10.6. **Alkoholismus-Todesrate** (je 100000 Einwohner)

Jahr	Indianer u. Eingeb. Alaskas	US-Durchschnitt
1970	41,4	7,9
1974	51,4	8,7

Quelle: a. a. O., p. 75
Zum Thema Alkoholismus s. a.
– Westermeyer, Joseph, »The Drunken Indian. Myths and Realities«, in: Unger, Steven (ed.), **The Destruction of American Indian Families,** pp. 22–28
– Trudell, John, »Der Alkohol und das indianische Volk«, **progrom. Indianer sprechen,** S. 91–93 (selbstkritische Analyse).

10.7. **Selbstmord-Rate** (je 100000 Einwohner)

Jahr	A) Indian. u. Eingeb. Alaskas	B) US-Durchschn.	A:B
1960	16,8	10,6	1,6
1975	26,0	12,6	2,1

Die Selbstmordrate der US-amerikanischen Eingeborenen war demnach 1975 etwa doppelt so hoch wie der entsprechende US-Durchschnitt.
Quelle: a. a. O., p. 74
Zur Gesundheitslage allgemein s. a. »Health Situation of Native Americans«, in: International Indian Treaty Council, **A Question of Genocide,** pp. 11–14. DOCIP

11. **Einkommen/Beschäftigungslage**
1978 waren 40% aller Indianer im erwerbsfähigen Alter arbeitslos.
Quelle: BIA, **Facts on American Indians and Alaskan Natives,** p. 2
1970 betrug das jährliche Durchschnittseinkommen eines Indianers $ 1573. Diese Zahl gliedert sich in $ 2108 für Stadtindianer und $ 1140 für Reservationsindianer.
Quelle: BIA, **The American Indians. Answers to 101 Questions,** p. 18
1970 lebten 48% aller Reservationsindianer und 26% aller Stadtindianer unter der Armutsgrenze (poverty level).
Quelle: ebda.

12. **Wohnungssituation**
Eine amtliche Bestandsaufnahme der US-Indianerbehörde BIA des Haushaltsjahres 1978 ergab, daß 154700 indianischen Familien 126675 Wohneinheiten zur Verfügung stehen. (Viele Familien leben in beengten Verhältnissen.) 64500 dieser Wohneinheiten entsprechen durchschnittlichem Niveau (standard condition), der Zustand von 62176 liegt unter dem Standardniveau (substandard). 30000 dieser letztgenannten Wohnungseinheiten gelten als renovierungsbedürftig. Das BIA veranschlagt einen Bedarf von 60170 neuen Einheiten, um minderwerte Wohnungen/Häuser zu ersetzen bzw. die Wohnraumnot zu beseitigen.
Quelle: BIA, **Facts on American Indians and Alaskan Natives, p. 2**

13. **Bildung**
1977 gab es etwa 219000 Indianerkinder im schulpflichtigen Alter, von denen 205781 eine Schule besuchten.
73% dieser Schüler besuchten öffentliche Schulen,
22% Schulen des BIA (federal schools),
2% Missions- u. sonstige Schulen.
Im Schuljahr 1977–78 unterhielt das BIA 174 Schulen. 71 davon waren Internate, 103 Tagesschulen. Die durchschnittliche tägliche Schülerzahl dieser Einrichtungen betrug 38051.
Die Schulabbrecherrate unter den Indianerkindern aller o. a. Schultypen betrug bei einer Studie der späten 60er Jahre 42%. Die heutige Rate wird etwas niedriger, auf ca. 35% geschätzt.
Im Schuljahr 1977–78 erhielten etwa 20000 indianische Studenten Bundesstipendien zum Besuch von Colleges und Universitäten.
Quelle: BIA, **Facts on American Indians and Alaskan Natives,** p. 3

Die indianische Familie

Wenn wir von dem Niedergang unserer Kultur sprechen, weisen uns die Alten auf die Tatsache hin, daß unsere Familien zerfallen. Vor nicht allzu langer Zeit noch bestand unser Volk aus großen und starken Familienverbänden. Dies trifft heute kaum noch zu. Wahrscheinlich leben weniger als die Hälfte der Kinder unter 5 Jahren im selben Haus wie ihre leiblichen Eltern. Ehen halten nicht mehr, die Familie und mit ihr die alten Wege sind einer ungeheuren Belastung ausgesetzt.*

---

* Sotsisowah, „Unsere Zukunft ist die Familie", in: **Akwesasne. Wo das Rebhuhn balzt**, Trikont, S. 247

Die indianische Sozialstruktur unterscheidet sich ganz erheblich von der der westlichen Zivilisation. Zentrales Element ist die Großfamilie (extended family), die sich über Jahrtausende als feste und verläßliche Säule der indianischen Gesellschaften bewährt hat. Mit den sich häufenden, aus Unkenntnis oder mit voller Absicht erfolgten Eingriffen der Weißen ist der Bestand der indianischen Familie – und damit häufig der betreffenden Stämme schlechthin – gefährdet. Darauf ist in den Interviews immer wieder hingewiesen worden.
Für dieses Kapitel wurde einleitend ein indianischer Beitrag zum Thema Großfamilie ausgewählt, der einen Eindruck von der traditionellen Familien- und Stammesstruktur vermitteln soll. Diesem Überblick schließen sich drei Dokumente an, welche die heutige Gefährdung und Zerrüttung der extended family zum Inhalt haben. Das Kapitel endet mit einer eingeschränkt optimistischen Note: dem kurzen Bericht über die Verabschiedung eines Gesetzes zum Wohle der Familie.

Evelyn Lance Blanchard: Über unsere Anfänge

From these Beginnings

Nachfolgend die Ansprache einer BIA-Sozialarbeiterin (Assistant Area Social Worker, Albuquerque Area Office) anläßlich der 55. Jahresversammlung der Association on American Indian Affairs am 9.5.1977.

Die unrechtmäßige und ungerechte Einmischung der Regierung in das Familienleben der amerikanischen Indianer unserer Tage ist vermutlich die flagranteste Beeinträchtigung des Rechtes der Stämme auf Selbstverwaltung und ein besonders tragischer Aspekt heutigen indianischen Lebens. Nach wie vor tendiert die Regierungspolitik dahin, die indianischen Familien dazu zu zwingen, sich den nicht-indianischen Normen der Kindererziehung anzupassen. Die indianischen Stämme fordern die Staats- und Bundesbehörden auf, indianische Familien nicht länger auf solche Weise zu ›retten‹, und stattdessen die Rechte und traditionellen Kräfte der indianischen Kinder, der Familien und Stämme anzuerkennen und zu respektieren. Nur wenige Regierungsvertreter haben sich bemüht, die philisophische Lebensgrundlage der indianischen Völker zu verstehen.

Die indianische Erfahrungswelt kennt sowohl Zerbrechlichkeit als auch Stärke, durch die der Mensch auf natürliche Weise zu einem verantwortungsvollen und freien Wesen geformt wird. Die Anfänge des indianischen Volkes liegen sehr weit zurück und werden für viele von uns in den Entstehungslegenden widergespiegelt. In diesen Legenden kommen nur wenige Menschen, Tiere und andere Lebewesen vor. Als diese sich durch Zeit und Raum bewegten, begannen sie zu verstehen, wie ihre Welt aussehen werde und was für Eigenschaften sie als Menschen besitzen würden. Auf dem Weg durch Zeit und Raum gewannen sie Einsichten über ihr Verhältnis zueinander. Als die fertigen Menschen schließlich in das Land, welches ihre Heimat werden sollte, eingingen, begann man in Ergänzung zu dem, was man bereits erkannt hatte, Lebenskunde-Lektionen zu lernen. Diese Lektionen deckten alle Aspekte des Lebens ab: sie betrafen die Bewahrung des Gemeinschaftslebens und derer, die an diesem Leben teilnehmen. Tiere und andere Lebewesen hatten im gleichen Maße Anteil an diesem Leben wie die Menschen.

Um in einer Welt zu leben, die man miteinander teilt, muß es eine Ordnung geben. Von Anbeginn an gab es in diesen Gemeinschaften daher eine Teilung von Arbeit und Verantwortlichkeit. Um den Fortbestand des Lebens gewährleisten zu können, erwies es sich als notwendig, daß bestimmte Personengruppen ganz bestimmte Fertigkeiten entwickelten. Man war sich der gegenseitigen Abhängigkeit der Menschen sehr bewußt, förderte aber gleichzeitig deren Unabhängigkeit, indem man an sie bestimmte Aufträge erteilte und Erwartungen stellte. Die Weiterführung dieser lebenserhaltenden Funktionen wurde dadurch gesichert, daß man den jüngeren Stammesmitgliedern entsprechende Unterweisung erteilte. Aus diesem Unterricht entwickelten sich innerhalb der jeweiligen Stammesgruppe akzeptierte Verhaltensweisen. Diese richteten sich bei jedem einzelnen Menschen nach dessen Geschlecht und Gruppenzugehörigkeit. Jede Gruppe und ihre Mitglieder trug[en] die Verantwortung für ganz bestimmte Aufgaben sowohl weltlicher als auch religiöser Natur.

Auf diese Weise wuchs ein Mensch in seine Aufgabe im Leben seiner Stammesgemeinschaft hinein. Seine Rolle und Verantwortlichkeit waren vorgegeben, und er erhielt jede erdenkliche Möglichkeit, sie gut zu erlernen. Die Beherrschung seiner Aufgaben war notwendig. Seine individuelle Eigenart entwickelte sich aus seinem Einfühlungsvermögen in seine ganz bestimmte Rolle und Verantwortlichkeit. Man erwarb so ein besonderes Gespür für seine Aufgabe in der Weltordnung. Das war der Ausgangspunkt für den Menschen, seinen eigenen Wert zu erkennen.

Es gibt nur wenige Gesellschaften, die wie das indianische Volk so viel Spielraum für die Ausprägungen von individueller Einzigartigkeit lassen. Die Massengesellschaft gestattet den Ausdruck individueller Einzigartigkeit im Individualismus, die indianische Stammesgemeinschaft sieht diesen Ausdruck in der Individualität. Das ist hinsichtlich der Lebenseinstellung der Menschen ein sehr wichtiger Unterschied. In dem einen Fall bedeutet Einzigartigkeit Ungewöhnlichkeit oder ein Abweichen von der Norm. Im anderen Fall führt Einzigartigkeit zur Veredelung des Lebens.

Die vielleicht beste Möglichkeit dies zu verdeutlichen, besteht darin, einmal die verschiedenen Ausprägungen indianischer Kunst zu betrachten. Dabei wird man eine deutliche Beschränkung von Form und Stil feststellen. Innerhalb dieser Begrenzungen muß der Künstler Raum für seinen persönlichen Ausdruck finden. Ein gutes Beispiel hierfür ist die Kunst der Indianer von der Nordwestküste. So sind zum Beispiel die Umrisse von Wal oder Rabe festgelegt. Die unterschiedlichen künstlerischen Darstellungen liegen innerhalb dieses vorgegebenen Rahmens. Kunst wird sichtbarer Ausdruck der Einsichten des einzelnen Indianers in seine gesellschaftliche Umgebung. Er akzeptiert das Diktat seiner Stammesgruppe. Er entspricht dem erwarteten Verhalten, denn dieses Verhalten hat eine lebensbewahrende Funktion und gewährleistet ihm Einsichten. Er gestaltet seine Welt also nicht in dem Sinne neu, unter dem man gemeinhin künstlerische Freiheit versteht. Wichtig ist, daß die soziale Ordnung aufrechterhalten wird.

Die Stammesgruppen übten einen Konformitätsdruck und eine Kontrolle über ihre Mitglieder aus. Das Wesen dieser Stammescharakteristika gab ihren Mitgliedern ein Gefühl der Geborgenheit und Sicherheit, wie es auf der Welt nur von wenigen Menschen erfahren wurde. Die Fähigkeit, diese Behaglichkeit und Sicherheit zu erfahren, ist direkt auf die Lektionen zurückzuführen, die das Volk lernte, als es schließlich sein Land gefunden hatte. Der aus diesen Lektionen geborene Druck stimulierte die Entwicklung einer hochgradigen Sensibilität. Diese erhöhte Sensibilität ermöglichte es dem Stammesvolk, Gleichgewicht oder Unausgewogenheit der natürlichen Ordnung genau wahrzunehmen. Unordnung oder Unausgewogenheit kann durch Störungen in den zwischenmenschlichen Beziehungen, durch Naturkatastrophen bzw. unerwünschte Einflüsse von innerhalb oder außerhalb des Stammes hervorgerufen werden. Erfahrungen mit Unausgewogenheiten des Lebens ließen die Menschen die Balance des Lebens besser verstehen. Fälle der Bedrohung oder Gefahr gaben dem Volk die Gelegenheit, das Wesen der Welt und das Verhältnis der Menschen hierzu besser zu begreifen. In diesem Sinne gehörte eine jede Art der Unausgewogenheit zum natürlichen Lauf der Dinge.

Um eine solche Gesellschaftsordnung aufrechtzuerhalten, müssen die zwischenmenschlichen Beziehungen umfassend sein und über die Blutsverwandtschaft hinausgehen. Die Erziehung und Ausbildung der Kinder war daher auf sehr reale Weise die Verantwortung der gesamten Gemeinschaft. Die Kinder waren allen gemeinsam, und dies ist ein wesentliches Charakteristikum für eine wahrhaft voneinander abhängige Gemeinschaft. Die Bedeutung, die man dem zwischenmenschlichen Verhältnis beimaß, verlangte eine Gemeinschaft, die auf gegenseitiger Abhängigkeit und Verantwortung beruht. Dies gehörte zu den ersten menschlichen Erfahrungen eines jeden Indianers, hier liegt der Grundstein der Philosophie des indianischen Volkes. Diese Erfahrungen bilden die Grundlage der Stammestradition und -kultur und waren stets von solcher Wichtigkeit, daß man durch alle Zeiten hindurch an ihnen festhielt und sie noch heute ein wichtiger Bestandteil im Weltbild eines jeden Indianers sind.

Die Grundlagen unseres Familienlebens haben schwere Erschütterungen erfahren. Dennoch sind wir auch in der heutigen Welt noch ein Volk mit starken und weitgefaßten Familienbanden. Wir erhalten ein Niveau zwischenmenschlicher Beziehungen aufrecht, das in vielen anderen Gruppen nicht besteht. Wir erhalten eine Beziehung zur Erde aufrecht wie keine andere Bevölkerungsgruppe in diesem Land; der Sinn unseres Lebens ist unmittelbar mit dem Land [der Natur] verknüpft. Viele Eigenarten unseres Landes und seiner Geschichte sind Bestandteile unserer Lebensphilosophie. Diese Philosphie wurzelt in einem großen und komplexen Netz von Beziehungen, das alle Dinge in der Welt eng und unmittelbar miteinander verbindet. Zwischenmenschliche Beziehungen sind besonders eng und verbindend. Das indianische Volk bezieht seine Identität aus jenem Verhältnis zu seinen Familien und Verwandten, zu Stamm und Landbasis.

Dieses Netz der Bluts- und Clanbeziehungen versorgt uns von altersher mit einem reichen Schatz, aus dem es bei der Kindererziehung zu schöpfen gilt. Dieses Netzwerk der Beziehungen bietet den Indianerkindern, was nicht-indianischen Kindern von den Sozialbehörden geboten wird. Diese Beziehungen sind von den nicht-indianischen ... Behörden ignoriert oder gestört worden; sie müssen reaktiviert werden, will man dem indianischen Volk im Bereich der Kindererziehung Selbstbestimmung gewähren. Wir erkennen die Kraft dieser Philosophie und wünschen, daß unsere Kinder an ihr teilhaben. Um dazu in der Lage zu sein, müssen sie Gelegenheit haben, im Einflußbereich dieser Philosophie zu leben und von ihr zu lernen. Die Verabschiedung des *Indian Child Welfare Act* wird dazu beitragen, das zu gewährleisten.

Aus: **Indian Family Defense,** No. 8, (November 1977) pp. 5-6

Die Zerstörung indianischer Familien

The Destruction of Indian Families

Die massenhafte Entführung von Kindern aus ihren Familien ist vielleicht der traurigste Aspekt heutigen indianischen Lebens. Die Maßnahme, indianische Kinder aus ihrer natürlichen Umgebung zu lösen, wird in den meisten Fällen ohne die erforderlichen rechtlichen Schritte und unter nur äußerst unzureichender Berücksichtigung der Auswirkungen auf Kind, Familie und Gemeinde vorgenommen. Eine in Bundesstaaten mit hohem indianischen Bevölkerungsanteil vorgenommene Untersuchung der *Association on American Indian Affairs* zeigt, daß 25–35% aller indianischen Kinder von ihren Familien getrennt sind: Sie wurden in Pflege gegeben, bekamen Adoptiveltern oder wurden in Institutionen eingewiesen. In den vergangenen Jahren hat dieses Problem an Dringlichkeit zugenommen.

Wenn es darum geht, die Erziehungsbefähigung der einzelnen Familien zu beurteilen, fällen viele Sozialarbeiter in Unkenntnis der indianischen Kulturwerte und sozialen Normen Entscheidungen, die vor dem Hintergrund des indianischen Familienlebens in jeder Weise unangebracht sind: Sie entdecken häufig Fälle, in denen Kinder vernachlässigt bzw. sich selbst überlassen werden, wo dies in Wirklichkeit gar nicht der Fall ist. So sind zum Beispiel indianische Familienverbände (extended families) weitaus größer als nicht-indianische Kleinfamilien (nuclear families). Ein indianisches Kind kann Dutzende, vielleicht mehr als hundert Verwandte haben, die als enge und verantwortliche Familienmitglieder gelten. Viele Sozialarbeiter sind in Bezug auf das indianische Familienleben uninformiert und halten die Familien für sozial unverantwortlich. Ein Kind in der Obhut einer nicht zur unmittelbaren Kernfamilie gehörigen Person zu belassen, wird als Vernachlässigung gewertet, wodurch ein Grund für die Aberkennung des elterlichen Sorgerechts gegeben ist. Als Beweis für die elterliche Vernachlässigung und Begründung für die Aufnahme eines Sorgerechts-Verfahrens werden von den Sozialarbeitern häufig Armut, schlechte Wohnverhältnisse, der Mangel an modernen sanitären Einrichtungen und zu große räumliche Enge angeführt.

Es ist eine Ironie des Schicksals, daß man Stämmen, die seinerzeit mit Waffengewalt auf Reservationen gezwungen wurden, heute sagt, daß sie an Orten leben, die zum Aufziehen ihrer Kinder ungeeignet sind… Die Krise um das Wohlergehen der indianischen Kinder wird solange andauern, bis die Richtlinien für die Bestimmung elterlicher Sorgepflichtsverletzung revidiert sind…

Aus: **Indian Family Defense,** No. 1 (Winter 1974), p.1

»Baby-Farmen«

»Baby Farming«

Die Verwendung von Bundesmitteln für Kinder-Pflegestellen in den Bundesstaaten wird weder vom BIA noch vom HEW ausreichend überwacht. Indianische Gemeindevorstände behaupten, die Existenz aus Bundesmitteln bezuschußter Kinder-Pflege-Programme (foster-care programs) ermutige einige nicht-indianische Familien dazu, »Baby-Farmen« aufzuziehen. Auf diese Weise könne man sowohl das magere Farm-Einkommen durch Pflege-Gelder aufbessern, als auch zusätzliche Hilfskräfte für die Farmarbeit einsetzen. (In einigen Fällen hätten nicht-indianische Familien Pflege-Verträge für bis zu zwölf Indianerkinder.) Das Mißverhältnis zwischen den Zahlen der indianischen Kinder in Pflegefamilien und derer die adoptiert wurden, scheint diese Behauptung zu bestätigen. So stellen zum Beispiel in Wyoming die Indianer 70% aller Pflegekinder, aber nur 8% der Adoptivkinder. Die Zahlung von Pflege-Geldern erlischt in der Regel, wenn ein Kind adoptiert wird.
Aus: **Indian Family Defense,** No. 1 (Winter 1974), p.2

Foto: Ricco Montevecchi

Verlorenes & Einsames Kind
Lost & Lonely Child

verlorenes & einsames kind
bleib bei mir eine weile
du kannst sein, was du
sein willst...
deine augen haben das feuer
von tausend jahren

verlorenes & einsames kind
reite die winde von gestern
neue frühlingsmedizin
kann unser sein...
verlorenes & einsames kind
du bist eine frau
von tausend jahren

verlorenes & einsames kind
lächle dein sanftestes lächeln
seufzende töne einer
erdverbundenen flöte...
verlorenes & einsames kind
du bist der anfang
von tausend jahren

Karoniaktatie

aus: **Akwesasne. Wo das Rebhuhn balzt**, Trikont, S. 23

Die Gedanken der Alten sind stark. Eine der Wahrheiten, die sie immer wieder hervorheben, ist die, daß das Streben nach materiellen Gütern den Menschen nur unglücklich macht. Sie sagen, daß alles, was man zu einem guten Leben braucht, im starken Glauben daran liegt, daß die Schöpfung für die Menschen sorgt, in den guten Gefühlen unseren Mitmenschen gegenüber, und im Willen, anderen zu helfen.
Den natürlichen Weg zu gehen, heißt erdverbunden zu leben, heißt, Nahrung zu sich zu nehmen, welche für die Umgebung in der man lebt natürlich ist, und die nicht künstlich bearbeitet worden ist; heißt, den Gebrauch von schädlichen Chemikalien zu vermeiden, Chemikalien wie raffinierten Zucker und Konservierungsmittel; heißt viel Bewegung und frische Luft, heißt körperbewußt leben. Der natürliche Weg verlangt Abkehr von solchen Dingen wie Alkohol. Jeder, der etwas von Gesundheit versteht, wird dir bestätigen, daß diese Wege gut für dich sind, daß sie deinem Leben viele Jahre hinzufügen werden. Diese Wege werden dich länger gesund und körperlich aktiv halten, und dazu beitragen, daß die Menschen auch psychisch gesund bleiben.

aus: **Akwesasne. Wo das Rebhuhn balzt**, Trikont, S. 23

Aussage einer indianischen Mutter bei einem Senats-Hearing

Statement of Cheryl DeCoteau, Sisseton, S.D.

Am 8. und 9. April 1974 findet in Washington, D.C. vor dem Senats-Unterausschuß für Indianerangelegenheiten eine öffentliche Anhörung statt, deren Ziel es ist, den Wahrheitsgehalt der sich häufenden Anschuldigungen des ›Diebstahls‹ von Indianerkindern zu prüfen. Der Unterausschuß (Subcommitte on Indian Affairs) *ist dem Ausschuß für Innere und Insulare Angelegenheiten* (Committee on Interior and Insular Affairs) *verantwortlich. Vorsitzender des Ausschusses und Hearings ist Senator Abourezk aus South Dakota*.*

Im Rahmen des zweitägigen Hearings treten neben weißen Kritikern der Fürsorgepraxis und dafür verantwortlichen Beamten zahlreiche persönlich betroffene indianische Mütter auf. Eine dieser Zeuginnen ist die 23jährige Cheryl Spider DeCoteau. Mrs. DeCoteau ist Mutter dreier Kinder: Herbert John (5 J.), Robert Lee (3 J.) und Joseph (10 Mon.). Im ersten Teil ihrer Zeugenaussage, die hier aus Platzgründen nur auszugsweise wiedergegeben werden kann, berichtet die Zeugin zunächst, wie man ihr im Dez. 1970 ihren ersten Sohn Herbert John genommen hatte. Als Begründung war dabei angeführt worden, ihr Kind werde es in einer weißen Familie materiell und emotionell besser haben. Bei einer nach langer Verzögerung von Mrs. DeCoteau schließlich doch erwirkten gerichtlichen Anhörung hatte die Indianerin die Beweislast. Mit anderen Worten: nicht die Wohlfahrtsbehörde mußte ihr eine Gefährdung oder Vernachlässigung des Kindes nachweisen, sondern die Mutter mußte den Nachweis ihrer Erziehungsbefähigung erbringen. Die Vorladung zu diesem für die Familie sehr wichtigen Gerichtstermin war nicht brieflich, sondern über die Lokalzeitung ausgesprochen worden, Mrs. DeCoteau hatte rein zufällig davon erfahren. Mr. Hirsch, ihr Anwalt, weist den Senats-Unterausschuß in diesem Zusammenhang darauf hin, daß diese Art Vorladung eine weitverbreitete Praxis sei. Auf solche Weise ersparten sich die zuständigen Gerichte häufig die Anhörung indianischer Eltern, denn lange nicht jeder Indianer lese regelmäßig die Lokalzeitung.

Nachfolgend die zweite Hälfte der Senatsanhörung von Cheryl Spider DeCoteau:

SEN. ABOUREZK: …Cheryl, mußten Sie bei Ihrem zweiten Sohn Bobby ähnliche Erfahrungen mit den Wohlfahrts-Leuten machen?

---

*Mit dem Ausscheiden des für US-Politprofis ungewöhnlich indianerfreundlichen James Abourezk aus dem Senat verlor das *Subcommittee on Indian Affairs* seinen engagierten Vorsitzenden und wurde am 29.1.79 gänzlich aufgelöst. Der Vorsitzende des übergeordneten *Committee on Interior and Insular Affairs* hatte unter seinen Kollegen keinen Nachfolger für Sen. Abourezks Aufgabe finden können. Der seit 1821 arbeitende ständige Ausschuß hat z. B. 1977-78 36 von 122 Gesetzesvorlagen über die parlamentarischen Hürden gebracht. Vgl.:
- **Oglala Nation News,** April 1979, p. 16
- **amedian,** Vol. 7, No. 4/79, S. 6f

MRS. DECOTEAU: Ja.
SEN. ABOUREZK: Würden Sie uns bitte erzählen, was geschah?
MRS. DECOTEAU: Ich war schwanger mit Bobby, und die Wohlfahrts-Leute kamen und fragten, ob ich ihn zur Adoption freigeben wollte.
SEN. ABOUREZK: Während Sie noch mit ihm schwanger waren?
MRS. DECOTEAU: Ja.
SEN. ABOUREZK: Bevor er überhaupt geboren war?
MRS. DECOTEAU: Sie kamen immer wieder in mein Haus. Sie kamen jede Woche… Sie sprachen immer wieder mit mir und fragten, ob ich ihn nicht zur Adoption freigeben wollte und sagten, es sei besser so. Sie kamen immer und immer wieder, und als ich ihn [den Sohn] schließlich bekommen hatte, kam er [der Sozialarbeiter] sogar ins Krankenhaus. Als ich mit dem Baby zu Hause war, kam er rüber ins Haus. Er fragte, ob ich ihn zur Adoption freigeben wollte, und ich sagte ›nein‹. Er ging, und in der nächsten Woche kam er wieder und fragte erneut, und ich sagte ›nein‹…
Dann rief er mich eines Nachmittags an und fragte, ob ich ihn hergeben wollte, und ich sagte ›nein‹. Am nächsten Morgen kam er ganz früh und hämmerte an meine Tür. Ich ließ ihn rein und er fragte mich, ob ich zu ihm ins Büro kommen könnte. Er habe etwas Wichtiges mit mir zu besprechen.
Ich ging also rüber zu ihm ins Büro, und da lag ein ganzer Stoß Papier. Mir war damals nicht besonders gut und ich wußte nicht, was ich unterschrieb. Er bat mich einfach, meinen Namen auf dieses oberste Blatt zu setzen und ich unterschrieb, und er stempelte es ab oder so…
SEN. ABOUREZK: Wissen Sie, was das für ein Papier war?
MRS. DECOTEAU: Nein, ich wußte nicht, was das für ein Papier war. Aber dann nahm er das Baby, und ich fragte ihn, was das soll. Und er sagte, nun ist es zu spät, denn ich hätte ihn zur Adoption freigegeben. Ich hatte die Papiere unterschrieben.
SEN. ABOUREZK: Wie alt war das Baby, als er es nahm?
MRS. DECOTEAU: Er war vier Monate alt.
SEN. ABOUREZK: Können Sie beschreiben, wie sie kamen und das Baby nahmen, oder wie das alles ablief?
MRS. DECOTEAU: Als sie da ins Haus kamen, hatte ich nur das Baby bei mir. Meine Großmutter hatte John am Tag zuvor mitgenommen. Ich hatte das Baby bei mir, und ich nahm ihn mit mir, als ich mitging. Bevor ich das Papier unterschrieb, kam einer der Sozialarbeiter und brachte ihn ins Nebenzimmer. Als sie das taten, unterschrieb ich die Papiere und so. Und dann wollten sie ihn nicht zurückgeben. Ich durfte ihn nicht mit nach Hause nehmen und so. Sie sagten, sie wollten mir eine Woche Zeit geben, und ich sollte in einer Woche wiederkommen.
SEN. ABOUREZK: Das heißt, sie brachten das Baby mit, als Sie die Papiere unterschrieben, und man behielt das Baby gleich da?
MRS. DECOTEAU: …als… ich die Papiere unterschrieben hatte, trugen sie ihn gleich aus dem Haus und brachten ihn noch am selben Tag in seine Pflegefamilie. Da-

nach bin ich zu einem Rechtsanwalt gegangen und der sagte, er würde mir helfen... Ich hörte dann eine ganze Weile nichts von ihm...

SEN. ABOUREZK: Haben Sie Bobby schließlich zurückbekommen?

MRS DECOTEAU: Ich habe ihn im vergangenen April zurückbekommen.

SEN ABOUREZK: Wie lange mußten Sie und Ihr Anwalt diese Sache vor Gericht durchfechten, bis Sie ihn zurückbekamen?

MRS. DECOTEAU: Etwa zehn Monate. Bei Johnny sieben Monate und zehn bei Robert.

SEN. ABOUREZK: Also fast anderthalb Jahre für beide Kinder?

MRS. DECOTEAU: Ja.

SEN. ABOUREZK: Haben Sie jetzt das Sorgerecht für alle drei Kinder?

MRS. DECOTEAU: Ja.

MR. HIRSCH: Aber erst zehn Monate, nachdem ich den Fall übernommen hatte, Herr Senator. Sie hatte vorher schon über eine ziemlich lange Zeit versucht, die Kinder zurückzubekommen.

SEN. ABOUREZK: Ja. Cheryl, haben Sie noch etwas zu sagen?

MRS. DECOTEAU: Nein.

SEN. ABOUREZK: Ich danke Ihnen sehr. Senator Bartlett hat vermutlich einige Fragen.

SEN. BARTLETT: Danke, Herr Vorsitzender.

Ich frage mich, Mr. Hirsch, ob es in einem dieser beiden Fälle Anzeichen für einen Schwarzen Markt für Adoptionen gibt.

MR. HIRSCH: Ich komme einer bejahenden Antwort dieser Frage am nächsten, wenn ich Ihnen einen Zwischenfall schildere, zu dem es im Bezirkswohlfahrtsamt kam, als ich dort die Papiere mit einem Einspruch des Stammes einreichte. Der Stamm war von diesem Fall sehr betroffen und wollte zugunsten von Mrs. DeCoteau intervenieren, um von dem Recht Gebrauch zu machen, das Sorgerecht beim Stamm zu belassen. Ich ging hinüber zum Staatsanwalt, um die Einspruchpapiere einzureichen, und dieser hatte einen der Beamten, der Ko-Direktoren des Bezirkswohlfahrtsamtes bei sich. Als ich die Papiere übergab, kam es zu folgendem Wortwechsel: Ich reichte ihm die Papiere. Er sagte: ›Warum ist der Stamm an diesem Fall so interessiert? Was ist so wichtig daran?‹ Ich sagte, da bereits eine ganze Anzahl von Kindern von dieser Reservation genommen worden ist, sei der Stamm in Sorge darüber, daß sein Fortbestand gefährdet sein könnte. Und der Ko-Direktor des Bezirkswohlfahrtsamtes reagierte darauf mit Schulterzucken und sagte: ›Na und?‹ (So what?)

SEN. BARTLETT: Mr. Hirsch, gibt es bei der großen Zahl von Adoptionen Anzeichen für die Existenz eines Schwarzen Marktes für zur Adoption freigegebene Kinder?

MR. HIRSCH: Ich würde sagen, man sollte es eher ›Grauer Markt‹ nennen als Schwarzer Markt. Obwohl, es hat in der Vergangenheit, vermute ich, eine ganze Reihe Vorkommnisse gegeben, die man präziser als Schwarzmarkt-Fälle bezeichnen könnte. In der jüngsten Zeit gab es aber nur wenige solcher mir bekannten Fälle.

Ich denke, präziser beschrieben ist das mit Grauer Markt. Es gibt einen immensen [Nachfrage-]Druck, Indianerkinder zu adoptieren... Ich glaube, die Mitarbeiter der lokalen Fürsorge-Behörden in den indianischen Gemeinden spüren diesen Druck enorm. Sie haben lange Listen nicht-indianischer Bewerber für Indianerkinder und fühlen sich aus einer ganzen Reihe sozialer Gründe dazu verpflichtet, diesen bei ihnen eingegangenen Nachfragen nach Kindern zu entsprechen.

SEN. BARTLETT: Sie sprechen von langen [Warte-]Listen für die Adoption von Indianerkindern... Ist das Interesse, Indianerkinder zu adoptieren, größer als in Bezug auf andere Kinder?

MR. HIRSCH: Ich denke ja. Ich glaube, es gibt primär deshalb ein größeres Interesse, Indianerkinder zu adoptieren, weil die nicht-indianischen potentiellen Adoptiveltern weiß sind. Sie wollen in aller Regel kein schwarzes Kind. Weiße Kinder stehen nicht oder nur in ganz geringem Umfang zur Verfügung. Und so entschließt man sich entweder zu einem Indianer oder Orientalen.

...

SEN. BARTLETT: Ist das *Bureau of Indian Affairs* von Mrs. DeCoteau, dem Stamm oder sonst jemandem, der mit dem Problem zu tun hatte, informiert worden?

MR. HIRSCH: Mrs. DeCoteau sagt, sie habe das *Bureau of Indian Affairs* nicht kontaktiert. Ich selbst habe mich mit dem Büro in Verbindung gesetzt, um aus seinen Akten einige Informationen über Mrs. DeCoteau und ihre Familiensituation zu bekommen, von denen ich annahm, daß sie mir in dem Verfahren hilfreich wären. Man sagte mir, diese Akten seien vertraulich, und ich könne sie nicht bekommen...

Aus: **Hearings Before the Subcommittee on Indian Affairs of the Committee on Interior and Insular Affairs, United States Senate,** Ninety-Third Congress, Second Session on Problems that American Indian Families Face in Raising Their Children and How These Problems Are Affected by Federal Action or Inaction, April 8 and 9, 1974, printed for the use of the Committee on Interior and Insular Affairs, US Government Printing Office, Washington D.C., 1975, pp. 68-71

Indianerkinder-Wohlfahrtsgesetz in Kraft getreten

Child Welfare Act Signed into Law

In der Februarausgabe 1979 ihres Bulletins **Indian Family Defense** *meldet die* Association on American Indian Affairs *die Verabschiedung des lange überfälligen ›Indianerkinder-Wohlfahrtsgesetzes‹*. Das* Indian Child Welfare Act *soll den geschilderten unrechtmäßigen ›Entführungen‹ von Indianerkindern einen Riegel vorschieben.*
*Das neue Gesetz ist ohne Zweifel ein wichtiger Sieg für die Indianer und ihre weißen Lobbyisten. Inwieweit es allerdings in der Praxis hält, was es verspricht, bleibt abzuwarten. Die Wirksamkeit eines Gesetzes steht und fällt mit dem Vermögen und Willen der Staatsorgane aller Instanzen, die Vorschriften auch in jedem Einzelfall konsequent durchzusetzen**. Nachfolgend einige Auszüge aus dem o. a.* **Indian Family Defense**-Artikel:
Am letzten Sitzungstag des 95. Kongresses passierte das *Indian Child Welfare Act* von 1978 das Repräsentantenhaus und wurde am 8. November durch die Unterschrift Präsident Carters Gesetz. Mit dieser Gesetzgebung (Public Law 95–608) wird beabsichtigt, den wesentlichsten Reichtum der indianischen Stämme zu schützen – die Kinder.
Das Indian Child Welfare Act will die Unversehrtheit der indianischen Familie wahren, indem es die mißbräuchlichen Praktiken der Kinderfürsorge, welche zu unrechtmäßigen Trennungen von Eltern und Kind führen, abschafft. Es will ferner jener Diskriminierung ein Ende bereiten, auf Grund derer indianische Eltern nicht als Pflege- oder Adoptivfamilien in Frage kamen, sowie den indianischen Gemeinden umfangreiche Kinderfürsorge- und Familien-Unterstützungs-Programme gewähren.
Das Grundprinzip des Gesetzes besteht darin, daß die indianischen Stämme als Lokalregierungen ein grundlegendes Mitspracherecht bei einer jeden Entscheidung darüber haben, ob ein indianisches Kind von seiner Familie getrennt wird oder nicht. Das Gesetz sieht vor, daß ein Unterbringungs-Bescheid für ein indianisches Kind, das auf einer Reservation lebt, nur dann rechtswirksam ist, wenn er auf einer Anordnung des zuständigen Stammesgerichtes beruht. In Fällen außerhalb der Reservationen lebender Kinder schreibt das Gesetz den für Sorgerechts-Verfahren zuständigen bundesstaatlichen Gerichten vor, das Verfahren – solange kein ausreichender Grund das Gegenteil gestattet – auf Antrag der Eltern oder des Stammes an ein geeignetes Stammes-

*Die *Indian Child Welfare* ***Bill*** ist in **Indian Family Defense,** No. 9 (Feb. 1978), pp. 3–6 abgedruckt, der vollständige Wortlaut des *Indian Child Welfare* ***Act*** sowie eine ausführliche Analyse desselben in **Indian Family Defense, No. 11 (Feb. 1979), pp. 3–10.**
**In diesem eingeschränkt optimistischen Sinne heißt es in einem Brief des Geschäftsführers der AAIA vom 13. 12. 79 an den Herausgeber dieses Buches:
»Wir glauben, daß das *Indian Child Welfare Act* von 1978 in den weitaus meisten Fällen den Mißbrauch in der Kinderfürsorge verhindern wird; es kann ihn aber nicht ganz beenden, denn es wird Leute geben, die versuchen werden, das Gesetz zu umgehen.«

gericht zu verweisen. In dem Gesetz wird den indianischen Familien bei einer zur Diskussion stehenden Fürsorgeeinweisung ihrer Kinder das Recht auf eine ausführliche und gerechte Verhandlung verbürgt...
aus: **Indian Family Defense,** Nov. 11 (Feb. 1979), p.1

Lektüre-Vorschläge

Zur traditionellen Lebensphilosophie
»Die indianische Welt«, Schulze-Thulin, **Weg ohne Mokassins,** S. 70–101
Sotsisowah: »Der Weg des Schöpfers«, **Wo das Rebhuhn balzt,** S. 113–116
ders.: »Westliche Völker – Naturvölker«, a. a. O., S. 173–180
»The Hopi Way of Life is the Way of Peace«, Josephy, **Red Power,** pp. 41–51
Saupaquant: »Der Pfad der Schönheit. Natürliche spirituelle Wege.« **Wo das Rebhuhn balzt,** S. 237–245

Zur heutigen Lage
Die jeweils neuesten Informationen bringt die Zeitschrift **Indian Family Defense** der Association on American Indian Affairs, New York (s. Adressenliste)
Unger, Steven (ed.): **The Destruction of American Indian Families** (enthält 15 Beiträge kompetenter Autoren zu diversen Aspekten der heutigen Situation indian. Familien)
American Academy of Child Psychiatry: **Supportive Care, Custody, Placement and Adoption of American Indian Children,** New York 1977
»Adoptionen oder ein Assimilationsbeispiel im Gewand staatlicher Fürsorge«, Schulze-Thulin, **Weg ohne Mokassins,** S. 126–129
Cojote: »Adoption. Das Recht unserer Kinder auf ihr Volk und das Recht unseres Volkes auf seine Kinder«, **Wo das Rebhuhn balzt,** S. 99–101
Sotsisowah: »Unsere Zukunft ist die Familie«, a. a. O., S. 247–253
Bodley, John H.: »Die Opfer des Fortschritts«, a. a. O., S. 253–267 (zur Zerstörung einfacher Stammeskulturen durch den zivilisatorischen ›Fortschritt‹)

BILDUNGS- UND ERZIEHUNGSPROBLEME

In mehreren Interviews ist von den Gesprächspartnern z. T. heftige Kritik am Schulsystem des ›Büros für Indianerangelegenheiten‹ geübt worden. Diese Vorwürfe an die Adresse des BIA und damit letztlich an die US-Regierung, werden durch die ersten drei in diesem Kapitel abgedruckten Dokumente – zwei Zeitschriftenartikel sowie eine Zeugenaussage bei einem Senats-Hearing – präzisiert. Diesem Einblick in die Situation der vom Weißen Mann bereitgestellten Bildungseinrichtungen folgt ein Beitrag über die Ziele, Hintergründe und philosophisch-spirituelle Grundlage – bereits im Bellecourt-Interview vorgestellter – alternativer indianischer ›Überlebensschulen‹.

Akwesasne Notes

Lernendes Kind
und indianisches Universum

Internate gebrandmarkt

Boarding Schools Blasted

Die Internate des *Bureau of Indian Affairs* stellen eine Bedrohung der psychischen Gesundheit der Indianerkinder dar; das erklärte Dr. H. C. Townsley, Chef des Programms für psychosoziale Betreuung des *Indian Health Service,* im vergangenen September auf einem Treffen in Portland, Oregon. »Die BIA-Internate müßten eigentlich aufgelöst werden«, sagte Dr. Townsley, »und Indianerkinder sollten die gleichen Bildungseinrichtungen offenstehen wie der allgemeinen Bevölkerung.« Der *Portland Oregonian* zitiert Dr. Townsley wie folgt: »In den Internaten herrscht ein Mangel an Mitteln und Personal, und sie liegen weit ab« [von der Heimat der Kinder]. »Die Kinder kommen häufig in eine militaristische Atmosphäre: Hier aufstellen. Dort aufstellen. Los, zum Essen! Marsch ins Bett!«

»Die Indianerkinder sind in großer Gefahr. Viele von ihnen stammen aus zerrütteten Familien und kommen nun in eine reglementierte Umgebung. Sie haben kaum eine Chance. Wenn ein Lehrer oder Betreuer 40 bis 50 Schüler unter seinen Fittichen hat, kann er nicht genug Zeit aufbringen, um sich den Kindern als Elternersatz anzunehmen.« Dr. Townsley bezeichnete das durchschnittliche Verhältnis von einem Lehrer oder Betreuer auf 80 Indianerkinder als »eine enorme Gefahr für deren psychische Gesundheit*. Die Schulabbrecherrate in indianischen Internaten ist sechs bis acht mal so hoch wie bei der allgemeinen Bevölkerung.

»Eine der Ursachen liegt darin, daß sie nie ordentlich lesen und schreiben lernen«, fuhr Dr. Townsley fort. »Sie werden alle gemeinsam von einer Klasse in die nächste versetzt, und schließlich sehen sie sich höheren Anforderungen gegenüber als sie erfüllen können. Wir alle wissen, was passiert, wenn man ein Kind ohne einen bestimmten Wissensstand versetzt. In der nächsten Klasse wird es schwierig und noch schwieriger im darauffolgenden Jahr. Am Ende sind sie so frustriert, daß sie von der Schule abgehen. Die Wahrscheinlichkeit, daß solche Kinder als Erwachsene kriminell werden, ist groß. Viele von ihnen landen im Gefängnis.«

Etwa 30000 Indianerkinder (viele Tausende erst 5 bis 10 Jahre alt) sind in BIA-Internaten untergebracht. Die Aufnahme in Internate oder Wohnheime des BIA ist nicht in erster Linie an den erzieherischen Bedürfnissen der Kinder orientiert... Die Kriterien für die Herauslösung der Kinder aus ihren Familien und die Einweisung in Internate sind genauso vage und werden ebenso willkürlich gehandhabt wie die Kriterien für Pflege-Plazierungen von Indianerkindern...

aus: **Indian Family Defense,** No. 9 (Feb. 78), p.2

---

*Eine weitere von den BIA-Internaten ausgehende indirekte Gefahr liegt in der Wechselbeziehung zwischen Internatssituation und indianischem Alkoholismus:
»Die Atmosphäre... in den Internaten für indianische Schüler trägt in einem hohen Maße zu den Alkoholproblemen... junger Indianer bei.« »Boarding Schools and Alcoholism«, **Indian Family Defense,** No. 4 (Nov. 75), p.5.

Internat der Fahrlässigkeit für schuldig befunden

Boarding School Guilty of Negligence

Ende vergangenen Jahres bestätigte das US-Appellationsgericht des Zehnten Gerichtsbezirks das Urteil eines untergeordneten Gerichtes, in welchem die Bundesregierung bei der Führung des Internats in Chuska der Fahrlässigkeit für schuldig befunden worden war. Das Urteil, gegen das die Vereinigten Staaten keinen Einspruch erhoben, bestätigt den Urteilsspruch, fast $ 1 Mio. Schmerzensgeld in einen drei Navajo-Kindern zugedachten Treuhandfonds zu zahlen. Das Geld wurde Allison Bryant, Johnny High und Marvin High als Entschädigung für den Verlust ihrer Beine durch Erfrieren und Wundbrand zuerkannt.

An einem kalten und windigen Januar-Nachmittag vor fünf Jahren waren Allison (10), Johnny (8) und Marvin (7) aus dem vom BIA geführten Chuska-Indianerinternat ausgerissen und hatten versucht, sich auf den Weg zu ihren Familien zu machen. Sie waren in derselben Nacht in einen schweren Schneesturm geraten und vier Tage später aufgefunden worden. Ihre erfrorenen Beine mußten amputiert werden.

Die Brüder H. und Allison B. leben im Dorf Naschitti, einer kleinen Reservations-Gemeinde mit nicht mehr als 500 Einwohnern, etwa zwanzig Meilen von Chuska entfernt. Die Eltern der Jungen gehören wie viele andere Navajo zum Kultur- und Wirtschaftskreis der Viehzüchter... Wenn die Eltern ihre Kinder besuchen oder zu einem Familienbesuch heimholen wollten, kamen sie per Anhalter zu der Schule. Mrs. High machte die eidesstattliche Aussage, daß von der Schule kein regelmäßiger Transportdienst bereitgestellt worden war, um Besuche zu erleichtern. »Warum schicken Sie Johnny und Marvin in die Schule nach Chuska?« wurde Mrs. High bei der Verhandlung über den Fall der drei Jungen gefragt. »Die Wohlfahrtsbehörde hat es empfohlen« war ihre Antwort.

Das Chuska-Internat... liegt auf der östlichen Seite der Navajo-Reservation bei Tohatchi, New Mexiko. Die in den 60er Jahren erbaute Schule ist eine der neueren Einrichtungen des ausgedehnten BIA-Erziehungssystems. Chuska wird von 450 Schülern der Klassen 1–8 besucht, alle wohnen auch in der Schule... Von den 77 vom BIA geführten Schulen liegen 46 mit 15488 Schülern im Navajo-Bezirk des BIA. 79% der Navajo-Schüler dieser Schulen besuchen die unteren Klassen.

Die nachteiligen und schädigenden Auswirkungen der vom Bund betriebenen Internate sind seit langem bekannt, und die Methode, mit der man sie den Eltern in den 1890ern aufgezwungen hatte, war alles andere als idyllisch. Erklärte Zielsetzung war, das Navajo-Kind dem Einfluß seiner primitiven Eltern zu entziehen. Ein 1894 vom Kongreß verabschiedetes Gesetz gestattete, daß man allen Eltern, die sich weigerten, ihre Kinder in die Schulen zu schicken, die Rationen vorenthalten konnte. Später fuhren Regierungsangestellte mit angeheuerten Farmarbeitern und Farmern auf die Reservationen, um die Kinder einzufangen – manchmal wie Vieh mit dem Lasso – und sie in die Schulen zu schaffen.

Viele Kinder kehrten niemals aus diesen häufig von Epidemien heimgesuchten Schulen heim. Solche, die nach Jahren der Trennung zu ihren Eltern zurückkamen, hatten sich häufig ihren eigenen Familien entfremdet. Die Kinder waren in den Internaten einer militaristischen Disziplin unterworfen worden. Es war ihnen verboten, ihre eigenen Sprachen zu sprechen und sie wurden bestraft, wenn sie versuchten, ihre Stammesbräuche zu praktizieren.
Der 1928 veröffentlichte, von der Regierung in Auftrag gegebene *Meriam-Report* brandmarkte die Internate als die folgenschwerste jener Regierungspraktiken, welche »gegen die Entwicklung eines gesunden Familienlebens gerichtet sind«. Als 40 Jahre später, 1968, der [von Robert Kennedy geleitete] Senats-Unterausschuß für Indianische Erziehung *(Subcommittee on Indian Education)* eine landesweite Untersuchung der Internate durchführte, kam man zu dem Schluß, daß sie eine »nationale Tragödie« darstellten.
Die Sonderkommission für Indianische Angelegenheiten der *American Psychiatric Association* bezeichnet die Schulen als »Gefahr für die psychische Gesundheit«. Als Ersatz für das Zuhause schaffe man nach Angaben der Kommission »eine fremde, sterile und unpersönliche Umgebung«. »Das zentrale Problem ist, daß Kindern, die ohne Eltern leben, für diese niemand als Ersatz geboten wird«. Die *Navajo-Division of Education,* eine Behörde der Navajo-Nation, schätzt, daß 90% aller Navajo-Eltern ihre Kinder in Tagesschulen geben würden, wenn dies möglich wäre.
Ausreißer gehören zum Internats-Alltag. Der ehemalige Leiter der Schule in Chuska vermutet, daß es im Schnitt pro Semester in jeder BIA-Schule zehn Ausreißer gibt. Am Tage führt die Schule in Chuska mindestens neun Anwesenheits-Appelle (head counts) durch. Die erste Zählung ist um sechs Uhr morgens, wenn die Kinder aufstehen. Es folgen separate Zählungen vor dem Frühstück, nach dem Frühstück und unmittelbar bevor die Kinder dann schließlich zum Schulgebäude gehen. Die Schüler müssen sich dann wieder beim Mittagessen melden und erneut, bevor sie um 13 Uhr ins Schulgebäude zurückkehren. Weitere Zählungen werden nach Schulschluß durchgeführt sowie vor und nach dem Abendessen. In der Nacht werden in stündlichem Abstand die Betten kontrolliert.
Allison und Johnny waren schon früher von Chuska davongelaufen; Johnny einmal und Allison zweimal. Am Tag, als sie davonliefen, verließen Allison, Johnny und Marvin... das Schulgelände irgendwann zwischen 15.30 Uhr, dem Unterrichtsende, und 16 Uhr, dem Check-in in ihrem Wohntrakt. Bei dem Gerichtsverfahren stellte sich heraus, daß während dieses kritischen Zeitraums zwischen 15.30 und 16 Uhr, der erfahrungsgemäßen Stoßzeit für Ausreißer, kein BIA-Angestellter über die Kinder auf dem Spielgelände zwischen Schul- und Wohntrakt Aufsicht führte.
Die Jungen versuchten, das Winterlager ihrer Eltern im 20 Meilen entfernten Naschitti zu erreichen, indem sie über einen Berg kletterten. Sie sagten, sie hätten die nahegelegene Straße, auf der sie wie ihre Eltern hätten nach Hause trampen können, meiden wollen, um nicht entdeckt zu werden. In der ersten Nacht campierten die Jun-

gen in einer kleinen Höhle am Berghang,... von wo aus sie die Lichter des Chuska-Internates sehen konnten. In dieser Nacht schlug der Schneesturm zu. Die nächsten vier Tage blieben die Jungen lieber, wo sie waren, als in die Schule zurückzukehren. Am Freitag wurden sie schließlich von einem Navajo gefunden; ihre Hände waren geschwollen, wiesen Ödeme auf..., waren eiskalt, aber noch nicht erfroren. Die Beine der Jungen... mußten amputiert werden; heute laufen alle drei auf künstlichen Gliedmaßen.

Das Gericht sah die Ausreißer als »unmittelbares Ergebnis« der Vernachlässigung der Aufsichtspflicht des BIA auf dem Spielgelände. »Obgleich die Regierung... keine vollkommenen Maßnahmen zur Verhütung solcher unglücklichen Zwischenfälle treffen kann«, so das Gericht, »ist es ihre Pflicht, eine angemessene Aufsicht zu führen.«

Die von Kindern genannten Gründe für das Davonlaufen aus den Internaten sind vage. Häufig wollen sie »einfach nach Hause«. Allison Bryant sagte..., er sei davongelaufen, weil »er meistens einsam war«. Das Gericht bezog ferner die Aspekte der »Fremdartigkeit, Sterilität und Unpersönlichkeit« des Internatslebens in seine Entscheidung ein. Um den Umfang der für die Kinder notwendigen Fürsorge zu bestimmen, so das Gericht, sei es »notwendig, die Zustände in den Internaten mit den engen Familienbanden, an die diese Kinder gewöhnt sind, in Bezug zu setzen.«

Der Anwalt der Vereinigten Staaten, der das BIA in diesem Fall verteidigte, argumentierte,... wenn ein Kind weglaufen wolle, gäbe es keine Möglichkeit, dies zu verhindern. In seinem Schlußplädoyer hieß es: »Um diesem Problem vorzubeugen, müßte man sie [die Kinder] buchstäblich an ihre Betten fesseln.«

Das *Indian Child Welfare Act* von 1978, über das gerade im Repräsentantenhaus verhandelt wird, würde den Innenminister beauftragen, dem Kongreß einen Plan zur Einrichtung von Tagesschulen für indianische Kinder zu unterbreiten. So müßten Eltern, die es ablehnen, ihre Kinder in Internate zu schicken, dies in Zukunft auch nicht mehr tun*.

aus: **Indian Family Defense,** No. 10 (June 1978), pp. 5–6

*Wobei der zeitliche Zwischenraum bis zur Erarbeitung eines solchen Planes und der anschließenden Realisierung desselben sehr groß sein dürfte.

Zeugenaussage einer BIA-Mitarbeiterin

Statement of Ramona Osborne, Bureau of Indian Affairs, Washington, D.C.

Eine der Zeuginnen am 2. Tag der Anhörung des Subcommittee on Indian Affairs *(9.4.74) ist die Pawnee-Indianerin Ramona Osborne, Leiterin der BIA-Abteilung für Schüler-Aktivitäten (Director, Student Activity Program). Ms. Osbornes Insider-Statements sind nicht zuletzt insofern von besonderer Bedeutung, als eine derart offene, öffentlich vorgetragene Kritik an der eigenen Behörde einigermaßen ungewöhnlich sein dürfte. Der Hearing-Vorsitzende, Sen. James Abourezk, fragt denn auch besorgt, ob die Zeugin nicht den Verlust ihres Arbeitsplatzes befürchte. Ms. Osborne betont daraufhin, hier als Privatperson, nicht als BIA-Angestellte auszusagen.*
Übrigens hatte Ramona Osbornes oberster Vorgesetzter, BIA-Kommissar Morris Thompson, kurzfristig mitgeteilt, er könne auf Grund einer anderweitigen Verpflichtung an dem Hearing nicht teilnehmen.
Nachfolgend Ausschnitte aus Ramona Osbornes Darstellungen:

MS. OSBORNE: ...ich möchte mich auf die Praxis, Politik und Vorgehensweise des *Bureau* konzentrieren, die nach meiner Einschätzung keine optimale Entwicklung der Schüler gestattet und außerdem nicht der gesetzlichen Verpflichtung des *Bureau* nachkommt, die verfassungsmäßigen Rechte der aufgenommenen Schüler zu beachten und zu schützen.
Derzeitig betreibt das *Bureau* 75 Internate, die eine Gesamtschülerzahl von über 30.000 aufweisen. Wie in den Richtlinien des *Bureau* festgelegt, hängt die Aufnahmeberechtigung von ...spezifischen erzieherischen und sozialen Bedingungen ab. Es werden lernbehinderte Schüler aufgenommen, die drei oder mehr Schuljahre zurück sind, solche, die verstoßen oder vernachlässigt wurden und für die sich kein anderes Arrangement finden ließ, sowie solche, deren Verhaltensstörungen zu groß sind, um von ihren Familien oder den bestehenden örtlichen Einrichtungen gelöst zu werden. Bei solchen [Aufnahme-]Kriterien ist mithin in diesen Internaten eine Konzentration von Schülern mit besonderen Problemen und Bedürfnissen vorgegeben.
Die Tatsache, daß die meisten Schüler die Internate aus sozialen Gründen besuchen, ist wohlbekannt. Viele von ihnen stammen aus zerrütteten Familienverhältnissen, andere sind Waisen oder Straftäter, die meisten sind auf die eine oder andere Weise vernachlässigt worden. Es liegt in der Natur dieser Umstände, daß die Schule nun die große moralische und berufsmäßige Verantwortung hat, jede Möglichkeit für eine größtmögliche soziale, emotionale, intellektuelle, physische und spirituelle Entwicklung der Schüler zu nutzen.
Nach meiner Einschätzung ist dies gegenwärtig nicht gewährleistet, da es fundamentale Probleme in der erzieherischen Praxis gibt, die in der Organisation und Administration des BIA-Erziehungssystems nicht berücksichtigt werden. Bedenken Sie zum Beispiel die fehlende Übereinstimmung zwischen dem durch die Aufnahmekriterien fest-

gelegten Schülertypus und dem Internatsprogramm des *Bureau.* Im Endeffekt gibt es in Wahrheit keinerlei Übereinstimmung. Da haben wir auf der einen Seite Schüler mit besonderen Problemen und Bedürfnissen. Andererseits zeigen Lehrpläne und Personalpolitik dieser Internate in keiner Weise, daß diese Programme an den Bedürfnissen solcher Schüler orientiert sind. Wenn die Internate jemals einen qualitativen Wert haben sollen, gilt es meiner Meinung nach vor allem, die Art und Weise wie das *Bureau* sein gesamtes Erziehungssystem handhabt, zu reformieren. Es ist tragisch, daß die simpelsten Prinzipien vernünftiger Administration in keinster Weise berücksichtigt werden.
Bedenken Sie zum Beispiel die Tatsache, daß in aller Regel die Bedürfnisse der Schüler in den Internaten des *Bureau* noch nicht wissenschaftlich analysiert worden sind. Auf Grund des Unvermögens, diese Bedürfnisse zu veranschlagen, ist es unmöglich, angemessene Lernziele zu entwickeln. So ist es zum Beispiel notwendig, Testverfahren anzuwenden. Darüber hinaus ist es von äußerster Wichtigkeit, die Ansichten der Eltern dieser Schüler kennenzulernen. Es ist ferner wichtig, die Meinung der Schüler selber zu hören... Ich kann die Notwendigkeit, in einer jeden Schule die Summe der Bedürfnisse unserer Internatsschüler festzustellen, gar nicht genug betonen.
SEN. ABOUREZK: Lassen Sie mich folgendes fragen. Haben Sie das schulische Verwaltungspersonal und das *Bureau* auf Ihre hier zum Ausdruck gebrachten Bedenken hinsichtlich der fehlenden Übereinstimmung zwischen dem Internatsprogramm und den Bedürfnissen der Schüler hingewiesen?
MS. OSBORNE: Selbstverständlich.
SEN. ABOUREZK: Mit welchem Ergebnis?
MS. OSBORNE: Die Antwort, die ich so häufig bekam, lautete: Nun ja, es ist wahr, aber wir glauben nicht, daß es klug wäre, uns gerade jetzt dieses Problems anzunehmen...
aus: **Hearings Before the Subcommittee on Indian Affairs...,** pp 380–382 (genaue bibliograph. Angaben s. S. 153 dieses Buches)

Jo Lafferty: Für die Kinder

For the Children

Nachfolgend der Text einer indian. Rede vor der Genfer ›Intern. Konferenz über die Diskriminierung der Urbevölkerung Nord-, Mittel- u. Südamerikas‹ im September 1977 [NGO-Konferenz].

Ich möchte für die Jugend beider Amerikas sprechen, die Kinder der roten Nationen, aber auch den anderen Kindern in der Welt gilt meine Sorge. Ich komme von einer *Survival School,* wo ich gelernt habe, was Wahrheit ist und was es heißt, ein Mensch zu sein. Wir von der *Survival-School* betrachten uns als die wahrhaft freien Kinder dieser Welt. Wir sind die Kinder des *American Indian Movement.* Viele Jahre zwang man uns ein Erziehungssystem auf, das unseren persönlichen Bedürfnissen, unserem Leben, unserer Zukunft und der Zukunft dieser Welt nicht im geringsten Rechnung trägt. Man zwang uns, das Naturgesetz der Menschlichkeit zu mißachten, das uns der Schöpfer gegeben hat. Wir indessen haben die Gelegenheit, dies alles zu lernen und anzuwenden, um wahrhafte Menschen zu sein. Wir mußten um den Weiterbestand der *Survival School* kämpfen, weil in beiden Amerikas und überall in der Welt ein Schulsystem herrscht, das von Menschen gemacht wurde, die nicht einmal sich selbst kennen noch wissen, wozu sie da sind. Wir wissen, daß sie einen falschen Weg gehen, und weil sie diesen falschen Weg nicht allein gehen wollen, reißen sie alle Menschen mit anderen Hautfarben mit, denn Unglück will Gesellschaft. Das wissen wir.

Wir aber konnten die Lehren unserer Großväter hören, wir sind nicht das Ergebnis der fremden Lehren, so wie die anderen nicht das Ergebnis der Lehren ihrer alten Leute sind. Was wir sind, das sind wir durch den Schöpfer. Und über Generationen haben nur die alten Leute die Wahrheit den folgenden Generationen weitergereicht. In der ganzen Welt sind die zweibeinigen Wesen die Verkörperung des Traums des Schöpfers. Und wenn wir als menschliche Wesen leben dürfen oder wollen, dann müssen wir Wesen und Sinn dieses Traums verstehen. Wir müssen der Natur, der Erde, lauschen. Wir müssen hören, was sie uns zu sagen hat, denn ohne das kann nichts bestehen, was auf der Erde ist: der Vater, der Schöpfer ist und die Mutter, die den Kindern das Leben gibt, und so wie wir Kinder aus dem Leib der Mutter kommen, so kommen alle Menschen aus der Erde, die auch unsere Mutter ist. Und so wie wir unsere Mutter lieben, sie schützen und ihr Achtung erweisen, weil sie uns an ihrer Brust nährt und über uns wacht, bis wir selbst für uns sorgen können, so sehen wir die Erde. Das gleiche Gefühl haben wir für die Erde. Wir lieben diese Erde wie unsere leibliche Mutter. Denn sie ernährt und schützt ihre Kinder. Wenn wir die Erde zerstören oder sie mißachten, dann mißachten wir auch unsere Mutter.

In unseren *Survival Schools* haben wir auch gelernt, was Souveränität bedeutet. Wir haben den Unterschied zwischen den verschiedenen Hautfarben gelernt. Wir sehen auf niemanden mit Vorurteilen, wie andere das tun. Vier Hautfarben, vier Religionen,

vier Teile der Erde. Und man hat uns Achtung gelehrt.
Man achtet sich selbst, wenn man seine Grenzen kennt und den Weisungen des Schöpfers folgt. Und alles, was Er den Menschen mit der anderen Hautfarbe gegeben hat, das hat man auch zu achten, das muß selbstverständlich sein. Man kann nicht in ihre Kultur eindringen und sie ihnen nehmen oder eine fremde aufzwingen. Das ist nicht der Wille des Schöpfers. Wir achten uns selbst, wenn wir nach seinem Willen leben, uns gegenseitig achten, jedem das seine lassen und jeder Hautfarbe ihre Art zu leben, wie sie von der Schöpfung von Anfang an gewollt ist. Und wenn wir von Souveränität sprechen, dann waren alle vier Hautfarben souverän, als sie erschaffen wurden, und sie brauchten keine Regierung um Erlaubnis fragen, wenn sie etwas tun wollten. So wie ein Vogel nicht an eine Regierung herantreten muß und um Erlaubnis bitten, so zu leben, wie er seit Millionen Jahren immer gelebt hat. Das ist Souveränität. Das ist ein menschenwürdiges Leben, wenn niemand vorschreibt, was man zu tun hat oder dir dein Tun erst erlauben muß. Du brauchst dich nur nach dem zu richten, was der Schöpfer deiner Rasse sagte, als er sie erschuf. Und wenn du auf deine Kinder siehst, dann weißst du, warum du die Erde liebst. Die Kinder fühlen die gleiche Liebe auch zu dir. Ihr seid ein Ganzes. Ein Kind kommt von der Mutter. Mutter und Vater haben zusammen das Kind erschaffen. Wenn du um deine Kinder und ihre Zukunft ehrlich besorgt bist, dann mußt du als Elternteil selbst die Verantwortung übernehmen, das Kind zu lehren und großzuziehen, ihm das zu geben, was dir dein Vater, dein Großvater und deine Großmutter gaben. Wir können es uns nicht so bequem machen und unser Kind anderen übergeben, damit sie sich um das Kind kümmern und es lehren. Denn dann lockert sich die Bindung. Liebe ist wohl noch da, aber oberflächlich, und leicht kann sie ganz verschwinden. Aber wenn man dem Kind das wichtigste gibt, das man zu geben hat, und das sind nicht die materiellen Dinge dieser Erde, sondern deine Geistigkeit und deine Liebe, dann wird es nicht eines Tages verkommen auf der Straße herumlungern. Es wird nicht andere Menschen umbringen.
Am Anfang gab es keine Unruhe auf dieser Erde, denn wir waren Kinder. Und heute ist das Kind, der Säugling, der Unschuld und Reinheit am nächsten. Es weiß und erinnert sich noch, woher es kommt. Aus der Geisterwelt. Es hat noch das Verständnis, das dort ist. Ihr denkt, ein neugeborenes Kind versteht und weiß nichts, und doch weiß es mehr als ihr. Denn euer Geist ist mit den Dingen dieser Welt beladen. Das Kind aber weiß noch, wie man mit den Tieren spricht. Es hat noch die Verbindung zum Schöpfer. Es hat noch die direkte Verbindung zur Mutter und braucht keine Stimme, um sich ihr mitzuteilen. Es spricht durch Gefühle. Es sagt alles mit einem Schrei, und der Erwachsene weiß sofort, daß es ihm nicht gut geht, daß es etwas braucht.

Und wer von Euch sich Sorgen macht um sein Kind, der lebt nicht so weiter wie bisher. Der wird nicht fortfahren, die Erde zu zerstören. Die einen zerstören die Erde, die anderen versuchen, sie daran zu hindern. Und obgleich ihr Umweltschützer habt, die nach Wegen suchen, die Erde zu erhalten – selbst wenn es denen gelingen sollte, dieses

Vorgehen der Zivilisation zu verlangsamen, das Fortschritt genannt wird, so ist es doch trotzdem unvermeidlich, daß der Mensch diese Erde zerstört. Es muß ganz damit aufgehört werden. Damit der Mensch überleben kann. Die Erde zeigt uns, was nottut, wir brauchen nicht danach die Luft zu durchforschen. Unsere Mutter gibt uns alles, was wir zum Überleben brauchen, sie legt es uns direkt in die Hände. Um unser Leben in Wahrheit selbst bestimmen zu können, müssen wir die Freiheit haben, von unseren Alten zu lernen.

Und wenn wir diesen Kampf um Souveränität gewinnen wollen, dann dürfen wir auch die politischen Gefangenen nicht vergessen. Es sind sehr viele bis heute. Denn selbst wenn wir die Freiheit haben, nach unserer Weise zu leben, sind wir doch nicht wirklich frei, weil wir noch Brüder und Schwestern haben, die nicht frei sind. Sie sind im Gefängnis. Daran müssen wir denken. Es liegt nicht an ihnen, daß sie dort sind, denn das System, in dem sie einen Fehltritt begangen haben, ist ihnen fremd. Es gehört andersgearteten Menschen, und wenn sie in ihrer eigenen Welt leben könnten, dann hätten sie diesen Fehltritt nicht getan. Darum sind nicht sie schuld, sondern ihr seid schuld, die Industrienationen, weil ihr euch zu Göttern machen wollt. Ich möchte zum Schluß sagen, daß ich mich wirklich frei fühle, weil alles, was in mir ist, von meinen Großvätern kommt. Und sie haben es vom Schöpfer. Und selbst, wenn ihr die Botschaft, die wir hier der Welt bringen, in den Wind schlagt, selbst wenn ihr entschlossen seid, uns alle zu töten, uns gänzlich auszulöschen, es macht mir nichts aus, denn da ist immer noch diese Mutter und dieser Vater. Und selbst wenn es kein menschliches Wesen mehr auf dieser Erde geben sollte, dann haben sie immer noch die Kraft, ein neues Kind zu erschaffen. Solltet also ihr es sein, die diesen Krieg gewinnen – wir werden hier sein bis in alle Ewigkeit.

Vielleicht, wenn unsere Zeit gekommen ist, werden wir für einen kurzen Augenblick nicht hier sein, aber unser Körper könnte wiederkommen, und wir selbst werden hier immer sein, denn unser Geist ist da, wo unsere wahre Freiheit und unser wahres Leben ist. Und das ist immer bei uns, und wenn wir gehen, dann bleibt es doch hier, und wenn wir wiederkehren – es ist immer hier. Ich danke Ihnen.

aus: **progrom,** Sonderausgabe ›Indianer in Europa‹, S. 44, Übersetzung: Anneliese Rudwaleit.

Originaltext s. **Akwesasne Notes**, December 1977, pp. 12–13

Lektüre-Vorschläge

»Indian Education: A National Tragedy and Challenge. 1969 Report of the U. S. Senate Committee on Labor and Public Welfare, Made by its Special Subcommittee on Indian Education« (›Kennedy-Report‹), Josephy, **Red Power,** pp. 155–162

Scheirbeck, Helen M.: »Indian Education: A Challenge for the Church« a. a. O., pp. 163–169

»The War on Our Children. Schools in the Colonizing Process.« **Akwesasne Notes,** Earley Spring 1978, p. 4

Biegert, Claus: **Indianerschulen** (Bislang umfassendste Materialsammlung zum Thema ›Survival Schools‹. Das Buch enthält u. a. Interviews mit Schülern und Lehrern sowie eine Liste mit den Anschriften dieser Schulen)

»Of Mind, Heart and Spirit. Liberating the Kids, Preserving the Future«, **Akwesasne Notes,** Early Spring 1978, pp. 5–8 (Bericht über verschiedene ›Survival Schools‹)

Bellecourt, Clyde: »Die Heart of Earth Survival School«, **progrom. Indianer sprechen,** S. 109–111

Schierle, Sonja: »Indianische Alternativerziehung am Beispiel der Heart of Earth Survival School«, **amedian,** Juni 1979, S. 3f

DIE INDIANISCHE FRAU

In den für dieses Kapitel ausgewählten Schriften wird zunächst das Thema ›Sterilisation indianischer Frauen‹ aufgegriffen. Die in den Interviews im Zusammenhang mit dieser schwerwiegenden Anschuldigung anklingenden Widersprüche können nicht ausgeräumt werden. Behauptung steht gegen Behauptung, und es bleibt der subjektiven Entscheidung eines jeden Lesers überlassen, ob die zur Verfügung stehenden Angaben und Fakten den Vorwurf des Genocids ausreichend untermauern oder nicht.*
Die einschlägigen Artikel und Berichte beziehen sich fast ausnahmslos auf zwei Untersuchungen: Die Beobachtungen der Choctaw-Ärztin Connie Uri (1972) und den Bericht des Regierungsrechnungshofes, GAO (1976). Dementsprechend soll auch hier zunächst aus einem auf diese Untersuchungen eingehenden Bericht zitiert werden. Der Basisinformation folgt ein breiter angelegter indianischer Aufsatz zu diesem Problemkreis. Anschließend soll der für medizinische Eingriffe verantwortliche Indianer-Gesundheitsdienst, IHS, zu Worte kommen.

---

*Genocid [grch.-lat. ›Gruppenmord‹], Völkermord, die Vernichtung nationaler, rassischer, religiöser oder durch ihr Volkstum bestimmter Gruppen: Tötung, körperliche und seelische Schädigung, Minderung der Lebensbedingungen, Verhütung der Vermehrung...
Brockhaus, 17. Aufl., 1969

So stiehlt man Leben

The Theft of Life

An einem Novembertag des Jahres 1972 betrat eine 26jährige Indianerin eine Arzt-Praxis in Los Angeles und bat den Mediziner, bei ihr eine Gebärmutter-Transplantation vorzunehmen. »Ein erstaunliches Anliegen«, dachte der Arzt, doch diese Bitte war nicht annähernd so schockierend wie die Geschichte, die dahinter stand.

Die Frau erzählte ihrem Arzt, sie habe von Nieren-Transplantationen gehört, und sie brauche dringendst eine neue Gebärmutter, denn ihr zukünftiger Mann und sie wollten Kinder haben. Der Frau war vor sechs Jahren aus Gründen der Geburtenkontrolle die Gebärmutter entfernt worden. Zu der Zeit sei sie Alkoholikerin gewesen; ihre zwei Kinder waren in Pflegefamilien untergebracht. Ein Arzt hatte sie davon überzeugt, daß es das Beste für sie wäre, sich sterilisieren zu lassen; und diesem Rat war sie gefolgt.

Inzwischen, als 26jährige, war die Frau keine Alkoholikerin mehr; sie liebte einen Mann, und die beiden hatten vor zu heiraten. Als sie jetzt erfuhr, daß eine Gebärmutter-Transplantation unmöglich sei, war sie völlig niedergeschmettert. Der Kummer, den die Frau und ihr Mann darüber empfanden, keine Kinder haben zu können, führte schließlich zu einer Trennung.

Den geschilderten Fall berichtete eine Ärztin aus Los Angeles – Connie Uri, eine Chocktaw- und Cherokee-Indianerin – der Zeitung *National Catholic Reporter.* »Zuerst dachte ich, ich hätte einen einzelnen ›Kunstfehler‹ aufgedeckt«, sagte Dr. Uri. »Es gab keinen guten Grund dafür, warum ein Arzt an einer 20jährigen gesunden Frau eine totale Gebärmutterentfernung (hysterectomy) vornehmen sollte, anstatt [lediglich] den Eileiter abzubinden (tubal ligitation)«. Später fand Uri jedoch heraus, daß dies kein Einzelfall war. Immer wieder hörte sie nun von Frauen, die darüber klagten, zu Sterilisationen genötigt oder nicht hinreichend über die Endgültigkeit eines solchen Eingriffs informiert worden zu sein.

»Ich begann, die Regierung des Völkermordes zu bezichtigen und forderte eine Untersuchung durch den Kongreß«, sagte Frau Dr. Uri. Senator James Abourezk forderte [daraufhin] eine Studie über die Sterilisationspraktiken des *Indian Health Service* (IHS). »Diese Untersuchung zeigte leider, daß ich recht hatte«, kommentierte Frau Uri.

Die im November (1976) vom Regierungsrechnungshof (GAO) herausgegebene Studie enthielt [zwar] keinen Hinweis darauf, daß Frauen zur Sterilisation gezwungen worden waren, zeigte aber, daß Indianerinnen möglicherweise glaubten, diesen Operationen zustimmen zu müssen. Auf den meisten Einwilligungsformularen – und darin liegt ein Verstoß gegen Bundesvorschriften – waren die Indianerinnen nicht eindeutig genug darüber informiert worden, daß sie ein Recht haben, den Eingriff zu verweigern.

In dem GAO-Bericht waren vier der zwölf vom *Indian Health Service* betreuten Gebiete untersucht worden. Albuquerque (New Mexico), Phoenix (Arizona), Aberdeen (South Dakota) und Oklahoma City (Oklahoma). Dabei fand man heraus, daß – gemessen an ihrem Anteil an der Gesamtbevölkerung – sehr viele Indianerinnen sterilisiert worden waren: Zwischen 1973 und 1976 waren es 3406 Eingriffe*. Unter diesen befanden sich 36 Frauen unter 21 Jahren, obwohl für dererlei Maßnahmen ein gerichtlich angeordnetes Moratorium in Kraft war.

Der Regierungsrechnungshof (GAO) beschränkte sich bei seiner Untersuchung auf die Prüfung der IHS-Akten. Er befaßte sich nicht mit Fallstudien; der GAO untersuchte weder das Verhältnis Patient:Arzt, noch wurden sterilisierte Frauen befragt.

Doch Frau Uri hat zusammen mit einer Gruppe (überwiegend bei der Regierung angestellter) indianischer Frauen ihre eigene ›stille Untersuchung‹ vorgenommen. Dabei wurden nach Uris Angaben sowohl die Vorgehensweise des IHS untersucht als auch zahlreiche sterilisierte Indianerinnen interviewt. Diese Untersuchung und der GAO-Bericht veranlaßten Frau Uri zu der Annahme, daß mehr als ein Viertel aller amerikanischen Indianerinnen sterilisiert worden seien; damit gäbe es nur noch 100000 Indianerinnen im gebärfähigen Alter. »Das Problem ist deshalb so schwerwiegend«, meint Frau Uri, »weil es so wenige Indianer gibt – nicht einmal eine Million. Mit uns verhält es sich nicht so wie mit anderen Minderheiten; wir verfügen über keine genetische Reserve (gene pool) in Afrika oder Asien. Wenn wir ausgestorben sind, ist das endgültig.«

Dr. Uri glaubt nicht daran, daß den Sterilisationen ein Regierungsplan zur Ausrottung der amerikanischen Indianer zugrunde liegt. Die Eingriffe resultieren ihrer Meinung nach vielmehr aus »der Fehleinschätzung der Ärzte, welche davon ausgehen, die Lösung der Probleme bestünde darin, die Geburt weiterer Kinder zu verhindern. Diese Ärzte haben eine falsche Vorstellung vom Leben. Sie gehen davon aus, daß man nur dann ein gutes Leben führen könne, wenn man als Kind in eine Mittelschicht-Familie geboren wird. Doch die meisten Menschen auf der Welt werden nicht in solchen Wohlstand geboren; ich zum Beispiel wäre überhaupt nicht geboren worden, wenn Wohlstand eine Voraussetzung für Leben darstellte. Die Ärzte maßen sich eine gottähnliche Autorität an und denken, sie helfen den Frauen, indem sie sie sterilisieren.«

»Nur die wenigsten Indianerfrauen bitten darum, sterilisiert zu werden«, erläutert Frau Uri. »In fast allen Fällen wird die Frau auf autoritäre, nötigende Weise dazu überredet.« Dies sei, so Dr. Uri leicht genug, da die Frauen ein so großes Vertrauen in die Ärzte setzten.

»Von den 3406 Sterilisationen sind 3001 an indianischen Frauen im gebärfähigen Alter (15–44) und 142 dieser Operationen an indianischen Männern durchgeführt worden. 1024 Eingriffe wurden außerhalb der IHS-Krankenhäuser von Ärzten und Gesundheitseinrichtungen vorgenommen, die zu diesem Zweck beim IHS unter Vertrag standen.«

Die **progrom**-Herausgeber merken an, daß die o. a. Sterilisationsrate einer Zahl von ca. 452000 Sterilisationen in der Gesamtbevölkerung entspricht.

Fairbanks, Dee, »Unsere Kinder sind unser Reichtum«, **progrom,** Sonderausgabe ›Indianer in Europa‹, S. 162.

Eine Frau erzählte Uri, sie sei zum Arzt gegangen, weil sie unter starken Kopfschmerzen gelitten habe. Der Doktor sagte dieser Frau, sie habe deshalb Kopfschmerzen, weil sie befürchte, schwanger zu werden und empfahl eine Sterilisation. Die Frau stimmte zu, doch die Kopfschmerzen blieben. Später erfuhr die Indianerin, daß sie einen Gehirntumor hatte...

Eine andere Frau, Mutter dreier Kinder, ging mit Magenbeschwerden zum Arzt. »Der Doktor nahm sofort an, der Frau sei übel, weil sie schwanger ist und schrie ›Warum zum Teufel läßt du dir nicht deine Eileiter abbinden, dann wird dir auch nicht mehr schlecht.‹«

Viele Frauen willigen deshalb in eine Sterilisation ein, weil sie Angst haben, daß man ihnen im Falle einer Verweigerung ihre [bereits geborenen] Kinder abnehmen könnte. Viele glauben ferner, so Uri, andernfalls den Anspruch auf Gelder und Leistungen der Wohlfahrtsbehörde zu verlieren.

Um solche Mißverständnisse zu vermeiden, ist der IHS verpflichtet, die Frauen darüber aufzuklären, daß ihre Wohlfahrtsansprüche nicht zurückgehalten würden und ihnen [außer der Sterilisation] noch zahlreiche andere Verhütungsmöglichkeiten offenständen. Der Rechnungshof stellte jedoch fest, daß in den IHS-Akten der Hinweis darauf fehlte, daß die Patientinnen diese Informationen vor ihrer Sterilisationseinwilligung erhalten hatten. Nach Auskunft eines GAO-Sprechers befolgt der IHS inzwischen diese Vorschriften.

Die meisten indianischen Frauen werden unmittelbar nachdem sie geboren haben sterilisiert; häufig – so Dr. Uri – müßten sie ihre Einwilligung in noch halb betäubtem Zustand geben. »Fast jede Frau, die einen Kaiserschnitt bekommt, muß damit rechnen, sterilisiert zu werden.« Eine unter solchen Umständen gegebene Einwilligung verletze Bundesvorschriften, denen zufolge zwischen Einwilligung und tatsächlicher Operation eine 72stündige Wartefrist zu liegen habe.

Die meisten indianischen Frauen seien sich nicht über die Unabänderlichkeit dieser Operation im klaren, wenn sie ihre Einwilligung geben, fügt Frau Uri hinzu. »Wenn sie dann aber feststellen, daß sie kein Leben mehr geben können, fühlen sie sich kastriert, und dies führt zu psychologischen Problemen. Die Erkenntnis [jetzt unfruchtbar zu sein] stellt sich bei den Frauen von Fall zu Fall verschieden ein: Einigen wird die Tragweite erst Jahre später ganz plötzlich bewußt, dann aber um so heftiger. Daraufhin kommt es häufig zu Nervenzusammenbrüchen und Selbstmordversuchen, oder aber die Frauen werden Prostituierte oder Alkoholikerinnen.« Nach Auskunft von Frau Uri verurteilen viele Männer die ohne ihr Wissen vorgenommenen Eingriffe; der Kummer der Frau zerstöre häufig die Familie.

aus: **Women of All Red Nations,** WARN-Broschüre, pp. 13–15

Katsitsiakwa: Über die Macht der Frau

To Take Back Our Power

Die Sterilisation indianischer Frauen ist weit mehr als eine bloße politische oder medizinische Angelegenheit. Das wahre Problem der Sterilisation besteht darin, daß wir unsere Macht, unsere persönliche Souveränität in jedem Bereich unserer Verpflichtungen als Mütter der zukünftigen Generationen an die Institutionen des Kolonisators verlieren. An seine Krankenhäuser, seine Schulen, seine Kirchen, sein Rechtssystem, seine Wirtschaft – er hat seine Habgier institutionalisiert, und wir sind die Opfer dieser institutionalisierten Gier. Indem wir unsere besondere Macht als Frauen (womanpower) – unsere Fähigkeit, Leben zu geben und zu erhalten in einer gesunden, ausbalancierten Welt – an jene Institutionen abtreten, machen wir uns in einer äußerst erniedrigenden Weise unbewußt abhängig: jedesmal, wenn wir über die Türschwellen dieser Institutionen treten, übernehmen wir Wertungen und Ausrichtung eines Lebensstils, der unser Leben zerstört.

Sterilisation. Es ist eine erschütternde Tatsache, daß ein Drittel der eingeborenen amerikanischen Frauen ihrer Fortpflanzungsfähigkeit, ihrer Macht, neues Leben hervorzubringen, beraubt worden ist. Erschütternder noch ist jedoch die Tatsache, daß wir eben jenen Institutionen, die dazu beitragen, unsere Völker auszurotten, erlauben, uns als Frauen und Mütter zu beeinflussen. So wie die Menschheit die Verbindung zu Mutter Erde verloren hat, so verlieren wir eingeborenen amerikanischen Frauen die Verbindung zu unserer weiblichen Macht. Uns wurde immer gesagt, daß wir als Frauen mit der Erde verwandt sind. Traditionell betrachteten die eingeborenen amerikanischen Frauen ihre Körper im Zusammenhang mit Erde und Mond. Sie verstanden die Zyklen des Universums und den inneren Kreislauf [der Natur], und sie gingen ›Hand in Hand‹ mit Großmutter Mond. Der Tanz der Frauen erinnerte sie an ihre enge Beziehung zu Mutter Erde: ihre Schleifschritte verloren nie die Berührung mit dem Boden – ein Abbild ihrer eigenen Macht, Leben zu geben und zu erhalten. In längst vergangenen Tagen, als westliche Institutionen hierzulande noch nicht existierten, war das Leben manchmal schwer, manchmal sanft, aber weitgehend ausgeglichen. In jenem System hatten die Frauen, unterstützt durch die Clans, die [Stammes-] Gesellschaften und eine Gemeinschaft in Übereinstimmung mit der Schöpfung mehr mit der Gesundheit und Erziehung, dem Wohlbefinden und Überleben ihrer Völker zu tun als all die aus Bundesmitteln bezuschußten Programme von heute. Wir hatten diese Macht, diese Macht der Frauen. Wir müssen unserer spirituellen Beziehung, unserer praktischen Beziehung zur Schöpfung bewußt werden – mehr als bloß in netten Worten. ›Unsere Mutter Erde‹ klingt hübsch. Aber was bedeutet das für uns? Sieh dir die Erde an, und die Alten werden dir sagen, mit allem, was man zu einem guten Leben braucht, versorgt uns unsere gemeinsame Mutter. Unsere Gesetze, unsere Erziehung, unsere Arzneien, unsere Religion, unsere Nahrung, unsere Behausung und unsere Kleidung, alles kam von der Erde, unserer Mutter.

Was tun wir als Mütter, um diese Dinge unseren Kindern zugute kommen zu lassen? Schau dich um in den indianischen Gemeinden auf den Reservationen und in den Städten, und du wirst sehen, wie indianische Frauen ihre besondere weibliche Macht stetig verlieren. Wir sind immer abhängiger geworden von einem Lebensstil, der nicht zu uns paßt. So abhängig, daß Stillen, Hausgeburt, elterliche Sorge und Kontrolle über unsere eigene Gesundheit und Fortpflanzung ungewohnte Fertigkeiten für uns geworden sind. Als Frauen und Mütter müssen wir uns darüber im klaren sein, wie wir in die Konzerne und Institutionen (corporations) des Weißen Mannes eingebunden sind und wie dies unsere Souveränität, unsere physische und geistige Souveränität unterminiert.

Das Wissen um den Tanz der Frauen, die Kenntnis unserer spirituellen Qualität als Frauen und der Begriff der persönlichen Souveränität – all diesen Aspekten müssen wir uns bewußt werden, wenn es um unser Überleben als Frauen geht.

Es ist notwendig, daß wir unsere Macht als menschliche Wesen, als Frauen wieder an uns nehmen. Als Frauen aller Roten Nationen gilt unsere Sorge Problemen, die für das Überleben der Indianer von zentraler Bedeutung sind: politischen Gefangenen, der Erosion unserer Landbasis, Sterilisation, Erziehung/Ausbildung, Vertragsrechten und der Zerstörung der Familieneinheit. Wir können diese Probleme nicht in einzelne Kämpfe aufspalten, obwohl der Kampf an all diesen Fronten geführt wird. Wir können diese Probleme nicht aufsplittern, wie es der Weiße Mann gerne sähe. Wir können nicht die Geburt unserer Kinder, die Pflege und Ernährung unserer Kinder von der Gesundheit und Erziehung/Ausbildung unserer Kinder trennen. Wir können uns nicht bloß um die Sterilisationsfrage kümmern, da der empörende Mißbrauch der Sterilisation an der Urbevölkerung [nur] ein Symptom des eigentlichen Grundproblems darstellt, und das besteht darin, daß wir Indianerinnen unsere Macht aus den Augen verloren haben; wir haben vergessen, wie man Souveränität über den eigenen Körper praktiziert. Viele von uns verstehen nicht mehr die Macht des Reinigungsprozesses, dem unsere Körper mit jedem Zyklus des Mondes ausgesetzt sind. Viele verstehen nicht die Bedeutung dieser Macht, oder wie sie in der spirituellen Realität unserer eigenen Heilkunde zum Ausdruck kommt. Viele dieser Tausenden von Sterilisationsfällen passierten (postpartum), nachdem die Frauen im Krankenhaus ihre Babies geboren hatten und von den Drogen [noch] so betäubt waren, daß sie nicht begreifen konnten, was mit ihnen geschah. Als wir uns [noch] im Umkreis unserer weiblichen Macht befanden, wurden unsere Babies zu Hause im Beisein hilfreicher Verwandter geboren, und die Geburt war ein natürlicher Prozeß, und der Weiße Mann konnte sich nicht in die intimsten Einzelheiten unserer weiblichen Macht einmischen.

Der Weiße Mann nimmt, was heilig ist, was das Geschenk der Schöpfung ist und betraut Institutionen damit. Wir waren es gewohnt, Kontrolle über die Produktion unserer eigenen Nahrung zu haben, und jetzt sind unsere Familien der Fertignahrung ergeben. Das Erziehungssystem, das wir durchlaufen müssen, macht uns ebenso wie das weiße Brot und der weiße Zucker, die wir essen, leblos, und dieser Prozeß hat einen

Schwächungseffekt auf Geist und Körper unseres Volkes. Die Verbreitung von Diabetes, Übernervosität, schlechter Ernährungslage, Fettleibigkeit, Alkoholismus und anderer Zivilisationskrankheiten unter der Urbevölkerung kommt einem Völkermord gleich.

In einer Inuit-Gemeinde in Alaska entdeckte ein Genetiker der Universität von New Mexiko eingeborene Kinder mit physischen Mißbildungen, die keinem bis dahin bekannten Syndrom zugeordnet werden konnten. Charakteristisch für das Aussehen dieser Kinder waren zum Beispiel kurze, dicke, nach oben gerichtete Nasen, tief angesetzte Ohren, niedriges Geburtsgewicht, Tendenz zur Retardation und eine längere, dickere Oberlippe. Allen Müttern war, wie sich herausstellte, eines gemein: Alkoholkonsum während der Schwangerschaft. Alle diese Umstände sind inzwischen in der medizinischen Literatur als das ›fetale Alkohol-Syndrom‹ beschrieben worden. Bis jetzt wurde noch nicht geklärt, welche Alkoholmenge einen Effekt auf den Fötus hat oder zu welcher Zeit der Schwangerschaft der Fötus am anfälligsten für die Auswirkungen von Alkohol ist. Allerdings bekannt ist die Tatsache, daß alles, was die Mutter zu sich nimmt, ob Alkohol, Tabak oder Drogen, die Entwicklung des Fötus beeinflußt. Die Alten werden dir sagen, daß sogar die Gedanken einer Frau auf das ungeborene Kind wirken, daß das Kind mit den Ohren seiner Mutter hört und mit ihren Augen sieht, und daß es die Pflicht ihrer Familie ist, die schwangere Frau glücklich zu machen, ihr nur gute Gedanken zu bereiten. Das fetale Alkohol-Syndrom, der Schwächeeffekt der ›Zivilisationskost‹ auf die Gesundheit unseres Volkes sowie der Schwächeeffekt der Schulen und Kirchen des Weißen Mannes auf das Gemüt unseres Volkes, sind nur einige unter vielen Formen der Unterdrückung. Diese Unterdrückung schwächt die Stärke unserer Nationen.

Ein anderes Problem, mit dem sich W.A.R.N. auseinandersetzt, ist die Zerstörung der Familieneinheit. In [nur] einer Generation hat sich der Trend von der Hausgeburt zur Krankenhausgeburt, vom Stillen zur Flaschennahrung verschoben. Die Bindung und Nähe, die die Familie durch natürliche Dinge erlebt, sind Grunderfahrungen, aus denen wir Stärke für uns, unsere Kinder und unsere Familien schöpfen können. Wir haben es zugelassen, daß uns die Erfahrung der Geburt, der Pflege und Ernährung unserer Kinder genommen wurde. Man hat uns glauben gemacht, daß eine so heilige Zeremonie wie die Geburt eines Kindes in eine Institution gehört. Wir übernehmen die Werte unserer Unterdrücker, und indem wir dies tun, unterdrücken wir unsere eigenen Kinder, unsere eigenen Familien, uns selbst durch Flaschennahrung, durch unnatürliche Gebärtechniken, dadurch, daß wir die Geburt unserer eigenen Kinder verpassen, weil uns der Weiße Mann lehrt, daß die Geburt schmerzhaft sei und daß wir Betäubungsmittel einnehmen müßten; und wir liegen in Wehen und gebären, ohne uns klar darüber zu werden, daß unsere Kinder in einen Saal voll von schreiender Babies gebracht werden, und die Aufspaltung unserer Familien setzt in dem Moment ein, in dem unsere Kinder geboren werden.

Es ist nötig, daß wir den Begriff der Selbstbestimmung [wieder] fest in den Griff be-

kommen. Eingeborene Frauen werden sterilisiert und verstehen [gar] nicht, was das bedeutet. Viele bekommen einen Kaiserschnitt und wissen nicht warum. Sie unterziehen sich Hysterektomien (vollständige Entfernung der Gebärmutter), ohne die medizinischen und emotionellen Begleitumstände dieser Prozedur zu verstehen; sie haben niemanden, an den sie sich um exakte Information und Rat wenden könnten. Sieh dich selbst an. Was weißt du über deine eigene Fruchtbarkeit und was diese mit dem Mond zu tun hat? Weißt du, wann du nicht fruchtbar bist? Hast du irgendwelche physischen Probleme, die sich durch eine Änderung der Eßgewohnheiten und des Lebensstils ausräumen ließen? Was weißt du über die Wechseljahre? Was weißt du über den Geburtsvorgang? Welche traditionellen Heilmittel kennst du, die dir bei Menstruationskrämpfen, Wehen, während der Geburt und beim Stillen helfen können? Viele von uns überlassen diese Dinge dem *Indian Health Service.* Wir überantworten ihnen unsere Frauenleiden. Ich sage nicht, daß wir die westliche Medizin und die Krankenhäuser überhaupt nicht nutzen sollten. Es ist eine Tatsache, daß Gebärmutterhalskrebs unter Indianerinnen so häufig vorkommt, daß ein jährlicher Abstrich Bestandteil eines jeden gewissenhaften Vorsorgeprogramms sein sollte. Was wir [aber] im Gedächtnis behalten müssen, ist, daß die medizinischen Einrichtungen genauso profitorientiert sind wie die anderen Insitutionen des Weißen Mannes*. Und die medizinischen Institutionen entziehen uns unsere Macht als Frauen.

Ein gutes Beispiel dafür, wie Institutionen/Gesellschaften uns schwächen, sind ihre Werbekampagnen im vergangenen Jahrzehnt, mit Hilfe derer sie Mütter der Dritten Welt dazu bringen wollten, Säuglingsfertignahrung zu verwenden. In Ländern, wo Nestle's, Brystol-Myers und andere Hersteller ihre Waren anpriesen, starben einige Säuglinge in Folge von Fehlanwendung dieser Produkte [z. B. durch zu starke Verdünnung mit nicht einwandfreiem Wasser]*.

Als Frauen und Mütter müssen wir uns außerdem im Interesse unserer Familien auch mehr noch um vorbeugende als um kurative Medizin kümmern. Gute Präventivmittel tragen zur Gesundheit bei wie [auch folgende] andere Aspekte unseres Lebens: wie wir einander behandeln, unsere Erziehung, die Nahrung, die wir essen, wie wir unsere Existenz auf dieser Erde gestalten.

Wir müssen über diese Dinge nachdenken. Das Wissen um den Tanz der Frauen, das Sich-bewußt-werden unseres spirituellen Wesens als Frauen und der Begriff der persönlichen Souveränität, dies ist das eigentliche Problem, das hinter der Sterilisationsfrage steht. Wir müssen über all diese Dinge nachdenken, weil es auch um unsere Männer geht. Sie müssen bestärkt werden. Sie müssen ihre Pflichten und ihre Macht erkennen als Männer dieser Erde. Wie sagte doch Sakokwenonkwas von der Mohawk

---

*Ursula Wolf weist in diesem Zusammenhang darauf hin, daß eine Gebärmutterentfernung dem Chirurg bis zu $ 800 einbringe, während an einer Eileiterabbindung ›nur‹ ca. $ 250 zu verdienen seien.

Wolf, U.: **Mein Name ist Ich lebe...,** S. 155

*s. a. »Infant Feeding: Breast is Best«, **Newsweek,** Oct. 22, 1979, pp. 20–22

Nation: »Ein Mann und eine Frau sollten zusammenarbeiten, gemeinsam sollten sie sich wie zwei Zugpferde mühen um die zukünftigen Generationen.«
Aus: **Women of All Red Nations,** WARN-Broschüre, pp. 23–26.

Offizielles Sterilisations-Dementi

Statement of the Indian Health Service, July 20, 1978

Der Indianer-Gesundheitsdienst, IHS, ist über die Sterilisations-Vorwürfe offensichtlich denkbar verärgert. Bereits bei der ersten Kontaktaufnahme wurde dem Herausgeber dieses Buches am Telefon ein vorbereitetes offizielles Dementi vorgelesen. Die Stellungnahme wurde ihm zusätzlich in schriftlicher Form zugeleitet. Nachfolgend der Text dieser auf den 20. 7. 78 datierten hektographierten Presseerklärung:

Kritikpunkt:
In letzter Zeit wurden von den Nachrichtenmedien Behauptungen aufgestellt, nach denen der *Indian Health Service* im Rahmen einer Völkermord-Politik der Bundesregierung in den frühen 70er Jahren 42% aller indianischen Frauen zwangsweise sterilisiert habe. Es wurde ebenfalls darauf hingewiesen, daß das Wachstum der indianischen Bevölkerung zurückgehe.

Entgegnung:
Die in letzter Zeit von den Nachrichtenmedien verbreitete Information über indianische Sterilisationen resultierte möglicherweise aus Mißinterpretationen einer Studie des Regierungsrechnungshofes [GAO] über den *Indian Health Service.* In dem Report gibt es keine Hinweise dafür, daß der IHS irgendwelche Handlungen zur Sterilisation von Indianern ohne deren Wissen und Einwilligung vorgenommen hat.

Es ist nicht die Politik des *Indian Health Service,* Indianer zu sterilisieren, um so deren Bevölkerungsanteil zu kontrollieren; seine Politik ist vielmehr, das Leben der Indianer und der Eingeborenen Alaskas zu verbessern und zu verlängern. Als Teil seines umfassenden Gesundheitsdienstprogrammes stellt der IHS im Rahmen seiner Möglichkeiten ein großes Spektrum von Dienstleistungen zur Familienplanung, einschließlich der Sterilisation, zur Verfügung. Solche Sterilisationen werden nur an Indianern ab 21 Jahren, die um diese Methode der Familienplanung ersuchen und ihre volle Einwilligung geben, vorgenommen.

Ein Sprecher des GAO stellte fest – und dem stimmt der IHS zu –, daß keine zuverlässigen nationalen Statistiken zur Verfügung stehen, um einen validen und zuverlässigen Vergleich der Sterilisationsraten aufzustellen. Die besten zur Verfügung stehenden Daten zeigen jedoch, daß die Zahl der Eingriffe an Indianern, die zur Sterilisation führen, der Rate solcher Eingriffe bei der allgemeinen Bevölkerung entspricht.

Die GAO-Studie führt gewisse Verfahrens-Unzulänglichkeiten des IHS bei der Erlangung der informierten Einwilligung (informed consent) an. Es wird jedoch in dieser Studie ausdrücklich erwähnt, daß der GAO es nicht unternommen hat, die Patienten zu befragen, um festzustellen, ob sie vor ihrer Sterilisations-Einwilligung ausreichend informiert wurden: der GAO glaubte, daß ein solches Bestreben »nicht sinnvoll wäre«... [Man vermutete] »in den Aussagen der Patienten über ihre vier bis sechs Monate zurückliegende Einwilligung ein hohes Maß an Ungenauigkeit.«

Der IHS kennt keinen belegten Fall, in dem eine indianische Frau nicht ausreichend informiert gewesen wäre oder man ihr gesagt hätte, die Sterilisation sei obligatorisch, wenn diese Frau weiterhin Gesundheits- und andere Sozialleistungen empfangen wolle. Die GAO-Studie hat keinen Beweis solcher Praktiken erbracht. Die vom *Indian Health Service* betreute indianische Bevölkerung weist eine zweifach so hohe Geburtenrate und ein dreifach so hohes Bevölkerungswachstum auf wie die US-Bevölkerung in ihrer Gesamtheit.

Anmerkung: Es liegt noch eine weitere 5seitige IHS-Stellungnahme zu den Sterilisations-Vorwürfen vor:

Analysis of GAO Report/Press Reports on Indian Sterilization and Research.

Die indianische Frau ist keineswegs ausschließlich passives Opfer unterschiedlicher Gewaltanwendung. So gibt beispielsweise die Gründung indianischer Fraueninitiativen Anlaß zu der Annahme, daß indian. Frauen heute stärker als bisher gewillt sind, sich direkt an der sozialpolitischen Auseinandersetzung um eine verbesserte, dem indian. Geist entsprechenden Lebensqualität zu beteiligen. Eine solche Initiativgruppe ist WARN, die ›Frauen aller Roten Nationen‹. WARN wurde im Sept. 1978, ein Jahr nach der Genfer NGO-Konferenz, gegründet und gehört zum American Indian Movement. *In den beiden nachfolgenden Artikeln soll das Selbstverständnis dieser Frauengruppe deutlich gemacht, sowie die Stellungnahme eines exponierten männl. AIM-Mitglieds zur WARN-Gründung angeführt werden.*

Lorelei Means, Janet McCloud: Was wir wollen

Who Are We:

An der Gründungskonferenz von WARN in Rapid City, S. D. [1978] nahmen um das Wohl der zukünftigen Generationen besorgte Frauen aus dem ganzen Land teil. Frauen, die in der Überlebens-Pädagogik engagiert sind, Frauen, die schreiben, Frauen, die sich für Mutter und Kind einsetzen, Frauen, die auf dem audio-visuellen Sektor arbeiten. Es war eine Konferenz der Großmütter, Mütter, Tanten, Nichten und Schwestern. Einige von ihnen waren Veteranen der BIA-Besetzung und von *Wounded Knee,* andere hatten am *Longest Walk* teilgenommen. Einige waren nach Genf gereist, um an der NGO-Konferenz über die Diskriminierung der eingeborenen Völker teilzunehmen, andere waren auf der Konferenz zum Internationalen Jahr der Frau dabeigewesen. Manche dieser Frauen haben einen Sohn oder eine Tochter im Kampf verloren, und wieder andere schließlich haben gerade erst begonnen, sich ihrer Pflichten als eingeborene Frau bewußt zu werden.

All diese Frauen – das ist WARN. WARN, das sind aber auch all jene Frauen, die nicht den weiten Weg nach Rapid City, S. D. machen konnten, aber dennoch nach einem sinnvollen Weg suchen, ihre Energie mit der anderer Frauen zu vereinen. WARN, das sind all diese Frauen, WARN, das bist du.

Auf der Gründungskonferenz waren Frauen aus über dreißig eingeborenen Nationen anwesend. Dabei haben wir übereinstimmend festgestellt, daß die Wahrheit und deren Vermittlung zwei der wesentlichsten Mittel zur Befreiung unseres Landes, unseres Volkes und unserer vierbeinigen und geflügelten Verwandten sind. Die Wahrheit und deren Verbreitung sind eine wesentliche Überlebenshilfe. Daher besteht eines der wichtigsten Ziele von WARN darin, präzise Informationen zu allen dringlichen Problemen zu sammeln und möglichst vielen Mitstreitern bekannt zu machen.

Die Informationen, die auf der WARN-Gründungskonferenz präsentiert wurden, betrafen die folgenden dringlichsten Problembereiche: Sterilisationsmißbrauch, politische Gefangene, Überlebensausbildung, Zerstörung der Familie und Diebstahl unserer Kinder, Zerstörung und Schwund unserer Landbasis…

Die nationale Organisation

Neben der Notwendigkeit der Kommunikation zwischen uns selbst, den in verschiedenen Bereichen engagierten eingeborenen Frauen, müssen wir auf nationaler und internationaler Ebene um einen möglichst breiten Förderer-Kreis bemüht sein... Rachel Tilson vom NASC, die über eine große Erfahrung in der Arbeit mit nationalen und internationalen Frauengruppen verfügt, war in Rapid City dabei, um uns über Geschichte und Aufgaben dieser Organisation zu informieren und uns Ratschläge zu geben, wie wir mit dieser zusammenarbeiten können, um unseren Anliegen größtmögliche Geltung zu verschaffen. Auf einer Konferenz zum Thema ›Die Frauen und die Mulitnationalen Konzerne‹ in Des Moines, Iowa, kurz nach der WARN-Gründungskonferenz konnten sich mehrere WARN-Mitglieder von den Schwierigkeiten, denen wir gegenüberstehen, einen eigenen Eindruck machen.

Der große Unterschied zwischen den amerikanischen eingeborenen Frauen und den Töchtern der Einwanderer wurde schon kurz nach Ankunft auf der Konferenz sichtbar. Wir bedenken stets unsere heilige Pflicht gegenüber Mutter Erde, unser Verhältnis zu Großmutter Mond und den ungeborenen Generationen. Sie hingegen benutzen eine Heftpflaster-Terminologie: »Wie können wir OSHA dazu bringen, nicht-karziogene Chemikalien in den Produktionsanlagen zu verwenden?«, »Wie können wir den Armen billig Energie verschaffen?«, »Wie können wir eine Lohnerhöhung und Verbesserung unserer Arbeitsbedingungen erreichen?«

Zwar ist es wahr, daß solche Fragen die Alltagsrealität im Leben vieler Millionen Menschen bestimmen. Doch es ist genauso wahr, daß das eigentliche Problem niemals angesprochen wird, solange Menschen Mutter Erde um besserer Löhne willen ausbeuten. Weil wir dieses Land kennen und unser Volk hier seit mehr als 400 Jahren gegen die Erfinder der multinationalen Konzerne gekämpft hat, schauen wir weiter voraus als bis zur nächsten Lohntüte. Wir müssen uns daher auf unsere Kraft besinnen und dieses Bewußtsein in jedes nationale Forum einbringen.

In Des Moines bemerkten viele Frauen, daß sie hier zum ersten Mal auf einer Konferenz waren, an der auch amerikanische Eingeborene teilnahmen. Es wurden wichtige Verbindungen zu anderen Minderheiten-Frauen geknüpft: zu Farm-Arbeiterinnen, Puerto Ricanerinnen, Schwarzen, Hawaiians und Philippinos. In Workshops, Ausschüssen und Plenar-Sitzungen tauschten wir Informationen über den Sterilisations-Mißbrauch, Energie-Kolonien auf Indianerland, politische Gefangene und Überlebenserziehung aus. Wir haben ebenfalls eine Menge über die bedrohliche Allmacht der Multis erfahren, und wie man auf diesem Gebiet recherchieren muß. Die Frauen von WARN werden in Zukunft jede Möglichkeit nutzen, an nationalen Konferenzen teilzunehmen, wo wir auf die Themen, die uns Sorge bereiten, aufmerksam machen und eine nationale Unterstützungsbasis aufbauen können.

Politische Organisation zu Hause

»Wir können nur hoffen, diesen Krieg zu gewinnen, wenn wir (in der ganzen westlichen Hemisphäre) starke indianische Familien haben, Familien, die sich politisch bil-

den und diese Erkenntnisse in ihre Gemeinden einbringen.« Diese Macht politischer Organisation verbunden mit unserer Spiritualität muß zu Hause beginnen.
In unserer Arbeitssitzung wurden Möglichkeiten diskutiert, dies zu erreichen. Ein Thema war die Zeit, die Frauen verschwenden, wenn sie miteinander schwatzen. Diese Zeit könnte genutzt werden, lokale indianische Anliegen oder für die Indianer relevante ähnliche internationale Probleme zu diskutieren. Es stehen sowohl zahlreiche Untergrundzeitungen als auch indianische Publikationen zur Verfügung.
Ein anderes Thema ist die geistige Bildung und Erziehung unserer Kinder. Ein sehr gutes Beispiel: Ein Kind von Eltern, die im *Movement* engagiert sind, ist sich in neun von zehn Fällen der anstehenden Probleme bewußter als das durchschnittliche Kind. Es hängt von der täglichen Erziehung unserer Kinder ab, was aus ihnen wird und über welche Kräfte sie als Erwachsene verfügen werden.
Es gibt viele Probleme im Leben der Indianer. WARN ist heute eine neu begründete Gruppe besorgter Frauen, die auf den erwähnten Gebieten seit unterschiedlich langer Zeit engagiert sind. Auf die eine oder andere Weise verfolgen wir alle das gleiche Ziel. Wir müssen ständig miteinander sprechen: über neue Entwicklungen und Auseinandersetzungen; über alle Themen aller Fronten, mit denen das eingeborene Volk zu tun hat.
Aus: **Women of All Red Nations,** WARN-Broschüre, 1978, pp. 4–5

Wir haben es satt

Wir haben es satt, zuzusehen, wie unsere Männer sich aus lauter Verzweiflung dem Alkohol zuwenden, Selbstmord begehen oder in Strafanstalten enden. Wir haben unsere Kinder großgezogen, nur um mitanzusehen, wie ein fremdes System sie durch eine Völkermordpolitik einer Gehirnwäsche unterzieht, eine Politik, die unsere Sprache, unsere Bräuche und unser Erbe zerstört.
Wir haben es satt, zuzusehen, wie unsere Brüder und Söhne in den Krieg ziehen, nur um nach ihrer Heimkehr von den Regierungskräften der Vereinigten Staaten umgebracht zu werden. Nach über 400 Jahren haben wir es satt, verdammt satt. Deshalb erheben wir uns an der Seite unserer Männer. Wir erheben uns und nehmen den Kampf auf. Hier und heute. Um unsere Jugend zu schützen, so daß ihre Nachkommen jene Freiheit kennenlernen, die unsere Vorfahren kannten. Die Zukunft unserer Jugend und Ungeborenen liegt in unserer Vergangenheit. Wir sind es, die heute der Spiritualität, der Würde und der Souveränität neues Leben schenken. Wir, die eingeborenen amerikanischen Frauen.

Regina Brave

aus: **Women of All Red Nations**, WARN-Brochure, backpage

Ted Means: Wer sind diese Frauen?

Who Are These Women?

Ich bin immer wieder gefragt worden, wer sind diese ›Frauen aller Roten Nationen‹? Wer sind diese Frauen? Was wollen sie erreichen? Ich höre Leute auf *Women's Lib* anspielen und spötteln, überall wollten jetzt die Frauen das Ruder übernehmen. Ich vermute, es sieht tatsächlich so aus. Wer sind diese Frauen?

Sie sind diejenigen, welche den unbeschreiblichen Schmerz durchmachen mußten, Männer wie Russ[ell Means], Clyde [Bellecourt] und andere von uns anerkannte Führer zum Sohn zu haben. Sie sind diejenigen, welche unsere Häuptlinge hervorbringen, unsere Sprecher. Sie sind diejenigen, welche dann die Särge ihrer Söhne und Töchter tragen müssen. Sie sind diejenigen, welche rückblickend die Frage stellen ›Warum‹? Sie sind diejenigen, die sich fragen ›Wo ist mein Sohn? Wo ist meine Tochter?‹ Sie sind diejenigen, welche die Verzweiflung und den Schmerz bei Gerichtsverhandlungen durchstehen mußten. Lebenslange Haft, zehn oder vierzig Jahre oder was auch immer. Sie sind diejenigen, welche zusehen müssen, wie ihre Söhne in die Gefängnisse wandern und ihren Sohn mit einem Kuß oder einer Umarmung zurücklassen müssen. Das ist alles, was einige unserer Brüder mit ins Gefängnis nehmen.

Doch diese Frauen sind auch diejenigen, welche uns die Kraft geben, trotz allem was wir durchgestanden haben, weiterzumachen. Sie sind der Rückhalt in unserem Kampf. Sie sind der Rückhalt des *American Indian Movement.* Sie sind der Rückhalt des *International Indian Treaty Council.* Sie sind der Rückhalt der *Federation of Native Controlled Survival Schools.* Das also sind die ›Frauen aller Roten Nationen‹.

Und wenn sie diese Woche zusammenkommen, um eine Strategie für eine organisierte Zusammenarbeit zu entwickeln, dann deshalb, um noch mehr zu tun als sie ohnehin schon getan haben. Um unserer Bewegung noch ein wenig mehr Halt, ein wenig mehr Stärke zu geben. Und dafür bin ich... dankbar. Diese Organisation ist wichtig; sie ist wichtig, weil sie den Frauen, für die wir leider so häufig keine Zeit zu haben scheinen und denen wir nie richtig zuhören, eine Gelegenheit bietet, sich zusammenzufinden, um uns [Männern] ihre Anleitung zu geben. Uns immer neue Anstöße zu geben, damit wir nicht vom Weg in die Freiheit abkommen.

So möchte ich Euch alle auffordern, nicht nur die Frauen unter Euch, zu kommen und zuzuhören, was sie zu sagen haben und ihnen jede notwendige Unterstützung zu gewähren, weil sie immer und ohne, daß wir erst darum bitten müssen, für uns da sind und uns in jeder Weise die Unterstützung geben, die wir brauchen.

aus: **Women of All Red Nations,** WARN-Broschüre, pp. 2–3

Anmerkung: Neben WARN gibt es noch eine weitere nationale Frauenvereinigung, die *North American Indian Women's Association.*

Lektüre-Vorschläge

Niethammer, Carolyn, **Daughters of the Earth. The Lives and Legends of American Indian Women,** New York, Collier Books, 1977.

Wolf, Ursula, **Mein Name ist Ich lebe**
Katz, Jane B. (ed.): **I'm the Fire of Time,** New York, 1977
»Frauen«, Biegert, **Indianerschulen,** S. 233–235
»Indianische Frauen«, **progrom. Indianer in Europa,** S. 156–158
»Unsere Zukunft wird vernichtet. Sterilisation & Experimente«, **Wo das Rebhuhn balzt,** S. 223–237
»Völkermord im Krankenhaus. Interview mit Barbara Brave Bird«, Biegert, **Indianerschulen,** S. 162–166
»Zwangssterilisation«, a. a. O., S. 166–168
»Ist Sterilisation Völkermord?«, **progrom. Indianer in Europa,** S. 162f
Hill Witt, Shirley: »Das Leben der ermordeten indianischen Kämpferin Anna Mae Pictou Aquash«, a. a. O., S. 158–161

ERKLÄRUNGEN WEISSER POLITIKER

Auf die weitgehende Abhängigkeit der US-Indianer von Kongreß und Regierung wurde mehrfach hingewiesen; Schicksal und Zukunft des Roten Mannes sind in ganz erheblichem Maße von den in der Bundeshauptstadt gefällten Entscheidungen bestimmt. Die Einstellungen der Washingtoner Verantwortlichen zur ›Indianerfrage‹ variieren: es gibt sowohl ausgesprochene Indianergegner als auch erklärte Förderer. Die Mehrheit der Politiker scheint es jedoch vorzuziehen, sich in keinem der beiden Lager zu engagieren – mit ihrem Bevölkerungsanteil von knapp einem halben Prozent sind die Indianer keine relevante Wählergruppe.
Die für dieses Kapitel ausgewählten Statements weißer Politiker stellen einen Querschnitt durch das Meinungsbild des Washingtoner Polit-Establishments der letzten Jahre dar.

Aus dem Kongreß-Protokoll: Senats-Aussage enthüllt subversive und terroristische AIM-Aktivitäten

American Indian Movement's Subversive and Terrorists Activities Exposed in Senate Testimony, Hon. Larry McDonald of Georgia in the House of Representatives, Sept. 27, 1976. Congressional Record.

Wie u. a. im Bellecourt-Interview angesprochen, ist verschiedentlich von Politikern versucht worden, dem American Indian Movement *terroristische, linksextremistische Umtriebe nachzuweisen. Diesem Ziel diente auch die Einschleusung des FBI-Agenten Douglas Durham in die AIM-Führungsmannschaft während der frühen 70er Jahre. Es gelang Durham, das Vertrauen des AIM-Strategen Dennis Banks zu gewinnen und auf der indianischen Seite an der* Wounded-Knee-*Aktion teilzunehmen*. Die FBI-Geheimoperation wurde durch Zufall aufgedeckt, als im Zuge der* Wounded Knee-*Nachfolgeprozesse den Rechtsvertretern der angeklagten Indianer auf bundesrichterliche Anordnung FBI-Akten zugänglich gemacht werden mußten.*

Die Erkenntnisse und Einschätzungen des FBI-Agenten Douglas Durham (nicht zu verwechseln mit Jimmy Durham vom IITC) wurden vom Senate Internal Security Subcommittee *[Unterausschuß für Innere Sicherheit] veröffentlicht. Auf diesen Bericht stützt sich der Kongreßabgeordnete Larry McDonald bei einer Rede vor dem Repräsentantenhaus am 27. 9. 76. McDonald beklagt zunächst die finanziellen Zuwendungen des* National Council of Churches *[Nationaler Kirchenrat] an den Verteidigungsfonds des Indianers Crow Dog, der ja immerhin nicht nur Medizinmann, sondern auch geistiger Führer des* American Indian Movement *sei. Kern der im folgenden auszugsweise wiedergegebenen Rede des Abgeordneten McDonald ist eine 9-Punkte-Zusammenfassung des FBI-Agenten Douglas Durham.*

Wenn Privatpersonen und kirchliche Gruppen Spenden in den Berufungsfonds des *National Council of Churches* für Crow Dog in Betracht ziehen, sollten sie vielleicht auch dem Senats-Report, der eidesstattlichen Aussage und der Dokumentation von Douglas Durham Aufmerksamkeit schenken. Der Report enthält folgende Zusammenfassung der faktischen Erkenntnisse über das *American Indian Movement:*

1) **Die wahren Dimensionen von AIM:** Das *American Indian Movement* spricht nicht für die amerikanischen Indianer. Es ist eine Minderheits-Bewegung mit allerhöchstens ein paar tausend Anhängern. Es ist wichtig festzuhalten, daß an seinen spektakulärsten und am stärksten publizierten Aktionen nie mehr als ein paar hundert Leute beteiligt waren.

2) **AIM als revolutionäre Organisation:** AIM ist eindeutig eine revolutionäre Organisation, die sich der Gewalt verschrieben hat, zur Bewaffnung der amerikanischen India-

*s. a. Douglas Durham-Fotoserie in Biegert, **Indianerschulen,** S. 232

ner aufruft, Depots mit Sprengkörpern und illegal gekauften Waffen unterhält, Entführungen plant und deren Gegner auf Mafia-Art ausgeschaltet worden sind. Einige der AIM-Führer und -Mitglieder haben Castros Kuba besucht und/oder betrachten sich offen als Marxisten-Leninisten.

3) **Auslandsverbindungen:** AIM hat viele direkte oder indirekte Auslandsverbindungen zu Castros Kuba, (Rot-)China, zur IRA (Irish Republican Army), zu der palästinensischen Befreiungsorganisation (PLO) und zu Förderergruppen in verschiedenen europäischen Ländern*.

4) **Verbindungen zu einheimischen Extremisten:** In den Vereinigten Staaten steht AIM in Kontakt mit einer großen Zahl links-extremistischer Organisationen, von denen es Propagandamaterial erhält. Hierzu gehören der *Weather Underground,* die Kommunistische Partei, die Trotzkisten *(Socialist Workers Party* und andere), die *Symbionese Liberation Army,* die *Black Panther Party,* die *Youth Against War and Facism* [YAWF], das *Indo-China Solidarity Committee,* das *Prisoners Solidarity Committee,* die *Prisoners,* eine YAWF-Untergruppe, usw.

5) **AIM und die Medien:** AIMs Neigung zu spektakulären Aktionen hatte eine massive Medien-Berichterstattung zur Folge. Diese Berichterstattung, obgleich nicht immer unkritisch, ist im großen und ganzen wohlwollend gewesen – vielleicht auf Grund der weitverbreiteten Tendenz, Mitgefühl für das Schicksal des Roten Mannes in Sympathie für AIM umzuwandeln, ohne gewisse essentielle Fragen zu stellen. Das reine Ausmaß der Medien-Berichterstattung hat darüber hinaus – in Regierungskreisen wie auch in der allgemeinen Öffentlichkeit – dazu gedient, den weitverbreiteten Eindruck zu verstärken, AIM spreche für die große Mehrheit des indianischen Volkes...

6) **Unterstützung von bundesstaatlicher, kirchlicher und anderer Seite:** Unter Ausnutzung des massiven Public Relation-Aufbaus, den AIM in den Medien erfahren hat, ist es dem *American Indian Movement* möglich gewesen, Unterstützung im Werte von vielen hunderttausend Dollar von verschiedenen Behörden der Bundesregierung und einer Anzahl religiöser Organisationen – katholischer und protestantischer – zu erhalten. Drohungen und die Besetzung von Gebäuden sind ebenfalls als Überredungsmittel im Werben um Finanzmittel des Bundes und religiöser Stellen angewandt worden. AIM hat darüber hinaus große Geldsummen aus der Wirtschaft, von Gewerkschaftsgruppen und Privatleuten erhalten.

7) **Mißbrauch von Geldmitteln:** Der größte Teil des Geldes, das die Vereinigten Staaten und die Kirchen AIM zur Verfügung stellten, wurde dafür verwandt, die Indianer zu radikalisieren, Konfrontationen wie die *Wounded Knee*-Besetzung oder die Okkupation des *Bureau of Indian Affairs* in Washington, D. C. zu initiieren sowie um die persönlichen finanziellen Bedürfnisse der AIM-Führer zu decken. Entgegen den Darstellungen von AIM bei der Beantragung dieser Mittel sind diese, bis auf geringfügige

*Die bundesdeutschen AIM Support Groups (Förderergruppen) werden mit Interesse zur Kenntnis nehmen, daß sie in einem Atemzug mit der PLO und der IRA genannt werden.

Ausnahmen, nicht dazu verwandt worden, das Los des amerikanischen Indianers zu verbessern...

8) **Das Unterhöhlen der rechtmäßig gewählten indianischen Führerschaft:** Die nachlässige Vorgehensweise der Regierungsvertreter in Bezug auf Protestaktionen wie der Okkupation des *Bureau of Indian Affairs;* die vielen hunderttausend Dollar, die man an AIM zur Einrichtung niemals realisierter Sozialprogramme verschwendet hat; die ehrerbietige, ja fast unterwürfige Art und Weise, in der sie [die Regierungsvertreter] ihre Verhandlungen mit AIM-Vertretern führten, haben AIM nicht nur enorm gestärkt, sondern auch dazu gedient, das Prestige und die Autorität der Stammesvorsitzenden und der *National Tribal Chairmen's Association* zu untergraben. Dies war Gegenstand einer bitteren, an Innenminister Rogers Morton gerichteten Beschwerde der *National Tribal Chairmen's Association* vom 12. Nov. 1973.

9) **Der Fall Richter Nichol:** Es wurden wichtige Aussagen gemacht bezüglich der voreingenommenen Haltung des Bundesrichters Fred Nichol, der am 19. Sept. 1974 die Anklagen gegen die Führer des *American Indian Movement* Dennis Banks und Russel Means fallen ließ. Im März 1975 hat das Büro des US-Staatsanwalts in Sioux Falls, S. D. in harten Worten einen Vorbehalt gegen Richter Nicol angemeldet und diesen aufgefordert, sich von den noch verbleibenden *Wounded-Knee*-Verfahren zurückzuziehen. In der diesbezüglichen schriftlichen eidesstattlichen Versicherung stellte der US-Staatsanwalt fest, daß Richter Nichol häufig seinen Respekt für die an der *Wounded Knee*-Übernahme beteiligten Personen zum Ausdruck gebracht und daß er während des Verfahrens an einem Essen, auf dem der Verteidiger William Kunstler eine Ansprache hielt, teilgenommen und am Ende dieser Rede eine stehende Ovation für Kunstler eingeleitet habe. Der Zeuge sagte aus, daß Richter Nichol Dennis Banks und dessen Anwalt im Okt. 1973 zu seinem Haus gefahren habe, wo Richter Nichol und Mrs. Nichol ihre Gäste mit Kaffee und Plätzchen bewirtet hätten und Mrs. Nichol zum Ehrenmitglied des *American Indian Movement* gemacht worden sei.

...

aus: **Congressional Record, Sept. 27, 1976, E 5303–5304**

Aus dem Kongreß-Protokoll: Indianerpolitik unter Berücksichtigung von Rechten und Pflichten

Indian Policy with Respect to Rights and Responsibilities. Hon. Joseph L. Fisher of Virginia (quoting former Deputy Commissioner of Indian Affairs, Theodore W. Taylor) in the House of Representatives, March 22, 1978

Nachfolgend einige Passagen aus einem Beitrag des Kongreß-Abgeordneten Joseph L. Fisher vor dem Repräsentantenhaus. Der Abgeordnete verliest eine Rede, die ursprünglich der ehemalige stellvertretende Kommissar für Indianerangelegenheiten, Taylor, auf einem Treffen des Interstate Congress on Equal Rights and Responsibilities *(Denver, Col., 24.2.78) gehalten hat.*

Die Absichten des Interstate Congress *sind bereits in mehreren der vorangestellten Texte als potentielle Bedrohung der indianischen Vertragsrechte eingestuft worden. Th. W. Taylors Ausführungen dürften in fast jeder Hinsicht die offizielle Meinung des* Interstate Congress *widerspiegeln. Die Wiedergabe erfüllt einen doppelten Zweck: Taylors Darlegungen geben einerseits einen Einblick in die Argumentation der wohl härtesten Widersacher des Roten Mannes und belegen andererseits gleichzeitig, in wie starkem Maße das Ideal indianischer Souveränität im Laufe der Zeit unterminiert worden ist. Der Abdruck der längeren Rede beschränkt sich aus Platzgründen auf die Themenbereiche ›Verantwortung der US-Regierung‹, ›Souveränität‹ sowie ›Rechte und Pflichten‹.*

...

Eine der größten Herausforderungen, der wir als Nation gegenüberstehen, ist der Verfall der Wechselbeziehung zwischen (1) empfangenen Rechten und Dienstleistungen und (2) der Verantwortung, für solche Rechte und Dienstleistungen einzustehen und zu arbeiten. In seinem Buch ›Awakening from the American Dream‹ [Das Erwachen aus dem amerikanischen Traum] zeigt Rufus Miles dieses Problem in Bezug auf unsere gesamte Gesellschaft auf. Hier jedoch wollen wir lediglich die Situation des amerikanischen Indianers untersuchen, eine Situation, deren besonderer Charakter das Problem zu intensivieren scheint.

...

Die Verantwortung für die Lage der Indianer

Es gibt eine Tendenz, das BIA, den IHS oder »die Regierung« dafür verantwortlich zu machen, wenn das Einkommen der Indianer niedrig und ihre Gesundheitslage schlecht ist oder sie unter anderen Nachteilen leiden. Das mag teilweise berechtigt sein, aber nicht gänzlich. Der Fortschritt eines Individuums oder einer Gruppe hängt von dem Wunsch, dem Willen und der sich auferlegten Disziplin ab, ein Ziel zu erreichen. Das bestmöglich durchgeführte und finanziell ausgestattete Programm kann ein Individuum oder eine Gruppe solange nicht verändern, wie diese(s) die Veränderung nicht anstrebt, für diese Veränderung arbeitet und sich entsprechend engagiert. Black Elk sagte: »Wir geben oft dem Weißen Mann die Schuld an unserem mangelnden

Fortschritt, doch einen Großteil der Schuld tragen wir auch selbst«*.
Diese Nation hat die Verantwortung, den Indianern bei der Anpassung zu helfen. Wenn sie sich nicht anpassen wollen, dann eben nicht. Wir haben keine anhaltende Verpflichtung, einen besonderen Indianerzuschuß zu zahlen. In diesem Zusammenhang sollte man den ›Schuldkomplex‹ vieler Bürger wegen der Behandlung der Indianer in der Vergangenheit veranschlagen. Die Iroquois dezimierten die Huronen, unsere Vorfahren fielen in Nordamerika ein. Keiner von uns, die wir heute leben, ist für eines dieser Ereignisse verantwortlich. Wir müssen die gegenwärtigen Probleme ohne kurzsichtige Schuldgefühle auf der einen und den Mythos der ›eternen Verpflichtung‹ auf der anderen Seite lösen.

Die indianische Souveränität

Es ist leicht zu erkennen, wie sich das Konzept der indianischen Souveränität entwikkelte. Einst entsprach es der Wahrheit. Als die Europäer in Amerika einfielen, waren die indianischen Volksgruppen unabhängig. Unsere Verhandlungsmittel waren die Verträge und die Armee. Seitdem hat sich vieles verändert. Das Wild wurde abgeschlachtet, und man zwang die Indianer auf Reservationen. Sie konnten sich nicht selbst versorgen. An viele, einschließlich der Sioux, wurden Rationen ausgegeben, damit sie überleben konnten. Nach 1871 wurden keine Verträge mehr abgeschlossen. Für viele Stämme stellten Indianeragenten die Regierungen dar. 1924 wurden alle Indianer Bürger der Vereinigten Staaten und der Bundesstaaten, in denen sie lebten. Nach unserer Verfassung liegt die Souveränität beim Volk, und dieses hat zwei Regierungsebenen eingerichtet, in seinem Sinne zu handeln: die Bunderegierung und die Regierungen der Bundestaaten. Die Indianer sind heute ein Teil des »Volkes«.
Die Gerichte sagen immer noch, die indianischen Stämme besäßen volle Souveränität, außer in der Außenpolitik und abgesehen von den ihnen vom Kongreß auferlegten Einschränkungen. Den meisten Stämmen sind vom Kongreß Einschränkungen auferlegt... Diese [gerichtl. Aussage] wird zum Aufbau des Mythos benutzt, die indianischen Gruppen seien immer noch souverän und semi-unabhängig.
Lassen Sie uns einige der Fakten betrachten, die nicht zum Gedanken der Souveränität passen:
(a) die oberste gesetzgebende Autorität in Indianerangelegenheiten liegt beim Kongreß, nicht bei den indianischen Gruppen.
(b) Auf Indianer-Reservationen begangene Schwerverbrechen werden von US-Staatsanwälten vor Bundesgerichten zur Anklage gebracht, nicht von Stammesangehörigen vor Stammesgerichten.
(c) Manche Reservationen verhandeln zahlreiche ihrer Zivilverfahren vor bundesstaatlichen Gerichten anstatt vor Stammesgerichten.
(d) Der größte Teil des Stammeslandes sowie des Landes in indianischem Privatbesitz wird von der Regierung treuhänderisch verwaltet. Das bedeutet, die letzte Entschei-

*Taylor, **The States and Their Indian Citizens,** p.130

dung über die Verwendung des Landes liegt bei der Bundesregierung, nicht bei der Stammesführung.

(e) Viele Regierungsurkunden der Stämme basieren auf dem *Indian Reorganization Act* oder anderen Gesetzeswerken, nicht auf stammeseigener Souveränität.

(f) Die indianischen Stammesregierungen unterliegen der Kontrolle eines Bundesgesetzes, des *Indian Civil Rights Act.*

(g) Siebzig Prozent (70%) der indianischen Reservations-Kinder werden in öffentlichen Schulen der Bundesstaaten ausgebildet, nicht in Stammesschulen; sie unterstehen bundesstaatlichen Schulgesetzen, Lehrplänen und Verfahren. Die außerhalb der Reservationen lebenden Indianerkiner besuchen praktisch alle bundesstaatliche öffentliche Schulen.

(h) Die vorgeschriebenen Hilfsprogramme der Sozialfürsorge (Beihilfen für Alte, Blinde, kinderreiche Familien und Behinderte) werden für alle Bürger, auch für die – auf oder außerhalb der Reservationen lebenden – Indianer, über die Bundesstaaten abgewickelt.

(i) Die Straßen auf den Reservationen werden zum größten Teil vom Bundesstaat oder Bezirk bzw. der Bundesregierung erbaut und unterhalten, nicht von den Stammesregierungen.

(j) Die meisten Krankenhäuser und medizinischen Dienstleistungen auf den Reservationen werden vom HEW bereitgestellt und unterhalten, normalerweise werden sie nicht vom Stamm oder den Stammesregierungen finanziert und unterhalten.

(k) Die meisten Stammesregierungen ziehen von ihren Stammesmitgliedern keine Steuern ein, die die Dienstleistungen der Regierung mittragen. Diese werden vom Steuerzahler über das BIA und HEW bezuschußt und/oder über den Verkauf von Stammesressourcen. Jedes Jahr werden den vom Bund anerkannten Stämmen vom Kongreß über eine Million Dollar für Sonderzuschüsse an die Indianer bereitgestellt. Auch die Bundesstaaten stellen ihren indianischen Bürgern, einschließlich derer auf den Reservationen, Mittel und Dienstleistungen unterschiedlichen Umfangs zur Verfügung. (Gerichte, Wohlfahrtsleistungen, Schulen, Universitäten, Gefängnisse, Straßen uvm.).

Es ist offensichtlich, daß die indianischen Regierungen und Bürger auf Bundesreservationen vermutlich abhängiger von der Bundesregierung und den bundesstaatlichen Regierungen sind als der Rest von uns. Sie nehmen zahlreiche Dienstleistungen in Anspruch, für die sie nicht zu bezahlen brauchen. Sie sind nicht autark. Dies ist ein Zustand, der sich besser mit ›Abhängigkeit‹ als mit ›Souveränität‹ bezeichnen ließe.

Und dennoch führt der Gedanke indianischer ›Souveränität‹ viele Indianer und Nicht-Indianer irre. Der Kongreß sollte für die indianischen Regierungen, die dazu keine Berechtigung haben, Gesetze erlassen und schlichtweg konstatieren, daß es keine Spur von Stammes-Souveränität mehr gibt.

Repräsentation ohne Besteuerung

Die Indianer müssen weder ihr treuhänderisch verwaltetes Land noch die daraus bezogenen Einkünfte versteuern. Dennoch wählen sie bei Bezirks- und bundesstaatlichen Wahlen (und bekleiden Ämter), die jeden Bürger des Bezirks oder Bundesstaates berühren – mit Ausnahme der Indianer, welche in einiger Entfernung auf treuhänderisch verwaltetem Land auf einer Bundesreservation leben. Andererseits kann es sein, daß Nicht-Indianer innerhalb der Reservationsgrenzen, obwohl sie Pacht für ihr Land entrichten, von der Stammesregierung... zur Steuerzahlung ...herangezogen werden. Diese Nicht-Indianer haben im allgemeinen nicht das Recht, sich an Stammeswahlen zu beteiligen. So gibt es also auch Nicht-Indianer, die besteuert und eingestuft werden, ohne daß ihnen politische Repräsentation zugestanden wird...*

Rechte ohne Verpflichtungen

Die von der Bundesregierung anerkannten, auf treuhänderisch verwaltetem Land der Bundesreservationen lebenden Indianer

- haben das Recht auf Bildung (vom Bundesstaat oder der Bundesregierung bereitgestellt), ohne dafür bezahlen zu müssen;
- haben das Recht auf ambulante und stationäre Dienstleistungen, ohne dafür bezahlen zu müssen;
- haben das Recht auf zahlreiche vom Bundesstaat bereitgestellte Dienstleistungen – Polizei, Gerichte, Kinderfürsorge, Heimbetreuung usw. –, ohne dafür bezahlen zu müssen;
- können an lokalen und bundesstaatlichen Wahlen teilnehmen, welche primär andere [nicht-indianische] Bürger betreffen, nicht aber die Indianer selbst;
- können in lokale und bundesstaatliche Ämter gewählt werden und Anordnungen treffen, welche die Bürger des Bezirks oder Bundesstaates berühren, denen sie [die betreffenden Indianer] und andere indianische Bürger jedoch nicht unterliegen müssen;
- haben das Recht, ihr Land von Bundesangestellten kostenfrei verwalten zu lassen und die Erträge dieses Landes zu empfangen;
- haben das Recht auf Schadensersatz, wenn die Bundesmanager ihrer Vermögenswerte einen Fehler begehen;
- haben das Recht der Steuerfreiheit in Bezug auf ihr Land und ihre treuhänderisch verwalteten Einlagen, und können dennoch die daraus und aus anderen Bundesdienstleistungen stammenden Erträge ohne Abzüge empfangen;
- haben das Recht auf Indianerland und zum Teil auch auf nicht-indianischem Land zu fischen und zu jagen, ohne sich an die Schonzeit-Anordnungen des Bundesstaates halten zu müssen, und gefährden in einigen Fällen dadurch ihre und anderer Bürger Versorgung mit Wildbret.

Diese Rechte, so scheint mir, werden nicht durch entsprechende Pflichten aufgewogen.
Aus: **Congressional Record,** March 22, 1978, E 1499– E 1501

---

*Steuern zahlen zu müssen, ohne wahlberechtigt zu sein, ist für viele Amerikaner untragbar. Eine solche Konstellation war immerhin eines der auslösenden Momente des amerikanischen Unabhängigkeitskrieges. (»No Taxation Without Representation!«)

Senats-Statement von Sen. Edward M. Kennedy

Statement of Sen. Edward M. Kennedy before Senate Rules Committee on S. Res. 405. July 12, 1978

Die beiden vorausgegangenen Auszüge aus dem Kongreß-Protokoll gaben Einblick in die Argumentation erklärter AIM- bzw. Indianerkritiker. Der PR-Chef des BIA, Engles, weist zwar darauf hin, daß die Widersacher des Roten Mannes in der Washingtoner Legislative eine unbedeutende Minderheit darstellen, doch gilt diese Feststellung genauso für die engagierten Indianerfreunde. Der vielzitierte, inzwischen desillusioniert ausgeschiedene Idealist Sen. Abourezk war einer der eifrigsten Förderer der amerikanischen Indianer. Auch die Brüder Kennedy haben sich verschiedentlich für die Belange der Ersten Amerikaner stark gemacht. Nachfolgend eine Rede von Sen. Edward Kennedy zugunsten einer Mandatsverlängerung des Select (=Sub-) Committee on Indian Affairs, *von dessen Arbeit bereits mehrfach die Rede war. Den Text dieses Statements stellte Sen. Kennedys Büro zur Verfügung.*

Es freut mich, daß ich mich hier und heute dafür einsetzen darf, die wichtige Arbeit dieses Sonderausschusses für Indianerangelegenheiten fortzuführen. Ich möchte die Gelegenheit wahrnehmen, einem guten Freund und Kollegen meine Anerkennung auszusprechen, einem Mann, dessen Energie und Einsichten diesen Ausschuß geleitet haben – Senator Jim Abourezk (S.D.). Senat und Indianer werden ihn stets als eine Stimme der Vernunft und des Mutes in Erinnerung behalten, als jemanden, der nie zögerte, für ein stolzes Volk einzutreten, ein Volk, das seit Jahrzehnten Unrecht und Demütigung ausgesetzt ist.

Es gibt immer wieder Zeiten in der Geschichte dieses Landes, in denen sich die öffentliche Aufmerksamkeit auf die amerikanischen Indianer richtet, als wären sie gerade erst an unseren Küsten gelandet und brächten uns Probleme, mit denen sich bisher noch keine Regierung auseinandersetzen mußte. Dann fordert die Öffentlichkeit etwas zu tun, und die Räder der Regierung beginnen sich zu drehen. Der Kongreß und die Exekutive beraten sich und veröffentlichen dann nette Phrasen zur endgültigen Lösung des Indianerproblems. Doch schließlich werden wir von der Schwierigkeit der Aufgabe überwältigt, unser Dringlichkeitsanspruch verblaßt, unsere Empörung schwindet, und das Indianerproblem wird für die nächste Generation zurückgestellt.

Es gibt [in unserem Land] eine tragische Vergangenheit des Leidens und der Demütigung; eine Geschichte gebrochener Verträge und Unterdrückung, eine Geschichte bewußt ignorierten menschlichen Elends.

Wir sollten ruhig einmal darüber nachdenken, wie die Historiker unsere heutige Generation und ihr Verhältnis zu den amerikanischen Indianern rückblickend beurteilen werden. Werden sie uns als eine Generation sehen, die um eine Verbesserung der Ausbildung und des Gesundheitswesens der eingeborenen Amerikaner bemüht war? Werden sie ein Verlangen erkennen, Religionsfreiheit und Selbstbestimmung zu gewährleisten? Werden sie feststellen, daß wir indianische Eigentumsrechte genauso respektieren wie die Rechte von Nicht-Indianern? Oder werden sie uns als eine weitere Generation einstufen, zu deren Zeit elementare menschliche Bedürfnisse ignoriert und fundamentale Rechte verletzt wurden?

Heute, in einer Periode des Rückschlags (backlash), in der ganz offen Vorschläge eingereicht werden, die den geheiligten Vertragsrechten spotten, heute haben wir die besondere Verpflichtung, der Geschichte zu beweisen, daß dieser Senat nicht schweigend dabei zugesehen hat. Wir haben die Verpflichtung – eine rechtliche und moralische Verpflichtung – die Arbeit dieses Sonderausschusses fortzusetzen.

Es steht außer Frage, daß in der Behandlung menschlicher Bedürfnisse der amerikanischen Indianer in den vergangenen zehn Jahren große Fortschritte gemacht worden sind. Der Kongreß verabschiedete das *Indian Health Care Improvement Act* [Gesetz zur Verbesserung des indianischen Gesundheitswesens], das *Indian Self-Determination and Educational Assistance Act* [Gesetz zur indianischen Selbstbestimmung und Ausbildungshilfe], besondere Zusätze zu Absatz III des *Comprehensive Employment and Training Act* [Gesetz zur Beschäftigung und Ausbildung] sowie Indianer-Wohnungsprogramme. Die Lebenserwartung [der Indianer] ist erheblich gestiegen, Ausbildungs- und Arbeitsmöglichkeiten sind erweitert worden, die indianische Wohnungssituation wurde verbessert.

Doch es bleibt noch viel zu tun. Die Säuglingssterblichkeit liegt 40% höher als der nationale Durchschnitt. Ich habe im letzten November Albuquerque, New Mexico, besucht und Gespräche mit Stammesvertretern geführt. Ich erfuhr, daß dem [dortigen] *Indian Health Service* bis zu 50% der Mittel fehlen, welche notwendig wären, um die Gesundheitssituation [der Indianer] wenigstens auf einen minimal-akzeptablen Standard zu bringen. Es gibt unter Indianern dreimal mehr Todesfälle durch Tuberkulose und Zirrhose (Leberschrumpfung) als im nationalen Durchschnitt. Das jährliche Durchschnittseinkommen beträgt weniger als die Hälfte des nationalen Durchschnitts, die Arbeitslosigkeit unter Indianern bewegt sich weiterhin um die 30%.

Auch bei der Lösung von Problemen hinsichtlich... der Bewahrung und Wiederherstellung indianischer Rechte an Naturschätzen sind Fortschritte zu verzeichnen. Den Taos Pueblo wurde der Blue Lake zurückgegeben. Der Kongreß verabschiedete das *Alaska Natives Land Claims Act* [Gesetz zum Landanspruch der Eingeborenen Alaskas], am Südrand des Grand Canyon wurden 185.000 acres Land an den Havasupai-Stamm zurückgegeben. Das Innenministerium hat eine energischere Politik bezüglich indianischer Wasserrechte begonnen und vom Justizministerium vertreten lassen. Doch auch auf diesem Gebiet [der Land- und Wasserrechte] geht die Liste ungelöster Fragen weiter und weiter – nicht nur im Westen. Wie Sie wissen, Herr Vorsitzender, wurde kürzlich ein neuer Reigen von Problemen eröffnet, bei dem es um Landforderungen der Ostküsten-Indianer geht: In meinem eigenen Staat Massachusetts, in Maine, New York, South Carolina und – hier steht eine baldige Lösung bevor – in Rhode Island.

Noch weitere Probleme müssen gelöst werden: [Wir brauchen] eine Rechtsprechung, die den eingeborenen Amerikanern Religionsfreiheit sichert und die außerordentlich wichtige Revision und Neufestlegung der die Indianer betreffenden Bundesgesetze. *Die American Indian Policy Review Commission* [Kommission zur Überprüfung der amerikanischen Indianerpolitik] hat gerade vor einem Jahr ihren Schlußbericht mit über 200 Empfehlungen erlassen. Obwohl Sen. Abourezks Ausschuß bereits in etwa 100 dieser Punkte Maßnahmen ergriff, liegt es auf der Hand, daß es aus Zeitgründen unmöglich ist, im [laufenden] 95. Kongreß auf sämtliche Empfehlungen der Kommission einzugehen.

Wie Sie wissen, Herr Vorsitzender, hatte ich das Vergnügen, dem *Special Subcommittee on Indian Education* [Sonder-Unterausschuß zur Indianischen Bildung/Erziehung] vorzustehen, welcher 1969 dem Senat Bericht erstattete. Die Arbeit dieses Unterausschusses war von meinem Bruder Robert Kennedy begonnen worden. Unser Schlußbericht enthielt 60 Empfehlungen für administratives und legislatives Vorgehen, durch welches die Bildungs/Erziehungs-Bedürfnisse und die damit verbundenen Probleme der eingeborenen Amerikaner befriedigt werden sollten. Ich glaube, es war Senat und Indianern damals klar, daß die Arbeit dieses Unterausschusses ein nationales Erwachen hinsichtlich der Probleme und Bedürfnisse der Indianer darstellte. Viele unserer Empfehlungen wurden Gesetz bzw. von den verantwortlichen Behörden verwirklicht. Es ist kein Zufall, daß selbst für den überschaubaren Bereich der indianischen Bildung/Erziehung ein eigener Unterausschuß gebraucht wurde.

...

Wenn wir unserer besonderen Verantwortung gegenüber den etwa eine Million amerikanischen Indianern in diesem Land gerecht werden wollen, ist es notwendig, daß der Senat den Auftrag dieses Sonderausschusses verlängert. ... Ich glaube, wie auch Sen. Abourezk, daß es diesem Sonderausschuß durch eine zweijährige Verlängerung seines Mandats möglich sein wird, die dringendsten Anliegen aufzuarbeiten. Eigentlich bin ich der Meinung, daß man den Indianerangelegenheiten einen ständigen Ausschuß einrichten sollte. Das mindeste, was der Senat tun sollte, um die Fortführung der im 95. Kongreß begonnenen Arbeit [des Sonderausschusses] zu gewährleisten, besteht daher in der [geforderten] Verlängerung [seines Auftrages um zwei Jahre].

Daß wir uns für eine Verlängerung einsetzen, sollte nicht einfach als Versuch gesehen werden, Zeit zu gewinnen. Die Verteidigung indianischer Rechte wird ein langer Kampf werden. Wir dürfen die Bedürfnisse der ersten Amerikaner nicht ein weiteres Mal ignorieren. Das den amerikanischen Indianern widerfahrene Unrecht ist mehr als ein weit in unserer Vergangenheit zurückliegender Bruch alter Verträge. Diese Ungerechtigkeit ist Bestandteil der indianischen Gegenwart, einer Welt, die Tag für Tag neues Unrecht, neue Demütigungen erlebt.

Ich sehe die Mandatsverlängerung für diesen Sonderausschuß als ein Element unseres andauernden Bemühens, eine tragische Geschichte umzukehren. Ich sehne mich nach dem Tag, an dem einem stolzen Volk seine Würde zurückgegeben wird.

Richard Nixon: Gerechtigkeit für die amerikanischen Indianer

Justice for American Indians, Excerpts from the State-of-the-Union-Address, Jan. 30, 1974

Man kann davon ausgehen, daß sich die Präsidenten der Vereinigten Staaten der besonderen Verpflichtung des Bundes gegenüber den Indianern durchaus bewußt gewesen sind. Dementsprechend findet die Indianerfrage immer wieder Niederschlag in der alljährlichen ›Botschaft zur Lage der Nation‹, ein Auftritt, der traditionsgemäß – und nicht nur in den USA – dazu benutzt wird, tatsächliche und vermeintliche Leistungen der Regierung publicity-wirksam zu präsentieren. Nachfolgend einige Passagen zur Indianerpolitik aus Präsident Nixons ›Botschaft zur Lage der Nation‹ vom Januar 1974. Die von Nixon angeführten Erfolge einerseits und die in anderen Texten deutlich gewordene Fülle noch zu lösender Probleme andererseits zeigen, wie relativ Erfolge sind.

Viel zu lange waren die amerikanischen Indianer – die ›ersten‹ Amerikaner – die letzten Amerikaner, wenn es darum ging, in den Genuß der ihnen zustehenden Rechte und Möglichkeiten zu kommen. Diese Regierung hat die Initiative ergriffen, diesen Zustand zu ändern.

Was die Bundesregierung angeht, so muß sie die Rolle des selbstherrlichen Managers der Indianer-Reservationen ablegen. Wir werden unsere Bemühungen fortsetzen, die Indianer und ihre Stammesregierung zu ermutigen, ihre Zukunft in zunehmendem Maße selbst zu bestimmen. Wir sind darüber hinaus besonders entschlossen, die Rechte auf Naturschätze des indianischen Volkes zu verteidigen.

Die vergangenen fünf Jahre stellen einen historischen Schritt in der Indianerpolitik des Bundes dar. 1971 haben wir uns in enger Zusammenarbeit mit indianischen Führern darum bemüht, ein Übereinkommen hinsichtlich der Forderungen der Eingeborenen Alaskas zu finden, ein Übereinkommen, das dem amerikanischen Sinn für Fairness entspricht und für das Wachstum und die Entwicklung ganz Alaskas unverzichtbar ist.

Wir gaben ferner Land zurück, das vor langer Zeit den Taos Pueblo am Blue Lake genommen worden war. Wir gaben dem Volk der Yakima unrechtmäßig entzogenes Land zurück. Da dem Volk der Menominee ihr Stammesstatus unfreiwillig aberkannt worden war, diese aber dennoch ihr Land und ihre Stammesstruktur zusammenhalten konnten, erließ der Kongreß ein Gesetz, welches ich unterschrieb, das den treuhänderischen Status gegenüber dem Stamm der Menominee wiederherstellte. Wir bestehen vor Gericht nachdrücklich auf den Rechten der Indianer an Naturschätzen, wie wir das zum Beispiel in Bezug auf den Schutz indianischer Rechte in Pyramid Lake getan haben.

Die Höhe der den amerikanischen Indianern zugute kommenden Bundesmittel – etwa

$ 1.6 Mrd., mehr als doppelt so viel wie vor fünf Jahren – ist eine Maßnahme im Rahmen unserer Anstrengungen, eine bessere, humanere Politik zu fördern.
Besonders ermutigt hat mich die Tatsache, daß die Raten der Säuglingssterblichkeit, Lungenentzündung, Grippe und der Tuberkulose unter Indianern [inzwischen] erheblich niedriger sind als jemals zuvor. Obwohl wir unser Endziel, die Gesundheits- und Bildungseinrichtungen für Indianer denen der allgemeinen Bevölkerung voll anzugleichen, noch nicht erreicht haben, demonstriert dieser Fortschritt doch unser andauerndes Bemühen.

...

Ich werde das *Bureau of Indian Affairs* anweisen, präzise Pläne aufzustellen, um den Transfer wichtiger Teile seines Programms an die indianischen Stammesregierungen voranzutreiben*. Ich wiederhole jedoch meine Zusicherung, daß dieser Transfer, bei aller Forcierung durch die Regierung, solchen indianischen Stämmen, die ihn nicht akzeptieren, auch nicht aufgezwungen werden soll.

Aus: *Bureau of Indian Affairs* (comp.),
»New Policy of Self Determination Without Termination Set Forth by the President. A New Era for the American Indians«, p. 9

---

*Die Absicht, für die Reservationen bestimmte Dienstleistungen (auf Bundeskosten) in zunehmendem Maße von den Stämmen selbst ausführen zu lassen, entspricht dem Geist des *Indian Self Determiniation and Education Assistance Act* (PL 93-638).
Dieses Gesetz geht auf die Kongreß-Botschaft zur Indianerpolitik *(Message to Congress on Indian Affairs,* July 8, 1970) Präsident Nixons zurück. Der von Nixon hiermit postulierte Grundsatz der »Self Determination Without Termination« (indian. Selbstbestimmung ohne gleichzeitige Aufhebung der Sonderrechte) war in seiner Kernaussage von den Indianern ausdrücklich begrüßt worden. Damit hat Nixon wahrscheinlich mehr Impulse zur positiven Neuorientierung der Indianerpolitik gegeben als jeder andere Präsident der jüngeren Vergangenheit. Daß dann die in diese Politik gesetzten Erwartungen nur bedingt in Erfüllung gingen, ist sicher nicht nur Nixon anzulasten.
Kommentierter Wortlaut der Präsidenten-Botschaft S. Joseph, **Red Power,** pp. 211–230

Erklärung der US-Regierung

Message of the US-Government to the NGO-Conference, Geneva, Sept. 1977

Die wenigen regierungsamtlichen Stellungnahmen zur Indianerfrage werden von den Indianern u. deren weißen Freunden und Kritikern stets mit Interesse aufgenommen. Solche Papiere sind in der Regel sehr allgemein gehaltene Absichtserklärungen bzw. Erfolgsmeldungen und nehmen selten explizit zu Einzelfragen Stellung. Nachfolgend eine amtliche Erklärung jüngeren Datums, die anläßlich der Genfer NGO-Konferenz 1977 schriftlich eingereichte Botschaft der US-Regierung.

Die Gäste der USA an der *Internationalen NGO-Konferenz über die Diskriminierung der eingeborenen Bevölkerungen auf dem amerikanischen Kontinent 1977* haben mit großem Interesse die Diskussionen verfolgt, welche in den [...] vergangenen vier Tagen stattgefunden haben. Wir sind erfreut, daß die ursprüngliche Bevölkerung unseres Landes hier in Genf zusammengekommen ist, um diese Themen, welche für die Menschenrechte von vitaler Bedeutung sind, zu diskutieren. Die Initiative, die Sie entfaltet haben beim Vorbringen Ihrer Anliegen in diesem Forum, hat uns Auftrieb gegeben. Diese Art von Dialog kann nur in offenen Gesellschaften stattfinden, in Gesellschaften, welche sich nicht fürchten, aus den Fehlern der Vergangenheit zu lernen.
Wie Sie wissen, tritt Präsident Carter mit Nachdruck dafür ein, daß die USA die Verletzungen der Menschenrechte diskutieren, wo immer sie vorkommen mögen. Es wäre nutzlos und zudem kein Dienst an der Sache, würde man die Ungerechtigkeiten, welche die eingeborenen Völker ebenso wie andere ethnische Gruppen in den USA erleiden, beschönigen. Botschafter Andrew Young hat die Teilnahme der USA an dieser Konferenz positiv unterstützt aus seiner Überzeugung heraus, daß kraftvolle Anstrengungen unternommen werden müssen, um sowohl zuhause als auch im Ausland die Übelstände zu beseitigen. Wenn sie auch Übertreibungen zurückweisen, so bleiben die USA doch interessiert und aufgeschlossen für alle ernsthaften Klagen wegen Verletzungen der Menschenrechte, die an Bürgern der USA begangen werden. Entsprechend den Erklärungen Präsident Carters zu unserer Menschenrechtspolitik [werden wir] jede vorgelegte ernsthafte Klage sorgfältig untersuchen und wenn nötig die Maßnahmen einleiten, welche Abhilfe schaffen.

[...]

Die neue Verwaltung versucht, aus der Vergangenheit zu lernen. Daher ist sie bemüht, die Wahrheit von den [...] eingeborenen Völker[n] selber zu hören. Einen wichtigen Schritt in dieser Richtung stellt die Studie der ›Kommission zur Revision der Indianerpolitik‹ (American Indian Policy Review Commission) zur gegenwärtigen Lage dar, die zwei Jahre in Anspruch genommen hat. Manches Wertvolle geht auf diese Untersuchung zurück. In der Tat ist der wichtigste Aspekt dieser Untersuchung [...], daß [sie] unverfälscht die Stimmen der Indianer selber wiedergibt. Unser nächster

Schritt wird sein, die Empfehlungen dieser Konferenz in Genf sorgfältig zu erwägen.
Wir teilen die Sorge der eingeborenen Leute in der Frage der Sterilisation indianischer Frauen. Wir betrachten die demnächst erscheinenden Untersuchungen der ›US-Kommission für Bürgerrechte‹ (U.S. Commission on Civil Rights) und des ›General Accounting Office‹ als konstruktive einleitende Schritte zur Lösung des Problems. Als offene Gesellschaft begrüßen wir Untersuchungen, welche uns helfen werden, die Politik der USA gegen Sterilisationen ohne informierte Zustimmung durchzuführen. Jedoch weisen die USA die Anklagen des Genozids, wie er in Artikel II der ›Konvention zur Verhinderung und Bestrafung des Verbrechens des Genozids‹ umschrieben ist, »Handlungen, welche mit dem Vorsatz geschehen, eine Gruppe zu vernichten«, kategorisch zurück.
Die Frage der Gefängnissysteme und der Prozesse beschäftigt das ›U.S. Department of Justice‹ und alle Amerikaner sehr. Spezielle Themen, die besondere Aufmerksamkeit verdienen, betreffen vor allem das Strafrechtssystem und die Häftlinge.
Wir schätzen die Möglichkeit, die vor uns liegt, eine einzigartige Beziehung zwischen den USA und den eingeborenen Regierungen und Gruppen innerhalb unserer eigenen geographischen Grenzen herzustellen. Die in Verbindung mit der eingeborenen Bevölkerung im Staate Maine gefällten Beschlüsse signalisieren eine neue Art der Beziehung, welche im Entstehen ist: die Carter-Verwaltung hat darum ersucht, daß das ›Justice Department‹ die Bemühungen der indianischen Bevölkerungen vertritt bei ihren längst fälligen Rechtsansprüchen in diesem Gebiet.
Die Möglichkeit der Schaffung einer internationalen Organisation der eingeborenen Völker ganz Amerikas – einer solchen, die über die Grenzen der USA hinausgehen würde – ermutigt uns.
Die USA und die Ureinwohner unseres Landes teilen einen gemeinsamen geistigen und regierungsmäßigen Ursprung durch die Tatsache, daß wir unserer Verfassung das Regierungsmodell, das vom alten Irokesen-Bund entworfen worden und durch Benjamin Franklin anerkannt worden ist, zugrundegelegt haben.
Wir haben in den vergangenen [...] Tagen mehrmals gehört, daß die Spiritualität beim Regieren der indianische »Weg« ist. Die Ehrfurcht vor der Natur und der Welt des Geistes sollte ein integraler Bestandteil aller Regierungen sein. Wir sehen jenem Tag entgegen, wo eine ethische, moralische und geistige Erneuerung überall in den Regierungen der Welt erreicht worden ist.
Die US-Verwaltung ist bestrebt, die Politik der indianischen Selbstbestimmung fortzuführen gemäß der kürzlichen ›Indian Self-Determination and Educational Assistance Act/P.L. 93-638‹. Wie Außenminister Vance ausgeführt hat, beanspruchen die USA keine Vollkommenheit und sind darauf bedacht, ihre eigenen Anstrengungen zur Förderung der Verwirklichung der Menschenrechte in den USA zu verstärken.
Die besonderen Schwierigkeiten und Probleme, welche mit der Bewahrung einer überlieferten Kultur innerhalb einer sich modernisierenden Gesellschaft verbunden sind, teilen alle eingeborenen Völker auf der ganzen Welt. Diese können nicht herun-

tergespielt werden. Die Lage der eingeborenen Bevölkerungen auf der ganzen Welt wird zur Zeit von einem Sonderberichterstatter der ›UNO-Subkommission zur Verhinderung der Diskrimination und zum Schutz der Minderheiten‹ untersucht. Die USA hoffen, daß dies das weitere Verständnis für die besonderen Probleme der eingeborenen Völker der Welt fördern wird und daß schöpferische Wege zur Lösung dieser Probleme aufgezeigt werden.
Präsident Carter hat kürzlich geschrieben:
»Der Kampf geht hier zuhause weiter... [...] Änderungen werden nicht schnell kommen, aber sie werden [...] kommen. Die Geschichte bewegt sich langsam und unstet fort; aber solange wir uns selber treu bleiben, ist die Geschichte, was die Menschenrechte betrifft, auf unserer Seite.«
in: **progrom,** Sonderausgabe ›Indianer in Europa‹, S. 55/56
Übersetzung: Fritz O. Schuppisser

Lektüre-Vorschläge

»Resolution for a New National Indian Policy by Senator George McGovern, Oct. 13, 1966«, Josephy, **Red Power,** pp. 59–65
»Message to Congress on Indian Affairs, President Richard M. Nixon, July 8, 1970«, a. a. O., pp. 211–230
»Die Cunningham-Gesetzesvorlage«, (H. R. 9054), **progrom. Indianer in Europa,** S. 153
»The American Indian and the Bureau of Indian Affairs. A Study With Recommendations by Alvin M. Josephy, Jr., Feb. 11, 1969«, Josephy, **Red Power,** pp. 93–127
Sotsisowah: »The Confusing Spectre of White Backlash«, **Akwesasne Notes,** December 1977, pp. 22–23
»Jetzt trifft der White Backlash den Roten Mann. Den Indianern das letzte rauben?«, **progrom. Indianer in Europa,** S. 150–152
»Erste Auswirkungen des Backlash. Indianerstämme in den USA verloren einen wesentlichen Teil ihrer Souveränitätsrechte«, **amedian,** August 1978, S. 3f
»The Indian People Have No Rights. A Basic Reality of U. S. Indian Law«, **Akwesasne Notes,** Early Spring 1978, p. 10
»Treaties Made, Treaties Broken. New Legal Strategies for Subverting Indian Rights«, **Akwesasne Notes,** Winter 1978, pp. 12–13
»Supreme Court Attacks Sovereignty«, **Akwesasne Notes,** Late Spring 1978, p. 16

Indianische Positionspapiere

Dennis Banks

Das, was Indianer zu sagen haben, sagen sie seit fast 500 Jahren, und da wird die Stimme manchmal ungeduldig.
Das, was Indianer anzuklagen haben, ist oft so ungeheuerlich – und doch Tatsache und belegbar bis ins Einzelne –, daß Zorn allzu menschlich ist.

Gert Hensel. **Die Schule des Überlebens. Indianer kämpfen um ihre Menschenrechte,** Feature, WDR / SFB, 4. 12. 77

National Tribal Chairmen's Association: Positionspapier für das Weiße Haus

Position Paper to the Withe House, July 1978

In verschiedenen vorausgegangenen Texten ist bereits die Frage aufgeworfen worden, wer eigentlich das Recht für sich in Anspruch nehmen dürfe, für die US-Indianer zu sprechen. Es läßt sich eine offensichtliche Rivalität zwischen – plakativ ausgedrückt – den ›etablierten‹ indianischen Organisationen und den nach eigener Einschätzung ›progressiven‹ Kräften verzeichnen. Auf der einen Seite steht die National Tribal Chairmen's Association *zusammen mit dem* National Congress of American Indians *und der* Alaska Federation of Natives, *auf der anderen das* American Indian Movement *mit seinen Untergruppen.*

Nachfolgend die etwas gekürzte Version eines umfassenden Positionspapiers der National Tribal Chairmen's Association (NTCA), *dem Dachverband jener offiziellen Stammesvertreter also, die vom Lager des* American Indian Movement *als ›Puppen des BIA und der Regierung‹ abgetan werden. Die* NTCA-*Thesen machen zwei Grundpositionen dieser Organisation deutlich: Den Anspruch, die einzigen legitimen Sprecher der amerikanischen Indianer zu sein und den Wunsch nach Aufrechterhaltung des – von anderer Seite häufig kritisierten – Treuhandverhältnisses zum Bund.*

I Die National Tribal Chairmen's Association: Ihre Rolle und ihr Verhältnis zum Weißen Haus.

Direktorium und Mitarbeiter der NTCA sind zutiefst dankbar für die Einladung von Vizepräsident Mondale zu einem von ihm geleiteten Treffen im Weißen Haus, auf dem indianische Anliegen und Politik diskutiert werden sollen. Es ist angemessen, die NTCA einzuladen, um für die vom Bund anerkannten Stämme zu sprechen, denn die Mitglieder der NTCA setzen sich aus ungefähr 190 gewählten Vorsitzenden, Präsidenten, Gouverneuren und Häuptlingen der vom Bund anerkannten Indianerstämme in den Vereinigten Staaten und den Präsidenten der *Alaska Native Regional Corporations* zusammen, in der etwa 201 Dorfverwaltungen vertreten sind. Daher ist die NTCA die einzige nationale Organisation, die sich ausschließlich aus Führern zusammensetzt, welche autorisiert sind, als legale Repräsentanten der souveränen indianischen Stämme aufzutreten; die NTCA ist also die einzige Organisation, die in der Lage und qualifiziert ist, mit der Regierung und Administration auf Regierungsebene (government-to-government basis) zu verhandeln*.

*Zum Alleinvertretungsanspruch der NTCA heißt es an anderer Stelle: »...einzelne Indianer können nicht für Stammesregierungen sprechen, es sei denn, sie wurden dazu autorisiert. Ebensowenig können Organisationen, Gruppen und nicht einmal vom Präsidenten eingesetzte Beratungsgremien.... im Namen der vom Bund anerkannten Stämme sprechen, es sei denn, diese Organisationen wurden von den Stämmen dazu autorisiert«.

Statement of the National Tribal Chairmen's Association to the Committee on Government Operations, U.S. House of Representatives, on H. R. 13-343, July 20, 1978, p. 1

Der Zweck unserer heutigen Diskussion besteht darin, die wesentlichen Probleme, denen die Stämme gegenüberstehen, darzustellen. Wir sind uns bewußt, daß die zur Verfügung stehende Zeit kurz ist und wir im Verlauf dieses ersten Treffens nicht alle Aspekte aller Fragen ansprechen können.

Während der Amtszeit Roosevelts, Eisenhowers und Trumans wurden *Advisory Indian Committees* [indian. Beraterausschüsse] ins Leben gerufen, welche Ratschläge zur Gestaltung der Indianerpolitik gaben. Bis Mitte 1974 wurden die Interessen der vom Bund anerkannten Stämme vom *National Council on Indian Opportunity* vertreten. Präsident Ford schlug dann vor, stattdessen im Rahmen des *White House Domestic Council* ein *Committee on Indian Affairs** einzurichten. Dieses sollte aus einem *Indian Leadership Advisory Council* [Rat indian. Führer] ...und einem Rat für urbane und ländliche Angelegenheiten bestehen. Die vom Bund anerkannten Stämme unterstützten weder diese vom Büro des Vizepräsidenten vorgeschlagene Degradierung noch die Aufnahme nicht vom Bund anerkannter Stämme in dieses Gremium. Die Stämme glaubten damals und glauben heute, daß sich neuartige Verteilersysteme zur Bereitstellung von Dienstleistungen an Stammesmitglieder, welche außerhalb der Reservation leben, entwickeln lassen. Diese Verteilersysteme können ohne Umgehung der Stammesregierungen und in einer Art und Weise angelegt werden, welche die Selbstbestimmung der Stammesregierungen stärkt.

Empfehlung der NTCA

In tiefem Vertrauen auf die Zukunft und in der Hoffnung auf eine gewachsene Bereitschaft zur Zusammenarbeit fordern die Mitarbeiter und das Direktorium der *National Tribal Chairmen's Assocation,* daß Sie, Vizepräsident Mondale, ein System für regelmäßige Treffen der NTCA mit Ihnen und anderen Vertretern der Carter-Regierung entwickeln. Der Zweck solcher Treffen sollte sein:

- die Mitwirkung der gewählten Stammesführer an der Formulierung einer vernünftigen Indianerpolitik zu fördern;
- einen fortlaufenden Dialog zwischen der Exekutive und den rechtmäßig gewählten Regierungshäuptern vom Bund anerkannter Stämme in Gang zu bringen;
- eine Atmosphäre zu schaffen, in der die gewählten Führer der Stammesregierungen und die Administration einander ergänzend zusammenarbeiten können, um die Bedingungen und die Qualität indianischen Lebens zu verbessern;
- die Bundesregierung bei der Ausübung ihrer Verantwortlichkeiten und Verpflichtungen hinsichtlich des treuhänderischen Schutzes der indianischen Stämme zu unterstützen. Es sind dies feierliche Verpflichtungen, die von der Regierung der Vereinigten Staaten eingegangen wurden und die für alle Zeiten von immensem moralischen Gewicht sein werden.

II Die treuhänderische Verantwortung des Bundes

Wir wissen, daß Ihnen der besondere Charakter des Verhältnisses zwischen den Verei-

*Nicht zu verwechseln mit dem *Senate Subcommittee on Indian Affairs.*

nigten Staaten und den vom Bund anerkannten Stämmen bewußt ist. Die Bundesregierung ist auf Grund gegenseitiger Versprechungen – wie den Verträgen und Anordnungen des Kongresses und der Exekutive – Treuhänder für 493 vom Bund anerkannter Stämmesverbände der Indianer und der Eingeborenen Alaskas. Der Treuhänder trägt eine strenge Verantwortung für den Schutz indianischen Landes, Wassers, indianischer Mineralien und für den Schutz der indianischen Umwelt gegen Zerstörung und Aufsplitterung. Er trägt die Verantwortung, die Stämme, deren Menschenrechte und Kultur zu bewahren.

Wir sind gekommen, das Weiße Haus darüber zu informieren, daß die indianischen Stämme an ihrem Erbe, ihren legalen Rechten und dem Anspruch auf eine Zukunft festhalten. Wir wissen, daß Ihnen, Vizepräsident Mondale, bewußt ist, daß unsere Geschichte eine Chronik der Aggression gegen die indianischen Stämme, wankelmütiger Politik, gebrochener Vereinbarungen, zwangsweiser ›Beendigung‹* und der Bevormundung gewesen ist. Der Treuhänder kann unserem Überlebenskampf nicht passiv gegenüberstehen, ...er muß sich für die Stämme einsetzen – und dies in energischer Weise.

Deshalb sind wir beunruhigt über den jüngsten Brief von Justizminister Bell an die Senatoren Jackson und Magnuson, in dem es heißt, das Justizministerium werde seine traditionelle Rolle als Fürsprecher der indianischen Stämme überprüfen. Entweder die Vereinigten Staaten sind der Treuhänder, oder sie sind es nicht. Die Geschichte dieses Landes, sein Gründungsdokument, die US-Verfassung und seine Gesetze sind eine eindeutige Bestätigung des Treunhandverhältnisses. Das wiederauflebende Gespenst der extremen Politik erzwungener ›Beendigung‹ muß endgültig ausgeschaltet werden. Die fortgesetzten Androhungen der ›Beendigung‹ schwächen die Stämme und lenken die Stammesregierungen von ihrem Ziel ab, sinnvolle Wege der Selbstbestimmung zu finden.

Empfehlung der NTCA

Die Administration sollte den Kongreß auffordern, eine neue gemeinsame Absichtserklärung (concurrent resolution) abzugeben, in der die ›Beendigungs‹-Politik der *House Concurrent Resolution* 108 des 83. Kongresses* aufgegeben, verworfen und widerrufen wird**. Die NTCA legt der Carter-Administration überdies nahe, die rechtlichen Ver-

---

*s. Fußnote S.

**House Concurrent Resolution* 108 (1953) forderte die Beendigung (termination) der Bereitstellung von Dienstleistungen an die Indianer durch das BIA »zum schnellstmöglichen Zeitpunkt«. Eine konsequente Durchführung dieser 1970 von Nixon verworfenen Forderung hätte für die meisten, auf solche Dienstleistungen angewiesenen Stämme katastrophale Folgen gehabt.

Eine *Concurrent* (oder *Joint*) *Resolution* ist eine von beiden Häusern des Kongresses (Senat und Repräsentantenhaus) verabschiedete Erklärung, die weder Gesetzeskraft hat noch der Unterschrift des Präsidenten bedarf, aber dennoch eine bedeutende polit. Manifestation darstellt.

**Die hier vom NTCA verwandte Formulierung »renounce, repudiate and repeal« wurde aus Nixons Kongreß-Botschaft vom 8.7.1970, dem späteren PL 93-638 (*Indian Self Determination...Act*), übernommen.

pflichtungen der US-Regierung, die treuhänderische Verantwortung gegenüber den vom Bund anerkannten Stämmen ...zu bekräftigen und die treuhänderischen und rechtlichen Verpflichtungen weiterhin wahrzunehmen.

IV Public Law 93-638, The *Indian Self Determination and Education Assistance Act*

Viele Stämme stellen die Absichten dieses Gesetzes in Frage, da man die Mittel streicht und von der Administration keine ausreichenden Gelder für einst von Bundesbehörden und heute von den Stämmen selbst durchgeführte Dienstleistungen bewilligt werden. Die Stämme möchten die Zusicherung erhalten, daß sie sich nicht darauf einrichten müssen, von ihrem Treuhänder im Stich gelassen zu werden.

V Wasserrechte

Als die Indianer-Reservationen des Westens im vergangenen Jahrhundert durch Vertragsschließung und Anordnung der Exekutive eingerichtet wurden, reservierte man den Stämmen ausreichend Wasser, damit der Zweck erfüllt werde, zu dem man die Reservationen geschaffen hatte – den Stämmen auf Dauer eine Heimat zu sein... So wurden also Vorkehrungen zur Deckung des gegenwärtigen sowie des zukünftigen Wasserbedarfs getroffen.

Heute ist ein wachsender Druck auf die indianischen Stämme zu verzeichnen, sich mit weniger als ihren festgelegten Rechten zufriedenzugeben, indem die benötigten Wassermengen [ein für allemal] festgesetzt werden sollen. Ein vom Abgeordneten Lloyd Meeds (Dem., Washington) vorgeschlagenes, noch im Kongreß anhängiges Gesetz würde die indianischen Wassermengen auf ein bestimmtes, am Wasserverbrauch der Vergangenheit orientiertes Maß reduzieren. In seiner Kongreßbotschaft zur nationalen Wasserpolitik kündigte Präsident Carter kürzlich an, daß die Staaten der Knotenpunkt für das Management der Wasservorräte sein müßten und daß er deshalb verschiedene Initiativen in Gang bringen werde, um das Verhältnis zwischen Bund und Staaten auf dem Gebiet der Wasserpolitik zu stärken...

Die indianischen Stämme übersehen weder die durch unzureichende Wasservorräte der westlichen Bundesstaaten bedingten Probleme, noch haben die Stämme Einwände dagegen, eine konstruktive und kooperative Lösung dieser Probleme anzustreben. Die Administration muß jedoch erkennen, daß die Botschaft des Präsidenten im Lager der Indianer als Aufforderung an die Bundesbehörden verstanden wird, dem indianischen Volk – wieder einmal – gesetzlich festgelegte Eigentumsrechte zu nehmen und – vielleicht für alle Zeit – das ökonomische Entwicklungspotential zu beschneiden.

In der Botschaft des Präsidenten war keine Rede davon, die Stämme wegen des von ihnen aufzugebenden Wassers zu konsultieren. Im Oktober 1976 hatte der Präsident in Albuquerque, New Mexico, den dort versammelten indianischen Führern versprochen, sie in allen Angelegenheiten, die das Leben ihres Volkes betreffen, zu konsultieren.

In dem vom Weißen Haus in Zusammenhang mit der Botschaft zur nationalen Wasserpolitik erstellten Hintergrund-Papier heißt es, indianische Rechte seien »eine wesentliche Komponente für die langfristige Lösung« der Wasserprobleme in den westlichen Bundesstaaten. Dieser Ton verkündet Unheil.

Empfehlung der NTCA

Die Stämme haben ein gesetzliches Recht auf eine uneingeschränkte Menge Wassers für ihren zukünftigen Verbrauch, und die unausweichliche Schlußfolgerung ist, daß eine mengenmäßige Festlegung dieses Recht beschneidet. Es ist jedoch auch möglich, wie eine kürzlich getroffene Übereinkunft im Südwesten gezeigt hat, daß die Stämme mit nicht-indianischen Wassernutzern Wassernutzungsabkommen schließen, in denen indianische Rechte nicht für alle Zeit eingeengt werden. Es sollte das Ziel des Bundes, des Treuhänders, sein, vernünftige Lösungen und die segensreiche Verwendung des Wassers zu erreichen, ohne daß dabei indianische Rechte und Entwicklungschancen verlorengehen.

VI Reorganisation der Exekutive (PRP) und des *Burau of Indian Affairs*

Die Arbeitsgruppen des *President's Reorganization Project* (PRP) erstellen zahlreiche Empfehlungen, welche die vom Bund anerkannten Stämme stark in Mitleidenschaft ziehen werden ... Jede Reorganisation innerhalb der Exekutive muß das Vermögen der Bundesregierung steigern, die treuhänderische Verantwortung gegenüber den Stämmen auszuüben. Aus unserer Sicht ist es wichtiger, daß die Regierung sich in die [spezifischen] Notwendigkeiten der Stämme in Bezug auf Bildung, Gesundheit, Bewahrung der Naturschätze, Stärkung der Stammesregierungen usw. einfühlt als diese Programme streng nach den unter Nicht-Indianern üblichen Kriterien durchzuführen. Wir sind ständig um die Verbesserung unserer Programme, um Professionalität und effiziente Ausführung der Dienstleistungen bemüht. Die Regierung sollte bei anstehenden Reorganisierungsvorschlägen Einzelheiten mit den Stammesführern absprechen...

VII Gesundheits-Probleme

Kongreß und Administration haben in zwei wichtigen Gesetzen, PL 93-638 und PL 94-437, die Verpflichtung übernommen, die Dienstleistungssysteme und medizinische Betreuung der amerikanischen Indianer zu verbessern. Die indianischen Stämme hatten gehofft, daß diese Versprechen eingehalten würden, um den Gesundheitszustand der amerikanischen Indianer... innerhalb von sieben Jahren dem aller anderen Amerikaner anzugleichen.

Das erste Carter-Budget war so mager, daß die Hoffnung verblaßte. Das zweite Carter-Budget war noch ungünstiger. Das dritte Budget für 1980 ist ein Stillhalte-Budget und deutet auf ein fehlendes Engegement für die Verbesserung der indianischen Gesundheit hin.

Empfehlung der NTCA

Die NTCA empfiehlt, daß die Carter-Administration ihre Verpflichtung, das indianische Gesundheitsniveau auf den Stand aller anderen Amerikaner zu bringen, bekräftigt, indem sie [die Regierung] Budgets bereitstellt, die die Erfüllung der Gesetze PL 93-638 und PL 94-437 gewährleisten.

American Indian Movement: Brief an die Mitglieder, 14.3.79

Letter to Membership

Nachfolgend ein anläßlich des 10jährigen AIM-Jubiläums herausgegebenes Positionspapier, das einen komprimierten Überblick über Perspektive und organisatorischen Aufbau des Movement *gibt:*

Für alle, die sich im *American Indian Movement* engagieren, ist es schon lange augenfällig, daß in den letzten Jahren eine Reihe von Problemen entstanden ist, welche unsere effektive Zusammenarbeit verhindert. Bei einem kürzlich in Rapid City, S.D. abgehaltenen Treffen sind mehrere Dutzend unserer Leute zusammengekommen und haben versucht, diese Probleme namhaft zu machen. Auf diesem Treffen galt es, organisatorische Lösungsvorschläge zu erarbeiten, wobei die Gruppe bemüht war, Zusammenhalt und Effektivität von AIM, einem Werkzeug zur Befreiung der indianischen Völker, sicherzustellen.

Das *American Indian Movement* wurde im Juni 1968 in Minneapolis, Minn. gegründet. Es war das Ziel unserer Bewegung, eine starke Organisation für den ›einfachen Mann‹ der Eingeborenen-Völker (grassroots Native People) zu werden, ein Fürsprecher für all jene, die traditionell von Bundesbehörden und christlichen Kirchen benachteiligt worden sind. Das *American Indian Movement* formierte sich, weil wir davon überzeugt waren, daß von existierenden Organisationen nichts getan wurde, um das Überleben unserer Kultur zu gewährleisten. AIM formierte sich, weil wir um das Wohl der noch ungeborenen Generation besorgt waren. Das *American Indian Movement* formierte sich, um mit dem Wiederaufbau unserer Nation zu beginnen.

Ihr alle kennt die Geschichte von AIM – eine Vielzahl von Aktionen, die uns international bekannt gemacht haben – und ihr wißt um unser Selbstverständnis, eine spirituelle Bewegung zu sein. Wir hatten seinerzeit unsere Alten und geistigen Führer um Rat gebeten; die Alten hatten uns anerkannt, und durch diese Anerkennung wurden wir eine spirituelle Bewegung. Die Alten und geistigen Führer hatten uns darüber hinaus empfohlen, den Verträgen [mit dem US-Kongreß] höchste Priorität einzuräumen. Sie hatten uns ermutigt, die Kirchen, die US-Regierung und das US-amerikanische Bildungssystem zu unseren Hauptfeinden zu erklären.

Das offensichtliche Problem, dem sich AIM heute gegenübersieht, ist das einer adäquaten Repräsentation. In einer Zeit, in der wir eingeborenen Nationen auf internationale Anerkennung und Unterstützung rechnen, ist es selbstverständlich, daß unsere Sprecher, wenn sie unsere Anliegen in der internationalen Gemeinschaft vorbringen, über alle Angelegenheiten gut informiert sein sollten. Sie müssen ein politisches Bewußtsein besitzen und auf unsere wahren Ziele ausgerichtet sein. Weitere Probleme, die auf dem Treffen in Rapid City zur Sprache kamen, waren: Disziplin, Organisation und Kommunikation.

Wir glauben, daß das Bemühen uns zu reorganisieren, einen ersten wichtigen Schritt zur Lösung unserer Probleme darstellt. Reorganisation bedeutet jedoch nicht, daß jemand von der Mitarbeit in einem Bereich, für den er sich engagieren möchte, ausgeschlossen wird. Wir ermutigen im Gegenteil jeden, zu uns zu kommen und an künftigen Treffen teilzunehmen. Wir hoffen, daß sich auf diese Weise unsere hier begonnenen Überlegungen weiterentwickeln und ausbauen lassen.
Wenn wir effektiv und verantwortungsbewußt arbeiten und auch die einfachen Leute an der Basis einbeziehen wollen – so die allgemeine Auffassung – brauchen wir eine organisatorische Struktur. Wir bedienen uns dazu des heiligen Kreises (sacred hoop): AIM und das Volk bilden das Zentrum, und die verschiedenen Projektgruppen sind Ableger des Zentrums. Wir haben Koordinatoren für die einzelnen Projektgruppen bestimmt und glauben, daß diese Leute auf den jeweiligen Gebieten genügend Fachwissen besitzen, um den Informationsfluß aus allen Bereichen unserer Bewegung und die Kommunikation mit den Führern aufrechtzuerhalten. Die auf diese Weise gut informierte Führung wird dann besser gerüstet sein, nationale politische Entscheidungen zu treffen. Es sei noch darauf hingewiesen, daß alle Projektgruppen von Leuten getragen werden, welche die AIM-Philosophie vertreten.
...

Projektgruppen des AIM-Zentralkomitees

Frauen aller Roten Nationen (W.A.R.N.: Women of all Red Nations)
...eine neue Organisation erfahrener weiblicher Aktivisten, die im September 1978 gegründet wurde. Ziel: Die Familien zu schützen, AIM in internationalen Frauengruppen zu vertreten und den Männern Anregungen/Anweisungen (directions) zu geben.

Zusammenschluß der Überlebensschulen (Federation of Survival Schools)
Diese Organisation umspannt sämtliche Projekte auf dem Bereich der Survival Schools. Ziel: Neuen, unabhängigen Erziehungsalternativen politische und rechtliche Unterstützung zu gewähren, die Kommunikation zwischen den bestehenden Schulen zu verbessern und Unterrichts-Materialien für alle [Überlebens-]Schulen zu entwikkeln.

Kriegsgefangene (P.O.W.'s: Prisoners of War)
Dieser Bereich umschließt sämtliche Anstrengungen zur Befreiung unserer eingekerkerten Brüder und Schwestern, also die Leonard Peltier–Verteidigungsgruppe und andere Gruppen...

Der Internationale Indianer-Vertragsrat (I.I.T.C.: International Indian Treaty Council)
...eine Organisation, welche die indianischen Nationen in der internationalen Gemeinschaft vertritt. Der Vertragsrat hat den Status einer nicht regierungsgebundenen Organisation (Non-Governmental Organization, NGO) bei den Vereinten Nationen. Ziel: Andere Befreiungsorganisationen auf der Welt über den Kampf der eingeborenen Nationen zu informieren.

Krieger (Warriors)
Hiermit sind all jene Brüder gemeint, die sich als Krieger organisieren, um die Interessen ihres Volkes zu verteidigen.
Regionale Vertreter (Regional Representatives)
Abgeordnete aus den verschiedenen Landesteilen, die ihre... jeweiligen Nationen auf den nationalen Treffen repräsentieren.
Innere Angelegenheiten (Internal Matters)
Diese Projektgruppe ist dafür zuständig, all jenen, die das Zentralkomitee um Unterstützung bitten, die entsprechende Hilfe zu leisten. Die Gruppe ist für Ausführung und Koordination der Entscheidungen des Zentralkomitees verantwortlich; sie vermittelt, wenn innerhalb der Bewegung Probleme entstehen.
Öffentlichkeitsarbeit (Communications)
Hiermit sind die diversen Zeitungs-, Rundbrief-, Radio- und Fernsehaktivitäten gemeint, welche sich einer unabhängigen Zukunft der eingeborenen Völker widmen. Ziel: Die entsprechenden Anstrengungen zu koordinieren, um... akkurate Information und Wiedergabe in den Medien sicherzustellen.
Unterstützung durch Nicht-Indianer (Non-Indian Support)
[Diese Gruppe bemüht sich], die große Zahl jener sachbezogen arbeitenden [nicht-indianischen] Gruppen dieses Landes anzusprechen, welche potentiell die Position der unabhängigen Eingeborenen-Nationen unterstützen könnten.
Ältestenrat (Elders Council)
Hier erhalten wir geistige Unterstützung und Weisung. Über den Ältestenrat erreichen wir alle traditionellen Führer und spirituellen Ratgeber. Durch den Ältestenrat werden die von uns abgehaltenen Zeremonien sanktioniert, damit wir nicht kulturelle Werte eines anderen Stammes oder einer anderen [indianischen] Nation verletzen. Der Ältestenrat befindet über von uns nicht lösbare Probleme (deadlocks), über Streitfälle und andere unangenehme Dinge. Das *American Indian Movement* hat immer die Alten anerkannt und wird dies auch in Zukunft tun.
Jedes wichtige Treffen und eine jede Entscheidung hinsichtlich der Zukunft der eingeborenen Völker bedarf der Teilnahme und Unterstützung des Ältestenrates.

Ziele des AIM Zentralkomitees

Das Zentralkomitee besteht aus dem indianischen Volk und dessen anerkannten Führern. Diese sind davon überzeugt, daß wir eine funktionierende, gut durchorganisierte Befreiungsorganisation brauchen, welche sowohl von den Vereinten Nationen als auch von unseren [Lands-]Leuten anerkannt wird. Das Zentralkomitee ist Entscheidungsorgan und alleinige Autorität [Letztinstanz] in allen Belangen nationaler Politik. Die zukünftigen Mitglieder des Zentralkomitees werden auf unseren obligatorischen monatlichen Treffen gewählt.

Das Zentralkomitee hat folgende Ziele festgesetzt:

1. Wiederherstellung und Stärkung der öfffentlichen Unterstützung des *American Indian Movement**
2. Stärkung der internen Disziplin
3. Bemühungen, die AIM-Kriegsgefangenen zu befreien und für sie qualifizierten Rechtsbeistand zu finden
4. Stärkung der traditionellen Familienstruktur
5. Stärkung und Aufbau von Indianern geleiteter Erziehungs-/Bildungssysteme
6. Bewahrung der Naturschätze
7. Aufrechterhaltung und Ausbau der internationalen Beziehungen

Die beiden folgenden Stellen sind als Kommunikations- und Informationszentren anerkannt:

Oglala Lakota Information Office
Ted Means

Federation of Survival Schools
Clyde Bellecourt

---

*Dann ist die öffentliche Unterstützung, wie Washburn behauptet, wohl tatsächlich zurückgegangen.

First International Indian Treaty Conference: Erklärung der fortbestehenden Unabhängigkeit der souveränen amerikanischen indianischen Nationen

Declaration of Continuing Independence of the Sovereign Native American Indian Nations, June, 1974

*Im Juni 1974 treffen sich Repräsentanten von 97 Indianerstämmen der USA, Kanadas und Südamerikas auf der Standing Rock Sioux Reservation in South Dakota zur ersten ›Internationalen Indianischen Vertragskonferenz‹ (*First Intern. Ind. Treaty Conference*). Die knapp 4000 Konferenzteilnehmer entwerfen und verabschieden eine ›Erklärung der fortbestehenden Unabhängigkeit‹. Darüber hinaus wird u. a. die Einrichtung eines New Yorker Büros beschlossen, das mit den Vereinten Nationen zusammenarbeiten soll. Der daraufhin gegründete ›Internationale Indianer-Vertragsrat‹ (*Intern. Indian Treaty Council*) wird am 10.2.1977 von der UNO als nicht-regierungsgebundene Organisation (NGO) mit Beraterstatus (Kat. II) anerkannt. Damit sind die Indianer der westlichen Hemisphäre zwar noch immer weit von ihrem Ziel der UNO-Vollmitgliedschaft entfernt, besitzen nun aber bereits offizielle Kontakte zur ›Familie der Nationen‹. Der Standing Rock – Konferenz von 1974 als auslösendem Moment einer international geführten, medienwirksamen Kampagne der Indianer muß große Bedeutung beigemessen werden. Die auf diesem Treffen verabschiedete, nachfolgend abgedruckte Deklaration ist eines der wichtigsten Dokumente der jüngeren indianischen Geschichte.*

Die ›Internationale Indianische Vertragskonferenz‹ erstellt hiermit die »Erklärung über die fortbestehende Unabhängigkeit der souveränen amerikanischen indianischen Nationen«.

Im Rahmen dieser Ereignisse fordern wir alle Menschen der Welt auf, uns in diesem Kampf für unsere Vertrags- und anderen Rechte zu unterstützen! Wir versichern unsere Unterstützung allen anderen souveränen Völkern, die für ihre Unabhängigkeit kämpfen.

Die erste indianische Vertragskonferenz auf der westlichen Halbkugel bildete sich auf dem Land des Standing Rock Volkes vom 8.-16.6.1974. Die Delegierten, die sich unter dem Schutz und der Führung des Großen Geistes getroffen hatten, vertraten 97 indianische Stämme aus Nord- und Südamerika.

Wir, die souveränen Ureinwohner, erklären, daß alles Land, das den verschiedenen indianischen Nationen gehört – besiegelt durch feierlich geschlossene Verträge zwischen den indianischen Nationen und der Regierung der Vereinigten Staaten von Amerika – ihnen offensichtlich vorenthalten wird.

Wir, die souveränen Ureinwohner, klagen die Vereinigten Staaten von Amerika an, die mit uns geschlossenen Verträge fortwährend in schwerwiegender Weise verletzt zu ha-

ben. Zwei von den Tausenden Verletzungen seien hier erwähnt:
Einmal das »irrtümlich genommene« Land, die *Black Hills* der großen Sioux Nation (1877). Dieses Land gehörte der großen Sioux-Nation aufgrund des Vertrages von Fort Laramie/1868.
Zum zweiten: der erzwungene Marsch des Cherokee-Volkes von ihrem Geburtsland, das jetzt der Bundesstaat Georgia ist, nach Oklahoma auf sogenanntes Indianerland (Reservation), nachdem der Oberste Gerichtshof der Vereinigten Staaten die Vertragsrechte der Cherokee für unverletztlich erklärt hat. Dieser Vertragsbruch, bekannt unter dem Namen »Zug der Tränen« (*Trail of Tears*) verursachte den Tod von 2/3 der Cherokee-Nation während des Zwangsmarsches.
Die Versammlung erklärt weiterhin, daß es zur Absicherung der Anerkennung der mit den indianischen Nationen geschlossenen Verträge durch die US erforderlich ist, einen entschlossenen und vereinten Kampf zu führen, in dem wir alle nur möglichen rechtlichen und politischen Mittel nutzen. Verträge, die zwischen souveränen Nationen geschlossen werden, ziehen notwendigerweise Vereinbarungen nach sich, die das »Oberste Gesetz« des Landes repräsentieren und somit jede Vertragspartei an unverletzliche internationale Beziehungen bindet.
Wir weisen auf die historische Tatsache hin, daß die Unabhängigkeit jedes Volkes unserer heiligen Mutter Erde direkt mit der Unabhängigkeit ihres Landbesitzes verbunden ist. Diese historischen Versuche, Freiheit zu erlangen, haben immer die größten menschlichen Opfer mit sich gebracht.
Wir erklären, daß die indianischen Nationen Gewalt zu vermeiden wünschen, wir erklären aber auch, daß die Vereinigten Staaten immer Gewalt und Brutalität benutzt haben, um den Ureinwohnern die für sie existenziellen Menschen- und Vertragsrechte vorzuenthalten.
Wir erstellen diese Erklärung in dem Bewußtsein, daß ein langer Kampf vor uns liegt – ein Kampf, den zu gewinnen wir sicher sind – und daß die Menschen- und Vertragsrechte aller indianischen Nationen geachtet werden. Im Rahmen dieses Selbstverständnisses erklärt die Internationale Indianische Vertragsversammlung:
Die Regierung der Vereinigten Staaten bezeichnet in ihrer Verfassung, Artikel 6, die Verträge als Teil des Obersten Gesetzes der Vereinigten Staaten. Wir werden weiterhin alle legalen und politischen Mittel nutzen, um die Vereinigten Staaten zu zwingen, ihre eigene Verfassung in dieser Sache anzuerkennen. Und somit die *Verträge mit den indianischen Nationen zu respektieren.*
Für unseren Kampf für die fortgesetzte Unabhängigkeit der indianischen Nationen werden wir die Unterstützung und Solidarität von Menschen auf der ganzen Welt suchen.
Wir, die Repräsentanten der souveränen indianischen Nationen, vereinigen uns zu dieser Ratsversammlung, die den Namen *Internationale Indianische Vertragsversammlung* haben soll.
Die Internationale Indianische Vertragskonferenz wird Büros in Washington, D.C.,

und in New York City gründen, um die internationale Unterstützung, die notwendig ist, um eine Anerkennung der Verträge zu erreichen, zu koordinieren und zu sammeln. Diese Büros werden ein selbständig arbeitendes Kommunikationssystem errichten, um zwischen den indianischen Nationen Informationen zu verbreiten, um einen allgemeinen Konsensus über anstehende Fragenkomplexe, Entwicklungen und jegliche Gesetzesfragen zu erreichen, durch welche die indianischen Nationen seitens der USA betroffen sind.

Die Internationale Indianische Vertragskonferenz erkennt die Souveränität aller indianischen Nationen an und wird geschlossen hinter unseren indianischen und internationalen Brüdern und Schwestern stehen, um sie in ihrem berechtigten und kollektiven Kampf für die Anerkennung internationaler Verträge und Vereinbarungen, die von den Vereinigten Staaten von Amerika oder von anderen Regierungen nicht eingehalten werden, zu unterstützen.

Alle Verträge, die zwischen den souveränen indianischen Nationen und den Vereinigten Staaten von Amerika geschlossen wurden, müssen auf eine Weise interpretiert werden, die den traditionellen und geistigen (religiösen) Werten der Signatur-Mächte, der indianischen Nationen, entsprechen.

Wir erklären unsere Anerkennung der provisorischen Regierungen der unabhängigen Oglala–Nation, die von den traditionellen Häuptlingen und Führern im Rahmen der Bedingungen des Fort-Laramie-Vertrages von 1868 mit der großen Sioux-Nation in *Wounded Knee* am 11. März 1973 gegründet wurde.

Wir verurteilen die USA für ihre brutalen Verletzungen des Vertrages von Fort Laramie 1868; sie haben die Bürger der unabhängigen Oglala-Nation umgebracht, sie verhungern lassen und sie ins Exil gezwungen.

Wir fordern die USA auf, die Unabhängigkeit und Souveränität der Oglala-Nation anzuerkennen und sofort alle zur Zeit stattfindenden ungesetzlichen Verfolgungen und auch alle geplanten Verfolgungen (gemeint sind u.a. die Strafverfolgungen der *Wounded Knee*-Besetzer/Anm. d. Schreibers) von souveränen indianischen Menschen zu beenden. Wir vereinigen uns hiermit mit dem kolonisierten Puerto-Ricanischen Volk in seinem Kampf für Unabhängigkeit von den USA.

Wir müssen feststellen, daß nur eine Farbe der Menschen *nicht in den Vereinten Nationen vertreten* ist, und dies sind die Ureinwohner, die Roten Menschen auf der westlichen Halbkugel. Wir behaupten, daß diese Unvollständigkeit in der Repräsentation bei den Vereinten Nationen durch die *Völkermordpolitik der Kolonialmacht* der USA geschaffen wird.

Die Internationale Indianische Vertragsversammlung, die während dieser Konferenz gebildet worden ist, ist angewiesen, ein *Gesuch bei den Vereinten Nationen einzureichen,* in dem die Anerkennung und Mitgliedschaft der souveränen indianischen Nationen gefordert wird.

Wir geben gern unsere Unterstützung allen Ureinwohnern eines jeweiligen Landes, die ein ähnliches Gesuch erstellen wollen.

Diese Konferenz fordert die Vertragsversammlung auf, Verhandlungen mit der Regierung der USA durch das »Department of State« einzuleiten. Wir streben diese Verhandlungen an, *weil wir mit den USA in diplomatische Beziehungen treten möchten.* Wenn diese diplomatischen Beziehungen eingerichtet sind, wird unser erster Schritt sein, über die Verletzungen der Rechte der indianischen Nationen, die sich ereignet haben, mit den USA zu verhandeln und Verträge abzuschließen.

Wir, die Teilnehmer der Internationalen Indianischen Vertragsversammlung, folgen der Führung unserer Alten durch die Weisungen des Großen Geistes.

Und aus unserer Verehrung für unsere heilige Mutter Erde, für alle ihre Kinder, für die noch Ungeborenen bieten wir unser Leben für die Erfüllung der Internationalen Vertragsrechte!

in: **progrom,** Sonderausgabe ›Indianer sprechen‹, S. 76-78

Grundsatzerklärung zur Verteidigung der eingeborenen Nationen und Völker der westlichen Hemisphäre

Declaration of Principles for the Defense of the Indigenous Nations and Peoples of the Western Hemisphere

Die nachfolgende Deklaration verdeutlicht die von den Indianern gegenüber der UNO – sprich: der Weltöffentlichkeit – vertretenen Grundpositionen.

Präambel

- nach Erwägung der Probleme, die mit der Tätigkeit der UNO auf dem Gebiet der Förderung und der Unterstützung der Achtung der Menschenrechte und grundlegenden Freiheitsrechte zusammenhängen;
- feststellend, daß die Internationale Erklärung der Menschenrechte und ähnliche internationale Abkommen das Individuum in den Mittelpunkt stellen;
- anerkennend, daß die Einzelpersonen die Grundlage der Kulturen, Gesellschaften und Nationen darstellen;
- in Anbetracht dessen, daß es ein Grundrecht jedes Menschen ist, die Kultur, Gesellschaft und Nation, in die er geboren ist, zu beleben und zu erhalten und
- erkennend, daß den Völkern Bedingungen auferlegt werden, welche die Kulturen, Gesellschaften oder Nationen, an welche sie glauben oder denen sie angehören, unterdrücken, verleugnen oder zerstören

soll folgendes ratifiziert werden:

1. *Anerkennung eingeborener Nationen* – Eingeborene Völker sollen Anerkennung als Nationen und eigene Personen des Internationalen Rechts erhalten, vorausgesetzt, daß das betreffende Volk als Nation anerkannt zu werden wünscht und die Grundbedingungen der Nationalität erfüllt, nämlich:
   a. eine ständige Bevölkerung hat.
   b. ein umschriebenes Gebiet hat.
   c. eine Regierung hat.
   d. die Fähigkeit besitzt, mit anderen Staaten Beziehungen aufzunehmen.
2. *Personen des Internationalen Rechts* – Eingeborene Gruppen, welche die Bedingungen der Nationalität nicht erfüllen, werden hiermit zu Personen des Internationalen Rechts erklärt und werden berechtigt, den Schutz dieser Erklärung zu genießen, vorausgesetzt, daß es sich um identifizierbare Gruppen handelt, welche Gemeinsamkeiten der Sprache, des Erbes, der Überlieferung aufweisen oder eine andere gemeinsame Identität.
3. *Garantie der Rechte* – Keine eingeborene Nation oder Gruppe soll weniger Rechte oder einen niedrigeren Rang haben, nur weil diese Nation oder Gruppe keine schriftlich niedergelegten Verträge oder Abkommen mit irgendeinem Staat abgeschlossen hat.

4. *Gewährung der Unabhängigkeit* – Den eingeborenen Nationen oder Gruppen wird ein solcher Grad an Unabhängigkeit gewährt wie sie es in Übereinstimmung mit dem Internationalen Recht wünschen.
5. *Verträge und Abkommen* – Verträge und andere Abkommen, welche eingeborene Nationen oder Gruppen mit anderen Staaten eingehen, mögen sie als Verträge oder anders bezeichnet werden, sollen in derselben Weise und entsprechend demselben Internationalen Recht und denselben Prinzipien anerkannt und angewandt werden, wie die Verträge und Abkommen, welche von anderen Staaten eingegangen werden.
6. *Aufhebung von Verträgen und anderen Rechten* – Verträge und Abkommen, welche mit eingeborenen Nationen oder Gruppen geschlossen worden sind, dürfen nicht einseitig aufgehoben werden. Auf keinen Fall darf das Landesrecht irgendeines Staates als Rechtfertigung dafür dienen, daß mit eingeborenen Nationen oder Gruppen eingegangene Verträge oder Abkommen nicht eingehalten werden... Noch darf irgendein Staat sich weigern, Verträge oder andere Abkommen anzuerkennen oder einzuhalten mit dem Hinweis auf veränderte Umstände, falls die Veränderung dieser Umstände wesentlich durch jenen Staat bewirkt worden ist, der sich auf eine solche Änderung beruft.
7. *Rechtsprechung* – Kein Staat darf irgendein Recht der Jurisdiktion geltend machen oder beanspruchen oder ausüben über irgendeine Nation oder Gruppe oder über das Territorium einer solchen eingeborenen Nation oder Gruppe, es sei denn unter Beibringung eines gültigen Vertrages oder anderer Abkommen, welche in freier Weise mit den legitimen Vertretern der betroffenen eingeborenen Nation oder Gruppe abgeschlossen worden sind. Alle Handlungen irgendeines Staates, welche das Recht der eingeborenen Nationen oder Gruppen auf Ausübung der Selbstbestimmung verletzen, sollen den zuständigen internationalen Organen unterbreitet werden.
8. *Landansprüche* – Kein Staat darf das Gebiet einer eingeborenen Nation oder Gruppe beanspruchen oder behalten, weder durch das Recht der „Entdeckung“ noch anderswie, mit der Ausnahme von solchem Gebiet, das durch einen gültigen Vertrag oder eine andere freiwillige Zession rechtmäßig erworben worden ist.
9. *Beilegung von Streitigkeiten* – Alle Staaten der Westlichen Hemisphäre sollen durch Verhandlungen oder durch andere geeignete Mittel ein Verfahren erarbeiten, das die bindende Beilegung von Streitigkeiten und Klärung von Forderungen oder anderen die eingeborenen Nationen oder Gruppen betreffenden Angelegenheiten ermöglicht. Diese Verfahren sollen für alle Parteien akzeptabel sein, prinzipiell fair und mit dem Internationalen Recht übereinstimmen. Alle derzeit praktizierten Vorgehensweisen, welche die Billigung der betroffenen eingeborenen Nationen und Gruppen nicht genießen, sollen aufgehoben werden, und neue Verfahren sollen im Sinne dieser Erklärung eingeführt werden.

10. *Nationale und kulturelle Integrität* – Es soll für jeden Staat rechtswidrig sein, irgendeine Handlung oder Verhaltensweise gegenüber einer eingeborenen Nation oder Gruppe zu unternehmen bzw. zuzulassen, welche direkt oder indirekt die Zerstörung oder Desintegration einer solchen eingeborenen Nation oder Gruppe zur Folge hat, oder auf andere Weise die nationale oder kulturelle Integrität einer solchen Nation oder Gruppe bedroht, einschließlich (aber ohne Begrenzung auf diese Fälle) der Aufzwingung oder Unterstützung nicht-legitimierter Regierungen und der Einführung nicht-eingeborener Religionen bei den eingeborenen Völkern durch nicht-eingeborene Missionare.
11. *Umweltschutz* – Es soll für jeden Staat rechtswidrig sein, irgendeine Handlung oder Verhaltensweise gegenüber dem Territorium einer eingeborenen Nation oder Gruppe zu unternehmen bzw. zuzulassen, welche direkt oder indirekt die Zerstörung oder Beeinträchtigung einer eingeborenen Nation oder Gruppe durch Verschmutzung der Erde, der Luft, des Wassers zur Folge hat, oder welche auf irgendeine Weise irgendeine natürliche Ressource oder andere Ressourcen, die sich im Herrschaftsgebiet einer eingeborenen Nation oder Gruppe befinden oder für eine solche lebenswichtig sind, ausbeutet, disloziert oder zerstört.
12. *Mitgliedschaft Eingeborener* –Kein Staat darf durch Gesetzgebung, Verordnung oder auf andere Art Handlungen unternehmen, welche eine Einmischung darstellen in die souveräne Gewalt einer eingeborenen Nation oder Gruppe, ihre Mitgliedschaft selbst zu bestimmen.
13. *Schluß* – Alle hier proklamierten Rechte und Pflichten sollen den im Internationalen Recht geltenden Rechten und Pflichten hinzugefügt werden.

nach: **progrom,** Sonderausgabe ›Indianer in Europa‹, S. 17
Originaltext s. **Akwesasne Notes,** Summer 1978, pp. 16–17

Lektüre-Vorschläge

Rarihokwats: »Das Recht, anders zu sein. Bürgerrechte und die Eingeborenen Nordamerikas«, **Wo das Rebhuhn balzt,** S. 71–76
Forbes, Jack: »Amerikanismus ist die Antwort«, a. a. O., S. 83–89
Trudell, John: »Bevor wir ›Indianer‹ waren«, a. a. O., S. 137–145
Deloria, Vine Jr.: »Die Zukunft der Indianer, a. a. O., S. 147–152
ders.: »The Country Was a Lot Better When the Indians Were Running It«, Josephy, **Red Power,** pp. 235–247
ders.: **Nur Stämme werden überleben**
»Regaining Control of Our Lives. The Promise of Appropriate Technology«, **Akwesasne Notes,** Autumn 1978, pp. 4–6
»The Only Possible Future. ›We Are the Generation that Faces the Most Critical Period of Our Peoples' Existence‹«, **Akwesasne Notes,** Late Spring 1978, pp. 5–6

»»We Are Not Free«. Testimony of Clyde Warrior, President, National Indian Youth Council, Feb. 2, 1967«, Josephy, **Red Power,** pp. 71–77
»Statement of the Indian Members of the National Council on Indian Opportunity, Jan. 26, 1970«, a. a. O., pp. 191–210
»Statement of the United Southeastern Tribes – 1969«, a. a. O., pp. 143–154
Sotsisowah: »Die angestrebte Souveränität kann Wirklichkeit werden«, **Wo Das Rebhuhn balzt,** S. 125–135
progrom. Indianer sprechen, S. 73–90
(Diverse indian. Manifestationen in Reden u. Briefen)
»1956–1973: Chronologie des Widerstands«, Biegert, **200 Jahre,** S. 72–83
»Indianer im Aufstand 1969–70«, **Wunden der Freiheit,** S. 176–203
»»We Must Hold on to the Old Ways«. Indians of All Tribes Alcatraz Island, December 16, 1969«, Josephy, **Red Power,** pp. 185–189
(Botschaft der Alcatraz-Besetzer)
»Wounded Knee 1973«, **Wunden der Freiheit,** S. 233–240
»Die Besetzung von Wounded Knee – ein Tagebuch«, Biegert, **200 Jahre,** S. 86–126
»Schüsse am Wounded Knee«, Schulze-Thulin, **Weg ohne Mokassins,** S. 252–259
Akwesasne Notes (ed.): **Voices from Wounded Knee** (Reichlich bebilderte Dokumentation)
Burnette, R. u. Koster J.: **The Road to Wounded Knee,** New York, Bantam, 1974
»Longest Walk«, Biegert, **Indianerschulen,** S. 258–261
verschiedene Artikel zum ›Longest Walk‹ in: **Akwesasne Notes,** Summer 1979
»Nachlese zum Longest Walk«, **amedian,** Oktober 1978, S. 3
zur Genfer NGO-Konferenz s. progrom, **Indianer in Europa,** S. 1–68 (umfassende Dokumentation mit zahlreichen Reden, Grußbotschaften, Analysen, Resolutionen, Aufsätzen, Berichten, div. Arbeitsgruppen... z. T. aus **Akwesasne Notes,** Dec. 1978, übernommen. Im Anhang ausführliche Liste mit den auf der Konferenz eingereichten dokumentarischen Beweisen der Indianer, DOCIP)
»Indianer in Europa. Über den Sinn einer Strategie«, **amedian,** August 1978, S. 5–6
»The Work Beyond Geneva«, **Akwesasne** Notes, December 1977, p. 19
»Affirmation of Sovereignty of the Indigenous Peoples of the Western Hemisphere«, **Akwesasne Notes,** Summer 1978, p. 14

INDIANER HINTER GITTERN

Im Februar 1980 melden die Nachrichtenmedien einen Gefangenenaufstand im Staatsgefängnis von New Mexico in Santa Fe. Die blutige, 33 Todesopfer fordernde Revolte rückt das amerikanische Strafvollzugssystem kurzzeitig wieder einmal in den Blickpunkt der Öffentlichkeit und veranlaßt zu verschiedenen, z. T. überaus kritischen Stellungnahmen. So spricht z. B. das Nachrichtenmagazin Newsweek *von einem in den US-Gefängnissen herrschenden »Grad an Brutalität, der einfach nicht länger ignoriert werden kann«*. Unter den Insassen der amerikanischen Gefängnisse befinden sich überproportinal viele Angehörige ethnischer Minderheiten: Chicanos, Schwarze, Puerto Ricaner – Indianer.*

Zahlreiche indianische Strafgefangene, namentlich die AIM-Mitglieder unter ihnen, betrachten sich als politische Gefangene, ein Terminus, den sich Regierungsvertreter entschieden verbitten. Die beiden konträren Standpunkte sind in den vorausgegangenen Texten mehrfach zum Ausdruck gekommen.

Nachfolgend als exemplarische Hintergrundinformation vier Dokumente aus unterschiedlichen Blickwinkeln: der Bericht eines Rechtsanwaltes, der Solidaritätsaufruf einer indianischen Initiativgruppe, ein von deutschen Indianerfreunden skizziertes Fallbeispiel sowie der Brief eines indianischen Gefangenen.

---

*«When Will It Happen Again?«, **Newsweek,** Feb. 18, 1980, pp. 48-50, p. 48.
s.a. «What Happened to Our Men?«, **Time** (Europe), Feb. 18, 1980, pp. 26-27

Ken Tilsen: Tausende von politischen Gefangenen in den USA

There Are Thousands of Political Prisoners in the United States, Speech at the FBI-Building During the *Longest Walk*, July 18, 1978

Im Juli 1978, nachdem der ›Längste Marsch‹ der Indianer die Hauptstadt Washington erreicht hat, findet vor dem FBI-Gebäude eine Kundgebung statt, auf der u.a. Rechtsanwalt Tilsen die im folgenden auszugsweise wiedergegebene Rede hält. K. T. hat in den vergangenen Jahren in verschiedensten Fällen Indianer vor Gericht vertreten; er spielte z. B. eine zentrale Rolle in den Wounded Knee-*Nachfolgeprozessen*. In seinen Ausführungen in Washington, D. C. geht Tilsen auf eine Reihe seines Erachtens besonders bedenklicher Fälle US-amerikanischer Gerichts- bzw. Strafvollzugspraxis ein. Nachfolgend eines seiner Fallbeispiele aus dem bereits mehrfach erwähnten Staatsgefängnis von South Dakota in Sioux Falls.*

In den letzten Wochen waren das Hauptthema der Zeitungsschlagzeilen dieses Landes und der ganzen Welt die Angriffe unseres Präsidenten auf die Sowjetunion wegen deren Behandlung ihrer Dissidenten, der Behandlung jener Leute, die politischer Verbrechen gegen die Sowjetunion beschuldigt worden sind. Wie Sie alle wissen, gab [der damalige UN-Botschafter] Andrew Young die Erklärung ab, es gäbe in den Vereinigten Staaten hunderte, vielleicht tausende politische Gefangene. Das war eine bemerkenswerte Verletzung der Loyalität gegenüber der Carter-Administration. Nun, der Präsident hat Young zu sich gerufen, und man sagt mir, dieser habe sich entschuldigt. Die ungewöhnliche Rolle, mich hinter irgendjemanden aus den politischen Administrationen dieses Landes stellen zu wollen, liegt mir nicht. Doch ich bin hier, um Ihnen zu sagen, daß es in der Tat Hunderte von politischen Gefangenen im Staate South Dakota und Zehntausende politischer Gefangener im ganzen Lande gibt. In den wenigen Minuten, die ich hier zur Verfügung habe, kann ich nur über einige von ihnen sprechen…

Im Staatsgefängnis von Sioux Falls im Staate South Dakota gibt es 175 amerikanische Indianer. Fast alle von ihnen befinden sich dort wegen besonderer politischer Taten. Einer von ihnen ist Richard Marshall, der wegen eines angeblichen, aber nicht von ihm begangenen Mordes an einem Mann namens Montileaux eine lebenslängliche Strafe verbüßt. Letzte Woche erhielt ich einen Anruf von Dick [Marshall]. Er erzählte mir, daß er, Kenny Kane und 15 weitere amerikanische Indianer des Verbrechens des illegalen Betens im Gefängnis beschuldigt worden seien und deswegen fünf Tage Einzelhaft bekommen würden. Ich sagte zu Dick, »Moment mal , Dick . Eigentlich kann nicht einmal im Staatsgefängnis von Sioux Falls jemand des illegalen Betens beschul-

*zu diesen Prozessen s. AIM-Support Group Hamburg, **Indianer im Widerstand,** S. 19ff und: Schulze-Thulin, **Weg ohne Mokassins,** S. 259–263 digt werden.« Doch er hatte ein Schriftstück bei sich und las es mir über das Telefon vor. Der Inhalt war sehr deutlich.

Sie haben dort [im Gefängnis] eine Schwitzhütte*, die etwa zehn Personen faßt. Sie benutzen diese Schwitzhütte, seitdem ein Gerichtsurteil das Gefängnis in Sioux Falls dazu verpflichtete, den indianischen Insassen die Ausübung ihrer Religion zu gestatten. Ein paar Tage bevor er [Marshall] mich anrief, hatte die Gefängnisverwaltung beschlossen, daß die Indianer nur zu den Zeiten beten dürften, die der Verwaltung genehm wären. Es wurde also ein Anschlag angebracht, auf dem es hieß, niemand solle die Schwitzhütte betreten außer einmal am Tag um acht Uhr. Dick Marshall und die anderen von mir erwähnten Personen betraten die Schwitzhütte [aber dennoch außerhalb dieser Zeit], und die Beschwerde, die er mir vorlas, lautete: »Der und der Beamte sah Richard Marshall und andere dann und dann die Schwitzhütte betreten, um dort in Verletzung der Gefängnisregeln zu beten.« Es traf sich, daß ein anderer Anwalt, der mit mir und meinem Büro zusammenarbeitet, heute vor einer Woche das Gefängnis besuchte, um an einem Hearing teilzunehmen. In der Tat, die Männer haben fünf Tage Einzelhaft bekommen. Sie wurden des illegalen Betens für schuldig befunden und bekamen die Strafe auf Bewährung. Das heißt, sie brauchen nicht in das Loch, es sei denn, sie beten während der nächsten sechs Monate noch einmal ohne Erlaubnis.

Nun, wenn dies kein Beispiel einer gegen das indianische Volk gerichteten Völkermordpraktik und der politischen Behandlung von Dissidenten in diesem Land ist, dann weiß ich nicht, was es sonst sein soll.

...

aus: **Akwesasne Notes,** Summer 1978, p. 18

---

*Schwitzhütte, (sweat lodge), bei den nordamerik. Stämmen weit verbreitete, meist runde Hütte, in der auf erhitzten Steinen durch Wasseraufgüsse Dampf für ein rituelles Schwitzbad erzeugt wird. Das unmittelbare Motiv des Schwitzens ist die Reinigung von Körper und Geist, doch hat die *sweat lodge* außerdem die bekannten positiven gesundheitlichen Effekte der Sauna. Das Aufsuchen der Schwitzhütte war/ist für viele Stämme ein wichtiger religiöser Ritus.

Lakota Harden: Politische Gefangene

Political Prisoners

L.H. von der »We Will Remember« *Survival Group der Pine Ridge Reservation schrieb diesen Aufruf für die Frauen-Initiative WARN.*

Seit der Invasion eines zerstörerischen Volkes sind die Indianer über Jahrhunderte politische Gefangene gewesen. In dem bestehenden System haben wir keine Kontrolle über unser eigenes Land, und man zwingt uns einen fremden Lebensstil auf. Dadurch bleibt unser Volk von dem Feind, der uns gefangenhält, abhängig. Wegen der Schande, die man unserem Volk angetan hat, haben sich viele unserer Krieger – Männer und Frauen – dazu entschlossen, dem Feind entgegenzutreten und die Rechte unseres Volkes zu verteidigen. Als Antwort setzt man sie noch größerem Leid aus, indem man sie als Kriminelle abstempelt und in die Käfige des Weißen Mannes sperrt. Männer wie Russell Means und Leonard Peltier sind Kriegsgefangene.

Dies ist die Generation, die dem System gegenübertrat. Sie gab uns das *American Indian Movement, Wounded Knee,* den *International Indian Treaty Council* und hat uns dazu gebracht, unseren traditionellen und ursprünglichen Lebensstil wiederzuentdekken. Als Hausmeister [und Beschützer] von Mutter Erde und allen Brüdern und Schwestern dürfen wir diese inhumane Behandlung unseres Volkes nicht ignorieren. Wir sind als Volk erst dann völlig frei, wenn ein jeder von uns frei ist. Wir haben die Verantwortung vor uns selbst, auf vollständige Freiheit hinzuarbeiten.

Ihr habt überall in diesem Land hinter den Mauern der Haftanstalten Brüder und Schwestern, die gefangen sind. Heute könnt Ihr etwas tun. Wir alle wissen, daß Religion und Leben für einen Indianer untrennbar sind. Wo immer Ihr seid, ist es wichtig, daß die Pfeife, die Schwitzhütte und die Heiligen Zeremonien Teil Eures Alltagslebens sind. Die *House Joint Resolution 738* wurde zum Gesetz, dem *American Indian Religious Freedom Act.* [Gesetz über die Religionsfreiheit der amerikanischen Indianer]. Das Gesetz besagt, daß die eigene Religion für das indianische Volk unerläßlich, unersetzlich und notwendig ist. Daher muß auch innerhalb der Anstalten Religionsfreiheit gewährt werden. WARN erkennt seine Verantwortung und bemüht sich darum, daß dieses Gesetz für unsere inhaftierten Brüder Wirklichkeit wird. Wir können unsere Brüder, die so unentwegt für uns kämpfen, nicht vergessen.

Findet heraus, welche Brüder aus Eurem Gebiet inhaftiert sind. Organisiert Eure Leute zu Hause. Helft, sie mit den notwendigsten Informationen zu versorgen... So sollen unsere inhaftierten Brüder gestärkt werden. Das wird uns Freiheit bringen.

Wir sind dabei, eine Liste der eingeborenen amerikanischen Gefangenen, der Unterstützungsgruppen und Verteidigungskomitees zusammenzustellen. Schickt uns Informationen aus Eurem Gebiet. Die Verteilung einer Liste mit solchen Informationen ist wichtig für eine organisierte und effektive Arbeit im ganzen Land.

Aus: **Women of All Red Nations,** WARN-Broschüre, pp. 30-31

Zum Beispiel Crow Dog

Der Fall Leonard Crow Dog wurde bereits im Zusammenhang mit dem (Congressman-) McDonald-Dokument angsprochen. Der hier nachgedruckte Bericht wurde von Hamburger Indianerfreunden zusammengestellt.

Leonard Crow Dog wurde 1942 auf der Rosebud-Reservation im US-Staat South Dakota geboren und gehört dem Stamm der Brulé-Sioux an. Wie sein Vater Henry Crow Dog ist Leonard Medizinmann. Er ist nie in eine weiße Schule gegangen; seine Eltern sind seine Lehrer gewesen. Er spricht Lakota, die Sprache seines Volkes. Englisch benutzt er nur, wenn er muß. Leonard ist mit Mary, 22, verheiratet; ihr Sohn Pedro wurde während der Besetzung von *Wounded Knee*, 1973, geboren. Leonard Crow Dog ist ein Spiritual Leader des *American Indian Movement* – und wird deshalb seit der Besetzung von *Wounded Knee* nicht mehr in Frieden gelassen.
Seit *Wounded Knee* wurden drei Anklagen gegen ihn erhoben:
1.) wegen der Besetzung selbst: dort soll er fünf FBI-Agenten, die sich, als Postbeamte verkleidet, Eingang in das besetzte Dorf verschafft hatten, »in der Ausübung ihres Amtes« behindert haben. Das Urteil lautete auf elf Jahre Gefängnis. Veranlaßt durch zahlreiche Bittschriften (u. a. von Marlon Brando) verringerte der Richter die Strafe auf 5 Jahre mit Bewährung.
2.) im September 1973 waren zwei Männer in Crow Dog's Anwesen auf der Rosebud-Reservation (genannt »Crow Dog's Paradise«) eingedrungen und von Freunden der Crow Dog-Familie, die seit *Wounded Knee* das Haus bewachen, verjagt worden. Zwei Tage später kamen 150 FBI-Beamte, die Crow Dog verhafteten, weil er für die »Verbrechen«, die auf seinem Grundstück geschehen, verantwortlich wäre, auch, wenn diese nur von Freunden und ohne seine Anwesenheit verübt werden. Anklagepunkt: »tätlicher Angriff mit Körperverletzung«, Urteil: 5 Jahre.
Zunächst kam Leonard Crow Dog nach Terre Haute ins Gefängnis. Dort begann seine drei Monate dauernde Odyssee durch vierzehn verschiedene Bundesgefängnisse der Vereinigten Staaten. In Terre Haute war er in einer Einzelzelle inhaftiert, ohne Fenster, Maße 1,20 m × 2,10 m, Höhe 1,70 m. Er konnte nicht aufrecht stehen und mußte so drei Wochen vor sich hin vegetieren. Am 5. Januar kam er plötzlich nach Rapid City, South Dakota. Crow Dog hatte 40 Pfund an Gewicht verloren, seine Haut war gebleicht, und man konnte sehen, daß ihm ganze Haarbüschel ausgerissen worden waren. Nach Rapid City hatte man ihn wegen des Prozesses Nr. 3 gebracht.
3.) »Bedrohung mit einer gefährlichen Waffe« – Leonard hatte zum Spielzeugtomahawk seines Sohnes gegriffen, als er einen ungebetenen Gast aus dem Hause jagte, der seine Frau belästigt hatte. Das Urteil fiel vergleichsweise gnädig aus: ohne Erhöhung der Haftzeit wurde die Strafe dem vorangegangenen Urteil angehängt.
Im Gefängnis von Terre Haute, in dem sich Crow Dog seit einiger Zeit befindet, wurde er mißhandelt. Man wollte ihm einreden, daß er operiert werden müsse, weil er ei-

nen Tumor im Gehirn hätte. Crow Dog meint, daß dies die Strafe dafür sei[n sollte], daß er mit einem Verwandten in seiner eigenen Sprache am Telefon gesprochen hatte. Inzwischen ist Crow Dog von Amnesty International adoptiert worden*. Zwei Leute von Amnesty, die seinetwegen nach Amerika gereist waren, wurden nicht zu ihm gelassen, als sie im Gefängnis von Terre Haute darum baten.
Für Crow Dog kann es den Tod bedeuten, lange im Gefängnis zu sein, ohne Sonnenlicht und ohne daß ihn seine Verwandten besuchen dürfen.
Ein weiterer Stein in einem traurigen Mosaik: In den frühen Morgenstunden des 19. November 1976 wurde das Heim der Crow Dogs – seit Generationen ein Zentrum traditioneller Kultur – durch einen Brand fast völlig zerstört. Während Leonard noch immer im Gefängnis auf eine Revidierung seiner ungerechten Verurteilung wartet, müssen seine alten Eltern mit anderen Angehörigen in einer Notunterkunft den Winter verbringen. Als Ursache des Feuers wird Brandstiftung vermutet.
Leonard Crow Dogs Fall ist ein Paradebeispiel für die Behandlung von Indianern – besonders von Indianern, die dem AIM angehören – amerikanische Justiz.
aus: AIM – Support Group Hamburg, **Indianer im Widerstand**, S. 36

---

*Zu den von *amnesty international* betreuten Fällen s.
– **ai Jahresbericht 1978,** Baden-Baden, 1979, S. 273/4 (Leonard Peltier, Paul Skyhorse, Richard Mohawk),
– **ai Report 1979,** London, 1980, p. 74 (Richard Marshall).

Der Gefangene Leonard Peltier schreibt

Grüße an alle meine Brüder und Schwestern!
Ende Juni wurde ich in eine Zelle des U.S.-Gefängnisses in Marion, Illinois, gebracht. Ungefähr einen Monat lang hatte ich Gelegenheit, mich umzusehen, und ich würde gerne einige meiner Erfahrungen mit Euch teilen. Zuerst mal: Es ist ein langer Weg von hier zur Revolution.
Sie nahmen mir meinen Namen weg und versuchten, ihn durch die Nummer 89637-137 zu ersetzen. Dies ist das Lager der Regierung für experimentelle Verhaltensänderungen von politischen Gefangenen. Es ist ihr Hauptlager für gemeingefährliche Gefangene. Das schlimmste, das sie haben. Sie halten hier ungefähr 500 Menschen gefangen, unter den strengsten Sicherheitsvorkehrungen, die sich der böse Geist des Menschen jemals ersonnen hat. Egal, wo du hingehst, du bist niemals außer Sichtweite deiner Bewacher. Überall sind Fernsehkameras. Die Abhörsprechanlage nimmt fast jedes Wort auf, das du äußerst. Eine sehr unheimliche Sache, wenn man sich daran gewöhnen muß. Ein Clockwork Orange. Totale Kontrolle.
Die Namensliste der Gefangenen liest sich wie die Widmungsseite von »Prairie Fire«. Ich genieße die Gesellschaft von Rafael Cancel Miranda, dem puertorikanischen Nationalisten, der sich dadurch auszeichnet, daß er einer der am längsten inhaftierten politischen Gefangenen in der zeitgenössischen amerikanischen Geschichte ist. Außer mir sind hier noch sechs Native American Brothers. Einer von ihnen, Alfred Smith, sitzt in einer Zelle in der gefürchteten Control Unit. Die Control Unit hat ungefähr 70 grabartig, hermetisch abgeschlossene Tigerkäfige;... Es sind Kammern, die jede sinnliche Wahrnehmung ausschließen, und sie werden gebraucht, um Säugetiere der Gattung Mensch für sehr lange Zeit einzusperren. Aus dem ganzen Bundesgebiet werden Brüder in diese Käfige gesteckt – als Versuchskaninchen für Gehirnwäsche.
Hiller Hayes wurde im Control Unit 5½ Jahre lang aus dem Verkehr gezogen. Das Sadistischste an dieser Einzelhaft ist, daß du 23½ Stunden am Tag in diesem Käfig hockst. Allein. Die Leute werden verrückt. Einige begehen Selbstmord. Andere verstümmeln sich nur. Die Gefangenen des Control Unit haben Klage beim Bundesgerichtshof eingereicht, um zu erfahren, ob das Gericht diese Haftbedingungen für verfassungsmäßig hält. Eine Entscheidung ist jetzt fast jeden Tag fällig. Wir hoffen, daß das Gericht diese drakonischen Maßnahmen für immer verbannen wird, und uns unsere Brüder wieder zurückgibt.
Aber genug von diesem düsteren Gerede.... Ich höre, daß der Indianer Dick Wilson sich stark macht mit seiner Wahlkampagne. Wer außer den USA könnte ihn mit soviel Geldern unterstützen! Sie können nicht vergessen, wie gut sie es früher hatten mit ihrem Strohmann. Die USA waren schon immer Meister darin, Strohmänner zu kaufen und sie vorzuschieben, um ihr gieriges Ausrauben des Volkes zu legitimieren. Ich wünsche ihnen alles Schlechte.
Heute sagte mir ein nicht-indianischer Bruder: »Ihr Indianer müßt all diesen spirituel-

len Hokuspokus loswerden, bevor ihr euch vom Joch der Unterdrücker befreien könnt.«

Ich wußte nicht, ob ich lachen oder weinen sollte. Ich wußte nicht, ob ich ihn schlagen sollte, oder seine Hand schütteln oder ihm den Kopf tätscheln wie einem zurückgebliebenen Ziegenbock. Ich beschloß, darüber eine Weile nachzudenken.

Ich schaue vom Gefängnishof aus nach Osten, durch die stählerne Starre der doppelten Tore hindurch, durch Stacheldraht und tödliche Gewehrtürme, und ich lächle den Hirsch an, der aus den Wäldern gekommen ist, um zu grasen. Ich dachte, wie schön und vollkommen Mutter Erde ist. Ich würde lieber blind sein und niemals mehr diese Vierbeiner in den Strahlen der untergehenden Sonne herumtollen und spielen sehen, als die gute und lebendige Macht unserer spirituellen Lebensweise aufzugeben. Nur ein Nicht-Indianer könnte sich eine Trennung des Lebens in seinem Körper von dem Großen Geist in allen lebenden Dingen vorstellen. Sie loswerden – in der Tat?! Da beschloß ich zu lachen... und ich lachte wirklich.

Gefängnisse sind keine schönen Plätze zum Leben, und wir müssen uns daran erinnern, daß tausende von unseren Leuten in Gefängnissen sitzen, weil sie der völkermordenden Politik der USA Widerstand leisten. Wir sollten unsere Brüder und Schwestern in all den Gefängnissen und Zuchthäusern in den USA und Kanada unterstützen. Laßt uns Leute wie Johnson Warledo, Mike Sturdevant, Dick Marschall, Herb Powless, Skyhorse und Mohawk, um nur ein paar zu nennen, nicht vergessen. Alle Ureinwohner sind politische Gefangene, ob sie es nun wissen oder nicht. Sie alle verdienen unsere Unterstützung.

Die USA denken, sie könnten unsere Bewegung aufhalten, indem sie uns in eine Zelle sperren, aber sie täuschen sich. Wir werden mit unserem Leben Widerstand leisten gegen die unverfrorenen Mörder, gegen Landraub, gegen die Zwangssterilisation – wir fordern Gerechtigkeit statt Lügen, Betrug und gebrochenen Verträgen. Wir werden weiterkämpfen für vollkommene Souveränität, für nationale Einheit. Und solange uns eine Mutter Erde ernährt, und der Große Geist uns führt, gibt es keine Macht auf Erden, die uns aufhalten kann.

Im Geiste von Crazy Horse,
Gwarth-ee-laas,
Leonard Peltier.

aus: **Akwesasne. Wo das Rebhuhn balzt,** S. 286–288, Originaltext s. **Akwesasne Notes,** Dec. 1977, p. 32

Lektüre-Vorschläge

»Human Rights from a Native Perspective«, **Akwesasne Notes,** Summer 1978, pp. 13–14

progrom. Indianer sprechen, S. 93–99 (verschiedene Briefe indianischer Gefangener, u. a. von Herb Powless, Dennis Banks, Crow Dog, Ralph Ranco)

»Politische Gefangene«, Biegert, **Indianerschulen,** S. 267f

»Der Fall Crow Dog«, Biegert, **200 Jahre,** S. 136–140

Zum Fall Crow Dog s. a.: **Wunden der Freiheit,** S. 262–266

Peltier, Leonard: »Erklärung an Richter Benson«, **Wo das Rebhuhn balzt,** S. 281–285

»Denial of Medical Treatment a ›Death Sentence‹ for Ron Petite«, **Akwesasne Notes,** Winter 1978, pp. 23

»Law Enforcement in the United States and its Relationship to the American Indian«, Prepared for the American Indian Movement by the Native American Solidarity Committee, DOCIP

AIM Support Group Hamburg: **Indianer im Widerstand** (Fallskizzen zahlreicher indian. Gefangener)

INDIANERLAND – EIN WIRTSCHAFTSFAKTOR?

Die elementare Bedeutung einer intakten Landbasis als materielles und spirituelles ›homeland‹ der Indianer – und damit die immanente Wichtigkeit der entsprechenden Landverträge – ist in allen hier wiedergegebenen indianischen Äußerungen unterstrichen worden. Ebenso wurde immer wieder darauf hingewiesen, daß die indianischen Reservationsgebiete in wachsendem Maße dem Zugriff des Weißen Mannes ausgesetzt seien. Das Interesse an Indianerland seitens der Regierungsstellen, Konzerne und Privatleute konzentriert sich im wesentlichen auf drei große Bereiche:
– indianische Bodenschätze; d. h. Mineralien (Uran!), Kohle, Gas und Öl;
– indianische Wasserrechte;
– indianische Jagd- und Fischereirechte.
Darüber hinaus droht verschiedenen Stämmen zum Teil erheblicher Schaden durch den Bau von Staudämmen sowie – paradoxerweise – durch die Anlage von Naturschutzgebieten und die damit verbundene Einengung angestammter Rechte.
Die Frage der Jagd und Fischerei betrifft vor allem solche indianischen Gemeinden – zum Beispiel an der Westküste –, die nach wie vor überwiegend von Jagd und Fischfang leben. Das Problem der Wasserrechte ist in besonderem Maße für die Stämme des Südwestens akut, für Wüstenbewohner wie die Navajo, Hopi und Apache also, welche in Gebieten leben, in denen eine zusätzliche Beschneidung des ohnehin knappen Wassers sicheren Ruin bedeutet. In dem NTCA-Dokument, Abschnitt Wasserrechte, wird auf diesen Komplex eingegangen.
Von ganz besonderer Tragweite ist die Auseinandersetzung um die geplante oder schon stattfindende Förderung indianischer Bodenschätze. Untersuchungen ergaben, daß solche Erschließungsprojekte in zahlreichen Fällen schwerwiegende Umweltbelastungen (wie Luftverschmutzung und Beeinträchtigung des Wasserhaushaltes) zur Folge haben, deren Auswirkungen – weit über das eigentliche Projektgebiet hinaus – auch nicht-indianische Nachbargemeinden und -städte in Mitleidenschaft ziehen werden. Die Interessen der Indianer und der mitbetroffenen Weißen sollten in solchen Fällen deckungsgleich sein. Rot-weiße Bürgerinitiativen zum Schutz von Land und Leben wie die hier bereits häufig genannte Black Hills Alliance *haben das erkannt und versuchen, diese Entwicklung aufzuhalten.*
Die folgenden aus einer großen Materialfülle ausgewählten sechs Dokumente sollen einige wesentliche Aspekte dieses besonders bedenklichen Problems indianischer Gegenwart veranschaulichen.

»We Will Remember« Survival School: Positionspapier zum Thema Bodenschätze

Position Paper of the Natural Resources Committee

Der Ausschuß für Bodenschätze der »We Will Remember« Survival School in Rapid City, S.D., hat alle Informationen über Bodenschätze in Bezug auf indianisches Land und im Zusammenhang mit der gesamten Weltlage untersucht. Wir wissen, und das ist von größter Bedeutung, daß die US-Regierung in Zusammenarbeit mit den multinationalen Konzernen hinter der gegenwärtigen Versessenheit auf unser Land und die dort liegenden Bodenschätze steht. ...Sie machen die Forderung an uns und unser Land dringlich, denn es heißt, die Energiekrise dieses Jahrhunderts sei für die Welt ein Wendepunkt... Sollen sie ihre Krise erfinden und im Namen dieser Krise tun, was sie wollen. Wenn man die internationalen Zahlen betrachtet, wird deutlich, daß es immer noch Bodenschätze im Überfluß gibt, und die Frage ist nicht, ob es genug davon gibt, sondern, wer die Kontrolle über diese Bodenschätze ausübt. Wir wissen, daß Eigentum an Land und Bodenschätzen Macht und Einfluß bedeutet – und darum geht es. Die Vereinigten Staaten sind in ihrer Habgier nach Bodenschätzen – der Hauptstütze der Macht – überall in der Welt engagiert. Im Grunde steht hinter allen Kriegen, die zur Zeit auf der Welt geführt werden, die Habgier nach Land und dem Reichtum der Bodenschätze, zum Preis von Tod und Zerstörung der Menschen, der Tiere und der lebensspendenden Mutter Erde der betreffenden Nationen, die zur Zeit für das Naturrecht zu leben und ihr Leben selbst zu bestimmen kämpfen. Die Eingeborenen der westlichen Hemisphäre befinden sich in andauerndem Kampf, einem Kampf, bei dem es im wesentlichen um eines geht – das Überleben... Es sind immer schon die unterdrückten Völker der Welt gewesen, die man als Schachfiguren in diesem allgemeinen Krieg benutzt. Eines dürfen wir nicht übersehen: dies ist ein Krieg der mächtigen Regierungen der Welt, die auf jede nur erdenkliche Art und Weise den anderen Nationen und Völkern deren Reichtum nehmen wollen. Denn, wir wiederholen es, Reichtum bedeutet Macht und Einfluß.

Die wichtigsten Bodenschätze der Welt von heute sind Öl, Kohle, Gas, Uran, Wasser, Holz und Land. Wir wissen, was mit dem Öl in Alaska geschah: die großen Ölkonzerne konnten sich gegen den rechtlichen Protest der Eingeborenen Alaskas und anderer betroffener Menschen durchsetzen, und die Pipeline wird gebaut und das Öl nach Japan verkauft. Eine andere Pipeline soll von den Northwest Territories Kanadas in die östlichen USA führen. Die Eingeborenen Kanadas kämpfen dagegen, doch die Konzerne sind mächtig. Das Endergebnis wird uns kaum noch schockieren können.
Im Four Corners-Gebiet der USA, [da wo] Colorado, New Mexico, Arizona und Utah [zusammentreffen], stehen Kohle... [-Kraftwerke]. Die Astronauten im Weltraum kommentierten die von diesen ausgehende Luftverschmutzung*. Die Kraftwer-

ke befinden sich auf der Navajo Indian Reservation. Nun wird von der Legislative ein Plan vorgeschlagen, der den Bau der ersten sechs kommerziellen Kohlevergasungs-Anlagen der Nation vorsieht. Sie sollen in New Mexico auf der Navajo-Reservation errichtet werden. Jede Anlage wird eine Milliarde kosten, nach 25 Jahren ist sie veraltet. ...Dann wird nicht nur dem stammeseigenen *Indian Irrigation Projekt* [Bewässerungsprojekt]... Wasser entzogen. Diese sechs Kohlevergasungs-Anlagen werden riesige Mengen tödlicher toxischer Substanzen – wie Blei, Quecksilber, Kadmium, Arsen und Bor – ausstoßen, die sich auf dem Land ablagern und es ruinieren, die Agrarprodukte verseuchen und innerhalb eines Radius von 13 Meilen die Evakuierung der Menschen notwendig machen werden. Dazu werden die Bergbau-Gesellschaften den Stämmen für die Kohle den niedrigst-möglichen Preis zahlen und den größten Teil der Profite für sich selbst behalten**. Profitieren werden die *El Paso Natural Gas Company* und die *Western Gassification Company (WESCO).* Und jeder für die Vorantreibung von Tagebau- und Kohlevergasungs-Anlagen ausgegebene Dollar ist ein Dollar mehr, den man nicht für dauerhafte und unschädliche alternative Energiequellen verwenden kann.

Daraus ergibt sich: Die Realisation dieser Pläne wäre für die Konzerne ein Präzedenz-Fall, der sie ermutigen würde, gleiche Maßnahmen in den Berg- und Präriestaaten zu ergreifen, in der Heimat der Sioux, Cheyenne, Arapaho, Shoshone, Blackfeet und Crow; Indianer-Reservationen mit verfügbaren Bodenschätzen wären Zielscheibe der Ausbeutung...

Aus: **Position Paper Natural Resources Committee** of the »We Will Remember« Survival School, pp. 1 and 3. DOCIP

---

*»Das Four Corners Kraftwerk war als einziger Industriebetrieb der westlichen Hemisphäre auf... Satelliten-Fotos dank seiner riesigen Rauchfahne als Umweltverpester zu erkennen.« Der Spiegel. 47/79, S. 202

**Eine offensichtlich durchaus übliche Praxis: *Utah International,* Betreiber des Four Corners Kraftwerkes z. B. zahlt den Navajo derzeitig etwa 1% des Weltmarktpreises (vgl. ebda.) Die entsprechende Preis-Vereinbarung ist vor mehr als zwei Jahrzehnten vertraglich fixiert worden.

Indianische Schäfer auf der Navajo-Reservation in Arizona

– Die Navajo haben die größte zusammenhängende Indianerreservation. Sie besitzen auf ihrem Land – nach Regierungsangaben – etwa fünf Mrd. t Kohle, 80 Mio. pounds Uran und 100 Mio. barrels Öl. Die jährlich von den Navajo gelieferte Energiemenge entspricht dem 32 fachen Jahresbedarf New Mexicos. Als Gegenleistung erhalten die Indianer nur Pfennige. Die Navajo-Nation ist eine Energie-Kolonie...
Auf der Navajo-Reservation haben 80 % aller Häuser keine Elektrizität; den [aus der Navajo-Kohle erzeugten] Strom verkauft die Bundesregierung an die großen Städte. Navajo-Land wird durch den Tagebau zerstört und kann kaum jemals wieder hergestellt werden. Die Navajo-Luft wird verpestet – durch das Verbrennen von Navajo-Kohle in großen Kraftwerken. Die Navajo werden von ihren Feldern vertrieben und [einige von ihnen] sehen sich gezwungen, im Uranbergbau zu arbeiten. Der Uranbergbau hat tödliche Folgen: Bis heute sind 25 Navajo-Uranbergleute an Lungenkrebs gestorben, 26 weitere leiden bereits an dieser Krankheit... Uran ist radioaktiv, Uran tötet...

La Duke, Winona: „Resources of Red Nations“, **Women of All Red Nations,** WARN Brochure, p. 12

Paula Giese: Der letzte Indianerkrieg – Es geht um Energie

The Last Indian War: For Energy

*Nachfolgend die gekürzte Fassung eines Berichts über die auf der 3. Intern. Indian. Vertragskonferenz (*Third Intern. Ind. Treaty Conference*) angesprochenen Probleme. Paula Gieses Ausführungen illustrieren, welche außerordentliche Bedeutung die Indianer dem Komplex ›Bodenschätze‹ beimessen.*

...

Wie die auf der Konferenz zusammengetragenen Informationen zeigten, sehen sich die Indianer – besonders in den Prärie-Staaten und im Südwesten – ihrer wohl letzten Krise gegenüber: der Gewißheit des Völkermordes und der Zerstörung des ihnen verbliebenen Landes, ihrer Lebensweise und ihres Lebens schlechthin. Diese letzte Krise ist eine direkte Folge der amerikanischen Energie-Politik, die unter Nixon begonnen wurde und unter Carter weitergeführt wird. Die Energie-Politik bekam (von Präsident Ford) den Namen »Project Independence« [Projekt Unabhängigkeit]: ihr Ziel ist es, »interne Energiequellen zu erschließen, um damit die voraussichtliche Steigerung der Nachfrage zu befriedigen und das – hauptsächlich aus arabischen Ländern – importierte Öl ersetzen zu können.« Der Preis für diese »Unabhängigkeit« der Vereinigten Staaten ist der Völkermord an Hunderttausenden von Indianern, die auf oder in der Nähe jener Prärie-Gebiete leben, deren Erschließung vorgesehen ist. Ein erheblicher Teil dieser Landgebiete ist auf Grund von im 19. Jahrhundert mit der US-Regierung geschlossenen Verträgen sowie Gerichtsentscheidungen des 20. Jahrhunderts, die in erster Linie indianische Wasserrechte betrafen, Eigentum und unter Kontrolle indianischer Nationen oder sollte es zumindest sein. Die Indianer beabsichtigen, diese Problematik an die Weltöffentlichkeit zu bringen, denn, wie die Geschichte zeigt, ist es wenig wahrscheinlich, daß die Vereinigten Staaten ihre Verpflichtungen [von selbst] erfüllen..

Es scheint, als habe die US-Regierung vorausgesehen, daß die amerikanischen Eingeborenen sich zur Wehr setzen würden – ebenso, wie die Eingeborenen in anderen Teilen der Welt, die versucht haben, den Diebstahl ihrer Naturschätze zu verhindern. Zumindest scheint dies die logische Schußfolgerung aus der *Senate Bill 826* zu sein, einer Ergänzung des *Federal Energy Act,* mit der das *Federal Energy Act* von 1974 zu einer auf das Gebiet der Vereinigten Staaten konzentrierten »umfassenden Energie-Politik« erweitert wird. Absatz 616 dieser Gesetzesvorlage sieht vor, daß der Energie-Minister »autorisiert ist, den Einsatz von Militär bei der Durchführung seiner Aufgaben einzuplanen«. Die mit solchen Aufgaben betrauten Streitkräfte wären praktisch eine unabhängige »Energie-Armee« unter direkter Kontrolle des Energie-Ministeriums.

Die Befürchtungen der Indianer hinsichtlich dessen, was auf ihrem Land bevorsteht, sind nicht überspitzt oder spekulativ. Sie beruhen auf einer Reihe von Regierungsdokumenten, welche die Pläne und Umweltfolgen der Energie-Erschließung im nördlichen Teil der *Great Plains* im einzelnen ausführen. Die Planung begann während der Regierung Nixon unter Leitung des Innenministeriums. Eine Gruppe von Kraftwerk-Betreibern und für Energiequellen zuständiger Regierungsbeamter erstellte 1971 die *North Central Power Study.* Darin wird die Aufnahme des Kohletagebaus in Montana, Wyoming und den Dakotas vorgeschlagen sowie der Bau von 42 kohlebetriebenen... Kraftwerken vorgesehen. 1973 wurden in einer Studie der *National Academy of Sciences* die Umweltfolgen dieses Planes untersucht. Die Wissenschaftler bewerteten die Auswirkungen als so verheerend, daß die betreffenden Gebiete zur »National Sacrifice Area« [zu opferndes Gebiet] erklärt werden müßten und es keine Aussicht dafür gebe, sie jemals wieder sanieren zu können.

Die Verwüstung wird so umfassend sein, daß noch viele hundert Meilen entfernt klimatische und atmosphärische Veränderungen zu erwarten sind. Östlich des Erschließungsgebietes liegen zum Beispiel die landwirtschaftlichen Zonen Minnesotas und Wisconsins und die ›Maisgürtel‹ Iowas. Diese Gebiete werden erheblichen zusätzlichen Regenfällen ausgesetzt sein, denn die von den [geplanten] Industrien in die Luft geblasenen Partikel werden jene atmosphärischen Wassertröpfchen binden, die in den Erschließungsgebieten sonst als karge 35 bis 46 cm Niederschlag pro Jahr fallen. Ostwinde werden diese Partikel in ihrem Wasserfilm zu den Farmgebieten tragen, wo dann Regenfälle aus chemischem Schmutz niedergehen. Nach Westen wird sich dieses Gebiet klimatisch von der Prärie zur Wüste verwandeln – zu einer industriellen Wüste.

Niemand vermag zu sagen, welche Auswirkungen derart schwerwiegende, viele Millionen Quadratmeilen betreffende Veränderungen des Klimas und Wasserhaushaltes auf das gesamte Weltklima haben könnten. Die Indianer werden einer so hohen Luftverschmutzung ausgesetzt sein, daß ihre gegenwärtig durchschnittlich 43 Jahre betragende Lebenserwartung laut [o. a.] Umweltstudie um 20 Jahre sinken wird.

Die Teilnehmer der [3. Intern. Indian. Vertrags-]Konferenz stimmten grundsätzlich darin überein, daß es auf die ihnen bevorstehende »Phase III« des Völkermordes tatsächlich nur eine Antwort gibt. Diese Lösung ist auch der einzig wirkungsvolle Weg, um der gegenwärtigen Armut sowie der Zerstörung von Gesundheit und Kultur zu begegnen, welche seit Jahrhunderten die indianische Bevölkerung dezimiert hat. Die Lösung liegt in der Souveränität für die indianischen Nationen. Dies bedeutet echte Kontrolle über ihr eigenes Land und Volk, wie in zahlreichen Verträgen, die angeblich ›Oberstes Gesetz‹ (Supreme Law of the Land) der Vereinigten Staaten sind, garantiert.

Es liegt im Interesse der anderen Nationen, dem indianischen Volk bei der Durchsetzung seines Zieles zu helfen. Die Indianer hoffen, diese Problematik in die im Herbst [1977 in Genf] stattfindende internationale [NGO-]Konferenz einbringen zu können...

Aus: **The Third International Indian Treaty Conference,** Standing Rock Sioux Reservation, June 1977, Conference Report. DOCIP

Marie Sanchez: Diese Reservation ist unser einziges Zuhause, unsere letzte Heimat

This Reservation is Our Only Home and Final Homeland

Im Zuge der Ölpreis-Explosion besinnen sich viele Staaten – so auch die USA und die Bundesrepublik – auf ihre heimischen Kohlelager und forcieren Entwicklung und Bau von Kohlekraftwerken und Kohlevergasungsanlagen. Die Vereinigten Staaten verfügen über riesige Kohlevorkommen. Im Gegensatz zur Bundesrepublik kann in den USA ein beträchtlicher Teil dieser Kohle im Tagebau gefördert werden, ein Verfahren, das nicht zuletzt wegen der damit verbundenen Oberflächenzerstörung ökologische Probleme aufwirft. Daß kohlebeheizte Kraftwerke – und die geplanten Kohlevergasungsanlagen – starke Luftverschmutzung verursachen, ist bekannt.
Etwa ein Drittel der US-Kohle liegt auf Indianerland, überwiegend auf den Reservationen des Südwestens und der Prärien (Navajo, Hopi, Crow, Cheyenne, Lakota). Nachfolgend gibt Marie Sanchez, Stammesrichterin des Prärie-Volkes der Northern Cheyenne, ein nach eigenen Angaben für viele Stämme typisches Fallbeispiel umweltbelastender Kohleförderung.*

Die Northern Cheyenne haben, wie die Lakota, den Vertrag vom 29. 4. 1868 *(Fort Laramie Treaty)* unterzeichnet. Artikel 17 dieses Vertrages definiert gewisse Landgebiete als »nicht abgetretenes indianisches Territorium« (unceded Indian territory). Diese Ländereien umfassen die Gebiete des Powder River und des Tongue River einschließlich Teilen von Nebraska, Wyoming und Montana. Die heutige Northern Cheyenne Reservation erstreckt sich auf einem Teil dieses in Art. 17 genannten Landes im südlichen Montana.
Die in Art. 17 genannten Landgebiete einschließlich der Cheyenne Reservation enthalten die vermutlich reichsten Lager schwefelarmer Kohle in den Vereinigten Staaten. Man schätzt, daß 90% der im Tagebau förderbaren Kohle der Vereinigten Staaten in diesem Gebiet liegen. Die Konzerne interessieren sich für diese Kohle, denn der Kohletagebau ist billiger als die Förderung im Untertage-Bergbau im östlichen Teil der Vereinigten Staaten [z. B. in Pennsylvania]. Der geringe Schwefelgehalt macht die Kohle noch wertvoller, denn mit deren Verwendung lassen sich die Emissions-Vorschriften der Städte leichter einhalten. 1971 fanden sich eine Reihe am Bergbau interessierter Konzerne sowie verschiedene Firmen, die Elektrizität kaufen und verkaufen, mit Unterstützung der US-Regierung zusammen und erstellten die *North Central Power Study [NCPS, Energie-Studie für das North Central Gebiet]*. Die NCPS sieht die Errichtung von mehr als vierzig kohlebetriebenen Kraftwerken vor, die fast alle auf

*»Indianer verhandeln mit OPEC. Es geht um die Erschließung von Uran- und Kohlevorkommen«, **Frankfurter Rundschau**, 11. 7. 77, S. 1

Art. 17-Gebieten liegen sollen, einige davon auf oder nahe der Northern Cheyenne Reservation. In der Zwischenzeit wurden bereits große Reservationsgebiete an die Energiekonzerne verpachtet bzw. an diese Optionen für Kohletagebau vergeben. In der näheren Umgebung, aber außerhalb der Reservationen, ist [bereits] an verschiedenen Stellen der Tagebau aufgenommen worden. Das zum Innenministerium gehörige *Bureau of Reclamation* überließ oder versprach den Konzernen für die Kohleförderung und die Kraftwerke große Mengen Wassers. All dies geschah, ohne die diesbezüglichen Rechte der Indianer oder die negativen Folgen für Land, Wasser, Fauna und Flora und das Leben des indianischen Volkes zu berücksichtigen. Die Indianer, die diesem massiven Angriff auf unsere Rechte entgegentraten, haben folgende negative sozio-ökonomische Auswirkungen und Gefahren erkannt und aufgezeigt:
Die großangelegten Industrie- und Bergbau-Projekte werden die Zuwanderung einer großen Anzahl Nicht-Indianer in dieses Gebiet zur Folge haben, die die meisten Arbeitsplätze erhalten und von den verschiedenen erweiterten Dienstleistungen profitieren werden. Wir Indianer werden zu einer Minderheit auf unserem eigenen Land. Unsere Kultur, ohnehin seit Hunderten von Jahren dem Angriff ausgesetzt, wird dies möglicherweise nicht überleben. Unser Volk wird mit all jenen sozialen Problemen konfrontiert werden, die eine solche um uns herum im Schnellbau errichtete Stadt aufwirft. Untersuchungen haben gezeigt, daß es nicht einmal genügend Wasser gibt, um die Bedürfnisse der Industrien zu decken, geschweige denn die des Landes, der Pflanzen, der Tiere und Menschen. Einmal im Tagebau abgetragen wird sich dieses regenarme Gebiet nicht mehr erholen. Einmal zugunsten der Industrien entwässert, werden die Flüsse und das [Grund-]Wassersystem dieses Gebietes zusammenbrechen. Da Tradition und Kultur des indianischen Volkes den Respekt für die Erde, für Wasser, Pflanzen und Tiere beinhalten, ist das, was hier zerstört wird, mehr als ›Umwelt‹; zerstört wird ein Volk, eine Lebensform, die von dieser Umwelt getragen sind. US-Regierung und Konzerne begehen also nicht nur eine ökologische Zerstörung, sondern darüber hinaus Völkermord.
Selbst wenn es den Cheyenne, deren Lage hinsichtlich der Ausbeutung unserer Ressourcen der Situation vieler anderer Indianerstämme… ähnelt, möglich wäre, dem Einhalt zu gebieten, was mit unserem Land geschieht, würden wir immer noch vielen Problemen gegenüberstehen, die uns vernichten könnten. Die Fort Union-Kohleader, die sich unter unserer Reservation entlangzieht, erstreckt sich auch nördlich, östlich, westlich und südlich von uns. Außerhalb unserer Reservationsgrenzen ist der Tagebau schon aufgenommen, und die Errichtung verschiedener großer Kraftwerke mit all ihrer Umweltverschmutzung, Zerstörung und möglichen gesundheitlichen Schädigungen genehmigt worden. Schäden, die durch solche nicht auf unserem Land befindliche Einrichtungen verursacht werden, sind Schäden, gegen die wir wenig tun können. Wir haben von der US-Regierung zu erreichen versucht, daß für unsere Reservationen die Emissions-Gesetze Anwendung finden, welche diese Entwicklung aufhalten oder die Konzerne zwingen könnten, Verfahren anzuwenden, die keine Luftverschmutzung

verursachen. Doch da man unsere Souveränität nicht anerkennt, beschied man uns seitens der US-Regierung, dies sei eine interne Angelegenheit [des Bundesstaates]. Mit anderen Worten: die gleiche Regierung, die auch diese Projekte billigt, hat die Macht, über unsere Beschwerden zu befinden. Alle diese Entwicklungen verletzen unsere Menschenrechte, unsere religiöse und kulturelle Freiheit.
In physischer Hinsicht bedroht uns die industrielle Umweltverschmutzung möglicherweise in Form von Krankheit und Tod. Wenn unser Land und Wasser zerstört ist, können wir auf unserer Reservation nicht länger leben... Diese Reservation ist unser einziges Zuhause, unsere letzte Heimat. Selbst wenn einzelne vom Volk der Cheyenne überlebten, würde dennoch unsere Kultur den Angriff auf unser Land und Wasser, unsere Luft und Vegetation nicht überleben. Dann würde es uns als Volk mit eigenen Wertvorstellungen und einer eigenen Lebensform nicht mehr geben.
Die einzige, wahre Lösung dieser Probleme liegt in der Anerkennung unserer Souveränität, unserer Rechte, unserer Verträge, denn es gibt keine echte Lösung, wenn sie nicht von uns selbst getragen ist. Wenn der Vertrag von 1868 als international gültig und für die Vereinigten Staaten verbindlich anerkannt würde, wären damit fast alle Kohlegebiete, die uns Sorge bereiten, unter indianischer Kontrolle. Wenn man unsere Souveränität anerkennen würde, könnten wir uns auf Regierungsebene auch der Geschehnisse annehmen, die außerhalb unseres Territoriums vor sich gehen und möglicherweise Auswirkungen auf unser Land, unser Wasser und unsere Luft haben sowie unser Wohlbefinden und kulturelles Überleben gefährden.
Aus: **The Third International Indian Treaty Conference,** Standing Rock Sioux Reservation, June 1977, Conference Report, DOCIP

Zum Thema Uran

Learning about Uranium

80% des amerikanischen Urans liegt auf Indianerland. In Anbetracht des Bestrebens, den Bau von Kernkraftwerken voranzutreiben, um die Abhängigkeit von Ölimporten zu vermindern, kommt gerade diesem Rohstoff außerordentliche Bedeutung zu. In mehreren Interviews [z. B. Means, Bellecourt, Ellison] wurde deutlich, daß die Indiander sich dem Abbau des Urans und der Errichtung von Kernkraftwerken auf ihren Territorien mit Entschiedenheit widersetzen. Die mit der Uranspaltung in Kernkraftwerken verbundenen potentiellen Gefahren sind weitgehend bekannt. Von den ökologischen Risiken des Uran-Bergbaus hört man jedoch hierzulande wenig. Der nachfolgende Artikel aus einer Publikation des* Lakota Treaty Council *zeigt einige der Ursachen für das indianische ›Nein‹ zum Uranbergbau auf.*

Der Uran-Bergbau erfordert häufig das Abpumpen großer Mengen Grundwassers aus den Schächten der Minen. Aus den Uran-Minen bei Gallup, New Mexico, werden täglich 4.2 Mio. gallons Wasser [ca. 18,5 Mio l] gepumpt. Die Konzentration von Radium und anderen toxischen Stoffen in diesem Wasser ist überaus hoch. Das aus den Minen bei Gallup gepumpte Wasser hat einen Radium-Gehalt, der 1.6 bis 4.6 mal höher ist als die von der *Federal Environmental Protection Agency* [EPA, Bundes-Umweltschutz-Behörde] für einwandfreies Trinkwasser festgesetzten Höchstwerte.

Eine EPA-Untersuchung der Wasserreinheit im Gebiet des Grant's Mineral Belt (einem der größten Uranbergbau-Komplexe der Nation) von 1975 ergab enorme Veränderungen in der Radioaktivität des Grundwassers, eine weitreichende Verseuchung der örtlichen Brunnen/Quellen mit Radium und anderen giftigen Substanzen sowie beträchtliches Austreten verseuchten Wassers aus verschiedenen Schächten und Abwassertanks. Dreißig Meilen flußabwärts von Durango, Colorado, der Abfallanlage am Animas River, fand man Wasser mit einem doppelt so hohen Radium-Gehalt wie von der *International Commission for Radiation Protection Guidelines* [Intern. Komm. f. Strahlenschutz-Richtlinien] zugelassen.

Die vermutlich größte vom Abbau und der Verarbeitung des Urans ausgehende Gefahr ist Radon-222, ein geruch- und farbloses Gas, das vom Wind davongetragen wird und sich in abgeschlossenen Räumen wie Häusern und Autos ansammeln kann. Neben Radon, so zeigten verschiedene Studien, wurden in der Luft in der Nähe von

---

*»Indianer verhandeln mit OPEC. Es geht um die Erschließung von Uran- und Kohlevorkommen«, **Frankfurter Rundschau**, 11.7.77, S. 1
Nach indian. Angaben gibt es auf den Reservationen folgender Stämme Uranlager: Colville, Yakima (Washington), San Juan, Jicarilla Jemez, Zia, Laguna, Sandia, Santo Domingo, San Ildefonso, Cochiti – ein Stamm der Lakota – (South Dakota).
vgl. **Position Paper Natural Resource Committee** *of the »We Will Remember« Survival School,* DOCIP

Bergbau-Industrien auch Spuren von Uran, Thorium und anderen giftigen Substanzen gefunden.
Im Einzugsbereich von Uran-Projekten lebende Tiere sind in der Regel auf Grund der Aufnahme radioaktiver Substanzen bei schlechterer Gesundheit; sie trinken verseuchtes Wasser oder fressen Pflanzen, auf denen sich radioaktive Partikel abgelagert haben. Am ehesten betroffen sind die größeren, warmblütigen Tiere wie Rotwild und Bären. Untersuchungen weisen darauf hin, daß in verseuchten Gebieten weniger Tiere leben. Eine permanente Bestrahlung der Wälder hat u. a. die vermehrte Ausbreitung harter, niedrig wachsender Büsche und Gräser zur Folge, welche die Bäume und andere höher entwickelte, strahlenanfälligere Pflanzen verdrängen. Dieser Verlust von Pflanzenarten bringt eine weitere Verringerung des Tierbestandes dieser Gebiete mit sich.
Aus: **Oglala Nation News,** April 1979, p. 5

Wehklage

Lament

Hast du jemals die Wälder durchstreift
mit den hohen, herrlichen Fichten
so mächtig und stark trotzen sie jeglichem
Wetter, jeglicher Zeit
Und hast du jemals nach einer Biegung des Weges
den von nirgendwo kommenden Bach entdeckt
der… wer weiß wohin fließt!
das Wasser so rein und so klar, daß es dich hinzieht
zum Ufer
um dort zu trinken und wenn du dies tust
eine Forelle erschrickt und schnell sich verbirgt
im wiegenden Laichkraut des Wassers?
Hast du jemals die winzigen Spuren des Mäusleins gesehen
im Schnee
und dich gefragt »Ob seine Füße nicht friern?«
oder die Schwämme auf alten, verwesten Bäumen –
so seltsamt geformt und doch schön…
oder die Pilze im Herbst –
leuchtende Farben auf dunklem Grund
so klein und so stolz doch!
Hast du all dies gesehn und gedacht
»Wie glücklich ich bin!«
Ja?
Und hast du dich jemals noch vor der Sonne erhoben
um sie aufgehn zu sehen ganz langsam
über den funkelnden, taunassen Bäumen –
Farben, die kommen und gehen, bevor all die Helle
schließlich die Dämmrung verdrängt?
Hast du jemals das Käuzchen des Nachts
rufen und rufen gehört?
Weißt du, sie sagen, es singe ein unheimlich Lied
doch wenn ich's vernehme
dank ich ihm schweigend dafür…
Nahmst du jemals dies grün-dunst'ge Licht
das vor Gewitter die Erde umhüllt

oder am tiefblauen Himmel den einsamen Vogel wahr
umgleißt von der Sonne Strahlen
die Gedanken forttragend
wegwischend Sorge und Not –
jener kurze Moment, war das nicht Glück?

Bist du jemals flußaufwärts gerudert
entlang den Schoten der Wolfsmilch, sich schüttelnd im Wind
hast du die flaumigen Samen
in sanfter Brise zögernd sich lösend
die lange Reise antreten sehn…
oder die Schwärme
der silbernen Fischchen
vorbeihastend, fliehend vor etwas
das lauert da hinten im Wasser…
oder hast du jemals die Enten erschreckt
die aufgebracht quakend die Flügel schlagen
schneller, noch schneller
bis das Wasser sie freigibt
und sie fortfliegen läßt?

Hast du all dies gesehn
und dein Herz schneller schlagen gefühlt
vor Freude, daß du wahre Schönheit geschaut?

Ich hab sie erlebt, all diese Dinge, ach, könnt ich nur sagen, wieviel
mir ein jedes bedeutet…
Warum es so schmerzt, eins nach dem andern
vernichtet zu sehn
weil ich doch weiß, aufhalten kann ich sie nicht, ihre Zerstörung.

Elmer Everhart
aus: **Akwesasne Notes,** Early Spring 1978, p. 19
Übersetzung: Gabriele Schmidt

Sierra Club Bulletin

Projektierter Tagebau in den Schwarzen Bergen, South Dakota *

Die Weißen verderben unser Land, sie machen die ganze Natur seufzen. Sie schneiden die Kräuter mit langen Messern, sie verderben die Kräuter, und die Kräuter weinen. Sie töten die Bäume mit mörderischem Eisen, sie tun den Bäumen Unrecht, und die Bäume weinen. Sie reißen die Eingeweide der Erde auf, sie tun der Erde weh, und die Erde weint. Sie vergiften das Wasser unserer klaren Flüsse und machen es trübe, die Fische sterben, und die Fische und die Flüsse weinen. So seht ihr: die Fische und Flüsse weinen, die Bäume weinen, die Erde weint, die Wiesenkräuter weinen – ja, die ganze Natur machen die Weißen seufzen. Oh, die Undankbaren! Auch sie wird Strafe ereilen!

Sauk-Häuptling Kenekuk nach Müller, **Indianische Welterfahrung**, S. 45

* Im Bildzentrum der Graphik das Mount Rushmore National Monument, ein in eine Felswand der Black Hills (S.D.) geschlagenes Riesen-Relief des Weißen Mannes, das vier Präsidentenköpfe zeigt und alljährlich viele hunderttausend Touristen in die heiligen Schwarzen Berge der Sioux zieht.

John Thorne: Vorschläge zur Landrückgabe

Attorney John Thorne on the Restoration of the Indian Land Base

Der Rechtsanwalt J. T. ist Spezialist für indianisches Vertragsrecht. Er vertrat die Indianer bereits bei zahlreichen Anhörungen und Prozessen, namentlich solchen zum Vertrag von 1868. Thorne gehörte ebenfalls dem Anwaltskollektiv zur Verteidigung der Indianer bei den Wounded Knee – *Nachfolgeprozessen an. (W.K. Legal Defense/Offense Committee). Die hier wiedergegebenen Ausführungen zu der Frage, ob und wie man den Indianern abhanden gekommene Landgebiete zurückgeben könnte, machte Thorne im Rahmen eines Workshops auf der* Third International Treaty Conference.

Es wird häufig die Frage aufgeworfen, ob die Vertragsrechte der Indianer wohl jemals von den Vereinigten Staaten anerkannt und die gestohlenen Landgebiete an sie zurückgegeben werden. Die Sioux Nation ist ein typisches Beispiel für den Bruch indianischer Verträge, ein Beispiel dafür, wie das von den Sioux für sich behaltene Land später gestohlen wurde. Unter dem Fort Laramie Vertrag von 1868 gaben die Sioux das gesamte Gebiet der Great Plains auf. Als dauerhafte Heimat behielten sie sich ein Gebiet vor, das im wesentlichen die westliche Hälfte South Dakotas... umfaßt, ein Gebiet, über das die Sioux [laut Vetrag] die uneingeschränkte Rechtshoheit haben sollten.

Doch wir [Weißen] fanden heraus, daß dort viele Bodenschätze liegen, und so haben wir den Sioux nach und nach das Land genommen, indem wir es der Kontrolle des BIA unterstellten. All dies ohne Einwilligung der Sioux. Ein Großteil des Landes gehört nun angeblich weißen Ranchern. Das Land aber gehört in Wahrheit nicht ihnen, es ist Eigentum der Sioux Nation.

Es wäre sehr einfach, den Sioux das Land zurückzugeben. Wenn immer die Bundesregierung bzw. eine bundesstaatliche oder lokale Regierung den Bau einer Autobahn beschließt, darf diese Autobahn durch jedermanns Besitztum geführt werden. Über den Prozeß der ›Eminent Domain‹ [Land von öffentlichem Interesse] wird der Grundstückseigner schlicht und einfach enteignet und zu einem fairen Marktpreis ausgezahlt. Auf die gleiche Weise könnten wir [die Regierung] all jene, gegenwärtig in privatem [weißen] Besitz befindlichen Gebiete innerhalb der Sioux Reservation beschlagnahmen und der Sioux Nation zurückgeben.

Wir könnten eine Übergangsperiode vorsehen, indem wir ein Gesetz erlassen, das den gegenwärtigen [weißen] Besitzern erlaubt, das Land bis zu ihrem Lebensende in Besitz zu behalten, ihnen aber nicht gestattet, es zu vererben. Stattdessen könnte das Land nach ihrem Tode beschlagnahmt, die Erben ausgezahlt und das Land an die Sioux zurückgegeben werden. Während der Übergangszeit sollten die auf dem Gebiet der Sioux-Nation lebenden [weißen] Bürger statt an den Staat South Dakota ihre Steuern an die Sioux Nation abführen. Mit anderen Worten: Es ist machbar, den Sioux das

Land zurückzugeben, welches rechtlich ihr Eigentum ist. Die Sioux würden die Landbasis bekommen, die sie fordern und die Vereinigten Staaten schließlich die von ihnen eingegangenen vertraglichen Verpflichtungen erfüllen.
Wenn wir – wie wir es behaupten und unser Präsident es dem Rest der Welt erklärt – an die Menschenrechte glauben, dann wird es höchste Zeit, daß die Menschenrechte gerade hier in den USA gewährt werden; jenen Menschen, die wir so gut wir konnten dominiert und geschädigt haben – den amerikanischen Indianern. Wir sollten beginnen, uns darum zu bemühen, daß die Sioux Nation und alle anderen indianischen Nationen die ihnen rechtmäßig zustehende Landbasis zurückerhalten. Wir sollten damit beginnen, ihre Menschenrechte anzuerkennen und das können wir, indem wir ihre Vertragsrechte anerkennen…
Aus: **The Third International Indian Treaty Conference,** Standing Rock Sioux Reservation, June 1977, Conference Report, DOCIP

Lektüre-Vorschläge

Sotsisowah: »All die Kinder von Mutter Erde«, **Wo das Rebhuhn balzt,** S. 195–201
»Diese Erde, unsere Mutter«. a. a. O., S. 215–111 (Eine Botschaft der Hopi)
Mohawk, John: »Eingeborenenkultur und Umwelt«, **progrom. Indianer sprechen,** S. 107f
»Der Kampf um des Indianers Land«, Schulze-Thulin, **Weg ohne Mokassins,** S. 156–209
»Schätze unter und über indianischer Erde«, a. a. O., S. 218–222
»Resource Exploitation. The Cutting Edge of Genocide«, **Akwesasne Notes,** Late Spring 1978, pp. 9–10
»Indianerland und Ausbeutung der Bodenschätze«, Biegert, **Indianerschulen,** S. 239–248 (kurze Übersicht mit Unterabschnitten ›Uran‹ u. ›Black Mesa‹)
»Unsere Mutter, die Erde. Indianerland und Industrieinteressen«, Biegert, **200 Jahre,** S. 48–56
»Naturvorkommen und Selbstbestimmung der Indianer in den USA«, **amedian,** Oktober 1979, S. 6f
Ackermann, Wolfgang u. Patricia Turkatte: »Indianer in den USA heute. Eine Problemskizze«, **Gulliver.** Deutsch-Engl. Jahrbücher, Bd. 3, USA 201, Berlin, Argument-Verlag, 1978, S. 59–64
»Kohle-Rush im indianischen Westen«, Schulze-Thulin, **Weg ohne Mokassins,** S. 222–227
»Unsere Mutter Erde, Eine leere schwarze Grube., vordem das Cheyenne-Reservat«, **Wo das Rebhuhn balzt,** S. 41–47
»Gegen die Zerstörung des Landes der Cheyenne. Nur ein großes schwarzes Loch«, **progrom. Indianer sprechen,** S. 105
»The Northern Cheyenne. Defending the Last Retreat«, **Akwesasne Notes,** Early Spring 1978, pp. 12–13
»Northern Cheyenne People Confront the BIA«, **Akwesasne Notes,** Atumn 1978, pp. 15–16
Bradley, Hendell: »Coal Plants and Health Effects«, **Northern Sun News,** May 1979, p. 13
»Four Corners Strip Mining Plans Spark Resistance«, **Akwesasne Notes,** Early Spring 1978, p. 28
»The Navajo Nation and Resource Development«, **Akwesasne Notes,** Summer 1978, pp. 26–27
Dunbar, Elisabeth: **Black Mesa. The Effect of Development,** DOCIP
Veeder, William H.: Indian Water Rights and Reservation Development«, Josephy, **Red Power,** pp. 177–183
»Wasser – vornehmlich nicht zum Waschen«, Schulze-Thulin, **Weg ohne Mokassins,** S. 232–237

Meagham, Charlotte: **Land Water and People. A Field Report.** DOCIP
McCloud, Laura: »Is the Trend Changing?«, Josephy, **Red Power,** pp. 87–92 (Thema ›Fishing Rights‹)
»Klamath Fishing Struggle«, **Akwesasne Notes,** Autumn 1978, p. 17 (Kampf der Yurok-Indianer in Nord-Kalifornien)
»Weitere Vertragsrechte: Fischfang und Jagd«, Schulze-Thulin, **Weg ohne Mokassins,** S. 237–243
»Überleben im Staat Washington 1968–1974«, **Wunden der Freiheit,** S. 217–228 (Thema Fischerei-Rechte, ›Fish-Ins‹)
Means, Russell: »Now This Is Planned«, **Akwesasne Notes,** Late Spring 1978, p. 11 (Black Hills-Projekte)
»We Shall Never Sell Our Sacred Black Hills«, **Oglala Nation News,** April 1979, p. 15/19 (gemeinsame Erklärung der Häuptlinge Frank Fools Crow und Frank Kills Enemy)
»Black Hills Region Declared National Sacrifice Area«, a. a. O., Rückseite
»Cowboys and Indians Join Forces. An Interview with Jose Barreiro of the Black Hills Alliance«, **Northern Sun News,** May 1979
Institute for the Development of Indian Law: »The Unites States' Illegal Occupation of the Black Hills. 100 Years of Continuing Injustice«, DOCIP
»Black Hills and $ 44 Million Settlements. An Interview with Mario Gonzales, **Oglala Nation News,** April 1979, pp. 10–14 (Gespräch mit einem Stammes-Anwalt)
Auszüge aus dem Vertrag von 1868, Biegert, **200 Jahre,** S. 126–129
Hensel, Gert: »Indianer und Uran«, **Rundbrief Indianer heute,** Nr. 33
»Kein Ort ist zu weit entfernt«, **Wunden der Freiheit,** S. 212–216 (Alaska-Öl)
»Das zweite Sterben der Indianer. Öl, Uran, Kohle. Griff nach den Schätzen der Rothäute«, **Der Spiegel,** Nr. 47, 48, 49/1979

Bibliographie

Die nachfolgende Zusammenstellung enthält nur solche Bücher und umfangreichere Schriften, die relativ leicht zugänglich und als ALLGEMEINE Hintergrundlektüre zur Gegenwart und Geschichte des Roten Mannes geeignet sind. Weitere, themenspezifisch klassifizierte Lektüre-Vorschläge, die auch Zeitungs- und Zeitschriftenartikel enthalten, sind am Ende eines jeden Dokumenten-Kapitels zu finden.

AIM-Support Group Hamburg (Hrsg.): **Indianer im Widerstand,** Broschüre, Hamburg, 1977

Akwesasne Notes (ed.): **Voices from Wounded Knee,** Mohawk Nation, 1974

Biegert, Claus: **Seit 200 Jahren ohne Verfassung. 1976: Indianer im Widerstand,** Reinbeck, rororo, 1976

ders., **Indianerschulen. Als Indianer überleben – von Indianern lernen,** Reinbek, rororo, 1979

Blue Cloud, Peter (ed.): **Alcatraz Is Not an Island,** by Indians of All Tribes, Berkeley, 1972

Brown, Dee: **Begrabt mein Herz an der Biegung des Flusses,** München, Knaur, 1974 (engl. Originaltitel: Bury My Heart at Wounded Knee, 1970)

Cahn, Edgar S. (ed.): **Our Brother's Keeper. The Indian in White America,** New York/Cleveland, 1970

Ceram, C. W.: **Der erste Amerikaner. Das Rätsel des vor-kolumbischen Indianers,** Hamburg, Rowohlt, 1972

Deloria, Vine Jr.: **Nur Stämme werden überleben,** München, Trikont, 1974 (z. T. abgeänderte deutsche Ausgabe von: We Talk – You Listen, New York, 1970)

ders., (ed.): **Of Utmost Good Faith. The Case of the American Indian Against the Federal Government of the United States,** Toronto/New York, 1971

Die Wunden der Freiheit. Selbstzeugnisse, Kommentare und Dokumente aus dem Kampf der Indianer gegen die weiße Eroberung und heutige Unterdrückung in den USA vom Beginn der Kolonisierung bis 1977, 3. Aufl., München, Trikont, 1977

Farb, Peter: **Die Indianer. Entwicklung und Vernichtung eines Volkes,** Wien/München, Molden, 1975 (engl. Original: Man's Rise to Civilization, 1968)

Fuchs, E. u. R. J. Havighurst: **To Live on This Earth. American Indian Education,** Garden City, 1973

Gesellschaft für bedrohte Völker (Hrsg.): **progrom. Indianer sprechen,** Hamburg, Okt. 1977

dies., **progrom. Indianer in Europa,** Hamburg, Mai 1978

dies., **Akwesasne. Wo das Rebhuhn balzt,** München, Trikont, 1978

Hamilton, Charles (ed.): **Cry of the Thunderbird. The American Indian's Own Story,** Norman, University of Oklahoma Press, 1972

Huffacker, Clair: **Hilf dir selbst, Indianer,** Frankfurt/M., Fischer, 1973

ders., **Nur ein toter Indianer ist ein guter Indianer,** München, Weismann Verlag, 1978 (engl. Orginaltitel: Nobody Loves a Drunken Indian, 1967)
Josephy, Alvin M. Jr.: **The Indian Heritage of America,** New York, 1968
ders., **Red Power. The American Indian's Fight for Freedom,** New York, 1971
Lee, Bobbi: **Indian Rebel. Das Leben einer Stadtindianerin aus Kanada,** München, Trikont, 1978
Lindig, W.: **Die Kulturen der Eskimos und Indianer Nordamerikas. Handbuch der Kulturgeschichte,** Frankfurt/M., Athenaion, 1972
McLuhan, T. C. (comp.): **Touch the Earth. A Self-Portrait of Indian Existence,** N. Y. 1971
McNickle, D'Arcy: **The Indian Tribes of the United States. Ethnic and Cultural Survival,** London/New York, Oxford University Press, 1973
Müller, Werner: **Indianische Welterfahrung,** Stuttgart, 1976
Nostiz, Siegfried v.: **Die Vernichtung des Roten Mannes,** Dokumentarbericht, Düsseldorf/Wien, Diederichs, 1970
Nurge, Ethel (ed.): **The Modern Sioux. Social Systems and Reservation Culture,** Lincoln, University of Nebraska Press, 1971
Sanders, Thomas E. u. Walter W. Peek: **Literature of the American Indian,** London, 1973
Schulze-Thulin, Axel: **Weg ohne Mokassins. Die Indianer Nordamerikas heute,** Düsseldorf, Droste, 1976
Schwarzer Hirsch: **Ich rufe mein Volk. Leben, Traum und Untergang der Oglala-Sioux.** Aufgeschrieben von John Neihardt, München, DTV, 1962
Stammel, H. J.: **Indianer. Leben, Kampf, Untergang. Legende und Wirklichkeit von A–Z,** Gütersloh/Berlin, Bertelsmann, 1977
Steiner, Stan: **The New Indians,** New York, 1968
Taylor, Theodore W.: **The States and Their Indian Citizens,** U. S. Dept. of the Interior, Bureau of Indian Affairs, Washington, D. C., 1972
Turner, Frederick W. (ed.): **North American Indian Reader,** New York, Viking Press, 1974
Tyler, Lyman S.: **A History of Indian Policy,** U. S. Dept. of the Interior, Bureau of Indian Affairs, Washington, D. C. 1973
Underhill, Ruth Murray: **Red Man's Religion. Beliefs and Practices of the Indians North of Mexico,** Chicago, University of Chicago Press, 1965
Unger, Steven (ed.): **The Destruction of American Indian Families,** Association on American Indian Affairs, New York, 1977
Ungers, Liselotte: **Die Rückkehr des Roten Mannes. Indianer in den USA,** Köln, Kiepenheuer & Witsch, 1974
Utley, Robert M. u. Wilcomb E. Washburn: **The History of the Indian Wars,** London/New York, 1977
Vogel, Virgil J.: **This Country Was Ours. A Documentary History of the American In-**

dian, New York/London, Harper & Row, 1972
Washburn, Wilcomb E. (ed.): **The Indian and the White Man,** Documents in American Civilization Series, Garden City, N. Y., Doubleday, 1964
ders., **Red Man's Land – White Man's Law. A Study of the Present Status of the American Indian,** New York, Scribner's Sons, 1971
Wolf, Ursula: **Mein Name ist Ich lebe. Indianische Frauen in Nordamerika,** München, Frauenbuchverlag, 1979

Fotoverzeichnis

Foto Seite 16: ›privat‹
Fotos Seite 44, 46, 47, 48, 202 u. 232: Akwesasne Notes (ed.): **Voices from Wounded Knee**
Foto Seite 59: Lothar Schiffler, München
Fotos Seite 73: Dick Bancroft, St. Paul, Minn. USA
Foto Seite 90: ›privat‹
Fotos Seite 94 u. 103: U.S. Department of Interior
Foto Seite 112: ›privat‹
Fotos Seite 141 u. 182 **progrom. Indianer in Europa**
Foto Seite 147: Ricco Montevecchi, AAIA
Foto Seite 149: zur Verfügung gestellt von H.-P. Büchs, Hofheim

Adressenliste

USA

Association on American Indian Affairs (AAIA)
432, Park Ave. S.
New York, N.Y. 16016
Herausgeber des Informations-Bulletins **Indian Family Defense**

U. S. Department of the Interior,
Bureau of Indian Affairs
20242 Washington, D. C.

National Tribal Chairmen's Association (NTCA)
1701 Pennsylvania Ave, N. W.
Washington, D. C. 20006

International Indian Treaty Council (IITC)
777 U. N. Plaza
New York, N. Y. 10017

American Indian Movement:

- Federation of Native Controlled Survival Schools
  Heart of Earth Survival School
  1209 Fourth St. S. E.
  Minneapolis, Minn. 55414

- Oglala Lakota Information Office
  Ted Means
  General Delivery
  Porcupine, S. D. 57772

- Women of All Red Nations (WARN)
  Lorelei Means/Madonna Gilbert
  We Will Remember Group
  Porcupine, S. D. 57772

Akewesasne Notes
via Rooseveltown, N. Y. 13683

Black Hills Alliance
P. O. Box 2508
Rapid City, S. D. 57701

Institute for the Development of Indian Law
808, 1026 17 th St. N. W.
Washington, D. C. 20036

EUROPA

Deutsch-Indianischer Kreis
Dr. Axel Schulze-Thulin
Koellestr. 11
7000 Stuttgart 1
Herausgeber der 6 × jährl. erscheinenden Zeitschrift **amedian.**
Berichte aus dem indianischen Amerika

Rundbrief Indianer heute
Leimgrub 1
8341 Julbach
erscheint vierteljährl.

Gesellschaft für bedrohte Völker (GfbV)
Parkallee 18
2000 Hamburg 13
Herausgeber der Zeitschrift **progrom**

Bestelladresse u. Informationen über die Arbeit der GfbV:
Brahmscher Str. 200
4500 Osnabrück

Deutsche AIM-Unterstützungsgruppen (Stand Jan. 1980):
AIM Support Group Hamburg
Pax Schnoor
Edvard-Munch-Str. 16
2000 Hamburg 74

AIM Support Group Osnabrück
Petra Hellbing
Bergerskamp 19
4500 Osnabrück

Support Group for American Indian Survival
Sylvia Wildfeuer
Wemdinger Weg 6
8900 Augsburg

AIM Support Group Ostwestfalen/Lippe
Andreas Kämper
Am Riegelbrink 3
4806 Werther

AIM Support Group Frankfurt
Iris Rössler
Feldbergstr. 28
6070 Langen/H.

AIM Unterstützungsgruppe Neumünster
Ernst Schukies
Am Ilsenhof 15
2350 Neumünster 2

amnesty international
USA-Koordinationsgruppe
Karsten Lüthke
Kreuzbergstr. 44
1000 Berlin 61

Versandbuchhandlung Land und Leben
Andreas Lentz
Burgweg 2
3551 Frauenberg
(hat eine große Auswahl von Indianerbüchern im Vertrieb)

Trikont Verlag
Kistlerstr. 1
8000 München 90
(hat verschiedene Indianerbücher u. -platten im Programm)

DOCIP
Indigenous Populations Documentation
Research and Information Center
P. O. Box 59
CH-1211 Genève 21

Incomindios
Winterthurer Str. 48
CH-8303 Basserdorf

Index*

*In dieser Aufstellung sind nur solche Schlagworte aufgeführt, die an **mehreren** Textstellen vorkommen.

Danksagung

An der Entstehung dieses Buches waren Freunde, Bekannte und Kontaktleute direkt oder indirekt beteiligt.
Mein eingehendes Interesse an Geschichte und Gegenwart der Vereinigten Staaten begann nach einer USA-Studienfahrt mit dem ›Experiment in International Living‹, Lübbecke. Die erste Anregung, mich näher mit den amerikanischen Indianern zu beschäftigen, verdanke ich Herrn Uwe Storjohann vom Norddeutschen Rundfunk, Produzent meiner Schulfunkserie ›Die Besiedlung Nordamerikas – von Indianern erlebt‹. Die Zusammenarbeit mit diesem kompetenten und einfühlsamen Redakteur war für mich Bereicherung und Stimulanz zur weiteren Beschäftigung mit dem Thema.
Mein aufrichtiger Dank gilt Sandra Christenson. Die von ihr vermittelten Kontakte im Mittleren Westen der USA erwiesen sich als außerordentlich gewinnbringend. Gefreut habe ich mich ebenfalls über verschiedene Tips deutscher Indianerfreunde zwischen München und Neumünster. In ganz besonderer Weise verpflichtet bin ich meiner Frau Tanja-Gabriele. Ihre aufopfernde Mitarbeit und konstruktive Kritik haben ganz erheblich zum Gelingen dieses Buchprojekts beigetragen.

Acknowledgements

This book would not have been possible without the the generous assistance I received on my travels through the United States.
First of all, I would like to thank my interview partners for their time and patience. Dr. Washburn and Mr. W. Byler were also kind enough to provide most useful printed information and documents.
In particular, I am grateful to the Meyers in Rapid City for their warm hospitality and stimulating suggestions. I would also like to express my gratitude to the Christensons in Sioux Falls. Ron Salway was good enough to take me to the Pine Ridge Reservation and introduce me to his people and culture. The above mentioned friends and aquaintances in South Dakota opened many doors for me.
Last but not least, I owe a debt of gratitude to Bob and Marie Bass Carey in Silver Spring, Md., for their friendship and competent advice. Their knowledge of the Washington scene, political insight and hospitality were an invaluable research base during my stay in the U.S.